진홍의 마녀

2

정지원 장편소설

진홍의
마녀

2

가하)

지은이 정지원
펴낸이 이형기
펴낸곳 도서출판 가하

초판인쇄 2014년 2월 6일
1판 2쇄 2014년 4월 28일
출판등록 2008년 10월 15일 제 318-2008-00100호

주소 서울 영등포구 양평로 67, 1209 (당산동5가, 한강포스빌)
전화 02-2631-2846 **팩스** 02-2631-1846

www.ixbook.co.kr

ISBN 978-89-6647-946-7 04810
      978-89-6647-944-3 04810(set)

값 11,000원

16

마녀들의 얼굴은 어두웠다.

"2주 동안 다섯 명이 죽었어. 일곱 명이 토르카인을 떠나 다른 곳으로 갔고."

"그 아이는 토르카인 땅에서 정말로 마녀들을 전부 내쫓을 생각인 건가? 이 나라에 마녀가 하나도 남지 않길 바라는 거야? 하지만 그렇게 한다고 해서 이 나라에 좋을 게 뭐지?"

"그 계집아이는 이 나라 땅에 마녀가 산다는 게 어떤 건지 전혀 모르고 있어. 마녀가 머무른다는 건 이 나라를 지키고 보호한다는 뜻인데!"

갑자기 탕 하고 탁자를 내리치는 소리에 웅성거리던 마녀들 모두가 이야기를 멈추고 그쪽을 쳐다보았다. 줄레나는 웃음기 없는 눈으로 동료 마녀들을 둘러보았다.

"이 나라를 지키고 보호한다? 그루제펜이 쳐들어왔을 때 당신들은 전부 다 어디 있었지? 그 아이가 토르카인을 보호하도록 도와달라고 했을 때 당신들은 전부 다 어디 있었냐고."

마녀들이 입을 다물고 서로의 눈치를 살폈다. 당시의 회의에 참석했던 단발 머리의 마녀 카이룬이 분개한 표정으로 줄레나를 쳐다보았다.

"그때의 상대는 청록의 드래곤이었어. 우리 마녀들이 드래곤을 상대로 싸운다는 것은 말이 되지 않잖아."

"드래곤의 공격을 막을 수 없다면, 인간들 사이의 싸움은 왜 막아주지 않았지?"

"우리는 마녀야, 줄레나! 인간들 사이의 일에 마녀들은 끼어들지 않잖아. 모르는 거야? 왜 이런 이야기를 내가 설명을 하고 있어야 하지? 당신은 우리들 중 가장 나이 많은 자 중 하나잖아. 이런 당연한 것을 모르는 바도 아니잖아."

"그럼 도대체 당신들이 뭘 지키고 보호한다는 거지? 이 나라에 머물러 산다 해서 당신들이 토르카인을 위해 한 게 뭐가 있는데? 그 애가 화를 내는 것에 대해서 당신들이 무슨 변명을 할 수 있는데?"

줄레나의 눈이 둘러앉아 있는 마녀들 하나하나를 바라보았다. 마녀들은 하나 둘 고개를 돌리거나 눈길을 피했고 카이룬 역시 아무 대답도 하지 못한 채 입술을 깨물었다.

역시나 나이 많은 마녀 중 하나인 아말리나가 무거운 어조로 말했다.

"그래, 좋아. 우리는 인간을 지키거나 보호하지 않아. 우리가 사는 이 땅 자체라면 모를까, 나라라는 것은 우리에게 아무 의미도 없지.

하지만 그렇다고 해서 우리가 지금 살고 있는 곳에서 나가야 할 이유
는 없잖아, 줄레나. 우리들은 땅을 지키고 보호하는 자들이야. 만약
청록의 드래곤이든 그루제펜 군이든 여기까지 와서 우리가 살고 있는
땅을 망가뜨렸다면 우리도 맞섰겠지. 하지만 그들은 그러지 않았고,
거기에 대해서 우리가 미안하게 여겨야 하는 건가? 우리 목숨까지 내
놔야 할 만큼?"

"아니, 그렇게 말하지는 않았어. 하지만 결국에 당신들이 움직이지
않은 게 이런 결과를 불러온 거야. 행동 하나하나에는 그에 따른 결과
가 발생한다는 정도는 다들 알잖아?"

잠시 동안 아무도 말을 하지 않았다. 그러다 마침내 아말리나가 한
숨을 쉬며 말했다.

"그런데 대체 이 아이는 어느 드래곤의 신부인 거지? 청록의 드래
곤을 제외한 또 다른 드래곤이 아직까지 이 땅에 남아 있는 줄은 몰랐
는데. 누군가가 들은 바가 있나?"

마녀들이 서로를 돌아보며 속닥거렸다. 몇 명은 고개를 흔들었고
몇 명은 인상을 찌푸리고 웅얼거렸지만 알아들을 수 있을 정도의 대
답은 아니었다. 누군가가 나직한 소리로 중얼거렸다.

"붉은 색깔의 드래곤이었다는 소문이 있었어요."

아말리나가 인상을 찌푸렸고 몇몇 나이 든 마녀들이 고개를 흔들
었다. 믿을 수 없다는 표정을 한 사람도 있었다.

"진홍의 드래곤? 그럴 리가."

"진홍의 드래곤은 이미 수십 년 전에 신부를 맞이하여 다른 곳으로

떠났던 게 아니었나?"

"신부는 한 번에 한 사람밖에는 맞이할 수가 없을 텐데. 그렇다면 이전의 신부는 어떻게 된 거지?"

아말리나가 이야기를 정리하려는 듯 탁자를 가볍게 내리쳤다. 마녀들이 조용해지자 그녀가 모두를 둘러보며 차분한 목소리로 물었다.

"확실하게 어느 드래곤이었는지 아는 사람이 있나? 정말로 진홍의 드래곤이었던 건가?"

대답이 없다. 누구 하나 나서서 말을 하지 않는다. 침묵이 흐르는 가운데 줄레나가 고개를 끄덕였다.

"진홍의 드래곤이야."

나이 많은 마녀들이 고개를 설레설레 흔들었고, 아말리나는 긴 한숨을 내쉬었다. 아직 젊은 축에 속하는 마녀들은 드래곤들 사이의 관계도가 명확하게 그려지지 않는지 인상을 찌푸리거나 자기들끼리 나직하게 수군거렸다.

"드래곤의 신부라는 것도 모자라, 그 상대가 진홍의 드래곤이라니. 이건 곤란해. 함부로 신부를 건드렸다가는 진홍의 드래곤을 상대해야 해."

"모두의 힘을 다 모은다고 해도 진홍의 드래곤의 신부를 구속할 수는 없을 거야. 정말로 그냥 토르카인을 떠나는 게 나을지도 몰라. 어쨌든 떠나기만 하면 되는 거니까."

나이 든 마녀들이 중얼거리는 것을 들은 젊은 마녀들은 얼굴빛이 바뀌었다.

"어째서 우리가 떠나야 하는 거죠? 수십 년이나 여기서 살아왔어요. 이 많은 마녀들이 이 넓은 토르카인을 떠나게 되면 어디에 정착해야 하죠? 같은 곳에 정착할 수는 없잖아요. 그러면 우리가 훨씬 불이익을 보게 된다구요!"

"그쪽이 드래곤이라면 우리도 청록의 드래곤과 계약을 맺으면 되지 않나요? 드래곤끼리 싸움을 붙일 수 있다면 차라리 나을 수도 있잖아요. 우리들 마녀들은 한발 빠져 있어도 되잖아요."

나이 든 마녀 중 하나인 세라자딘이 고개를 흔들며 탁자를 탁탁 내리쳤다.

"멍청한 소리 지껄이지 마. 상대가 진홍의 드래곤이었다면 위세 당당하던 그루제펜이 왜 전쟁에서 그렇게 형편없이 져버렸는지 알 만하지. 너희들은 본능에 귀를 기울일 줄도 모르는 게냐."

마녀의 본능은 예리하다. 설령 직접적인 경험이 없다 해도 모든 사물에 관하여 귀를 기울이면 타고난 본능이 위험한 정도를 말해준다. 이미 예민한 마녀 몇 명은 진홍의 드래곤이 어떤 존재인지 알지도 못하는데 몸을 부르르 떨고 있었고, 나머지도 진홍의 드래곤이라는 이름을 떠올리자 이맛살을 찌푸리거나 고개를 돌렸다.

"진홍의 드래곤은 청록의 드래곤보다 훨씬 나이가 많아. 비교도 할수 없지. 드래곤의 세계에서는 나이가 모든 것을 결정해. 나이가 많은 쪽이 훨씬 마력이 높고 훨씬 강하지. 진홍의 드래곤은 이 세계에 남아 있던 마지막 드래곤들 중에서도 가장 나이가 많은 셋 중 하나였어. 어째서 아직까지 이 세계에 남아 있는 건지 의아할 정도로."

"예전에 신부를 얻었다던 소문이 잘못되었던 건지도 모르지. 그게 우리의 착각이었을지도. 진홍의 드래곤이 신부를 얻어 정착했다는 것 자체가 잘못된 정보였던 거야. 지금까지 신부를 찾고 있었던 걸지도 몰라."

아말리나가 나직하게 말했다. 하지만 이번에 고개를 흔든 것은 카이룬이었다.

"아니, 분명히 진홍의 드래곤은 이전에 신부를 맞았었어. 난 아직 어린 마녀였을 뿐이지만, 당시에 나이 많은 마녀들이 이야기하던 걸 기억하고 있어. 진홍의 드래곤은 항상 마녀들을 좋아했지만 계약은 하지 않았었다고. 오로지 신부만을 위해 기다리고 있었고, 드디어 그 신부를 맞이했다고. 그건 헛소문이 아니었어……. 어쩌면 상대가 죽은 걸지도 모르지. 그래서 새 신부를 필요로 하게 된 건지도."

어떻게 새 신부를 맞게 된 건지 그건 중요하지 않았다. 어쨌든 간에 진홍의 드래곤의 신부가 새롭게 얻은 무한한 마력으로 토르카인에 있는 마녀들을 내쫓고 있다는 것이 중요할 뿐이다. 마녀들은 다시 침묵에 잠겼다.

"드래곤의 신부라 해도 어쩔 수 없어. 우리들이 이 땅에서 쫓겨나거나, 그 아이를 구속하거나 둘 중 하나야."

아말리나의 말에 세라자딘이 놀란 얼굴로 쳐다보았다.

"진홍의 드래곤이 가만히 있지 않을걸. 상대가 청록의 드래곤 정도라면 그러자고 하겠지만, 진홍의 드래곤이야! 그건 자살행위야. 그런 짓에 가담하느니 난 차라리 토르카인을 떠나겠어."

"난 여길 떠날 마음이 없어. 죽든지, 그 아이를 구속하든지 둘 중 하나야. 최소한 나는 싸워보겠어. 나와 함께 싸울 자들은 여기에 남고, 나머지는 떠나도 좋아. 막지 않을 테니까. 하지만 만약에 그 아이가 토르카인을 넘어서서 이제는 마녀라는 존재가 이 세상에 필요치 않다고 생각한다면? 떠난 마녀들까지 추적해서 공격한다면? 그때 가서는 어쩔 거지?"

아말리나의 덤덤한 것 같으면서도 뼈가 있는 말에 세라자딘은 움찔 입을 다물었다. 다른 마녀들은 또다시 괴로운 고민에 사로잡힌 표정이었다.

줄레나가 나직하게 한숨을 쉬고서 입을 열었다.

"내가 그 아이를 데려왔고 이런 문제를 만들었으니, 최소한 내가 뭔가 해봐야겠지. 진홍의 드래곤을 설득해보겠어."

모두가 그녀를 쳐다보았다. 아말리나가 인상을 찌푸렸다.

"어떻게 설득을 하겠다는 거야?"

"새 신부를 단속하라고. 이대로 있다가 정말로 우리 마녀들이 힘을 합쳐서 그 아이를 공격하면 그 아이도 무사하기는 어려울 테지. 아니면 그 아이가 우리 모두를 공격해서 죽일 수도 있고. 어느 쪽이든 진홍의 드래곤에게는 그리 좋은 결과가 아니니까. 그가 그 아이를 막아준다면 우리는 그걸로 족하니 그렇게 해달라고 부탁해보겠어."

"만약에 드래곤이 부탁을 들어주지 않는다면?"

아말리나의 당연한 지적에 줄레나는 한숨을 내쉬었다.

"그러면 어쩔 수 없는 일이지. 그 아이를 막는 데 힘을 합하는 수밖에."

"나는 지금부터 칠흑의 드래곤과 순백의 드래곤을 소환해보겠어."

아말리나가 무거운 어조로 말했다. 줄레나가 눈을 커다랗게 뜨고 그녀를 보았다.

"이쪽 세상을 떠났다고 알려져 있는 드래곤들이야. 부르기 쉽지 않을 텐데."

"어쩔 수 없으니까. 청록의 드래곤은 진홍의 드래곤을 상대하기에는 너무 어리고 약해. 진홍의 드래곤을 상대로 뭔가 요구를 할 만큼 강한 드래곤은 칠흑의 드래곤이나 순백의 드래곤뿐이야. 어느 쪽이든 응답을 들을 때까지 지금부터 나는 칩거에 들어가겠어. 내 남은 마력을 모두 퍼부어서라도 그들 중 한쪽과 계약을 맺을 거야."

줄레나는 잠시 말없이 그녀를 바라보다가 나직하게 말했다.

"그들은 신부를 구하지 않을 거야."

"애초에 드래곤의 신부 자리를 원할 정도로 야심이 많지도 않아. 내가 바라는 것은 그저 진홍의 드래곤과 그 신부를 막을 수 있을 정도의 마력과 영향력 정도야. 그거면 충분해."

아말리나가 잠깐 말을 멈추고 줄레나를 보다가 희미한 미소를 지었다.

"거기까지 가기 전까지 당신이 부디 진홍의 드래곤을 설득하는 데 성공하면 좋겠어."

줄레나는 아무 대답도 하지 않았다. 드래곤을 상대로 '설득'을 한다는 것이 얼마나 불가능에 가까운 일인지 거기 모인 모든 마녀들 중에서 그녀 자신이 가장 잘 알고 있기 때문이었다.

　잘도 저런 일을 하루 온종일 하는군. 열흘 가까운 시간 동안 레이라가 밭일 하는 것을 지켜보며 루헤인이 내린 결론은 그거였다. 하루종일 허리 한 번 펴지 않고 밭을 갈고 돌을 골라내고 잡초를 뽑는다. 비슷비슷하게 생긴 쭉정이 중에서 잡초라고 뽑아내는 것들은 가장 싱싱해 보였다. 정말로 뭔가 작물로 취급되는 것들은 금방 허물어질 것처럼 비루하기 짝이 없다.

　왕궁에는 먹을 것이 흘러넘친다. 빵도, 고기도 모자라는 일이 없다. 물론 각 영지에서 뭐가 어떻게 되든 무조건 상납품의 양은 맞추라고 그 자신이 귀족들에게 요구했었다. 부족하면 이웃 영지를 습격해서 땅을 빼앗으라고. 그리고 그만큼의 상납품을 더 내어놓으라고. 귀족들은 그 양을 맞추었다. 체르노의 소유주인 루첸 남작 역시 그에게 상납품에 더해 항상 선물이라고 이것저것 보내곤 했다.

　체르노를 보고 있으면 루첸이 도대체 어디서 어떻게 그 물건들을 구해서 올린 건지 전혀 짐작이 가지 않았다. 그가 왕위에 앉기 전까지는 가난하기 짝이 없어 마상시합을 돌며 근근이 영지를 유지할 세금을 벌던 가난뱅이였다고들 했다.

　뭐, 이웃한 영지들은 대부분 부유한 곳들이다. 사실 루첸 남작이 가장 먼저 공격했던 영지는 그와 한 영주를 모시는 동료 관계였던 모우토 남작의 영지였고, 그다음은 그의 영주인 프라텐 백작의 땅이었다. 결국에 프라텐 백작은 영지 대부분을 잃고 가신인 루아 남작의 성으로 가야만 했다.

　자신이 살고 있는 땅이 영주와 가신들 사이의 싸움터로 변하면, 거기 사는 자들은 꽤나 피곤할 테지. 농사를 좀 짓나 싶으면 병사로 끌려가야 하고, 마치고 돌아왔을 때 자신의 땅이 그대로 있다는 보장도 없으니까.

　루헤인은 주위를 둘러보았다. 멀리 다른 밭에서도 농민들이 레이라와 비슷한 자세로 땅을 고르고 작물을 돌보고 있는 모습이 보였다. 나머지는 근처의 숲에 사냥을 하러 간다고 했다. 사냥을 할 수 있는 자들은 그나마 무기라고 할 만한 것이 있는 자들뿐이었다. 몸이 약한 사람들은 함부로 숲에 들어가지도 못한다. 최근에는 산적들이 많이 늘었기 때문이라고 레이라는 설명했다.

　"입에 풀칠하는 것도 힘드니까요. 차라리 그런 데에서 지나가는 상인들이나 같은 농민들을 등쳐먹는 게 낫다고 생각하는 거죠. 그럴 바에야 성에 가서 병사라도 되는 편이 나을 텐데."

　"병사는 자기 무기 정도는 있어야 시켜준다고 들었는데."

　루헤인의 말에 레이라가 허리를 펴고 그를 쳐다보았다. 루헤인은 밭 근처의 둔덕에 주저앉아 있었다. 처음에 두어 번 궁금하기도 하고 레이라의 호감을 사볼까 하는 마음에 일을 시도해봤지만, 계속해서 똑같은 일을 해야 하는 지루함에 금세 질려버렸다. 게다가 검보다 훨씬 쥐기 불편하고 다루기도 불편한 농기구를 휘두르다 돌을 찧어 손잡이를 부러뜨리자 보다 못한 레이라가 그냥 앉아 있으라고 하고서는 다시 혼자 일을 시작했다. 제피는 좀 멀리 떨어진 장에 물건을 팔아보겠다며 짐을 지고 나섰다. 내심으로는 루헤인이 레이라를 건드려 자기 영지로 데려가주길 바라는 게 아닌가 싶기도 했다.

귀족이 손을 대봤자 좋은 꼴을 보는 경우는 없다. 제피가 아직도 그걸 모른다면 한심하다고 할 수밖에.

"무기가 있는 편이 병사로 뽑히기 좋긴 해요. 하지만 성실하게 훈련을 받으려는 의지가 있다면 뽑힐 수 있어요. 어쨌든 최근 1, 2년 동안은 병사들 숫자가 엄청나게 늘었으니까요. 제대로 싸울 능력이 된다면 얼마든지 뽑아줘요."

레이라는 고개를 설레설레 흔들며 한 손으로 허리를 툭툭 두드렸다.

"다들 싸움터에 나가서 죽기는 싫은 거예요. 더 쉬운 방법으로 먹고살고 싶은 거죠. 그래서 숲에 숨어 있다가 만만해 보이는 상대가 다가온다 싶으면 뛰쳐나가 공격하고, 병사들을 가득 거느린 귀족이나 부유한 상인이 다가오면 숨어서 코빼기도 내비치지 않는 거예요. 그럴 시간에 차라리 농사라도 지으면 땅이 나아질 텐데. 한두 번 가뭄이 들고 작물이 잘 자라지 않았다고, 세금을 내지 못했다고 그저 도망치는 거예요. 그나마 루첸 남작님이 오시고서는 나아졌는데 말이에요. 그분은 세금을 내라고 다그치지 않으세요. 전쟁을 하시느라 바쁘신 탓도 있지만요."

레이라는 문득 루헤인을 보고 민망한 듯 찡그린 미소를 지었다.

"사실은 이게 다 그 사람이 했던 말이에요. 잡을 수 없는 걸 바라보며 꿈만 꾸느니 눈앞에 있는 걸 하라고요. 그편이 훨씬 많은 걸 얻을 수 있다고. 그래서인지 그 사람이 있을 땐 마을 사람들도 꽤 열심히들 농사를 지었죠. 수확도 좀 할 만했었어요……. 벌레들이 그렇게 몰려들고 전쟁이 일어나지만 않았어도요."

레이라가 헛헛한 표정으로 고개를 돌려 먼 하늘을 쳐다보았다. 루헤인은 인상을 찌푸렸다. 드래곤과 마녀들. 자연을 조종할 수 있는 것은 드래곤뿐이라고 했다. 그 빌어먹을 드래곤이 농사를 망쳐놓았던 게 분명하다.

다흐란이 새로 편입된 영지를 잘 분배해서 세금을 걷을까? 세금을 낮추어주면 과연 이 농민들이 농사를 지을까? 귀족들에게는 영지를 빼앗으면 자신의 것으로 만들어주는 방법이 먹혔다. 농민들에게 '자신의 것'으로 남을 만한 게 뭐가 있을까? 돈? 농사를 지어 성으로 가져오면 귀족들이 그에 대해 값어치를 계산해준다? 그리고 귀족들은 그것을 영지에 대한 대가로 궁에 바친다? 그러면 귀족들의 손에는 남는 것이 아무것도 없다.

모두가 뭔가를 얻기 위해서는 어디선가 생산되는 것이 있어야 한다. 땅, 곡식, 광산. 노동을 통해 손으로 만질 수 있는 물건을 생산해내는 것이. 그래야만 나라 안의 모든 것들이 돌아갈 수 있다. 만약 토르카인 내의 모든 농민들이 이런 식으로 농사를 그만두고 귀족들의 병사가 되거나 혹은 도망쳐서 강도 노릇이나 하고 있다면 조만간 나라 안의 경제가 완전히 멈춰버릴 것이다. 그러면 방법은?

이웃나라를 치는 수밖에. 병력은 충분하다. 싸움을 벌여 포로를 잡고 땅을 빼앗고 그것을 돌려주는 대가로 그쪽에서 돈을 받아오는 방법.

하지만 그런 방식으로 얼마나 갈 수 있을까? 근본적인 해결책은 되지 않는다. 농민들이 농사를 짓게 만들어야 한다.

"그는, 테호는 농사에 대해서 뭐라고 말했지? 그저 열심히 지으라고?"

루헤인의 물음에 레이라가 눈을 빛냈다. 다흐란 이야기가 나오면 저 여자는 아직도 기쁜 기색을 지우지 못한다.

열흘. 한 여자 옆에 열흘을 있었는데 그 여자가 그를 보지 않는 것은 병이 나은 이래로 처음 겪는 일이었다. 물론 레이라가 그에게 전혀 관심이 없는 건 아니라고 생각했다. 그를 보면 가끔 얼굴을 붉히거나 눈길을 슬그머니 돌리곤 하니까. 하지만 그녀의 눈을 반짝이게 만드는 것은 다흐란 이야기뿐이었다.

그는 간신히 짜증이 솟구치는 것을 억눌렀다.

"네, 우선은 열심히 지어야 한다고 했어요. 물론 세금이 너무 높다는 이야기도 했지만요. 세금을 낮추고 한동안 사람들이 잘 먹고 힘을 내서 농사를 더 열심히 지을 수 있게 해준다면 도망쳤던 다른 사람들도 돌아올 텐데, 그렇게 말했었죠. 물론 위에서 세금을 낮춰줄 가능성은 없지만요. 요즘처럼 농사짓는 사람들이 줄고 있으면 더더욱 그렇죠."

그래, 몇 년 동안 다 함께 허리띠를 졸라매고 세금을 줄여 계속 농사를 짓게 만드는 방법도 있겠지. 그래서 농민들이 배가 불러지고 더 성실하게 농사를 짓게 되면 그때 가서 세금을 올릴 수도 있다. 하지만 농민들이 배가 불러졌다고 더 성실하게 농사를 짓는다는 보장이 어디 있느냐 말이다. 저들 먹을 것만 기르고 나면 그걸로 만족할지도 모르는데. 애초에 저들은 욕심이 없다. 욕심을 부려봤자 얻을 수 있는 게 없으니까. 자신들이 배부르게 먹고살 수 있으면 그걸로 끝이다.

저들이 욕심을 부리고 더 많은 작물을 수확할 수 있게 만드는 방법? 세금을 내고 남은 작물들을 갖다 팔게 만드는 거다. 돈은 있지만 작물을 수확할 수 없는 자들이 그것을 돈을 내고 사야 한다. 그 돈은 결국에 위에서 내려올 수밖에 없다.

그렇게 되면 나라의 경제 체제가 뒤집혀버린다. 나라 전체가 뒤바뀐다. 과연 그것을 감수하면서까지 그런 일을 시도할 수 있을까?

강압적으로 농민들을 땅에 묶어놓고 농사를 짓게 만드는 수밖에 없다. 현재 상황에서는 그것이 가장 좋은 방법이다. 영지 전체를 전쟁터의 병사들처럼 다그쳐서 빠릿빠릿하게 돌리는 수밖에는 없다. 그게 가장 효율적이다.

팔리지도 않을 쓰레기들을 짊어지고 장에 나간다는 아비를 저 밭에 묶어놓고 작물을 키우게 해야 하는 거다.

하지만 그렇게 말해봤자 저 여자는 알아듣지 못할 것이다. 알아들을 마음도 없는 것 같다. 레이라에게는 다흐란이 했던 그 말이 전부였다. 세금이 낮아지면 농사를 지을 마음이 들 것이다, 떠난 사람들이 돌아올 것이다, 다 함께 열심히 농사를 지어 삶이 나아질 것이다.

웃기는 소리.

다흐란의 뜬구름 잡는 희망에 찬 미래 따위는 생각만 해도 구역질

진홍의
마녀 ②

이 난다. 그런 미래 따위는 없다. 인간이란 모두가 잘되는 방향으로 움직이는 존재가 아니니까.

그가 일어나서 레이라 쪽으로 다가갔다. 레이라는 멍하니 허공을 바라보고 웃고 있다가 문득 그가 다가오는 것을 깨닫고 의아한 표정으로 쳐다보았다. 루헤인은 그녀의 앞까지 다가간 다음 빙긋 미소를 지었다. 그녀도 미소를 짓기는 했지만 의아한 표정은 그대로였다.

"왜……."

루헤인은 한 손으로 그녀의 얼굴을 감싸고 곧장 고개를 숙였다. 레이라가 저항을 하기도 전에 입술이 맞닿았다. 놀라서 비명이라도 지르려는 것처럼 그녀가 입술을 벌렸고, 그는 그 사이로 혀를 밀어 넣었다. 레이라의 몸이 굳어지고 바닥에 그녀가 들고 있던 호미가 떨어지는 느낌이 났다. 그녀의 억센 손이 위로 올라와 그의 가슴에 닿았다.

하지만 다음 순간, 그가 예상했던 것처럼 그의 가슴을 쓰다듬는 대신에 그 손은 그의 가슴을 세게 떠밀었다. 뒤로 고꾸라지는 자존심 상하는 일은 다행스럽게도 벌어지지 않았지만 한 걸음 반이나 뒤로 물러나서 비틀거리다가 간신히 균형을 되찾을 수 있었다.

"무, 무슨, 무슨……."

레이라는 입술을 달달 떨며 그를 쳐다보았다. 눈에는 눈물까지 고여 있다. 루헤인은 어깨를 으쓱이고 삐딱한 웃음을 띤 채 그녀를 쳐다보았다.

"순진한 소리를 하는 게 재미있어서. 정말로 그렇게 해서 이 마을 사람들이 다 잘살 수 있을 거라고 생각하나? 열심히, 성실하게 농사만 지으면 다 잘 먹고 잘살 수 있다고?"

"테, 테호는 그렇게 말했어요. 열심히 성실하게 사는 게 잘못될 리 없잖아요! 그렇게 하면 작물도 더 많이 수확할 수 있을 거고, 수확량이 많아지면 세금을 내고도 먹을 게 남을 거예요. 먹을 것만 있으면 농한기를 보내는 것도 훨씬 쉬워져요!"

"그래, 모두가 성실하게 일을 한다면 그렇겠지. 하지만 배가 불러도 다들 그렇게 열심히 일할까? 세금이 줄어서 먹고살기가 쉬워졌는데, 과연 그렇게 성실하게 밭을 돌볼까?"

"저희는 농사꾼이에요. 평생 이렇게 살아왔어요. 다들 열심히 일할 거예요."

그녀의 눈동자가 흔들렸다. 루헤인의 입술이 조금 더 깊게 미소를 그렸다.

"그래, 그렇지. 평범한 농민들. 밭을 가는 것밖에 모르던 자들. 그런데 지금은 어떻지? 그 밭을 버리고 무기를 들고 숲으로 가버렸어. 이 마을에도 농사를 짓는 사람들이 그리 많이 남아 있지 않아. 성실한 사람은 너 하나 정도야. 테호의 말을 기억하고 있는 것도 너 하나지. 널 버리고 떠나버린 자야. 그런데도 그렇게 기억할 가치가 있나?"

"그 사람이 떠나고 싶어서 떠난 게 아니에요. 떠날 수밖에 없었기 때문에 떠났던 거예요. 원래 자리로 돌아가야 했으니까요."

이제는 레이라의 목소리까지 떨렸다. 눈에 고여 있던 눈물이 눈가를 타고 흘러내린다. 거기에 짜증이 난 것처럼 그녀가 손등으로 눈물을 닦았다. 얼굴과 손등에 묻어 있던 흙먼지가 얼룩져서 눈물에 섞인

다. 루헤인은 자신의 몸에도 똑같이 묻어 있을 흙먼지를 툭툭 턴 다음 그녀를 쳐다보았다.

"정말로 그럴까? 어쩌면 이런 힘든 생활을 청산하고 부유한 생활로 돌아가게 되어서 굉장히 안도하고 있을지도 모르지. 배를 곯을 필요도 없고, 언제 무너질지 모르는 저런 낡아빠진 집에서 잘 필요도 없고, 항상 따뜻하고 좋은 옷을 입고, 언제든 하인들이 대기하는 생활로 돌아가서 말이야."

레이라의 눈에서 계속해서 눈물이 흘러내렸다.

"그렇지 않아요. 그 사람은 그런 사람이 아니에요. 그 사람은, 그 사람만큼은 진심으로 저희를 걱정해주었어요. 저희가 잘살 수 있기를 바랐다구요."

"그거야 그자도 여기 살 때의 이야기지. 이제 여기에 살지 않으니, 여기 생활에 대해 더 이상 고민할 필요도 없는 거 아니겠어?"

"그렇지 않아요!"

레이라가 소리를 질렀지만 목소리가 떨려서 별로 강한 효과를 내지 못했다. 루헤인은 쯧쯧 혀를 차고서 그녀 쪽으로 손을 내밀었다.

"너도 이런 곳에서 고생하고 있을 필요 없어. 어차피 그자는 너를 버려두고 혼자 떠났어. 그런데 왜 네가 이런 손바닥만 한 밭뙈기를 지키고 있어야 하지? 나와 함께 가면 너도 훨씬 편안하게 살 수 있어. 너를 속이고, 너를 버린 사내보다 나을지 모르지."

"테호는 그러려던 게 아니에요. 그 사람은…… 그럴 수밖에 없었던 거예요!"

레이라는 양손으로 눈물이 흘러내리는 눈을 가리고 홱 돌아섰다. 눈물이 흐르지 않기를 바라는 것처럼 허공으로 고개를 들어 올렸지만 그렇다고 해서 눈물이 멈추는 것은 아니었다. 루헤인은 그녀를 가만히 쳐다보고 있다가 차가운 미소가 가시지 않은 얼굴로 말했다.

"세상에 '그럴 수밖에 없는 일' 같은 건 없어. 하지 않았을 뿐이지. 하고서 후회하지 않기 위해 피한다는 비겁한 방법을 쓴 거야. 그런 놈 따윈 잊어버리고 네 한 몸이 편안하게 살 수 있는 방법을 찾는 게 훨씬 좋을걸. 언제까지 이런 황폐한 땅에서 농사라는 이름으로 몸을 혹사하고 살 생각이냐."

레이라는 울기만 할 뿐 대답하지 않는다. 뭐 이 정도면 그녀의 가슴속에 충분한 불안감을 심어주었으리라. 오늘밤 당장 그녀가 그에게 몸을 던진다 해도 그리 놀랍지 않을 것 같았다.

루헤인은 울고 있는 레이라의 뒤로 다가갔지만 그녀의 몸에 손을 대지는 않았다. 그저 그의 체온이 느껴질 정도로 가까운 거리에서 멈추고 나직하게 속삭였다.

"나는 너에게 훨씬 더 잘해줄 수 있지. 이런 곳에서 벗어나 화려한 도시생활을 하게 해줄 수도 있고."

그녀가 갑자기 그를 홱 돌아보았다. 그가 가까이 다가와 있는 줄 몰랐던 것처럼 바로 앞의 그를 보고 주춤거리며 물러서긴 했지만, 표정만은 사나웠다.

"화려한 도시생활 같은 걸 원했던 적은 한 번도 없어요! 전 제 고향이 좋고, 여기서 영원히 살아도 좋아요. 화려하고 편안한 생활은 원하

진홍의
마녀

지 않아요. 그저 여기서, 사랑하는 사람과 마음 편히 살고 싶었을 뿐이에요."

주먹을 꽉 쥔 채 그녀는 눈물이 계속 흘러내리는 눈으로 그를 노려보았다.

"왜 그 사람에 대해서 안 좋은 말을 하시는 거죠? 그 사람에게 부탁을 받고 여기까지 오신 게 아니었던가요? 왜 자꾸만 그 사람에 관한 안 좋은 이야기로 제 마음을 흔들려고 하시냐고요. 나리도 귀족이시잖아요. 어차피 여기 계실 분이 아니고, 농사에 대해서는 아무것도 모르시잖아요. 나리는 그저, 그저 다른 귀족들과 똑같을 뿐이에요. 저희에 대해 아무 관심도 없고, 하루 온종일 밭에서 성실하게 일을 하며 살아보신 적도 없겠죠. 하지만 그 사람은 그랬어요. 테호는 여기서 하루 종일 밭을 갈고, 숲에 가서 들짐승을 잡고, 어떻게든 우리가 먹고 살 수 있게 해주려고 노력했었다고요. 그런 일을 해본 적도 없었을 텐데. 그 사람은 정말로 일을 하고, 저희를 도와줬다고요. 나리께서는 그 사람을 깎아내리실 자격이 없어요!"

루헤인의 얼굴에 삐딱하고 냉정한 웃음이 어렸다. 한 손을 들어 그녀의 뺨을 쓰다듬자 그녀가 움찔했지만 몸을 부들부들 떨면서도 물러서지는 않았다. 오히려 자신도 모르게 그의 손을 향해 고개를 살짝 기울이고 있다.

여자가 넘어오는 것은 한순간이다. 멀리 떨어진 연인보다는 옆에 있는 사내를 원하게 마련이다. 부유한 귀족 집안 여자들도 그랬는데, 가난에 찌든 농사꾼 계집이 다를 이유가 있겠는가.

레이라는 마치 그런 그의 마음을 읽기라도 한 것처럼 갑자기 고개를 번쩍 들어 올리고서 그에게서 황급히 물러섰다. 뺨이라도 때리고 싶은 것 같았지만 귀족의 몸에 손을 댔다가 무슨 일이 벌어질지 몰라 두려워하는 것 같기도 하다. 그녀는 정신을 차리려는 듯이 고개를 황급히 흔들고서 젖은 눈으로 그를 보았다.

"그 사람을 모욕하지 마세요. 나리께선 그 사람을 몰라요. 절대로 그 사람을 이해하실 수 없을 거예요."

"그럴지도 모르지."

그러고 싶은 마음도 없고. 루헤인은 여전히 삐딱한 웃음을 짓고 있었고, 레이라는 어디로 가려는 건지 스스로도 모르는 것처럼 돌아서서 휘청휘청 밭을 나가 눈물을 닦으며 집과는 반대편으로 걸어가버렸다.

타오른다. 가슴속에서 뜨거운 불길이 타오른다. 숨을 뿜어내면 숨결과 함께 불길이 치솟을 것이다. 이 불길은 사방의 모든 것들을 다 태워버릴 것이다. 이 숲을, 나라를, 세상을. 전부 다 태우고 없애겠지. 시커먼 재가 될 때까지.

다 타버려라. 없어져버려. 이따위 세상, 망해버려라.

숨을 커다랗게 들이켜고, 내뿜는다. 가슴에서 솟아오르는 불길이 드래곤처럼 거대하게 뿜어져 나온다……

"잠깐, 잠깐."

강한 팔이 몸을 홱 낚아채 들어 올리고, 다른 손이 그녀의 입을 틀어막았다. 사바는 고개를 젖히고 자신의 몸을 안고 있는 아흐메닷을 돌아보았다.

"뭐 하는 거지, 신부님?"

붉은 눈과 붉은 눈이 마주친다. 사바는 타오르던 불길을 꿀꺽 삼켰다. 불길은 목을 타고 내려가 가슴속에 다시 가라앉는다. 아흐메닷이 입을 막고 있던 손을 떼자 그녀가 당연한 어조로 대답했다.

"불을 뿜으려고요."

"불을 뿜으면 여기가 다 타버릴 텐데?"

아흐메닷이 주변을 가리켰다. 하늘까지 닿을 듯 높다랗게 자란 소나무들은 사람 하나 지나가기 힘들 정도로 빼곡하게 주위를 채우고 있었다. 검은 땅 위에서는 이끼가 자라고, 젖은 이파리 냄새가 코를 스친다. 토르카인에서 가장 넓고 깊은 숲 루페렌다였다.

"태우면 안 돼요?"

사바의 붉은 눈이 드래곤을 바라보았다. 아흐메닷은 입술을 비뚜름하게 기울이며 미소를 지었다.

"여길 태워버리면, 그다음에는 뭘 하려고?"

"글쎄요. 그다음에는 마을을 하나씩 태울까요? 그런 다음 도시를, 그리고 마지막으로 수도를 태우는 거예요."

"그러고 나면 뭘 할 건데?"

"옆 나라로 가서 태우기 시작하면 어떨까 생각하고 있어요."

아흐메닷이 그녀를 돌려세웠다. 사바는 고개를 들어 올리고 훨씬 큰 그를 올려다보았다. 그녀의 얼굴에는 아무런 표정도 없었다. 그저 불꽃처럼 이글거리는 눈동자만이 살아 있을 뿐이다.

아흐메닷의 손가락이 그녀의 뺨을 부드럽게 쓰다듬었다.

"장난감을 망가뜨리면 가지고 놀 게 없어져버려. 그때 가서 심심하다고 울어봤자 망가진 장난감이 되돌아오는 건 아니거든."

"망가뜨리기 위해서 얻은 장난감이라면 이야기가 다르죠."

아흐메닷은 찡그린 표정으로 반쯤 웃으며 그녀의 허리를 놓아주고 한 손으로 자신의 머리카락을 긁어 올렸다.

"이 나라를 좋아하는 줄 알았는데. 이 나라를 지키기 위해서 그렇게 애를 썼잖아. 아니었어?"

"그랬었죠. 하지만 그건 과거예요. 지금은 지금이고요. 난 드래곤의 신부잖아요. 내 마음대로 아무거나 다 해도 되는 거잖아요. 안 그래요?"

아흐메닷은 잠시 말없이 그녀를 바라보았다. 두 쌍의 붉은 눈동자가 서로를 가늠하는 것처럼 바라본다. 놀랍게도 먼저 시선을 돌린 쪽은 아흐메닷이었다.

"그래, 마음대로 해도 되지. 이 숲을 태우고 싶다면 그래도 되고. 얼마든지 마음대로 해."

"당신은 그게 내키지 않는 모양이네요. 드래곤이면서. 인간 같은 거엔 아무 관심도 없는 거 아니었어요? 숲을 태우든, 인간을 멸절시키든 아무 관계없잖아요."

"말했듯이 장난감이 사라지면 갖고 놀 게 없게 되니까. 돌이킬 수 없는 일은 하지 않는 편이 좋아."

"돌이킬 수 없는 일을 했던 건 당신이죠."

사바가 깔깔 웃음을 터뜨렸다. 아흐메닷의 얼굴에서 웃음기가 사라졌다. 그의 머리카락이 불꽃이 이글거리듯이 곤두선다.

"무슨 소리를 하는 거지?"

"내가 당신의 불을 갖고 있다는 거 잊어버렸어요? 당신의 불을 갖고 있다는 건 당신의 모든 감정을 알 수 있다는 의미죠. 당신이 줄레나에 대해서 어떤 감정을 갖고 있는지도 안다는 뜻이고요."

아흐메닷의 움직임이 멈추었다. 사바가 양팔을 벌리고 춤을 추듯 한 바퀴 빙그르르 돌았다. 드레스의 치맛자락이 휘날리고, 머리카락이 그녀의 몸을 따라 길게 곡선을 그린다. 그녀에게서 불씨가 흘러나와 사방으로 떨어져 젖은 이끼 위에서 칙칙거리는 소리를 내며 꺼졌다.

"불쌍한 드래곤. 한낱 마녀 따위의 마음을 사로잡지 못해서 수십 년이나 그녀의 뒤꽁무니만 따라다니는 불쌍한 드래곤."

"그러는 너는? 첫 계약자에게서 헤어 나오지 못한 채 드래곤에게 몸을 판 너는 뭐가 되는 거지?"

아흐메닷의 목소리가 낮고 거칠어졌다. 그의 눈이 불길처럼 이글거리고 이가 길어지며 숨을 쉴 때마다 불꽃처럼 뜨거운 숨결이 새어 나왔다.

사바가 그를 보고서 고개를 기울이고 웃었다.

"난 드래곤의 신부죠. 원한 적도 없고, 바란 적도 없는데 다른 모든 마녀들이 부러워하고 두려워하게 된 드래곤의 신부. 원한 적도 없고,

바란 적도 없는 마력을 쥐고서 발치의 개미들을 으깨고 있는 드래곤의 신부."

아흐메닷은 몇 번 숨을 천천히 들이켰다 내쉬었다. 그의 얼굴이 다시 인간의 모습으로 돌아가고, 눈동자도 투명한 붉은 색으로 되돌아왔다. 그가 한 손으로 얼굴을 문지르며 천천히 고개를 흔들었다.

"날 이렇게 순식간에 짜증나게 만든 상대는 참 오랜만이군. 과연 넌 특이해. 줄레나 이래로 너처럼 특이한 마녀는 본 적이 없어. 그래서 너에게 눈길이 갔지."

"나를 자극하고 흔들고 엄청난 마력을 주면 어떻게 될까 궁금했었죠? 바로 이거예요. 이게 당신이 만들어낸 나예요. 당신이 보고 싶어 했던 나죠."

사바가 양팔을 벌리고서 그를 바라보았다. 그녀의 몸에서 솟구치는 불길이 주변의 공기를 흔들었다.

"만족해요? 기쁜가요? 즐거운가요? 당신이 만들어낸 괴물을 보는 게 어떤 기분이죠?"

"네가 만들어낸 괴물을 보는 것과 비슷한 기분이겠지. 너의 왕을 볼 때 기분이 어땠지?"

사바는 팔을 내렸다. 웃음이 사라진 그녀의 얼굴은 마치 인형처럼 하얗고 무표정했다.

"내가 그에게 주었던 건 건강뿐이었어요."

"내가 너에게 준 건 마력뿐이지."

아흐메닷이 널찍한 어깨를 으쓱였다. 마치 아무 일도 아니라는 듯

진홍의
마녀 ❷

이, 정말로 별거 아니었다는 듯이.

하지만 드래곤의 신부라는 것은, 드래곤의 불을 품고 드래곤의 마력을 사용하는 마녀라는 것은 대단한 존재다. 역사를 통틀어 몇 명 되지 않는 드문 존재이다.

물론 마녀의 손으로 왕위에 오른 왕도 몇 명 되지 않는다. 그것 역시 드물다.

"마녀와 계약했던 자는 결코 행복해지지 못해요. 그러면 드래곤과 계약했던 마녀는 어떻게 되나요?"

"글쎄. 드래곤과의 계약이 어떤 식으로 끝나는지에 따라서 다르지 않을까. 게다가 마녀는 인간보다 오래 사니까. 훨씬."

아흐메닷이 고개를 돌려 머리 위를 바라보았다. 빼곡한 소나무 때문에 하늘은 조각난 거울처럼 여기저기 드문드문 보일 뿐이다.

드래곤과 드래곤의 신부가 영원히 행복하게 살았다는 이야기는 들어본 적이 없다. 마녀들이 본능을 통해 수많은 지식을 전달하기 시작한 이래로 드래곤의 신부가 행복하게 잘살았다는 이야기는 단 하나도 남아 있지 않다.

행복해지고 싶은 마음은 없다. 아니, 행복이라는 것이 뭔지조차 모른다. 하지만 지금 그녀는 원하는 것을 마음대로, 마음껏 할 수 있는 자유를 갖고 있었다. 그거면 충분한 게 아닐까.

사바는 하늘을 올려다보는 그를 물끄러미 바라보다가 천천히 그에게 다가갔다. 젖은 이끼 위에서 그녀의 맨발은 바스락거리는 소리조차 만들지 않았다. 아흐메닷이 고개를 내려 그녀를 쳐다보았다. 그녀가 양손을 들어 올려 그의 팔 윗부분에 댔다. 드래곤은 그녀를 한참 바라보고 있다가 양팔을 그녀의 몸에 감은 채 허공으로 날아올랐다. 보이지 않는 날개라도 달린 것처럼 그의 몸은 가볍게 높다란 소나무들을 지나 하늘 위로 올라갔고, 품에 안긴 신부는 그에게 매달린 채 가만히 눈을 감았다.

"안 돼요……. 안 돼, 안 돼요."

입술이 닿을 때마다 그녀는 괴로운 듯 숨을 헐떡이며 고개를 돌렸지만 그렇다고 그를 밀어내지는 않았다. 오히려 달라붙는 쪽에 가깝다. 그의 입술이 목을 따라 내려가자 그녀가 몸을 떨었다.

"안 돼요, 그만하세요. 그만……. 아……."

"그만둘까, 여기서? 지금?"

그가 고개를 들어 올리자 레이라는 흐릿한 눈으로 그를 바라보았다. 자신이 무슨 말을 하고 있는지조차 깨닫지 못하고 있는 것 같다. 루헤인은 만족스러운 웃음을 지으며 다시 입술을 내렸다. 하지만 그때 멀리서 고함소리가 들렸다.

"레이라, 어디 있는 거냐? 레이라!"

레이라는 마치 찬물이라도 맞은 것처럼 숨을 들이켜며 그에게서 떨어졌다. 겁에 질린 눈으로 그를 쳐다보고, 자신의 흐트러진 옷차림을 내려다보고 다시 고개를 들어 올린다.

말조차 나오지 않는 것처럼 레이라는 입을 몇 번 벙긋거리다가 주춤주춤 물러났다. 손으로 다급하게 옷을 잡아당기며 그녀가 몸을 돌리고 숲 바깥쪽을 향해 달려갔다. 바깥쪽에서는 여전히 딸을 찾는 제피의 목소리가 들려오고 있었다.

루헤인은 피식 웃으며 나무 아래 몸을 기대고 앉았다. 몸이 무겁고 조금 불편하긴 했지만 견딜 수 없을 정도는 아니었다. 중요한 것은 레이라가 그에게 반응하고 있다는 거였다. 조금만 더 하면 완전히 넘어올 것이다. 그러면 그때 가서 그녀를 왕궁으로 데려가면 된다. 그 뒤에 어떤 일이 벌어지든, 그건 알 바 아니지. 그가 보고 싶은 것은 저여자가 그에게 달라붙어 있을 때의 다흐란 얼굴이니까.

"재미가 좋으신 모양입니다."

갑작스러운 제르가의 목소리에 루헤인은 고개를 들었다. 언제 봐도 왕궁의 어떤 귀족 영애보다 아름다운 마녀가 그의 앞에 서 있었다.

"뭐 할 일이 없으니까. 드래곤의 거처는 찾았나?"

그가 일어나서 옷에 묻은 흙을 털었다. 제르가는 고개를 살짝 흔들었다.

"아직 찾고 있는 중입니다. 드래곤이 자신의 거처나 신부를 상당히 신중하게 숨겨둔 모양이라 시간이 더 걸릴 것 같습니다. 그나마 신부가 움직여준 덕에 조금은 위치를 좁혔지만요."

"움직였다?"

루헤인의 눈이 가늘어졌다. 제르가는 눈썹을 치켜 올렸다가 갑자기 빨간 입술을 움직여 미소를 지었다.

진홍의
마녀 ②

"전하께서는 모르시겠군요. 지금 토르카인에 살고 있는 마녀들 사이에 어떤 일이 벌어졌는지 말입니다."

"내가 마녀들 사이에 무슨 일이 벌어졌는지 알 리가 없지 않느냐."

루헤인이 불쾌한 어조로 말했다. 제르가의 잘난 척하는 미소가 마음에 들지 않았다. 드래곤의 거처를 찾는 것 하나도 이렇게 오래 걸리는 주제에. 상대는 기껏해야 사바다. 어리디 어린 마녀가 아니던가. 마녀로서는 갓 태어난 거나 다름없는 어린 나이.

드래곤은 강하다고 하지만, 그래서 뭐? 어디에 있는지조차 모른다는 건 제르가의 능력이 그만큼 떨어진다는 의미일지 모른다. 차라리 다른 마녀를 찾아 계약을 맺고 드래곤의 거처를 찾는 편이 낫지 않을까?

그의 회의적인 생각을 알아챈 듯 제르가가 갑자기 고개를 숙여 표정을 감추고 짐짓 겸손한 어조로 말했다.

"전하의 마녀가 토르카인의 마녀들을 죽이고 있습니다. 벌써 다섯 명이나 죽었다고 하더군요. 죽고 싶지 않으면 토르카인에서 나가라고 위협하고 있다고 합니다. 토르카인에 거주하고 있는 모든 마녀들이 지금 경계 상태입니다."

루헤인은 인상을 찌푸렸다.

"토르카인에 마녀가 있었다고? 사바 말고?"

제르가가 살짝 놀란 표정을 지었다가 다시금 묘한 미소를 띠었다.

"마녀들의 숫자는 전하께서 생각하시는 것보다 훨씬 많습니다. 토르카인에도 꽤 많은 숫자가 살고 있지요. 지금은 전하의 마녀 덕에 상당히 줄었습니다만."

"그 마녀들은 너희들과 전쟁을 하고 있을 때에는 뭘 하고 있었던 거지?"

루헤인의 어조가 험악해지자 제르가는 자신의 잘못으로 몰지 말라는 듯이 고개를 살짝 옆으로 기울이고 새치름한 눈으로 그를 보았다.

"마녀에게 인간의 나라라는 것은 별 의미가 없습니다. 저희는 특정 국가를 편들지 않습니다. 게다가 지난번 전쟁이 일어난 이유가 뭔지는 전하께서 가장 잘 아시지 않습니까?"

"그래, 나 하나에게 보복을 하자고 네가 드래곤을 부추겼던 싸움이었지. 그루제펜의 국왕까지 부추겼고. 나라 하나를 그렇게 엉망으로 망가뜨리는 게 마녀들에게는 아무것도 아닌 거냐?"

제르가는 눈썹을 치켜 올렸다.

"인간의 나라가 저희에게 무슨 상관이 있습니까? 저희들은 마녀입니다. 땅을 지키는 자들이지요. 이 땅이 남아 있는 한 그 위에 인간들이 어떤 이름으로 어떤 체제를 세우든 그런 것은 중요치 않습니다."

짜증스러운 이야기지만, 이해가 가지 않는 것도 아니었다. 저들에게 나라나 왕은 그저 도구에 불과하다. 그에게 귀족이나 백성들이 그저 장난감에 지나지 않는 것처럼. 하지만…….

"그래서 너희들이 토르카인을 망가뜨리고 있다 해도 토르카인에 사는 마녀들에게는 아무런 의미도 없었다는 것이냐?"

"저희에게는 청록의 드래곤이 있었습니다. 마녀는 드래곤을 상대하지 않을 정도로 현명합니다. 만약 진홍의 드래곤이 끼어들지 않았

진홍의
마녀 ②

더라면 전하께서도 지금 이 자리에 계시지는 못했겠지요."

루헤인의 눈가가 떨리는 것을 알아챈 듯 제르가는 재빨리 말을 이었다.

"전하의 마녀도 그때 토르카인의 마녀들이 싸움을 돕지 않은 것에 대해 책임을 묻고 있는 모양입니다. 아마도 다른 마녀들에게 도움을 요청했었던 모양인데 그들이 거부했던 것이겠지요. 드래곤을 상대로 싸우겠다고 나서는 멍청한 마녀가 있을 리 없으니까요. 그래서 그때 노골적으로 거부했던 마녀들부터 죽이고 있다고 합니다. 벌써 다수의 마녀들이 토르카인을 빠져나갔습니다. 남아 있는 마녀들은 드래곤의 신부라 해도 무슨 수를 써서든 그 아이를 구속하겠다고 결의했다는군요."

"구속?"

"그 아이를 붙잡아 봉인한다는 거지요. 드래곤의 신부를 죽일 수는 없으니 어딘가에 마법으로 붙잡아두는 겁니다."

"그렇게 되면 드래곤은 어떻게 되는 거지?"

제르가의 얼굴에 다시 묘한 미소가 떠올랐다.

"전하께서는 소중한 신부를 빼앗기면 어떻게 하시겠습니까?"

소중한 신부 따위는 없지만, 그의 것을 빼앗기면 당연히 가만히 있지 않을 것이다. 지금처럼. 그의 것인 사바를 되찾기 위해 여기까지 나온 것처럼.

드래곤은? 이 지상에서 가장 강하다고 알려진 존재는 과연 어떻게 할까?

"가만히 있지 않겠지."

"네. 아마도 토르카인은 쑥대밭이 될 것입니다. 토르카인뿐만 아니라 그 주변까지 전부 다 엉망이 되겠지요. 진홍의 드래곤만큼 강하고 나이든 드래곤이 분노한다면 아마 지상의 인간들은 남아나지 않을 것입니다. 신부를 구속한 마녀들은 말할 것도 없고요."

"간단히 말해서 그런 일이 일어나면 모두가 곤란해진다는 의미로군."

"그렇습니다만, 지금 그런 일을 감수할 정도로 토르카인의 마녀들은 입장이 난처하다는 뜻이기도 하지요."

루헤인은 천천히 고개를 끄덕였다. 우선 사바를 찾아야 한다. 사바가 다른 마녀들을 죽이고 있다는 사실을 이해할 수는 없지만, 어쨌든 사바를 찾아서 데려가야 한다. 드래곤이 무슨 짓을 하든 그것은 그다음 문제이다. 뭐, 제르가가 어떻게든 할지도 모르지. 자신이 드래곤의 새 신부가 되겠다고 작정하고 있으니.

다른 마녀들에 관해서는……. 죄다 제 집구멍에 머리나 처박으라지. 토르카인에 사는 주제에 싸움에도 참가하지 않았던 것들이 이제 와서 사바를 구속하겠다고? 개소리. 사바를 되찾고 나면 그녀에게 다른 마녀들을 전부 다 토르카인에서 색출해 내쫓으라고 할 것이다. 이 땅에 마녀는 사바 하나면 충분하다. 다른 마녀들이 그가 기억하지 못하는 마법을 쓰고 다닌다는 생각만으로도 불쾌했다.

"그렇다면 네가 드래곤의 거처를 빨리 찾아야겠군. 사바를 찾아내야 이 모든 일을 중단시킬 수 있을 테니까."

루헤인의 차가운 눈이 제르가를 바라보았다. 제르가는 마치 조롱하는 듯한 미소를 띠고 허리를 굽힌 후 그 자리에서 사라져버렸다.

루헤인은 주위를 둘러보았다. 듬성듬성한 나무 너머로 잡초가 자라는 밭과 낡은 집들이 보인다. 이 시골 동네에 더 오래 머무르고 싶지 않았다. 다흐란을 신처럼 받드는 계집 따위에 대한 흥미도 떨어졌다. 그 계집이 그에게 넘어오기만 하면, 왕궁까지 데려가지 않고 그냥 여기 버려두고 떠나야지. 다흐란의 표정 따위 봐서 뭐하겠는가. 그 녀석이 그토록 생각하고 있는 여자가 그에게 안겼다는 것만으로도 충분하다.

그래, 그걸로 충분하다.

레이라는 고개를 흔들었다. 제피는 요즘 딸의 상태가 이상한 것을 알아챈 듯 걱정스럽게 살폈지만, 만약 레이라가 집에 머무르고 있는 '루'라는 이름의 귀족과 눈이 맞은 거라면 차라리 잘됐다고 생각하는지 장사를 하겠다고 또다시 짐을 짊어지고 집을 나섰다. 그리고 집에는 또다시 그 귀족과 그녀, 단둘이 남았다.

그렇다고 그녀가 집에서 잠을 자는 건 아니었다. 조금 떨어진 곳에 혼자 사는 과부 칼라일라의 집에 가면 언제든지 잠을 재워준다. 처음에는 당연히 그렇게 했는데, 요즘은 어쩐지 그렇게 하기가 싫었다. 그냥 집에 머무르고 싶었다. 집에 머무르며 그 귀족 나리를 보고, 생각하고, 만지고, 그러다가…….

"정신 차려. 정신 차리라고!"

그녀는 자신의 머리를 탁탁 때리고서 눈앞의 밭을 바라보았다. 며칠째 일을 하는 척만 하고 제대로 하지를 않아서 잡초가 다시 싹을 틔우고 있었다. 밭일이란 힘들고 어려운 것이다. 매일같이 보살피고 돌봐야 한다. 그 귀족 나리의 말처럼 뼈 빠지게 힘든 일이다.

고급스러운 성에 들어가 떵떵거리고 살고 싶다는 생각은 단 한 번도 해본 적이 없었다. 테호의 말처럼 하루하루 성실하게 열심히 살다 보면 언젠가는 좋은 날이 올 거라고 생각하는 쪽에 가까웠다. 분수에 넘치는 것을 꿈꾸다가 결국에 실망하고 시들어가는 그런 멍청한 계집애는 아니라는 걸 항상 자랑으로 여겨왔다.

그런데 왜 지금 와서 이런 꿈을 꾸는 걸까? 왜 불가능한 꿈을, 원치도 않는 꿈을 꾸는 걸까?

이를 앙다물고 호미를 들어 올리는데 눈가로 멀리 뭔가가 보였다. 온몸의 털이 바싹 곤두서고 가슴과 다리 사이에 아릿한 느낌이 들었다. 다리에 힘을 주고서 그녀는 잡초만을 노려보았지만 모든 신경은 눈가에 희미하게 보이는 존재에게 고정되어 있었다. 이 기묘한 감정을 도대체 어떻게 설명해야 할까? 왜 이런 걸까? 단 한 번도 남자에게 이런 감정을 느껴본 적이 없는데.

싫어. 이젠 그만 느끼고 싶어. 이런 건 싫다고. 심지어 난 저 사람을 좋아하지도 않는데!

그게 문제였다. 그녀는 저 루라는 귀족을 좋아하지 않았다. 존경은 더더욱 하지 않았다. 그는 테호와 전혀 달랐다. 테호는 항상 직접 뛰어들어 움직이며 다른 사람들까지 움직이게 만들었다. 그는 절대로

진홍의
마녀

불평하지 않았고, 항상 좋은 쪽을 바라보았다.

하지만 저 루라는 남자는 자신이 움직이는 경우가 별로 없었다. 그는 이미 농사를 열심히 짓는 것은 멍청한 짓이라는 결론을 내렸고, 그 멍청한 짓을 위해서 자신의 노력을 들이고픈 마음이 눈곱만큼도 없는 것 같았다. 그의 눈에 보이는 것들은 대부분이 안 좋은 것들이었다. 그의 말처럼 농사를 지어 모두가 잘살 수 있는 가능성이 없다 해도 그녀는 테호처럼 언젠가는 잘될 거라는 꿈을 안고 살고 싶었다. 루는 그녀가 바라지 않는 모든 것을 집약해놓은 귀족이었다.

그런데 어째서 자꾸만 그 남자의 곁으로 가고 싶은 걸까? 왜 그 남자가 나타나면 신경을 끌 수가 없는 걸까? 왜 그 남자에게 몸을 던지고 안아달라고 외치고 싶은 충동을 억누를 수가 없는 걸까?

왜, 왜, 왜.

이런 건 싫어. 싫다고.

억눌린 감정을 모두 담아 그녀는 거칠게 호미를 내리쳤다. 호미는 마른 땅을 푹 파헤쳤고 잡초의 뿌리까지 뎅강 잘라버렸다. 뿌리가 남으면 그 자리에서 다시 잡초가 올라올 것이다. 뽑아내도 실뿌리만 남아 있으면 또 올라올 테지. 그리고 또, 또, 또. 아무리 해도 농사일은 끝나지 않는다. 아무리 해도 부유해지지 않는다. 배부르게 먹고살 수 있을 정도의 작물도 거두지 못한다.

차라리 루가 준 돈을 받는 편이 나을지도 모른다. 그 돈이 있으면 최소한 그녀와 아버지만큼은 배부르게 먹고살 수 있을 것이다. 세금 걱정을 하지 않아도 되고, 먹고사는 것도 어렵지 않다. 마을 사람들이

흰 눈으로 쳐다보면 그냥 다른 곳으로 이사를 가면 된다. 좀 더 큰 도시로 갈 수 있을지도 모르지. 사람들이 전부 다 말을 타고 다니고, 매일 장이 선다는 그런 큰 마을로.

힘을 주어 내리친 호미가 돌에 부딪쳤다. 호미를 타고 손까지 저릿한 느낌이 타고 흐르는 바람에 그녀는 호미를 떨어뜨리고 손을 흔들며 낮게 신음을 흘렸다. 밭일을 하다보면 다치고 상처가 나는 건 흔하지만, 예전에는 그걸 보살펴주고 신중하게 붕대를 감아주었던 테호가 함께 있었다.

지금은 없다. 지금은 그녀 혼자였다.

레이라는 입술을 깨물고 손을 쳐다보았다. 손이 저리긴 하지만 상처가 난 것도 아니니 몇 번 쥐었다 폈다 하면 괜찮아질 것이다. 그런데 어쩐지 눈앞이 흐릿해졌다. 눈물이 눈가에서 위험스럽게 흔들거린다.

빨리 저 귀족 나리가 떠나버렸으면 좋겠어. 저 돈주머니도 갖고서 가버리면 좋겠어. 아니면, 아니면…….

"다쳤나?"

레이라는 목소리가 들린 쪽으로 고개를 돌렸다. 루가 삐딱한 자세로 서서 그녀를 바라보고 있다. 목덜미까지 닿는 머리카락과 날카로운 눈은 마치 사람의 것이 아닌 것처럼 새카맣게 반짝였다. 까마귀가 사람의 모습을 하고 서 있는 것처럼.

"농사일을 하느니 차라리 검을 배우는 편이 나을지도 모르겠군. 아무리 봐도 무기를 다루는 편이 더 쉬워 보여. 왜들 농사를 포기하고 숲으로 도망쳐서 산도적이 되는지 알 만해."

그가 다가와서 그녀의 손을 잡고 들여다보았다. 그의 커다란 손이 뜨겁게 느껴진다. 아니, 차갑게 느껴진다. 아니, 짜릿하다. 호미로 돌을 내려쳤을 때보다 더. 레이라의 손가락이 저절로 움찔거리고 몸이 바르르 떨렸다.

싫어, 싫어, 싫어. 이러지 마. 싫다고. 제발 이러지 마!

머릿속에서 이성이 사라진다. 흐릿하게 허공에서 흩어지는 연기처럼 이성의 외침은 점점 낮아지다가 사라지고 남는 것은 강렬한 육체적인 쾌감뿐이었다. 맞닿은 손에서 흘러 들어오는 온기와 온몸을 달구는 짜릿한 감각.

"다친 곳은 없는 것 같은데."

루가 그녀를 보았다. 그 검은 눈과 마주치는 순간 그녀의 머릿속에 마지막 남아 있던 생각들까지 완전히 사라져버렸다. 눈앞에 흐릿하게 안개가 서리는 것 같은 느낌이 들었다. 보이는 거라고는 오로지 그 검은 눈밖에 없다. 몸 안에 열기가 고이는 것 같고 숨이 가빠졌다. 그녀를 바라보던 루가 갑자기 비뚤한 미소를 지었다.

"내가 뭘 어떻게 해주길 바라지?"

만져줘요. 안아줘요. 날 가져줘요.

머릿속 한구석에서 비명을 지르는 그녀가 있었다. 안 돼, 아냐, 이건 아니야! 이런 남자에게 주자고 지금까지 기다렸던 게 아니잖아. 태호에게도 주지 않았던 건데, 이런 남자에게 주려고 기다렸던 건 아니었다고! 네가 기다렸던 건 태호가 전쟁에서 돌아오는 거였잖아. 그거였잖아!

그는 돌아오지 않았고, 이 남자는 지금 눈앞에 있다. 몸을 태우는 이 열기를 진정시켜줄 수 있는 상대는 이 남자뿐이었다. 그녀의 본능은 그것을 알고 있었다. 이것만큼은 설령 지금 눈앞에 테호가 나타난다 해도 식혀줄 수 없다. 이건, 이건……

이 남자가 불러일으킨 열기다. 이 남자만이 해소해줄 수 있는 열기다.

"이걸 바라나? 이거? 아니면 이거?"

그의 입술이 얼굴에 닿는다. 뺨에 닿는다. 입술에 닿는다. 레이라의 입에서 저절로 신음소리가 흘러나왔다. 그의 손이 그녀의 손을 타고 올라와서 팔을, 어깨를 쓰다듬는다. 그녀의 몸이 그를 향해 기울어졌다.

"더?"

자신도 모르는 사이에 그녀는 고개를 끄덕이고 있었다. 더, 더, 더. 더 많이 해줘요. 전부 다 줘요. 전부 다 가져요.

"정말로? 정말 나에게 모든 걸 다 주겠다는 거야? 너에겐 다른 사람이 있었을 텐데?"

몰라, 모르겠어. 다른 사람 누구? 아무것도 생각나지 않아. 이 남자의 열기, 이 남자의 손길, 이 남자의 입술만이 지금 그녀가 생각할 수 있는 전부였다. 레이라는 다급하게 남자의 어깨를 잡고 끌어당겼고, 남자가 희미한 웃음 띤 입술로 그녀의 입술을 덮었다. 그녀의 입술에서 만족과 욕망의 신음이 새어나온다.

그리고 더는 아무것도 생각나지 않았다.

사바는 멍하니 주위를 둘러보았다. 침대 위에는 아무도 없었다. 구겨진 이불과 남자의 냄새만이 남아 있을 뿐이다. 맨몸 위로 이불을 끌어당겨 두른 다음 그녀는 침대에서 일어났다. 주변에서는 이제는 익숙해진 불과 유황의 냄새가 희미하게 풍겼다. 냄새가 진하지 않다는 것은 드래곤이 이 근처에 없다는 이야기다.

드래곤이 없을 때면 성은 텅 빈 것 같은 느낌을 주었다. 따뜻하고 아늑한 곳임에도 불구하고 누군가가 머물러 사는 느낌은 주지 않는다. 그녀는 천천히 푹신한 양탄자를 밟고 방을 가로질러 문으로 향했다. 아흐메닷의 방에 계속 있고 싶지는 않았다. 최소한 그녀의 방으로 돌아가고 싶었다. 이전에 줄레나와 함께 살던 오두막 전체보다도 더 큰 방이었지만, 그래도 거기에 있으면 자신의 공간이라는 기분이 조금 들었다.

방 한쪽에는 사치스러운 드레스가 가득하고, 반대편에는 어디서 가져온 건지도 알 수 없는 책들이 가득 꽂혀 있는 책장이 서 있다. 한쪽 옆에는 마법약을 만들 수 있는 탁자와 기구들도 있고, 반대편으로는 닫집이 달린 침대가 있었다. 사바는 이불만 두른 몸으로 침대 너머 창문으로 가서 덧문을 활짝 열었다. 창밖에는 드문드문 구름이 깔려 있고 그 사이로 산 아래 인간들의 세상이 멀리까지 보였다.

토르카인의 북쪽 가장 끝, 사람의 힘으로는 올라오기 힘든 산꼭대기에 자리한 진홍의 드래곤의 성은 반쯤은 구름 사이에 가려져 있었다. 북쪽 마을 사람들은 가끔 하늘을 날아가는 검은 그림자를 볼 때마다 고개를 조아리곤 했지만, 그게 드래곤이라는 사실까지는 모르는 것 같았다. 그저 마을을 지키는 신이라고 생각하는 모양이다. 하긴, 인간들이 알았으면 마녀들도 이미 알고 있었겠지.

지상에 남아 있는 가장 강한 드래곤.

드래곤의 불을 갖는다는 것은 그 드래곤이 갖고 있는 수많은 지식과 접한다는 의미이기도 했다. 아흐메닷이 알고 있는 대부분의 지식은 사바도 느낄 수 있다. 그 지식만 하나하나 파헤치고 있어도 몇 날 며칠의 시간이 훌쩍 흘러갈 것이다. 예전의 그녀였다면, 숲의 오두막에서 조용히 마법약이나 만들던 그 사바였다면 이 지식을 탐구하는 데에 많은 시간을 쏟았을 것이다. 하지만 지금의 그녀는 예전의 사바가 아니었다. 구태여 그런 지식을 연구하고 고민할 필요가 없다. 마력이 있으니까. 마력으로 뭐든지 할 수 있으니까.

마력이 없을 때에도 분명히 살아왔건만 지금은 마력이 없을 때 어떻게 살았던 건지 생각조차 나지 않았다. 그때는 살았던 게 아니다. 그저 존재했던 거다. 숨만 쉬고 있었던 거다. 마법을 쓸 수 없는 마녀, 마력이 없는 마녀는 마녀가 아니다. 인간과 다를 바가 뭐가 있단 말인가. 왜 드래곤의 창녀가 되는지 알 것 같았다.

마력은 힘이다. 권력이다. 마녀의 존재 의미다.

차가운 공기를 한껏 들이켰다가 창밖으로 뿜어낸다. 그녀의 입김과 함께 새빨간 불길이 밖으로 뿜어져 나간다. 순식간에 창밖에 드리워져 있던 구름들이 사라지고 아래의 세상이 또렷하게 나타났다.

숲, 밭, 손톱보다 작은 집들을 바라보며 사바는 한참 그렇게 서 있었다. 찬바람이 맨 어깨를 스쳤지만 춥지는 않았다. 드래곤의 불은 그녀의 온몸을 항상 데워준다. 가슴 한구석, 항상 비어 있는 그 자리는 여전히 비어 있지만 거기에는 이미 익숙해졌다. 아흐메닷이 돌아오면 이 성도 좀 더 살아 있는 느낌을 줄 것이다. 그거면 충분하지 않은가.

"이렇게 살 수 있을 거 같아."

산 아래로 펼쳐진 넓은 세상을 바라보며 사바는 중얼거렸다. 이렇게 살 수 있을 거 같아. 이런 식으로. 마력만으로 만족한 채로.

문득 그녀는 자신의 팔과 어깨를 내려다보았다. 피부 위 여기저기에 아흐메닷이 남겨놓은 자국이 울긋불긋하게 장식처럼 남아 있다. 예민해진 피부는 이불에 쓸릴 때마다 따끔거렸다. 드래곤의 사랑 행위는 날뛰는 짐승 그 자체처럼 거칠었다. 이대로 머리부터 발끝까지 물어뜯고 씹어 먹을 것 같다는 생각이 들 정도로.

루헤인도 항상 거칠었다. 항상 화를 냈다. 그에게 그녀는 갖고 싶은 상대가 아니었다. 옆에 있는, 손에 닿는 유일한 존재이기 때문에 어쩔 수 없이 손을 뻗었지만 선택의 여지가 있다면 그녀를 선택하지는 않았으리라.

아흐메닷에게도 그녀는 갖고 싶은 상대가 아니었다. 그저 가질 수 있는 존재였다. 그래도 최소한 그는 그녀에게 무언가를 주었다. 마력을. 자유를. 뭐든 마음대로 할 수 있는 힘을.

"이렇게는 살 수 있을 거야."

그녀는 천천히 숨을 들이켰다 내쉬었다. 입에서 가느다란 불꽃이 나왔다가 허공으로 사라진다. 그녀의 얼굴에 자신도 모르게 흐릿한 미소가 떠올랐다. 그래, 이렇게는 살 수 있다. 아흐메닷에게 아무것도 바라지 않으니까. 그가 준 마력과 이 불로 만족하니까.

잠깐 그녀는 눈을 감고 귀를 기울였다. 토르카인의 마녀들이 조용하다는 것이 영 믿어지지 않았다. 그녀가 그만큼 들쑤셨으면 시끌시끌해야 하는데. 어째서 아무것도 들리지 않는 걸까? 어쩌면 줄레나가 그들에게 알려준 건지도 모른다. 그녀가 다른 마녀들의 이야기와 생각을 들을 수 있다는 사실을. 그래서 거기에 맞추어 방어마법을 쓰고 있는 걸지도 모르지. 뭐, 상관없다. 그 정도 마법은 얼마든지 부숴버릴 수 있으니까.

소리, 소리들. 아주 얇은 실 한 가닥을 잡고 천천히 그 근원을 파악해 나가는 것처럼 그녀는 귀를 간질이는 것 같은 낮은 소리를 따라 영혼을 움직였다. 소리가 들린다. 이야기 소리. 말다툼 소리. 두려움. 마법. 토르카인의 마녀들.

쥐새끼처럼 모여서 두려움에 떨고 있는 멍청한 마녀들.

너희가 저지른 일이잖아. 너희가 불러온 결과야. 책임을 져야지? 사바는 희미한 미소를 지으며 그들을 스쳐가서 마력이 흘러나오고 있는 곳으로 움직였다. 얼굴들이 떠올랐다 사라지고, 목소리들이 들리다가 사라진다. 그리고 가장 강한 마력이 느껴지던 곳이 그녀의 시야에 들어왔다.

저 마녀의 얼굴을 기억하고 있다. 그때, 청록의 마녀들과 싸워달라는 부탁을 할 때 함께 있던 나이 많은 마녀 중 하나였다. 아말리나. 줄

진홍의
마녀 ②

레나와 거의 비슷할 정도로 나이가 많은 마녀였다. 그녀는 노골적으로 싸움에 끼어선 안 된다고 나서진 않았지만, 그렇다고 다른 마녀들에게 토르카인을 지켜야 한다고 편을 들어주지도 않았었다. 그래놓고는 이제 와서 토르카인에 계속 머무르며 살고 싶어 하는 건가? 책임은 지지 않고 권리는 누리고 싶어 하는 배부른 것들 같으니.

마법진의 한가운데 앉아 주문을 외고 있는 아말리나에게서 마력이 춤추듯 움직이는 것이 보였다. 사바는 마법진의 형태를 유심히 쳐다본 후 자신의 머릿속을 뒤졌다. 깊이, 더 깊이, 아주 깊은 곳에 있는 마법들을 찾고 확인한다. 저 마법진이 어떤 의도로 만들어진 것인지 알아낼 때까지. 아말리나가 뭘 하려고 하는 건지 찾을 때까지.

드래곤의 불길이 가슴속에서 훅 솟구쳤다. 사바는 인상을 찌푸리고 눈을 떴다. 아말리나가 그녀의 존재를 느낀 것처럼 멈칫하는 것까지가 그녀가 본 마지막 영상이었다.

"춥지 않나?"

아흐메닷. 그녀는 천천히 돌아서서 자신의 방에 서 있는 아흐메닷을 보았다. 헝클어진 붉은 머리가 이마 위로 흘러내려와 있다. 그녀가 고개를 흔들자 그는 다가와서 덧문 바깥을 보았다.

"구름이 없어서 바깥이 잘 보이는걸. 가끔 저 아래를 하염없이 구경하곤 하지. 인간들이 꼬물거리며 돌아다니는 게 꽤 재미있는 볼거리거든."

창틀에 한 팔을 걸치고 그는 몸을 기댔다. 사바는 가만히 그를 바라보다가 물었다.

"지상에 더 이상의 드래곤은 남아 있지 않은 거죠?"

의외의 질문이라는 듯이 아흐메닷이 고개를 돌려 그녀를 쳐다보았다.

"다른 드래곤이 있으면 그 녀석에게 가게?"

사바가 말없이 쳐다보자 아흐메닷은 낄낄 웃고 다시 바깥을 보며 대답했다.

"우린 서로에게 어디로 가는지 따위를 말하고 다니지 않아. 드래곤은 혼자야. 항상 그렇지. 그저 남의 영역에 자리 잡고 앉는 짓은 안 할 뿐이야."

"마지막으로 다른 드래곤을 보거나 느낀 건 언제죠?"

"글쎄. 십 년? 십오 년?"

사바는 인상을 찌푸렸다.

"그건 그렇게 오래된 일이 아니잖아요. 드래곤들은 이미 수십 년 전에 모두 떠나버린 줄 알았는데요."

"뭐 떠났다고 해서 이쪽 세계를 완전히 저버린 건 아니니까. 나처럼 여기 머물러 지내지 않을 뿐이지. 저쪽 세계로 가버리면, 심심하거든."

아흐메닷이 씩 웃었다. 사바는 찌푸린 표정을 풀지 않았다.

"그러면 언제든 이쪽에서 소환하면 올 수 있다는 뜻인가요?"

"그럴 수도 있지. 마음이 내키면. 왜?"

"저들이 드래곤을 소환하려 하고 있어요. 아마도 당신과 싸우게 하려는 거겠죠."

아흐메닷은 낄낄 웃으며 고개를 흔들었다.

"내 신부님께서 어지간히 마녀들을 자극하셨던 모양이군. 다른 드래곤을 소환해서 나를 막는 데 쓰겠다? 그런 부탁을 들어줄 드래곤이 있을 거라고 생각하는 건가?"

사바는 아무 대답도 하지 않았다. 드래곤의 불을 갖고 있는 그녀도 반쯤은 드래곤이나 마찬가지였다. 드래곤의 자부심이 얼마나 강한지, 그들의 의지력이 얼마나 강한지 마치 자신의 것처럼 느껴졌다. 그러니 드래곤을 소환한 마녀가 무엇을 말하든 자신이 내키지 않으면 드래곤은 결코 들어주지 않을 것이다. 다른 드래곤과의 싸움? 그런 귀찮은 일은 더더욱 하지 않으리라.

물론 드래곤도 서로 싸운다. 하지만 그것은 서로 간의 문제로 인한 것이지, 누군가의 부추김이나 부탁으로 인한 것은 절대로 아니었다.

"마지막으로 만난 드래곤은 누구였나요?"

아흐메닷이 기묘한 표정으로 그녀를 쳐다보았다. 웃는 것 같기도 하고 혼자 재미있어 하는 것 같기도 한 그런 표정이었다.

"누가 됐든 드래곤들끼리는 싸우지 않아. 그것도 한낱 마녀가 부탁하는 것 따위 때문에는. 너는 내 신부고, 내 신부가 하는 일에 대해서 다른 드래곤이 끼어들 순 없어. 대단한 것도 아니고 마녀 몇 명 죽인 정도 때문에는 더더욱."

사바는 가만히 그를 쳐다보았다. 그가 무언가 대답하지 않은 것이 있다는 느낌이 드는데 그게 뭔지 알 수가 없었다. 드래곤끼리 싸우지 않는다는 말은 사실이다. 드래곤의 신부가 한 일에 대해서 다른 드래곤이 끼어들지 않는다는 것도 사실이고. 그런데 왜 이상한 느낌이 드는 걸까?

"뭐, 네가 말한 것처럼 내가 준 마력이니 마음껏 써보라고. 그저 세상을 통째로 망하게 하는 것만은 좀 참아주고. 그때엔 정말로 다른 드래곤들이 들고 일어날지도 모르거든. 다들 저쪽 세계로 넘어갔다고 해도, 주시하고 있는 자들이 몇 있으니까."

"그 주시하는 자들이 어느 드래곤인데요?"

아흐메닷은 대답 대신 웃기만 할 뿐이었다. 사바는 그를 바라보며 드래곤의 불을 통해 그의 속을 읽으려고 노력해보았지만 마치 바닥을 알 수 없는 깊은 우물처럼 그의 안까지는 도달할 수가 없었다.

18

"레이라, 있어?"

칼라일라는 나이가 마흔 줄에 접어드는 과부였다. 남편을 잃은 지 이미 십 년이 되었고, 지금은 마을 남자들을 손님으로 삼아 돈도 벌고 시간도 보내는 생활을 하고 있었다. 그렇다고 딱히 마을 여자들이 그녀를 싫어하는 것은 아니었다. 돈 대신 먹을 것만 조금 갖다 주면 충분했고, 일에 지쳐 피곤한 마을 여자들 대신 남자들을 받아주니 그걸로 만족하는 사람들이 많았다. 게다가 칼라일라가 정말로 다른 여자들을 불안하게 만들 만한 미인도 아니었다. 아마도 그것 때문에 마을에 사는 데 별문제가 없는 것일 수도 있었다.

칼라일라에게 이웃집의 레이라는 동생이나 딸과 같은 존재였다. 테호가 있는 동안 레이라에게 그를 유혹할 방법을 알려주고 온갖 상담을 해주었던 것도 칼라일라였고, 허구한 날 방물장수로 다른 곳을 떠도는 제피 대신 레이라에게 여자로서의 도움을 주었던 것도 칼라일라였다. 젊고 예쁜 레이라가 아직까지 적당한 남자를 만나지 못했다는 사실에 애타하는 것 역시 칼라일라였다. 개인적으로 그녀는 친아버지인 제피보다 자신이 레이라에게 더 많은 것을 해주었다고 믿었다.

"레이라?"

낯선 귀족이 온 이래로 거의 매일 밤마다 그녀의 집으로 자러 오던 레이라가 요 며칠 나타나지 않는 게 영 이상했다. 게다가 며칠째 밭일도 안 하는 듯 잡초가 웃자라기 시작했다. 레이라는 항상 성실했고, 테호라는 사내가 나타났다 사라진 이래로는 더더욱 그랬다. 사내를 잊기 위해 일만 하는 것도 젊은 여자에게는 좋지 않은 일이라고 생각했지만, 레이라는 그녀의 충고에 별로 귀를 기울이는 것 같지 않았다.

귀족 사내와 눈이 맞아 이 마을을 떠날 수 있다면 좋겠지만, 그럴 가능성은 별로 없으리라. 레이라가 예쁘장한 젊은 여자이긴 했지만 귀족이라면 그보다 훨씬 예쁜 여자들을 많이 만날 테니까. 귀족의 자식을 낳는다 한들 여자에게는 별로 득 될 것도 없다. 그저 비슷한 사내를 만나 비슷비슷하게 사는 편이 낫지. 좀 더 좋은 미래가 있다면 돈이 좀 있는 부농이나 상인을 만나는 정도일까. 게다가 지금 레이라의 집에 머물고 있는 그 귀족은……. 칼라일라는 고개를 흔들고 다시 문을 두드렸다.

"레이라, 문 좀 열어봐!"

아무래도 아픈 게 아닐까 슬슬 걱정이 되기 시작했다. 제피도 없는데 혼자서 아파서 끙끙대고 있는 게 아닐까. 그러면 차라리 그녀의 집으로 올 것이지. 며칠 정도는 얼마든지 돌봐줄 수 있는데.

"레이라!"

쿵쿵 문을 두드리고 있는데 갑자기 문이 벌컥 열렸다. 칼라일라의 주름진 눈이 커졌다. 온통 흐트러지고 벌건 얼굴을 한 레이라가 그녀를 쳐다보고 있었다. 옷을 걸치고는 있지만 단추와 끈이 전부 다 풀려 있어서 맨몸이 들여다보일 정도였다.

"무슨 일이에요?"

레이라의 목소리는 계속 소리라도 질렀던 것처럼 쉬어 있었다. 머리카락은 누군가가 계속 헤집고 헝클었던 것처럼 엉망이고 입술은 부풀어 있다. 눈가까지 짓물렀다. 여자를 이렇게 만드는 일은 딱 한 종류뿐이다. 칼라일라는 할 말을 잃고서 입만 벙긋거렸다.

"무슨 일이냐고요!"

레이라가 날카롭게 쏘아붙이자 칼라일라는 놀라서 주춤 물러났다.

"아니 난 네가…… 계속 안 보이길래 걱정이 돼서……."

레이라는 붉게 충혈된 눈으로 그녀를 노려보다가 집 안을 힐끔 쳐다보더니 문을 닫고 밖으로 나왔다. 칼라일라는 한 걸음 더 물러섰다. 레이라의 얼굴은 한 번도 본 적이 없을 정도로 험악했다.

"레이라, 무슨 일 있는 거니? 왜……."

"당신이 왜 왔는지 알아."

레이라가 목소리를 낮추었지만 어조는 날카로웠다. 칼라일라는 인상을 찌푸렸다.

"무슨 말이니? 난 네가 걱정이 돼서……."

"당신이 왜 왔는지 알아. 그 사람을 보고 싶어서 온 거야. 그 사람이 당신을 보면 당신에게 넘어갈 거라고 생각하는 거지? 그럴 리가 없잖아! 당신은 늙은 암퇘지야. 얼굴은 주름지고, 몸은 늘어졌어. 그 사람이 젊고 보기 좋은 나를 두고 당신 따위에게 눈길을 줄 리가 없잖아, 안 그래? 헛꿈 꾸지 말고 돌아가. 당장! 그 사람 근처에도 얼씬거리지 말고. 빨리 가버리란 말이야! 꺼져! 우리 집에 다시는 나타나지마!"

레이라의 목소리가 점점 높아지다가 마지막에는 거의 갈라질 정도의 고음이 되었다. 칼라일라는 귀를 찌르는 목소리에 움찔했다. 내용은 둘째 치고 레이라가 이런 식으로 히스테리를 부리는 모습은 생전 처음이라 이해할 수가 없었다. 지금 누구 이야기를 하는 거지? 그녀가 누구를 보러 왔다는 거야? 게다가, 게다가······.

"레이라, 무슨 이야기를 하는 거니? 네가······ 왜 그런 말을 하는 거니? 맙소사, 왜 이렇게 된 거니? 무슨 일이야?"

뭔가가 잘못된 게 분명하다. 병에라도 걸린 게 아닐까? 칼라일라는 멍한 얼굴로 레이라를 바라보다가 한 걸음 다가가서 손을 들어 올렸다. 하지만 레이라는 그녀의 손을 찰싹 쳐내고 얼굴을 들이밀었다. 일그러진 표정은 평소 레이라에게서는 절대로 볼 수 없는 얼굴이었다.

"꺼지라는 말 안 들려? 꺼져, 오지 마. 그 사람 근처에도 나타나지 말라고! 그 사람은 당신 따위에게 관심이 없어. 그 사람은, 그 사람한테는 나밖에 없다고!"

"테호가 돌아왔니? 그런 거야?"

레이라가 관심을 보였던 남자는 지금까지 그 사내밖에는 없었다.

하지만 말이 안 된다. 그 남자는 전쟁 때 죽었다고 하지 않았던가? 다들 그렇게 말했는데. 최근 레이라의 근처에 있었던 남자는 그 귀족뿐이다. 미남이긴 하지만 어딘지 인상이 음울해 보였던 남자. 비록 상대가 마을 사람들밖에 없었다고는 해도 남자를 상대하며 살아왔던 칼라일라의 경험상 그런 사내는 가까이 해서 좋을 게 없다. 여자를 건드린 후 가차 없이 버리고 자신의 성으로 돌아갈 그런 종류의 귀족이다.

설마 그 사내와 눈이 맞은 건 아니겠지? 칼라일라가 걱정스럽게 레이라를 보았다.

"설마 그 귀족 나리는 아니지? 너한테는 테호가 있었잖니. 그 사내는 괜찮았지만, 그 귀족 나리는 안 돼. 그 사람은 너한테 좋을 게 없어. 돈을 주러 왔다고 했었잖니. 돈만 받고 이만 그 나리를 보내는 게……."

갑자기 레이라가 칼라일라를 떠밀었다. 덩치가 다르다고는 해도 훨씬 젊은 레이라 쪽이 힘이 센 것이 당연했다. 칼라일라는 바닥에 엉덩방아를 찧고서 아프다기보다는 놀라서 어안이 벙벙한 얼굴로 레이라를 올려다보았다. 레이라의 얼굴은 여전히 험악하게 일그러져 있었다. 그녀가 칼라일라의 앞으로 걸어오더니 허리를 굽히고 노려보았다.

"그 사람이 우리 집에서 나오면 당신 집으로 곧장 끌어들이려고? 그 속셈을 내가 모르는 줄 알아? 그 사람은 내 거야. 내 거라고! 내 거야! 당신 같은 늙어빠진 암퇘지한텐 안 줘!"

"레이라, 무슨 소릴 하는 거니! 왜 이러는 거야? 이해가 가게 설명을 좀 해보렴. 내가 누굴 어떻게 한다는 거야? 난 그 귀족 나리한테는 관심도 없어! 난 그분이 무서워. 곁에 가고 싶지도 않아! 너 왜 이러는 거니? 네가 좋아하던 건 테호였잖니."

"아니야! 내가 좋아하는 건, 내가, 내가……."

갑자기 레이라의 목소리가 줄어들었다. 마치 뭔가 생각지 못했던 것을 깨달은 것처럼 흐릿한 눈으로 허공을 바라보며 입을 벌린 채 멍하니 서 있다. 칼라일라는 그 틈을 타서 바닥을 짚고 간신히 무거운 몸을 일으켰다.

"레이라, 무슨 일이니? 왜 이러는 거야?"

"내가, 내가 좋아하는 건, 내가……."

양손으로 얼굴을 감싼 채 그녀는 겁에 질린 것 같은 얼굴로 칼라일라를 쳐다보았다.

"내가 좋아한 건, 내가 좋아한 건 테호인데, 그 사람인데, 내가……."

칼라일라는 걱정스럽게 그녀를 바라보았다.

"마음이 바뀔 수는 있는 거지. 뭐, 죽은 사람이기도 하고. 하지만 그 귀족 나리는 너한테는 어울리지 않는 사람이야."

"아니야!"

갑자기 레이라가 다시 얼굴을 일그러뜨리며 소리를 질렀다. 흡사 칼라일라가 건드려서는 안 되는 상처라도 들쑤신 것처럼 방금 전까지 생각하던 모든 것을 싹 잊고 가시를 곤두세우는 것처럼 보였다.

"아니야! 그 사람은 내 거야. 꿈도 꾸지 마! 당신 따위랑은 어울리지 않아. 그 사람은 내 거야, 내 거라고! 내 거란 말이야!"

레이라가 다시 칼라일라의 어깨를 떠밀었다. 칼라일라는 이번에는 맞서 싸우려 하지 않고 양손을 들고 물러났다.

"그래, 그래, 알았어. 알았다. 아무 말도 하지 않을게. 그저 네가 밭일을 하지 않아서 걱정이 됐을 뿐이야. 지금 잡초를 뽑아두지 않으면 수확할 수 있는 게 없을 텐데……."

"그런 말로 날 그 사람한테서 떼어내려고? 웃기지 마, 내가 그런 거에 넘어갈 줄 알아? 꺼져, 당장 꺼지란 말이야. 당장 꺼져!"

레이라가 바락바락 고함을 질러대자 칼라일라는 결국 고개를 흔들며 돌아서서 자기 집으로 향했다. 몇 번 뒤를 돌아보니 레이라는 감시라도 하는 것처럼 그 자리에 서 있다가 몸을 홱 돌려 집 안으로 달려 들어가 쾅 소리가 문을 닫는다.

이해할 수가 없었다. 칼라일라는 걸음을 멈추고 레이라의 집을 한참이나 바라보고 있다가 다시 고개를 흔들고서 천천히 자신의 집으로 향했다.

숨이 가빠온다. 심장이 두근두근 뛴다. 문에 기대선 채 레이라는 한참 동안 호흡만 고르고 있다가 어두컴컴한 집 안을 보았다.

내가 뭘 하고 있는 거지?

이해할 수가 없다. 언제부터 이러고 있었던 걸까? 며칠이나 지난 거지? 전혀 생각이 나지 않는다. 마지막으로 기억하고 있는 것은 밭일을 하던 것이었다. 호미로 돌을 내리찍었고, 손이 저려서 짜증을 내고 있는데 루가 나타났다. 그리고…….

그를 떠올리자 온몸이 달아올랐다가 다음 순간 싸늘하게 식는 느낌이 들었다. 그 남자. 그 남자와 지금껏 내내 집 안에서 한 걸음도 나가지 않았다. 시간이 얼마나 지났지? 뭔가 먹기는 했던가? 그것조차 기억이 안 난다. 부엌을 쳐다보니 뭔가 해먹기는 했던 것 같았다. 아마 집에 저장하고 있던 음식을 꺼내먹었겠지. 달리 먹을 만한 게 없었으니까. 비어 있는 자리로 보아 저장해두었던 음식을 전부 다 꺼내먹은 모양이다. 이제부터는 뭘 먹고살아야 할지 전혀 떠오르지 않았다.

그녀는 자신의 몸을 내려다보았다. 옷이 반쯤 흘러내려 가슴 둔덕까지 드러나 보인다. 아래도 아무것도 입지 않아 바람이 설렁설렁 들어온다. 발에는 신발조차 신지 않고 밖으로 칼라일라를 쫓아 나갔던 모양이다.

테호.

내가 좋아했던 건 그 사람인데.

루를 좋아한 적은 한 번도 없는데.

그런데 어째서 루의 옆에 있으면 이렇게 정신을 차릴 수 없는 걸까? 왜 몸이 들뜨고 생각이 사라져버리는 걸까? 어째서 그저 그에게 모든 것을 맡기고 싶은 걸까? 왜 칼라일라의 얼굴을 본 순간 그를 빼앗으러 온 거라고, 당장에 쫓아버려야 한다는 생각이 들었던 걸까?

맙소사, 칼라일라를 떠밀고 욕까지 했다. 늙은 암퇘지라니, 어떻게 칼라일라에게 그런 말을 할 수 있었던 걸까? 아버지가 밖으로 떠도는 동안 그녀를 돌봐주고 키워주다시피 했던 칼라일라인데. 레이라는 양손으로 입을 막고 금방이라도 울음이 터질 것 같은 얼굴로 허공을 응시했다. 내가 왜 이렇게 된 거지? 왜 이런 짓을 한 거야?

부스럭거리는 소리가 들리자 그녀는 시선을 내렸다. 이부자리 위에 루가 잠이 들어 있다. 헝클어진 검은 머리와 잘생긴 얼굴, 강한 어깨선이 이불 아래로 나와 있다. 저 얼굴을 만지고, 입을 맞추고, 저 사내에게 안겨 몸을 내주었다. 그 생각만으로도 다시 몸이 달뜨기 시작했다. 하지만 가슴 한구석은 싸늘하게 식었다.

테호에게는 이런 감정을 느낀 적이 없었다. 그녀가 테호에게 느꼈던 것은 가슴이 따스해지는 그런 감정이었다. 그를 생각하면 자신도 모르게 웃음이 나오고, 눈을 마주치려고 하면 괜스레 얼굴이 달아올라 시선을 피하게 되고, 혼자서 그와의 미래를 그려보는 그런 것이었다. 그와 나이 먹을 때까지 살면서 아이를 낳고 농사를 짓고 그러는 모습. 손을 꼭 잡고 함께 나이 들어가는 그런 것.

하지만 루는 달랐다. 그 남자의 곁에 있으면 다른 건 아무것도 떠오르지 않았다. 몸이 달아오르고 그의 곁에 누워 그를 받아들이고 싶었다. 그를 갖고 싶었다. 다른 여자를 생각만 해도 죽이고 싶었다. 다른 누군가가 그의 곁에 접근하는 것도 원하지 않았다. 그는 그녀만의 것이었고, 절대로 다른 사람에게 내어주지 않을 것이다.

소유욕, 비정상적인 소유욕이 온몸을 사로잡는다. 그를 갖고 싶었다. 그를 가져야만 했다. 그는 그녀의 것이었다. 그 감정이 두려우면서도 그 감정에서 벗어날 수가 없었다. 아무것도 하고 싶지 않고 그저 그의 옆에만 있고 싶었다. 그를 자신의 것으로 만들고 남에게 내보이고 싶었다. 아니, 남들 눈에서 숨겨놓고 싶었다. 남이 보면 탐을 낼 테니까. 아무에게도 주지 않을 것이다. 그는 그녀의 것이었다. 그녀만의 것이었다.

다리가 후들후들 떨리기 시작했다. 심장이 빠르게 뛰었다. 레이라는 입을 누른 손에 힘을 주었다. 그러지 않으면 비명을 지를 것만 같았다.

두려웠다. 자신의 감정이 두렵고, 저 남자가 두려웠다. 이건 아니야. 이건 아니야! 뭔가가 잘못됐어. 이상해. 이건 내가 아니야.

밭일도 하지 않고, 사람들을 만나러 나다니지도 않고, 칼라일라에게 드잡이를 하고 욕을 하고. 이건 그녀가 아니었다. 뭔가 그녀가 아닌 다른 것이 머릿속으로 들어와 그녀를 움직이고 있는 것 같은 느낌이었다. 뭔가 다른 게…….

집 바깥에서 누군가가 움직이는 것 같은 느낌이 나자 레이라는 획 돌아보았다. 누군가가 그녀의 남자를 탐내고 나타났다. 누군가가 루에게 반해 그를 그녀에게서 빼앗아가려고 온 거다. 칼라일라가 돌아온 걸지도 모른다. 맙소사, 더러운 창녀가 아직도 정신을 차리지 못한 걸까? 그 창녀에게 맛을 보여주지 않으면 안 되겠어. 주변을 둘러보자 밭을 갈 때 쓰는 가래가 보였다. 저걸로 몇 대 맞고 나면 그 빌어먹을 창녀도 정신을 차릴 것이다.

가래를 들고서 그녀는 밖으로 성큼성큼 걸어 나갔다. 그 빌어먹을 년에게 맛을 보여주겠어. 양손으로 가래의 손잡이를 쥔 채 그녀는 등을 돌리고 있는 사람을 향해 가래를 힘껏 내리쳤다.

"꺼지라고 했잖아! 이 망할 년, 더러운 년, 네가 그 사람한테 손가락 하나라도 댈 수 있을 거 같아? 꿈도 꾸지 말라고 했지, 병신 같은 년아! 그 사람은 내 거야, 너 따위는 넘볼 수 없는 내 거라고! 내 거야, 내 거! 내 거야!"

악을 쓰며 그녀는 계속해서 가래를 내리쳤다. 눈앞에 아무것도 보이지 않았다. 그저 온 세상이 시뻘겋게 보일 뿐이다. 레이라는 팔이 욱신거릴 때까지 계속해서 가래를 휘둘렀다. 퍽퍽 소리가 들리고 비명소리 같은 것이 났지만 신경 쓰지 않았다. 이 창녀 같은 계집은 맞아야 한다. 아니, 그래도 아마 정신을 못 차릴지 모른다. 정신이 번쩍 날 때까지 맞아야 될 테지. 어쩌면 그래도 계속해서 루에게 눈독을 들일지 몰라. 그 사람은 그만큼 귀중하니까. 그 사람을 보면 누구든 탐을 내게 마련이니까. 하지만 절대로, 절대로 주지 않을 거야. 아무도 가져갈 수 없어. 그 사람은 내 거야. 내 거야. 내 거라고!

"내 거라고!"

몇 번이나 가래를 내리쳤는지 생각도 나지 않았다. 수십 번, 수백 번, 모르겠다. 자루를 쥔 손아귀가 아프고 팔이 더 이상 움직이지 않는다. 레이라는 숨을 헐떡헐떡 몰아쉬며 눈을 깜박였다. 발치에 웅크리고 있는 사람은 피를 줄줄 흘리며 움직이지 않는다. 그녀는 다시금 눈을 깜박였다. 칼라일라가 아니다. 아니, 여자조차 아니다. 웅크리고 있는 사람은…….

"아버지?"

아니, 그럴 리가 없다. 아버지가 여기 계실 리가 없다. 아버지를 칼라일라로 잘못 봤을 리도 없고! 말이 안 되잖아. 여자와 남자이고, 덩치조차 다른데. 머리 길이도 다르고, 색깔도 다르고, 옷도 다르고…….

그녀는 멍하니 주위를 둘러보았다. 마을 사람들이 주변에 모여 서서 겁에 질린 표정으로 그녀를 바라보고 있었다. 칼라일라도 거기 있었다. 마을 여자들 뒤에, 놀란 듯 한 손으로 입을 가린 채.

달라. 전혀 달라. 칼라일라가 아니야.

"아니야…….”

아니야, 아버지일 리가 없다. 아버지는 장에 물건을 팔러 가셨다. 벌써 돌아오시진 않으실 것이다. 아니, 오실 때가 되었나? 며칠이나 지났더라? 아니야, 그럴 리가 없어. 아니야, 아니야.

안 돼, 제발.

어느새 금속 부분이 부서져서 자루만 남아 있는 가래를 떨어뜨리고 그녀가 무릎을 꿇고 조심스럽게 웅크린 사람을 밀어서 돌려 눕혔다. 피를 철철 흘리며 정신을 잃은 무거운 남자 몸이 쿵 소리를 내며 바닥에 드러눕는다. 낯익은 얼굴, 잘 아는 얼굴.

숨이 멎는 것만 같다. 심장이 미친 듯이 뛴다.

아니야, 아니야. 이럴 순 없어. 말도 안 돼.

아니야.

몸을 부들부들 떨며 레이라는 일어섰다. 잘못 본 거다. 이건 꿈이야. 악몽이야. 전부 다 잘못됐어. 깨어나야 해. 이럴 순 없는 거야!

"이게 무슨…….”

뒤에서 목소리가 들리자 레이라는 홱 돌아섰다. 루가 말끔한 옷차림으로 서서 한 손으로 머리를 쓸어 넘기며 인상을 찌푸리고 있다. 너무나 태연해 보이는 그 모습에 곧장 그의 품에 몸을 던지고 싶은 충동이 일었다.

아니야. 아니야. 아니라고!

주변에서 사람들이 수군거리는 소리가 들렸다. *미친 거야. 정신이 나갔어. 레이라가 그럴 줄이야. 제 아비를 죽인 건가. 어떻게 된 거지. 무슨 일이야. 저 귀족 나리가 온 이래로 뭔가가 이상해졌어……*

이상해졌어.

저 귀족 나리가 온 이래로.

저 남자가 나타난 이래로.

레이라는 멍하니 남자를 보았다. 검은 머리에 새카만 검은 눈이 마치 괴물처럼 보였다. 그녀를 유혹하고 망가뜨리는 아름다운 괴물. 저 남자가 나타나기 전까지 그녀는 평범했었다. 매일매일 농사를 짓고 밭을 돌보았다. 테호가 한 말처럼 열심히 살면 언젠가는 보상이 있을 거라고 생각했다. 그냥 평범한 마을 처녀였을 뿐이다. 그랬다.

그런데 저 남자가 모든 것을 망쳤다. 저 남자 때문이다. 지금도 여전히 그에게 몸을 던지고 옷을 찢고 싶은 이 충동은 순전히 저 남자 탓이었다.

괴물. 그녀를 망가뜨리기 위해서 온 악마.

"당신 때문이야."

레이라의 입에서 떨리는 목소리가 흘러나왔다. 검은 눈이 그녀에게로 움직였다.

"뭐?"

그녀가 주춤주춤 물러섰다.

"당신 때문이야. 전부 다 당신 때문이야."

그러고서 그녀는 몸을 돌려 도망치기 시작했다.

루헤인은 기가 막힌 얼굴로 피투성이가 된 사내를 보았다. 제피, 레이라의 아버지다. 도대체 무슨 일이 있었던 건지 그로서는 이해할 수가 없었다.

한잠 자다가 시끄러운 소리에 옷을 입고 밖으로 나와 보니 마을 사람들이 구경거리라도 난 것처럼 서 있었다. 그리고 거기, 한가운데에서 레이라가 막대기를 들고 누군가를 내리치고 있었다. 뭔가에 홀린 듯이 미친 듯이. 주변에서 마을 사람들이 그러지 말라고 소리를 지르는데도 막무가내였다. 몇몇 남자들이 그녀를 말리려는 것처럼 붙잡았지만 그녀는 그게 느껴지지도 않는 듯 괴력으로 그들을 떨쳐내고 계속해서 바닥에 웅크린 사람을 내리쳤다. 그러다가 마침내 막대기를 떨어뜨리고 멍하니 서 있다가 남자를 돌려 눕혔다. 그리고 기묘한 소리로 비명을 질렀다.

도저히 이해가 가지 않았다. 어떻게 된 일이지? 레이라의 아비가 그리 훌륭한 사람이라고 할 수는 없겠지만, 그렇다고 부녀 사이에 문제가 있었던 것은 아니었다. 며칠 전 그가 장에 물건을 팔러 간다고 떠날 때까지도 그저 평범한 관계였다. 그게 왜 갑자기 이렇게 되었단 말인가?

마을 사람들은 이제 제피의 주변으로 모여서 있었다. 용감한 남자 두엇이 제피 옆에 무릎을 웅크리고서 살아 있는지 확인을 해보고 고개를 흔들었다. 사람들이 다시금 웅성거렸다.

통통한 여자 하나가 사람들을 헤집고 앞으로 나와 제피를 내려다보더니 루헤인을 쳐다보았다. 그러다가 손가락을 들어 올려 그를 가리켰다.

"저 사람 탓이야. 레이라는 그런 애가 아니었어. 저 남자가 그 애를 이상하게 만든 거야! 저 남자가 나타난 뒤부터 레이라가 그렇게 됐다고!"

사람들이 전부 다 그를 쳐다보았다. 루헤인은 어이없는 얼굴로 여자를 쳐다보았다. 대체 무슨 말도 안 되는 소리란 말인가.

"저 남자는 악마야. 레이라를 유혹해서 망가뜨린 거야. 그 애가 나한테 소리를 지르고 욕을 했었다고! 그 애가 밭도 돌보지 않고 저 남자와 집 안에 틀어박혀 그 짓을 해댔어. 그게 우리 레이라에게 말이 돼? 우리 레이라는 평생 한 번도 그런 짓을 한 적이 없는 앤데. 그리고 이제는 제 아비를 패 죽였어. 악마에게 홀리지 않고서는 이럴 수가 없는 거야. 저 남자는 마녀들이 만들어낸 마물이 분명하다고!"

사람들의 표정이 하나 둘 변했다. *어쩌면 그럴지도 몰라, 귀족인지 아닌지 알 게 뭐야, 어디서 왔는지도 모르잖아, 레이라는 정말 착한 애였는데, 뭔가가 잘못됐어, 설마 저 남자가…….*

사람들의 생각이란 순식간에 변한다. 누군가 한 사람이 부추기기만 해도 수십 명을 움직일 수 있다. 궁정에서 귀족들이 그런 식으로 움직이고 몰려다니는 걸 수도 없이 봤다. 루헤인 자신도 그걸로 그들을 움직였고. 우둔한 평민들이야 더 말할 나위가 있을까? 누군가 한 명이 저런 소리를 던지면 결과가 어떨지는 얌전히 서서 확인하지 않아도 뻔했다.

루헤인은 재빨리 몸을 펴고 그들을 바라보았다.

"말도 안 되는 소리! 대낮의 햇살 아래 마물 같은 게 어떻게 돌아다니지? 저 계집아이가 미쳐서 제 아비를 쳐 죽인 걸 남의 탓으로 돌리지 마라. 내가 그 아이를 데려와서 미쳤다는 사실을 보여줄 테니까!"

사람들의 표정이 다시 변한다. 이번에는 긴가민가한 얼굴이다. 누구를 믿어야 할지 모르겠다는 듯한 태도. 루헤인은 그들이 반응하기를 기다리지 않고 돌아서서 레이라가 사라진 곳으로 빠르게 걸음을 옮겼다. 사람들이란 금세 손바닥 뒤집듯 바뀌는 법이다. 거기 서 있다가 갑자기 분위기가 달라지면 어떻게 될지 모른다. 이런 곳에서 저런 자들과 티격태격 싸우고픈 마음은 눈곱만큼도 없었다.

하지만…….

당신 때문이야.

겁에 질린 것 같은, 두려움 가득한 그녀의 말투가 기묘하게 그의 신경을 찔렀다. 그녀가 변했다는 것은 알고 있었다. 하지만 여자들이란 다 그렇지 않던가? 키스 몇 번, 잠자리 몇 번을 하고 나면 사내에게 매달리는 허약하기 짝이 없는 존재. 그러지 않았던 것은 사바가 유일했다. 하지만 그것은 아마도 그가 권력 없는 왕자였기 때문일 것이다. 지금 그녀를 몇 번 안아주기만 하면, 그녀 역시 똑같이 될 거라고 생각했다.

그렇게 생각해왔다. 그게 당연한 거라고.

아닌가? 아니었을까? 뭔가가 잘못된 건가?

하지만 뭐가 어떻게 잘못될 수 있단 말인가? 설마하니 사바가 그에게 여자를 끌 수 있는 마법이라도 걸었을 리는 없지 않은가. 왜 그런 짓을 했겠는가? 복수로? 말이 되지 않는다. 여자들은 그의 권력을, 지위를, 혹은 외모를 보고 몸을 내던지는 거였다. 그러고는 마음대로 되지 않자 주변의 다른 여자들을 괴롭히고 음해하는 거지. 남자라고 다를 바도 없지 않은가. 그의 총애를 얻기 위해 귀족들은 서로를 음해하고 그에게 뇌물을 바치곤 했다. 그게 여자들이 한 일과 뭐가 다르지?

다만 레이라는 그에게 얻고자 하는 게 아무것도 없었다는 게 문제였다. 탁자 위에 놔두었던 돈주머니에서 그 아비인 제피가 몰래 동전 몇 개씩 꺼내가는 모습은 보았다. 하지만 레이라는 단 한 번도 그 돈에 관심을 보인 적이 없었다. 그에게 아양을 떨어 귀족의 첩이 되고 싶어 한 거라고 생각하려 해도, 그의 지위나 영지 등에 대해 단 한 번도 물은 적이 없다. 오히려 그것을 슬금슬금 물어본 것 역시 제피였다.

레이라가 관심을 가졌던 것은 오로지 다흐란 이야기뿐이었다. 그리고 지겹기 짝이 없는 밭일. 열심히 하면 언젠가는 잘살 수 있게 될 거라는 뜬구름 같은 희망뿐.

그런데 지난 며칠간 레이라는 궁에 들어왔던 다른 여자들과 똑같아졌다. 그에게 매달리고, 애원하고, 다른 여자를 잊으라고 종용하는 여자들. 결국에는 서로를 물고 뜯고 싸우고 자객까지 보내던 여자들. 무너지고 망가진 여자들.

내 탓인가?

루헤인은 문득 걸음을 멈추었다. 갑자기 등골을 타고 차가운 물이 흘러내리는 느낌이었다.

문제는 그 여자들이 아니라 그 자신이었을까? 그가 그 여자들에게 뭔가를 했던 건가?

말이 안 된다. 그가 뭘 어떻게 할 수 있는데?

하지만 카밀라 공주도 처음에는 그렇지 않았다. 다흐란과 함께 있던 시절의 그녀는 아름답고 명민했다. 권력은 없지만 서열상 왕위 후계 1위였던 루헤인과 사실상의 왕위 후계자였던 다흐란 사이에서 적당히 줄타기를 하며 그루제펜의 이득을 취하려 했었다. 그랬던 그녀가 그의 옆에 있으면서 망가졌고, 마지막에는 거의 제정신이 아니다 싶을 정도로 엉망이 되었다.

카밀라 공주 하나가 아니었다. 궁에 있던 수많은 여자들이 저들끼리 음모를 펼쳤다. 답토 후작 영애 역시 그의 곁에 있으려고 발버둥을 치다가 어느 날 갑자기 사라졌다. 병에 걸려 꼼짝할 수 없는 상황이 되었다고 들었다. 그 상황에서도 카밀라 공주를 세자비 후보에서 밀어내려고 했고, 그러다 병이 악화되어 결국 죽었다고 했다. 답토 후작은 그 이래로 궁에 한 번도 얼굴을 비치지 않았다. 루헤인이 자신의 딸에게 뭔가를 했다고 믿는다는 이야기를 들은 적이 있지만, 그때만 해도 그는 코웃음을 치고 말았다. 그가 그 여자들에게 뭘 했다고? 그 여자들은 권력에 취해서 자기 배를 채우려다가 자기 무덤을 팠던 것뿐이다. 그렇게 생각했다.

그게 아니었던 건가? 그에게 근본적으로 문제가 있었던 건가? 하지만 대체 그게 뭔데? 어떻게 그럴 수가 있지?

흐느끼는 소리가 들리자 루헤인은 정신을 차렸다. 거리는 조금 멀지만, 방향은 확실했다. 그는 다급하게 걸음을 옮겼다. 만에 하나 그가 이상해서 정말 이런 일이 벌어진 거라면 그가 여기서 떠나면 되는 게 아닌가? 그가 여기서 없어지기만 하면 레이라도 정신을 차릴 거고, 그러면 최소한 다흐란에게 약속한 임무는 끝나는 것이다.

갑자기 온몸의 피가 얼어붙는 느낌이 들었다. 다흐란. 동생이 부탁했던 것은 그저 부녀가 잘 지내고 있는지 확인하고 돈을 전해주라는 것뿐이었다. 그런데 이 상황을 보라. 제피는 딸에게 맞아죽었고, 그 딸은 지금 반미치광이 상태가 되어 있다. 다흐란은 이런 상황은 생각조차 하지 않았을 텐데.

그가 이곳에 왔고, 그리고 제피가 죽고 레이라는 미쳤다. 우연이라고 보기에는 지나치게 딱 맞아 들어가는 일이다. 다시금 등골이 서늘해졌다. 루헤인은 고개를 흔들고 황급히 흐느낌 소리가 나는 곳으로 걸어갔다.

수풀을 가르고 걸어가자 레이라가 있었다. 드래곤이 커다란 발로 언덕을 찢어낸 것 같은 모양의 벼랑에 서서 아래를 바라보고 있다. 아주 높지는 않았지만, 떨어지면 죽을 수도 있을 것 같은 위태로운 곳이었다. 루헤인의 심장이 덜컥 조여들었다.

레이라가 소리를 들은 것처럼 휙 돌아섰다. 계속 울었는지 얼굴이 흉측할 지경이었다. 눈물과 콧물은 계속해서 흘러내리고 있다. 옷 앞자락에는 피가 조금 튀어 있었고, 남자들이 그녀를 붙잡다가 그랬는지 여기저기가 찢어져 맨살이 고스란히 보인다. 완전히 미치광이의 모양새 그대로였다. 처음 보았을 때, 그 평범한 시골 처녀의 모습을 생각하자 격심한 차이에 몸이 오싹해졌다.

아니, 난 아무것도 하지 않았어. 나 때문에 여자들이 미친다는 건 말이 되지 않아, 안 그래?

그렇게 생각하려고 하는데도 몸의 한기는 가시지 않았다. 루헤인은 입을 꾹 다문 채 레이라를 바라보았다. 그녀의 갈색 눈동자가 마치 유령이라도 보는 것처럼 그를 바라본다.

"이봐."

하지만 그가 더 말을 하기도 전에 레이라가 고개를 천천히 저었다.

"당신, 당신 때문이야. 당신은 괴물이야."

불쾌감이 확 솟구쳤다. 루헤인은 양팔을 벌리고 날카로운 목소리로 말했다.

"제 아비를 쳐 죽인 건 너야. 괴물은 내가 아니라 너라고."

레이라는 그의 말을 듣는 것 같지 않았다. 그저 그를 바라보며 계속해서 말을 할 뿐이었다.

"당신이 나타나고부터, 당신이 나한테 키스를 한 이후부터 이상해졌어. 난 당신을 좋아하지도 않는데. 내가 좋아한 건 테호였어. 그 사람을 생각하면 마음이 따뜻해지고 항상 행복했어. 그 사람이 내 옆에 없어도 그저 행복했어. 그런데 당신이 그걸 다 망가뜨려버렸어. 이제는 테호를 생각해도 행복하지 않아. 행복할 수가 없어. 당신이, 당신이 내 마음 속에 뭔가를 심었어. 그게 뿌리를 내리고 자라서 없어지지 않아. 밭에서 자라는 잡초처럼, 아무리 뽑아도 뿌리가 남아 다시 자라는 잡초처럼 당신이 내 안에 남아 있어. 이 끔찍한 감정이 남아서 사라지지 않아! 가슴이, 머리가, 전부 다 이상해져버렸어. 엉망진창이 되어버렸어. 이젠 테호를 생각해도 행복해질 수가 없어! 당신이 날 이렇게 만들었어!"

그녀가 울부짖는다. 계속해서 눈물을 흘리며 새빨간 얼굴로 고함을 지른다. 루혜인은 그녀를 바라보았지만 말이 나오지 않았다. 무슨 말을 해야 할지 알 수가 없었다. 마치 레이라가 거기 서서 지금껏 그를 스쳐갔던 수많은 여자들을 대변하고 있는 것 같았다. 그 여자들이 그녀의 등 뒤에 서서 함께 그를 바라보는 것만 같았다. 카밀라 공주가, 루애나가, 이름조차 잊어버린 수많은 여자들이 거기서 그를 노려보고 함께 소리치는 것 같다. 당신이 우리를 이렇게 만들었어. 당신이 우리를 망가뜨렸어.

당신은 괴물이야.

말도 안 되는 소리, 그렇게 대답해야 하는데 목소리가 나오지 않았다. 누군가가 그의 목을 틀어쥐고 있는 것처럼 숨조차 쉬기가 어려웠다. 그는 그저 고개만 흔들며 그녀를 쳐다보았고, 레이라는 눈물을 쏟으며 계속해서 소리쳤다.

"난 테호를 사랑했어. 지금도 그 사람을 사랑해. 하지만 당신이 옆에 있으면, 당신 손이 닿으면 그 사람을 생각할 수가 없어. 지금껏 날 돌봐줬던 칼라일라가 당신을 차지하려고 기회를 노리는 것 같아서 화가 나고, 내 아버지, 내 아버지조차 알아볼 수가 없었어. 내가, 내가 이 손으로 아버지를 죽였어. 보이지 않았어! 보이지 않았다고! 내 눈에 당신만 보여. 당신밖에 보이지 않아!"

그녀가 양손으로 자신의 눈을 파내기라도 할 것처럼 할퀴었다. 루헤인은 숨을 들이켜며 그녀 쪽으로 움직였으나 레이라는 고개를 흔들었다.

"오지 마! 다가오지 마! 나한테 오지 마. 나한테 손대지 마. 건드리지 마. 가까이 오지도 마. 당신이 옆에 있으면 아무것도 생각할 수가 없어. 난, 난 내가 아니게 되어버려. 이건 내가 아니야. 이건 내가 아니라고……."

그녀는 계속해서 자신의 눈을 손가락으로 찌르고 할퀴며 흐느꼈다. 손톱자국이 시뻘겋게 남고, 점차 상처가 깊어져 피가 배어나오기 시작했다. 루헤인은 평생 처음으로 두려움이 목덜미를 간질이는 것을 느꼈다. 청록의 드래곤을 상대로 돌진했던 때에도 지금처럼 두렵지 않았는데, 지금은 무시무시한 존재가 그의 목덜미에서 숨을 몰아쉬고 있는 것만 같은 기분이었다.

"이건 내가 아니야, 내가 아니야……."

레이라가 계속해서 중얼거리며 얼굴을 할퀴었다. 살이 찢어지며 피가 흘러내린다. 손을 움직일 때마다 피가 얼굴에 얼룩지고 번진다. 루헤인은 침을 삼켰다. 그녀를 말릴 만한 말을 해야 하는데 목소리가 나오지 않았다.

제발 좀, 제발 누가 좀 어떻게 해봐! 제발 누군가가 내 탓이 아니라고 말을 해달라고! 내가 이런 능력이 있을 리 없잖아? 나한테 어떻게 여자들을 이런 식으로 미치게 만들 능력이 있겠어? 난 마녀도 아니고 아무것도 아니야. 그저 평범한 왕자일 뿐이었다고!

병약해서 타고난 권리였던 왕위조차 얻을 수 없었던 왕자.

마녀의 도움을 받아 왕위에 오른 왕자.

마녀. 마법. 역시 그것이 문제였을까? 그게 잘못된 거였나? 마녀에게 소원을 빈 사람은 결국에 누구나 불행해진다, 사바는 그렇게 말했었다. 어쩌면 이것도 그런 부작용인지 모른다. 그렇다면……. 이 모든 것들이 정말로 그의 잘못이었던 건가? 그가 이렇게 만든 건가?

"레이라, 그만해. 내가, 내가 마녀를 부르지. 마녀라면 해결해줄 수 있을 거다. 이게 네 잘못이 아니라면, 네가 그렇게 한 게 아니라면 마녀가 해결해줄 수 있을 거야. 분명히 마녀의 마법 때문에……."

레이라가 시뻘건 상처로 가득한 얼굴을 들어 그를 보았다. 루헤인의 입에서 말이 끊겼다. 레이라의 눈은 그를 보는 것 같으면서도 보지 않고 있었다. 그를 향하고는 있지만 전혀 다른 것을 보고 있는 것만 같다.

목덜미에서 숨을 몰아쉬고 있던 무시무시한 존재가 갑자기 깔깔거리고 웃는 것 같은 느낌에 루헤인은 몸을 떨었다. 레이라는 천천히 손을 내리고서 고개를 들어 올렸다.

"멈추고 싶어. 돌아가고 싶어. 평범했던 나로 다시 돌아가고 싶어."

"돌아갈 수 있어! 내가 마녀를 부를 테니까, 그러니까……."

루헤인이 다급하게 말했지만 레이라는 멍한 표정으로 허공을 바라보다가 눈을 깜박였다. 한 번, 두 번. 얼굴에 번진 핏자국이 기이하게 일그러졌다.

"미안해요, 테호. 당신을 잊고 싶지 않아. 그러니까 여기서 멈출래."

안 돼. 루헤인의 심장이 같이 멎는 느낌이었다. 그가 몸을 날렸지만 거리가 너무 멀었다. 레이라가 한 걸음, 두 걸음 뒤로 물러나다가 마침내 허공으로 발을 디뎠다. 몸이 기울어지고, 머리카락과 옷자락이 날린다. 누군가가 루헤인의 귓가에서 요란하게 웃는 것 같았다.

레이라의 모습은 벼랑 아래로 순식간에 사라졌다. 루헤인은 잠시 꼼짝도 하지 못하고 서 있다가 정신을 차리고 벼랑 끝으로 다가가 아래를 내려다보았다. 그렇게 높지 않으니까 괜찮을지도 모른다. 어쩌면 살아 있을지도, 어쩌면……. 하지만 그 생각은 아래를 보는 순간 사라졌다. 레이라의 머리가 불가능한 각도로 꺾여 있고, 팔다리 역시 부서진 인형처럼 비틀려 있었다.

안 돼. 안 돼. 머릿속으로 다흐란의 얼굴이 스쳐 지나갔다.

제 부탁을 한 가지만 들어주십시오.

그의 자리를 맡는 대가로 그가 원했던 건 딱 하나였다. 부녀가 잘 지내는지 확인하고 돈을 건네는 것. 오직 그것뿐이었다.

만에 하나 다흐란이 이 일을 알게 된다면……. 안 돼, 그럴 수 없어. 그래선 안 돼. 아비는 딸의 손에 죽고, 그 딸은 자살했다. 이 모든 것이 그가 온 후 벌어진 일이었다. 설령 그의 잘못이 아니라도, 그에게 아무 문제가 없다 해도, 이렇게 되어서는 안 되는 거였다. 레이라에게 손대선 안 되는 거였다.

손대지 말았어야 했다.

아, 맙소사, 이제 어쩌지? 어떻게 해야 할지 감도 잡히지 않았다. 레이라의 시체에서 눈을 돌릴 수가 없었다. 어떻게 해야 되지? 어떻게 해야 돼? 어떻게, 어떻게…….

"사바. 사바!"

도움을 청할 곳이 아무 데도 생각나지 않았다. 머릿속에 떠오르는 것은 한 사람뿐이었다. 그가 무엇을 해도, 무엇을 요구해도 들어줄 사람. 사바라면 이 모든 것을 되돌려줄지 모른다. 레이라를 살려줄 수 있을지 모른다.

"사바!"

온 힘을 다해 그가 소리를 질렀다. 나무가 흔들리고 숲에서 새들이 날아오를 정도로. 하지만 바람만이 그를 조롱하듯 스치고 지나갔다. 사바의 모습은 어디에도 보이지 않는다. 그의 목소리를 듣긴 한 걸까? 아니면 드래곤의 신부가 되었으니 다른 건 더 이상 중요하지 않은 건가? 이제는 그가 중요하지 않은 건가?

그가…… 중요했나?

몸이 떨렸다. 루헤인은 자신의 팔을 문지르며 레이라의 시체를 내려다보았다. 테호를 잊지 않기 위해 그녀는 괴로워하다가 몸을 던졌다.

수많은 여자들이 그에게 유일한 여자가 되기 위해서 애를 쓰고 안달했다. 수많은 여자들이 다른 여자를 음해하고, 끌어내리고, 암살했다. 그가 왕세자였기 때문에, 왕이었기 때문에. 그가 힘없는 왕자였던 시절에는 아무도 그에게 관심을 보이지 않았었다. 누구 하나 그 시절의 그를 생각하며 안타까워하지 않았다.

그 시절의 그에게 있었던 건 사바뿐이었고, 그때 그는 그녀를 원치 않았었다. 그 후, 왕인 그를 원했던 여자들은 많았지만 사바는 왕인 그를 바라지 않았다. 그리고 지금, 그 여자들이 그를 원했던 이유가 왕이었기 때문인지조차 알 수 없게 되어버렸다. 어쩌면 그게 아닌지도 모른다. 여자들이 전부 다 마법에 걸렸기 때문인지도 모른다.

그를 바라본 사람은 없다. 루헤인 드 레발론을 바라본 사람은 없다. 루헤인 드 레발론을 위해 몸을 내던진 사람은…….

사바.

드래곤을 타고 여왕처럼 날아왔던 붉은 눈의 사바. 그를 위해 드래곤과 계약을 맺은 사바. 그가 아무것도 가진 게 없을 때 곁에 있어주었던 유일한 마녀.

그가 놓쳤고, 드래곤이 낚아채 가져가버린 보물.

그리고 이제 그는 다른 사람의 보물마저 망가뜨렸다. 다흐란. 어째서 그 녀석은 신분을 버리고 있을 때조차 다른 사람들의 신뢰와 애정을 얻는 걸까? 어째서 그 녀석은 모두에게 무시당하고 괴로워하지 않

진홍의
마녀 ②

는 걸까? 어째서 그 녀석을 위해, 그 녀석을 잊지 않기 위해서 여자가 제 목숨마저 버리는 걸까?

"왜, 왜 항상 나랑은 다른 거지?"

루혜인이 멍하니 중얼거렸다. 바닥의 레이라는 여전히 꼼짝하지 않는다. 바람이 숲을 흔들고 지나간다. 마치 사람들이 숲을 헤치고 오는 듯한 소리에 그는 흠칫 놀라 뒤를 돌아보았다. 숲을 가로질러 오는 사람은 없었지만, 시간문제다. 곧 누군가가 분명히 이쪽으로 올 것이다. 그리고 레이라의 시체를 발견하겠지.

만약 다흐란이 이 일을 알게 되면?

온몸이 싸늘하게 식었다. 여자 하나가 죽는 것 따위, 전 같으면 코웃음을 치고 잊었을 것이다. 카일라 공주에게도, 답토 후작의 딸 루애나에게도 신경 쓰지 않았었다. 하지만 눈앞에서 레이라가 망가진 채 몸을 던지는 것을 보자 그 모든 죽음의 무게가 그의 어깨를 짓눌렀다. 다흐란이 보일 반응 역시 가늠이 되지 않았다.

병석에서 일어난 이래, 왕세자 자리를 되찾고 왕위에 앉았던 그 기간 내내 단 한 번도 자신의 행동을 곱씹거나 결과에 대해 두려워해본 적이 없었다. 죽지도 못한 채 침대에 누워 남들을 부러워하기만 하는 것보다 더 괴롭고 힘든 것이 뭐가 있으랴, 어차피 인간은 한 번 죽는다, 그때까지 모든 걸 마음대로 하겠어, 그렇게 생각해왔다. 하지만 지금은 두려웠다. 그가 벌인 모든 일, 그 결과, 그리고 어딘가 심각하게 잘못되었을지도 모르는 자신이 두려웠다.

"사바!"

그의 목소리가 숲을 울렸지만, 여전히 사바의 모습은 나타나지 않았다. 소리가 완전히 가라앉을 때까지, 두근거리는 심장소리만이 그의 귀를 채울 때까지 기다렸으나 쥐새끼 한 마리 나타나지 않는다. 루헤인은 좌절감에 거칠게 손으로 머리를 쓸어 넘기고 다음 이름을 불렀다.

　"제르가!"

　이번에는 그리 오래 걸리지 않았다. 세 번째로 이름을 부를 때 바람 한 줄기가 불어오더니 그의 눈앞에서 검은 형체를 이루고 곧 아름다운 여인의 모습으로 바뀌었다. 제르가가 그를 보고 고개를 숙였지만 목소리에 섞인 짜증을 완전히 지우지는 못했다.

　"무슨 일이십니까, 전하?"

　"저 여자, 저 여자를 살려라."

　그가 벼랑 아래를 가리켰다. 제르가는 의아한 눈으로 그를 쳐다본 다음 벼랑 아래를 쳐다보고 미간을 찌푸렸다. 그녀가 손을 움직이자 바닥에 떨어져 있던 레이라의 시체가 저절로 허공으로 떠올라서 그들이 서 있는 벼랑 위까지 올라왔다. 제르가가 다시 손을 움직이자 시체는 두 사람의 사이에 툭 떨어졌다.

　가까이서 보는 시체의 모습은 더욱 끔찍했다. 뒤통수가 깨졌고 눈까지 튀어나왔다. 목은 부러진 게 분명한 듯 덜렁거렸고, 팔다리 역시 각각 제멋대로 비뚤어져 있다. 처음 밭에서 그를 맞아주었던 여자의 모습은 찾을 수가 없다. 루헤인은 마른침을 삼켰다.

　"이 여자를 살려야 해. 살려내야만 한다."

제르가가 눈을 들어 그를 쳐다보고 고양이 같은 미소를 지었다.

"이 여자를 살려내면 전하께서는 저에게 무엇을 주시겠습니까?"

뭐든지. 그 말이 언뜻 떠올랐지만, 그는 곧장 그 말을 목으로 삼켰다. 그럴 수는 없다. 만에 하나 저 여자가 그의 건강을 달라고 하면? 왕위를 달라고 하면? 권력을 달라고 하면? 아니, 그건 안 돼. 절대로 잃을 수 없다. 다시는 병석에 누워 힘없이 끙끙대기만 하는 탑의 왕자가 되지 않을 것이다. 겨우 평민 계집 하나 때문에? 그럴 수는 없어.

하지만 눈앞의 시체는 그의 가슴을 계속해서 찔러대는 느낌이다. 힘겹게 침을 삼키고 루헤인은 제르가를 보았다.

"뭘 원하지?"

"원하는 것이야 많지요. 하지만 전하께서는 이전에도 제가 원한 것을 주지 않고 회피하는 방법을 택하셨지요. 이번에는 약속을 지킨다는 것을 제가 어찌 믿을 수 있겠습니까?"

"네가 내가 기꺼이 줄 수 있는 것을 요구하면 되잖느냐. 돈이나 작위, 그런 거라면 얼마든지 주지."

"저는 마녀입니다, 전하. 돈이야 좋지만 그런 것쯤은 제가 만들어낼 수도 있습니다. 작위 같은 것은 저에게 아무런 의미도 없고요. 그런 것으로 마녀를 사실 수는 없는 겁니다."

제르가가 대단히 우스꽝스러운 말을 들었다는 듯이 입가를 비틀었지만 루헤인과 눈이 마주치자 곧장 표정을 지우고서 덧붙였다.

"게다가 더 물으시기 전에 말씀드리는데, 설령 마녀라 해도 죽은 사람을 살리지는 못합니다. 드래곤이라면 할 수 있을지도 모르지요.

하지만 드래곤은 자연의 섭리를 어기는 행동을 하지 않습니다. 죽은 자를 살린다는 것은 자연의 가장 큰 규칙을 깨는 것이지요. 이 아이는 완전히 죽은 상태이고요."

심장이 무겁게 가슴 아래로 내려앉는다. 숨을 쉬는 것도 힘들게 느껴졌다. 루헤인은 커다랗게 숨을 들이켰다가 천천히 내뱉었다. 어떻게 해야 할지 전혀 생각이 나지 않았다.

"드래곤은 할 수 있다고?"

"할 수 있을'지도' 모른다고 말씀드린 겁니다. 드래곤의 힘이 어디까지 미치는지 그것은 저희 마녀들도 잘 모릅니다. 그저 드래곤은 자연의 모든 힘을 갖고 있으니 죽은 자도 살릴 수 있지 않을까 추측할 뿐이지요."

루헤인은 레이라의 시체를 내려다보았다. 잠깐 사이에 시체는 더 흉측하게 변한 것만 같았다. 그녀의 모습을 바라보고 있던 그가 눈을 들어 제르가를 보았다.

"너희들은 서로가 건 마법을 볼 수 있지?"

제르가는 잠깐 그를 쳐다보았으나 다시 눈을 내리깔았다.

"네, 그렇습니다."

"나에게 혹시 이상한 마법이 걸려 있느냐? 그러니까……, 여자를 유혹하는 마법 같은 것?"

이번에야말로 제르가는 웃음을 터뜨릴 것 같은 얼굴이었지만 용케 참고서 고개만 조금 더 숙인 채 대답했다.

"아뇨, 전혀요. 그런 마법을 원하신다면 간단한 돈 몇 푼에 저도 걸어드릴 수 있습니다."

"아니, 사랑의 묘약 같은 사소한 걸 말하는 게 아니야. 여자의 이성마저 사라질 정도로 망가뜨리는 그런 마법을 이야기하는 거다."

루헤인의 말투가 거칠어지자 제르가는 고개를 조금 들었다. 문득그녀의 얼굴에 알겠다는 표정이 스쳤다.

"전하의…… 여자들에 대한 소문은 들은 바가 있긴 합니다."

그녀가 진지한 얼굴로 그를 쳐다보았다. 머리부터 발끝까지 찬찬히 바라보고 다시 훑어 올라간다. 그의 깊은 곳까지 파고들 것처럼 한참 바라보던 그녀가 마침내 고개를 흔들었다.

"아뇨, 그런 것은 없습니다. 전하께 걸려 있는 마법은 두 가지뿐입니다. 심장을 보호하는 마법과 검술 솜씨를 부여하는 마법이요."

루헤인이 갑자기 레이라의 시체를 빙 돌아가서는 제르가의 팔을잡았다. 제르가가 반사적으로 마법이라도 쓰려는 듯이 손을 들어 올리다가 상대가 누군지 생각이 난 것처럼 동작을 멈추었다.

"왜 그러십니까?"

"내가 입을 맞춘 여자들은 차츰 변하기 시작했지. 잠자리를 함께한 여자들은 말할 것도 없고. 너에게 키스를 하면 너도 변할지 확인해야겠다."

제르가는 오래 산 마녀답게 입 끝을 치켜 올리며 웃더니 팔을 뻗어그의 목을 끌어안고 망설임 없이 입술을 겹쳐왔다. 그녀의 입술은 부드러웠고 그 어떤 여자보다도 노련한 솜씨로 입술을 움직였다. 루헤인 역시 잠시 동안 자신이 왜 그녀에게 키스를 하는 건지 잊은 채 그녀의 입술을 맛보았다.

입술이 떨어지자 두 사람은 마치 관찰하는 것처럼 서로를 바라보았다. 루헤인의 눈이 가늘어졌고 제르가는 웃음을 띤 채 보란 듯이 양팔을 벌렸다.

"자, 어떠신가요?"

"아무런 이상한 것도 느껴지지 않느냐?"

제르가는 오히려 자신이 놀란 것처럼 미소를 지우고서 미간을 살짝 찌푸렸다.

"전하께서는 어떠십니까? 저와…… 더 친밀해지고 싶지 않으십니까?"

"네 실력이 좋은 것 같긴 하지만, 너는 오래 산 마녀이니 당연한 게 아닌가? 게다가 나는 지금 그 어떤 여자와도 친밀해지고 싶지 않아. 내가 갖고 있는 문제만으로도 충분하다."

제르가는 루헤인의 거친 어조에 고개를 모로 기울인 채 한참이나 그를 바라보았다. 루헤인 역시 찌푸린 눈으로 그녀를 마주 쳐다보았다.

그를 바라보던 제르가의 표정이 점점 더 진지해졌다. 생각에 잠긴 듯이 입술을 오므린 채 그를 보던 그녀가 마침내 고개를 천천히 흔들었다.

"모르겠습니다. 제가 변할 리는 없습니다. 변한 것 같지도 않고요. 하지만 전하께 이상한 점이 있다는 것만은 분명합니다. 어째서 그런지는 저도 잘 모르겠지만요."

"무슨 뜻이지?"

루헤인이 다그치듯 묻자 제르가가 차분하게 말했다.

"강한 마력을 갖고 있는 마녀는 인간 남자 하나 정도는 얼마든지 홀릴 수 있습니다. 입맞춤 한 번이면 지위고하에 관계없이 어떤 사내든 반응을 보이게 마련입니다. 그런데 전하께서는 조금도 반응하지 않으셨습니다. 육체적인 욕구조차 일으키지 않으셨지요. 이것은 보통 있는 일이 아닙니다."

"나에게 육체적으로 문제가 있다는 것이냐?"

불쾌하다는 듯한 루헤인의 말에 제르가가 슬쩍 웃었으나 웃음은 금세 사라졌다.

"그런 의미가 아닙니다. 그저…… 마녀의 매력에 반응하지 않는 자는 없습니다. 평범한 인간은 누구나 어떤 식으로든 반응을 보여야 합니다. 게다가 전하께는 또 다른 이상한 점이 있습니다. 보통의 피계약자들과 다르게 저는 전하를 읽을 수가 없습니다……."

제르가가 다시금 진지한 눈으로 그를 응시했다.

"전하의 어머님께서는, 승하하신 왕비께서는 어떤 분이셨습니까?"

평생 처음 받는 질문이었다. 궁에서는 왕비가 누구였는지 모두가 안다. 그가 태어난 직후에 죽었다는 사실 역시 모두가 안다. 그러니 그에게 모친이 어떤 사람이었는지 묻는 자는 아무도 없었다. 그 역시 어머니가 어떤 사람이냐고 물어본 적이 거의 없었다. 물을 만한 상대가 없었으니까.

"나를 낳고 사망하셨으니 나도 모르지. 원래 출신은 미천했던 것으로 알고 있다. 외모가 아름다워 타리파 백작가에 수양딸로 들어갔고,

왕궁 시녀로 일을 하다가 상왕의 눈에 띄어 승은을 입은 것으로 안
다.”

제르가는 혼자 뭔가를 생각하는 것처럼 초점 흐린 눈으로 소리 없
이 입술을 달싹거리다가 그럴 가능성은 없다는 듯이 고개를 흔들었
다. 루헤인이 짜증스럽게 발을 구르자 그녀가 그를 힐끗 보았다.

“전하의 어머님께서 마녀일 가능성은 없겠지요. 마녀가 토르카인
같은 나라의 왕비가 되었다면 당연히 저희들이 알았을 겁니다.”

“그거야 당연하지 않느냐.”

“그렇다고 상왕께서 특별한 힘을 가지셨던 것도 아니고 말입니다.
그러했다면 마찬가지로 저희들이 이미 알았을 테니까요.”

“그렇겠지.”

제르가는 조금 더 침묵을 지키고 있다가 고개를 저었다.

“저도 모르겠습니다. 전하께서 어떤 면에서 특별하신 건지, 그것
역시 전하의 마녀만이 대답할 수 있을 것 같군요.”

“사바가 나에게 뭔가를 했을 거라는 이야기냐?”

으르렁거리는 듯한 루헤인의 말에 제르가는 다시 고개를 흔들었
다.

“그렇지는 않을 겁니다. 드래곤의 신부가 되기 전까지 그 아이는
그저 대단한 힘 없는 어린 마녀였을 뿐이니까요. 단지 전하께서 남과
다른 이유를 누군가가 안다면 오랫동안 곁에 있었던 그 아이가 알 수
도 있다는 정도입니다.”

“그렇다면 빨리 진홍의 드래곤이 어디 있는지 찾아내란 말이다. 난

더 이상 여기 있을 수 없어!"

"대강의 위치는 알았습니다. 북쪽으로 가십시오. 더 정확한 방향을 알게 되면 다시 알려드리겠습니다."

"북쪽 어디로 가라는 거냐!"

짜증을 넘어 거의 분노에 가까운 루헤인의 어조에 제르가는 눈썹 하나 까딱하지 않고 손을 들어 북쪽을 가리켰다.

"달란드르 산맥입니다. 거기 어딘가에 있습니다. 불의 기척이 느껴지더군요."

달란드르. 토르카인의 북쪽 끝에 있는 험준한 산맥이다. 거기에 있다면 찾기가 쉽지 않을 것이다. 루헤인은 이를 악물었지만 레이라의 시체가 눈에 들어오자 하려던 말을 삼켰다. 제르가에게 짜증을 부린다고 해서 상황이 달라지지는 않는다. 레이라가 살아 돌아오지도 못한다. 지금은 우선 드래곤을 찾는 것이 급선무였다.

"저 아이의 시신을 보존할 수 있겠느냐?"

"드래곤에게 저 아이를 살려달라 하실 셈입니까? 드래곤의 신부를 훔치러 가시면서요?"

제르가는 우습다는 표정을 감추지도 않았다. 루헤인은 입을 꾹 다물고서 고개를 돌렸다. 제르가가 손을 흔들자 레이라의 시체가 그 자리에서 사라졌다.

"보존은 무료로 해드리지요. 어찌되었든 전하께서 드래곤의 신부를 무사히 데려가시면 저에게도 이득이 되는 것이니까요. 하지만 기억하십시오. 드래곤은 자비롭지 않습니다."

확 죽여버리면 될지도 모르지. 그렇게 생각하는데 숲 쪽에서 사람들의 발소리가 들려왔다. 루헤인의 눈이 커졌다. 마을 사람들이 오고 있는 건가? 레이라의 시체가 사라지긴 했지만 분명히 그들은 레이라의 소재에 대해 그에게 물을 것이다. 그저 없어졌다고, 아무 데서도 찾을 수 없다고, 그렇게 말해야 하나? 벼랑 아래의 핏자국은 그대로 있는데?

이 자리를 피해야 한다. 도망까지는 아니더라도 최소한 저들과 마주치지 않아야 한다.

맙소사, 여행 경비도, 말도 전부 다 오두막에 그냥 있는데. 심지어 검도 놔두고 왔다. 지금 입은 옷 한 벌이 전부였다. 그렇지만 그걸 가지러 레이라의 오두막으로 돌아갈 수도 없는 노릇이었다.

제르가는 인사도 없이 어느새 사라져버렸다. 숲의 나무들이 흔들려 새들이 날아오르고 버스럭버스럭 소리가 들렸다. 수십 명의 마을 사람들 앞에서 변명거리를 생각해내든지, 아니면 이 자리를 피해야만 했다.

왕인 그가 농민 나부랭이들 앞에서 몸을 피해야 한다니, 기가 막힐 노릇이었지만 어쩔 수 없었다. 적당한 부추김만 있으면 저들은 그를 죽이고도 남을 무리였다.

루헤인은 몸을 돌려 벼랑 왼편, 가파른 내리막으로 엉덩이를 대고 미끄러져 내려가기 시작했다.

사바.

사바는 어깨 너머로 고개를 돌렸다. 어디선가 그녀를 부르는 소리가 들린 것 같았다. 어딘가 아주 먼 곳에서.

아니, 착각일 것이다. 그녀를 찾는 사람이 있다면 마녀들 정도겠지. 동료를 죽인 대가를 치르라며 그녀를 공격하려 하는 마녀들. 인간은 수십, 수백이 죽어도 눈 하나 깜짝하지 않던 주제에 동료 몇 명이 죽었다고 법석을 떠는 표리부동한 존재들.

어쩌면 저쪽 세계에 있는 드래곤을 소환하는 데 성공했는지도 모른다. 새로운 드래곤에게 아흐메닷을 설득해달라고, 혹은 막아달라고 부탁하고 있는지도. 하지만 드래곤이 나타났다면 느낄 수 있었을 것이다. 가슴속의 불이 조용한 것으로 보아 드래곤이 갑작스럽게 이쪽 세계에 나타난 건 아닐 것이다.

그녀를 부를 사람은 아무도 없었다. 사바는 고개를 젓고서 탁자 위에 흩어놓은 마법 재료들을 보았다. 마법약을 만드는 것이 너무나 낯설어서 어디서부터 시작해야 하는지조차 생각나지 않았다. 왕궁에서 나온 후 매일같이 하던 것이 이건데 어떻게 이 짧은 시간 사이에 잊어버린 것일까?

마력 때문이다. 무한한 마력이 솟아나는데 마법약 같은 것을 만들어야 할 이유가 없잖아. 그러니 잊게 되는 것이다. 마력에 휩싸여 아무것도 생각나지 않는 것이다. 손가락만 까딱해도 물건이 날아다니는 걸. 어째서 그걸 손수 들고 옮겨야 하지? 왜 약을 직접 만들어서 먹여야 하지? 안 그래도 되는데.

마력이 무한하다는 것은 참으로 재미없는 일이다. 그녀를 도와주지 않았던 마녀들을 벌하는 것은 잠깐 동안 재미있었지만 그것도 이제는 질렸다. 불을 뿜어내고 대지를 태우는 것도 더 이상은 재미가 없다. 인간과 계약을 할 필요도 없다.

차라리 아말리나가 드래곤을 소환하는 편이 낫겠다. 그러면 최소한 뭔가 할 일이 생기는 거니까.

아니면 아이를 낳으면 재미있어질지도 모르지. 어쨌든 아이를 키워야 하니까. 드래곤의 아이라면 마력의 흐름과 상관없이 그녀와 함께 살 수 있을지 모른다. 그녀는 드래곤에게서 받은 마력을 갖고 있고, 아이는 드래곤으로서 무한한 자기 마력을 갖고 있을 테니까 흐름이 꼬이는 일은 없지 않을까? 그러면 옆에서 계속 함께 있을 수 있을 테지. 패거리를 만드느니 어쩌느니 하는 마녀가 있다면 그냥 죽여버리면 된다. 행복하지는 않아도 만족스러운 삶이 될 수 있으리라.

가슴 안쪽이 간지러운 느낌에 그녀는 기침을 했다. 기침을 할 때마다 검은 연기 같은 것이 뿜어져 나온다. 드래곤의 불은 가끔 귀찮을 때가 있었다. 이대로 계속 기침을 하다 보면 불길을 토해버릴 수 있지 않을까, 완전히 밖으로 빼낼 수 있지 않을까 하는 생각이 가끔 들었다. 하지만 그렇지 않을 것이다. 그렇게 쉽게 끄집어낼 수 있는 거라면 아흐메닷이 계약을 해지하는 법이라며 알려주지도 않았을 테지.

문득 루헤인이 뭘 하고 있는지 궁금해졌다. 여전히 궁중의 이 여자 저 여자를 안으며 지내고 있을까? 그루제펜과의 싸움으로 큰 영지를 얻었으니 만족스럽게 왕 노릇을 하고 있을까?

넌 내 거다. 내 마녀야! 드래곤이라 해도 널 차지할 순 없어. 넌 내

진홍의
마녀 ❷

거였고, 내 곁으로 돌아와야 해!

탁자 위의 기구들을 아무렇게나 멀찍이 밀어버리고 사바는 돌아섰다. 루헤인을 생각하면 항상 가슴 한구석이 간질거렸고, 곧이어 드래곤의 불길이 가슴을 가득 채우며 타올랐다. 불길이 타오르면 온몸이 근질거리고 뭔가 일을 벌이고 싶어진다. 마법을 사용하고 세상 전체를 어지럽히고 싶어진다. 드래곤들이 항상 이런 기분을 느낀다면 도대체 어떻게 아무 자극도 없는 그들만의 세계로 건너간 걸까 알 수가 없었다.

"마녀 한둘 따위, 더 있든 덜 있든 상관도 없잖아."

사바는 키득키득 웃으며 한 손을 허공에 흔들었다. 그녀가 입고 있던 드레스가 바뀌었다. 화려한 레이스 장식이 달리고 금사가 섞인 반짝거리는 검은 드레스다. 그에 어울리는 레이스 장갑이 그녀의 손을 감쌌다.

"그래, 상관없어. 약한 것들은 죽어버리면 되는 거야."

고개를 젖히고 웃으며 그녀는 창문으로 올라섰다. 까마득한 아래를 향해 그녀는 두려움 없이 발을 내딛었고, 곧장 몸이 수직으로 땅을 향해 떨어지기 시작했다. 머리카락이 위로 날리고 드레스가 파닥거리는 소리를 낸다. 찬바람이 채찍처럼 온몸을 후려치며 위로 달려간다. 위로, 위로.

속도가 붙은 몸이 거의 바닥에 충돌하기 직전, 갑자기 위로 확 솟구쳤다. 드레스 한쪽이 찢어지는 소리가 났지만 그녀는 상관하지 않았다. 머리카락이 뺨과 어깨를 후려쳐 상처를 냈지만 순식간에 사라졌다. 사바는 붉은 머리카락이 춤추듯 흩날리는 것을 보고 웃었다. 그리고 새처럼 허공으로 떠오르다가 어느 순간 검은 깃털 몇 개만을 남기고 사라졌다.

19

배가 고프다. 이런 기분을 마지막으로 느껴본 것은 꽤 어린 시절이었다. 후계 구도에서 밀려나는 것이 거의 확실해지며 아무도 신경 쓰지 않는 탑의 왕자가 되었을 때, 시녀들마저 그의 방에 오고 싶어 하지 않고 시종들은 눈치만 살피던 시절에. 가끔씩 식사가 오는 시간마저 놓칠 때가 있었다. 담당하는 자가 바뀌고, 서로 미루고, 그러다가 어느 순간 그의 식사는 부엌에 놓인 채 잊히는 것이다. *누군가가 가져가겠지, 누군가가 하겠지, 어쨌든 나는 아니야.*

담당 시종장은 다른 자리로 옮겨갈 기회를 노리느라 정작 해야 할 일에는 신경 쓰지 않고, 그는 방에서 식사를 굶는다. 그때는 사바도 어려서 상황을 알아보려 한들 제대로 알아볼 능력이 없었던 것 같다. 궁에서 그런 촌스러운 어린애가 돌아다니며 뭔가를 물으면 누가 곱게 봐주겠는가. 욕설이나 퍼붓지 않으면 다행이었으리라.

궁 안의 모든 사람들에게 사바가 마녀라는 사실이 알려지고 그를 담당하는 시종들도 정착이 되면서부터는 그런 일이 없어졌지만, 그렇다고 해서 그 굶주림이, 그 은근한 경멸과 무시가 잊히지는 않았다. 어쩌면 그의 인생을 좌우했던 것은 그 감정이었는지도 모른다. 다시는 굶지 않으리라. 무시 받고 경멸당하지 않으리라. 다시는.

하지만 지금은 자신이 그 시절과 달라진 것이 없다는 걸 뼈저리게 느끼고 있었다. 돈도 없고, 말도 없고, 무기도 없다. 맨몸으로 헤매는 땅은 그의 나라인데도 낯설었다. 이런 상황에서 그의 고급스러운 옷은 지나치게 눈에 띄었다. 그의 옷차림만 보고도 평민들은 그를 슬슬 피했다.

하필 도망치듯 건너가던 숲에서 그 강도를 다시 만난 것도 불운이었다. 체르노로 향하던 길에 그를 습격했던 강도들. 도끼를 들고 있던 두목 같은 사내. 사내는 또다시 루헤인과 마주치자 놀란 표정을 지었지만, 지난번과는 현저하게 달라진 그의 모습을 보고 의아한 표정을 지었다가 씩 웃으며 도끼를 흔들었다.

"귀족 나리, 지난번과는 행색이 영판 다르십니다요?"

루헤인이 차가운 눈으로 노려보았으나 이번에는 그것도 통하지 않는 것 같았다. 무엇보다도 그에게는 무기가 아무것도 없었다.

맨손격투를 배우지 않은 것을 이렇게 후회하게 될 줄은 몰랐다. 드말로 경은 모든 종류의 무술을 익혀두는 것이 좋다고 몇 번이나 말했지만 그는 귀담아듣지 않았었다. 그는 누구보다 검을 잘 쓸 수 있었고 왕자로서, 왕으로서 검이 없이 싸울 일은 전혀 없을 거라고 생각했다.

지독하게 거만한 생각이었다. 심지어 전쟁터에서조차 검을 잃을 수 있다. 말을 잃을 수도 있다. 호위병들과 떨어질 수도 있다. 수많은

진홍의
마녀

가능성이 있지만 전에는 그런 것에는 신경 쓰지 않았다. 그런 상황이 되면 죽지, 뭐. 죽음 따위는 두렵지 않으니까. 그렇게 생각했다.

그런데 죽음이 눈앞에서 손짓하는 상황이 되니 달라졌다. 죽을 수는 없다. 한 번도 죽고 싶었던 적은 없었다. 죽는 게 낫겠다고 생각했던 적이 없는 건 아니지만, 지금은 아니었다. 죽고 싶지 않았다.

"알고 보면 귀족이 아닐지도 모르지. 귀족이라 해도 혼자 저렇게 다니는데, 숲에서 무슨 일이 생길지 누가 알겠어?"

도끼를 든 사내의 옆에는 지난번에 본 기억이 있는 초라한 행색의 남자 둘이 있었다. 그가 팔을 자른 남자는 보이지 않았다.

"저자 때문에 데자이가 죽었지."

한 명이 웅얼거렸다. 루헤인은 긴장해서 그들을 쳐다보았다. 그가 팔을 자른 남자가 죽은 건가. 강도질을 하면 당연히 생각했어야 하는 결과지만, 저들에게 그런 것은 중요하지 않으리라. 그저 친구를 죽인 자에게 복수하는 것이 훨씬 중요한 일이겠지.

저쪽은 셋이고 그는 혼자였다. 저들에게는 낡았든 어쨌든 무기가 있고 그는 맨손이었다. 말이라도 타고 있으면 도망이라도 치겠지만, 말조차 없다.

제르가를 불렀어야 했는지도 모른다. 그녀에게 레이라의 오두막에 놔두었던 물건을 갖다달라고 했어야 했는지도 모른다. 하지만 지금은 그럴 때가 아니었다. 우선 이 자리부터 모면하고, 그런 다음에 제르가를 불러도 불러야겠지. 그런데 제르가가 과연 그런 일을 해줄까? 그가 사바를 데려오면 그녀의 입장에서 좋은 일이긴 하지만 그렇다고 제르가 그에게 좋은 감정을 갖고 있는 것은 결코 아니었다. 그녀에게 그는 계약을 해놓고 대가를 제대로 지불하지 않았던 인간일 뿐이었다.

"저 옷이라도 벗겨다 팔면 돈이 좀 되지 않을까?"

두목이 슬슬 그를 향해 다가서며 말했다. 동료들을 부추기는 듯한 말투다. 동료들은 험악한 인상으로 그를 노려보며 조심스럽게 다가왔다. 무기가 없어 보이긴 해도 지난번 일이 있었기에 긴장한 것 같은 태도였다. 루헤인은 그들을 살펴보고 두목을 본 다음 마음의 결정을 내렸다. 이럴 경우에 방법은 하나뿐이다. 두목에게 덤비는 수밖에.

덩치로 보자면 그가 두목보다 머리 하나는 더 컸다. 힘으로 따지면 어떨지 모르지만 승산이 전혀 없는 것은 아니다. 게다가 두목과 엉켜 있으면 저들이 함부로 무기를 내리치지 못할 것이다.

그는 곧장 두목을 향해 덤벼들었다. 도끼를 들어 올리던 두목이 욕설을 걸게 내뱉으며 그의 무게에 눌려 뒤로 쓰러졌고, 루헤인은 제일 먼저 도끼를 쳐낸 다음 주먹으로 남자의 턱을 후려쳤다. 남자의 고개가 뒤로 넘어갔으나 평생 일을 해온 사내답게 곧장 정신을 차리고 루헤인을 밀어내려고 했다. 뒤에서는 다른 두 남자가 루헤인을 떼어낼 듯 다가오다가 두목이 몸을 뒤집어 위로 올라가자 달려들지 못하고 머뭇거렸다.

"귀족 나리께서도 이런 드잡이를 하신다 이거지?"

남자는 터진 입술의 피를 핥고서 번뜩이는 눈으로 그를 노려보았다. 억센 손이 루헤인의 목을 잡고 누른다. 다른 한 손은 그의 복부를

진홍의
마녀 ②

후려갈겼다. 숨이 컥 하고 막혔다. 그가 사내를 밀어내려고 양손으로 어깨를 잡고 밀었으나 사내는 보기보다 훨씬 무겁고 강했다.

"우리는 말이야, 평생을 밭 갈고 들짐승 잡고 살아온 놈들이라고. 나리님처럼 곱게 곱게 자란 귀족하고는 다르다 이거야. 제기랄."

남자는 피 섞인 침을 옆에 퉤 하고 뱉었다. 손에서는 조금도 힘이 빠지지 않는다. 루헤인은 계속해서 그의 어깨를 밀었으나 사내는 가차 없이 그의 얼굴에 주먹을 날렸다. 잠깐 동안 눈앞이 하얗고 머리가 핑핑 도는 느낌이었다. 숨을 쉴 수가 없다. 그는 몸부림을 치다가 팔꿈치로 사내의 관자놀이를 세게 내리쳤다. 사내가 큭 하고 양손으로 머리를 움켜쥐고 그의 위에서 굴러 떨어졌다.

루헤인은 황급히 그 자리에서 물러난 다음 일어나서 사내들을 보았다. 두목이 잠시 바닥에서 끙끙대는 동안 나머지 두 놈이 무기를 고쳐 잡고 루헤인을 향해 슬슬 다가왔다. 두목과 싸우는 모습을 보자 용기가 조금 생긴 모양이었다.

코와 입가에서 뭔가 미지근한 것이 흘러내렸다. 입안에 쇠맛이 감돈다. 상처가 나고 피를 흘려보는 것은 난생 처음일지도 모르겠다. 항상 약한 몸 때문에 아무것도 할 수 없었으니까. 건강해진 다음에는 왕세자로서 귀족들을 부리느라 바빴으니까. 연병장에서는 그저 검을 들고 병사들을 깔아뭉개는 걸로 만족했으니까. 먼지는 묻어도 피가 나고 상처가 난 적은 단 한 번도 없었다.

내가 왜 이러고 있는 걸까. 왜 저런 놈들과 이런 곳에서 대치하고 있는 걸까. 간단하게 사바를 되찾아올 수 있을 거라고 생각했는데 그게 어쩌다 이런 상황으로 얽혀버린 걸까.

　이해할 수도 없고 이해하고 싶지도 않았다. 입안을 채우고 목뒤로 넘어가는 비릿한 피가 그의 이성을 마비시키는 느낌이었다. 심장은 쿵덕쿵덕 뛴다. 여전히 튼튼하게 버티고 있다는 것을 알려주려는 듯이 강하게 가슴을 두드린다.

　저놈들을 죽여버려. 죄다 죽여버려. 네 앞을 가로막는 저 빌어먹을 벌레들을 다 죽여버리라고.

　귓전에서 누군가가 속삭이는 것 같다. 그것은 벼랑에서 떨어지는 레이라를 보며 깔깔대고 웃었던 바로 그 존재였다. 망가뜨리고, 부수고, 파괴하는 것을 즐기는 존재. 불행, 절망, 괴로움을 즐기는 무언가가 그의 옆에 달라붙어 있다. 이게 마녀와 계약을 했던 대가인가? 이게 사바가 경고했던 바로 그건가?

　"저 자식을 죽여버려! 아무도 시체를 못 찾게 해주지. 시체만 못 찾으면 우리가 널 죽였는지 어떤지 아무도 모를 테니까. 그러면 네놈이 귀족이건 아니건 아무 상관없다고."

　두목이 관자놀이를 문지르며 험악하게 소리치자 나머지 두 놈이 무기를 들고 루헤인을 향해 달려들었다. 돌에 부딪치기라도 하면 그대로 부서질 것 같은 녹슨 칼과 두툼한 몽둥이가 날아든다. 그는 재빨리 몸을 돌린 다음 칼을 든 사내의 팔을 온 힘을 다해 후려쳤다. 사내가 으억 소리를 지르며 칼을 떨어뜨렸지만 미처 그것을 줍기도 전에 나무 몽둥이가 날아들었다.

　숨을 쉴 수가 없다. 옆구리가 타는 듯이 아파오며 둔통이 온몸으로 퍼졌다. 이를 악문 채 루헤인은 사내를 걷어찬 다음 몸을 구부려 칼을 주웠다. 검이라고 부르기도 미안한 무기였지만, 최소한 없는 것보다는 낫다.

그의 손에 검이 들어오는 순간 사내들이 우뚝 멈추었다. 두목이 도끼를 주워들고서 가늘어진 눈으로 그를 노려보았다.

"데자이를 죽인 것처럼 우리도 죽이려고? 귀족 놈들은 우리 같은 잡것들 한둘 죽인다고 해도 뭐라는 사람 하나 없지. 더러운 놈들. 뼈 빠지게 일해서 키워놓은 작물들을 죄다 가져가고, 여자를 훔쳐가고, 그러고도 모자라 성미가 뒤틀리면 우리 같은 놈들 팔다리에 모가지를 뎅강뎅강 자르지."

"그게 분하면 네놈들이 힘을 합해 귀족을 죽이든지. 너희 세 놈이 지금 나 하나를 못 죽이고 있는 거 아닌가?"

루헤인이 나직하게 말했다. 사내가 목을 졸랐던 탓인지 목에서는 쉰 소리가 흘러나온다. 두목은 의외의 말을 들었다는 듯이 그를 빤히 보았다.

"우리가 널 죽이면 다른 귀족들이 우리 목에 현상금을 걸 테지."

"그래서? 그게 두려워서 나를 못 죽이고 있다고? 그렇다면 평생 그렇게 벌레처럼 살든지. 벌레가 삑삑거리는 소리에 귀를 기울이는 사람은 없으니까."

두목의 얼굴이 벌겋게 달아오르며 일그러졌다. 루헤인이 빈정거리는 어조로 덧붙였다.

"원하는 게 있다면 얻어내야지. 평생 그렇게 약자에게 빼앗고 강자

앞에서 굽실거리고 살면 그 상태로 끝나. 강자에게 덤벼서 빼앗고 더 위로 올라가지 않으면 평생 그렇게 짓밟힐 거다."

"우린 날 때부터 이런 신분이었어! 너 같은 귀족 놈이 뭘 알아!"

"나는 날 때부터 약속되었던 자리조차 가질 수 없었다. 그걸 갖기 위해서는 빼앗아야만 했어. 빼앗고 강탈하고 다른 놈들을 짓밟아야만 했지."

두목은 눈만 끔벅거리며 그를 쳐다보았다. 나머지 두 사내 역시 루헤인의 얼굴을 멍하니 쳐다보기만 했다. 루헤인은 검을 들지 않은 손으로 코와 입을 훔쳤다. 말라가는 피가 덩어리져 손등에 묻어났다.

"빼앗고 강탈해서 모든 것을 가졌는데, 그래도 만족스럽지 않았어. 이걸 가지면 만족스러울까, 저걸 가지면 만족스러울까, 그렇게 계속해서 가질 수 있는 모든 걸 가졌지만 여전히 성에 차지 않았지. 빼앗고 강탈해서 만족할 것 같으냐? 심지어는 결과에 대한 두려움 때문에 빼앗지도 못한 채 불평만을 늘어놓으며 언젠가 잘되길 바라는 거냐? 벌레보다 못한 놈들 같으니. 성실해질 의지도, 발버둥 칠 욕망도 없으면서 그저 불평만 늘어놓으면 누군가가 나타나 모든 걸 해결해줄 거라고 생각하는 거냐?"

"우리가 이 모양 이 꼴로 사는 건 다 너 같은 귀족 놈들 때문이야. 네놈들이 입에 풀칠하기도 어려운 수확물까지 전부 긁어가기 때문에 우리가 이런 상황까지 내몰린 거라고."

두목이 으르렁거리듯이 말했지만 아까 전만큼의 힘은 없었다. 루헤인은 다시금 코와 입가를 닦은 다음 그를 보았다.

"그게 분하면 귀족들을 죽여."

"귀족을 죽이면 우리도 곧장 죽어."

"그러면 너희의 힘든 상황을 너희의 영주에게 이야기하든지."

"귀족들이 우리 이야기 따윌 들어줄 리가 없잖아!"

"이야기는 해봤나?"

두목이 입을 다물고 양옆의 동료들을 힐끔거렸다. 동료들은 두목만 쳐다본다. 루헤인은 피식 웃고 입안에 고여 있던 핏덩어리를 뱉었다.

"왕이, 귀족이, 부유한 자들이 너희의 상황을 알 거라고 생각하는 거냐? 너희의 상황 따윈 몰라. 왕은 정치놀음을 하느라 바쁘고 귀족들은 왕의 장단에 맞춰 춤추기 바쁘니까. 너희들이 나서서 말하지 않으면 너희의 상황에 신경 써주는 사람 따윈 없어……. 거의 없지. 징징대고 도망친들 고생은 너희 몫이다. 이런 곳에서 강도질을 하다가 팔이 잘리고 다리가 잘리고 짐승처럼 죽어가는 것도 너희 몫이지. 너희를 다스리는 귀족에게 찾아가 상황을 설득시키는 것도 너희 몫이고. 품에 칼 하나 품고 가는 것도 나쁜 방법은 아닐 테지."

루헤인은 문득 눈을 내리깔았다. 다흐란은 이들의 상황을 고려하고, 이들의 입장에서 생각을 하는지도 모른다. 마법에 걸렸을 때 이들과 어울려 잘 지냈던 것을 생각하면. 이전에도 다흐란은 귀족들의 입장에서 생각을 해주곤 했다. 그래서 귀족들은 그를 좋아했고, 귀족들의 입장 따위는 눈곱만큼도 헤아려주지 않는 그를 미워했다. 하지만 그는 사람이 수십이면 입장도 수십 가지라고 생각했었다. 하나하나 생각을 해주느니 저들끼리 알아서 해결하든 말든, 그렇게 생각했다. 어쩌면 그게 그의 패인이었는지도 모른다.

다흐란의 입장이 어떤지 한 번도 생각해본 적이 없었다. 병석에 누워 있는 왕세자, 왕위 후계 순서상 두 번째였던 그가 모든 일을 도맡아 해야만 했던 상황을. 다흐란과 그런 이야기를 나눠본 적도 없다. 다흐란은 몸이 아픈 형님을 제가 방해하면 안 되겠지요, 그렇게 지껄였고 그 자신도 다흐란의 이야기 따위는 듣고 싶지 않았으니까. 꺼져버려, 건강한 네놈 모습 따윈 꼴도 보기 싫어. 그땐 그랬었다. 항상 그랬다.

결국에 권력을 손에 쥔 순간, 갖고 싶은 것을 죄다 가졌다. 황금 밭에서 보물을 쓸어 담듯 뭐가 뭔지도 모른 채 마구잡이로 쓸어 담고 가졌다. 그러다가 질리자 내버렸다. 그러고 나자 일찌감치 내다버렸던 촌스러운 장신구가 생각났다. 다른 사람이 그걸 가져갔다는 사실을 알자마자 분노했고 그걸 되찾고 싶어졌다.

그래서 황금 밭을 떠나 진짜 세상으로 나왔다. 그리고 진짜 세상에서 그가 가장 먼저 한 일은 남의 것을 망가뜨리는 거였다. *너한테 이게 귀중하다고? 그럼 내가 갖겠어. 네가 갖고 싶어 하는 건 전부 다 내가 가질 거야. 네 것을 내가 가지면 다들 나를 대단하다고 여기겠지. 굉장하다고 여기겠지.*

네가 나를 굉장하다고 여기겠지.

네가.

진홍의
마녀 ②

저는 저하의 가장 소중한 사람을 가져갔습니다.

왕제 저하가 안 계셨다면 전하께서는 아무것도 하려 하지 않으셨을 겁니다. 전하께서는 항상 왕제 저하와 자신을 비교하고, 왕제 저하께서 갖고 계신 것을 갖고 싶어 하셨죠. 그리고 이제 모두 가지셨습니다. 행복하신가요?

한참이나 침묵 속에 서 있던 그가 칼을 떨어뜨리고 돌아섰다. 강도들은 떠나는 그의 뒷모습을 한참동안 보고 있었지만 그를 쫓아오지 않았다.

그렇게 방향도 모른 채 한참을 걸었다. 배가 고팠고, 온갖 생각이 떠올랐고, 어느새 배고픔마저 사라졌다. 짐승을 잡을 만한 무기도 없고 그런 기술도 없다. 어둠이 내렸을 때 불을 피울 능력도 없고 덮고 잘 담요 한 장 없다. 옆구리와 얼굴은 잊을 만하면 욱신거렸고 자신이 뭘 하고 있는 건지조차 생각나지 않았다.

당신은 괴물이야.

레이라는 피투성이가 된 얼굴로 그의 앞에서 말했다. 괴물, 괴물, 괴물.

전하는 저의 것입니다. 다른 여자에게 절대로 줄 수 없어요.

카밀라 공주는 광기에 찬 목소리로 그렇게 외쳤었다.

전하께 이상한 점이 있다는 것만은 분명합니다.

제르가는 신기한 동물을 보는 것 같은 눈으로 그를 보며 말했다.

어디서부터 잘못되었던 것일까? 뭐가 잘못되었던 걸까? 다흐란이 가진 것을 갖고 싶었고, 빼앗았다. 왕위를 빼앗았고, 여자를 빼앗다. 그녀들이 그를 원해서 다른 여자들을 제치고 그를 독점하려 했던 것처럼, 그 역시 모든 것을 독점하려 했다. 그리고 그녀들이 행복하지 못했던 것처럼 그 역시 행복해지지 못했다.

그를 만나기 전까지, 그를 만났던 그 순간까지, 레이라는 평범한 것에 만족하고 살았다. 하루하루 힘든 노동을 하는 것에 만족했었다.

다흐란은 왕위를 원치 않았다. 책임을 져야 하는 힘든 자리라 원치 않는다고 했다. 그저 그를 돕는 정도로 만족한다고 했다.

그가 본 세상은 일그러져 있었다. 그는 탑의 왕자였고, 지금까지도 탑의 왕자였다. 탑에서 벗어나고 싶어서 그렇게나 발버둥을 쳤는데, 결국 지금까지 그 탑에서 벗어나지 못했던 것이다. 그리고 심지어는 그가 손을 대면 모든 게 망가졌다.

지금까지 그가 제대로 한 게 있긴 한 건가? 영토는 늘어났지만 전쟁으로 나라의 일부는 엉망이 되었다. 드래곤으로 인해 수많은 병사들이 시체조차 남기지 못하고 죽었다. 마녀들과 드래곤이 이 나라를 침범한 것도 순전히 그가 마녀와 계약을 했기 때문이었다. 별것도 아닌 걸로. 그저 사바가 자신에게서 뭘 가져갔는지 알고 싶다는 이유만으로.

그리고 그 망가진 땅에서 백성들은 잡초만 자라는 땅을 일구고 있다. 그러다가 세금이 목을 조이면 도망쳐서 도적질을 한다.

탑 안의 세계는 좁았다. 왕궁 안에서도 그는 계속 탑 안의 세계에 있었다. 지금, 생전 처음으로 바라본 세계는 너무나 넓었다. 그는 아무것도 몰랐다. 욕심과 오만에, 자기애에 빠져 있었다.

진홍의
마녀 ❷

어쩌면 그 탑에서 나오지 말았어야 했던 건지도 모른다. 사바가 그의 소원을 들어주지 말았어야 했던 건지도 모른다. 그가 조용히 죽었다면, 다흐란이 그냥 왕위를 계승했다면 수많은 사람들이 아직까지 살아 있었을지도 모른다. 그가 신경 한 번 써본 적 없는 자들, 시체도 남지 않은 그 자들도 전부 살아 있었을지 모르지. 아니, 살아 있었을 테지.

다흐란.

레이라.

사바.

"사바."

다리가 휘청거렸다. 몸이 기울어지다가 바닥에 세게 무릎을 찧으며 쓰러졌다. 루헤인은 무릎을 꿇은 채 바닥을 내려다보다가 나지막하게 웅얼거렸다.

"왜지?"

왜 내 손이 닿은 여자들은 다 이상해지는 거지? 왜 내가 하는 모든 것들은 망가지는 거지? 왜 모든 것이 이렇게 된 거지? 애초부터 나는 왕위를 물려받지 말았어야 했던 건가? 애초부터 그 방 안에서 사바와 단둘이 평생 머물러야 했던 건가? 그 이상을 바라지 말았어야 했나?

지금이라면 다시 돌아가도 사바에게 그렇게 짜증을 부리지 않을 것이다. 지금이라면 그녀에게 모든 책임을 뒤집어씌우진 않을 것이다. 그가 심장이 약하게 태어났던 건 그녀의 탓이 아니었으니까. 오히려 누군가를 원망할 사람이 있다면 그건 사바였다. 그 방 안에 그와 단둘이 갇혀 십여 년을 보내야만 했으니까. 그의 온갖 짜증과 울분을 받아주며 함께 시간을 보내야 했으니까. 그녀라면 얼마든지 빠져나갈 수 있었을 텐데. 마녀로서 그녀가 그렇게까지 그의 비위를 맞춰줘야 할 필요는 없었을 텐데. 아무 소원이나 대충 들어주고 사라질 수도 있었을 텐데.

어떤 여자도 진짜 그를 알지 못했다. 어떤 사람도 진짜 그를 알려 하지 않았다. 진짜 그의 모습을 아는 사람은 사바뿐이었다. 그녀만이 그의 모든 것을 보았고, 이해했다. 어쩌면 그래서 그녀를 되찾고 싶어 했던 건지도 모른다. 그녀는 모든 걸 아니까. 그녀는 어떤 것에도 놀라지 않을 거고, 다른 여자들처럼 홀린 듯한 반응을 보이지도 않을 테니까. 하지만……

그게 그녀에게 올바른 일일까?

드래곤은 그녀를 보물이라고 말했다. 그가 버린 보물을 자신이 낚아챘다고. 드래곤은 자신의 보물을 절대로 포기하지 않는다고. 그 드래곤은 그녀가 보물이라는 사실을 첫눈에 알아보았다. 이렇게 오랜 시간이 지나서야 그녀의 가치를 깨달은 루헤인 자신과 달리 그 드래곤은 그녀를 처음부터 알아보았고, 그녀에게 훨씬 더 많은 것을 줄 수 있었다. 그런 상황에 그녀를 드래곤에게서 떼어내겠다는 그의 행동이 과연 바른 걸까?

그럴 리가 없지. 웃음이 절로 나왔다. 제르가 그에게 협력하는 이유도 그 '가치 있는' 자리를 자신이 차지하기 위해서가 아닌가. 드래곤에게서 떨어져 나오면 사바는 다시 남들에게 무시당하는 어린 마녀로 돌아간다. 제르가가 경멸의 코웃음을 치는 새끼 마녀로. 그가 탑의 왕자로 되돌아가고 싶지 않은 것처럼 그녀도 무시당하는 어린 마녀로 되돌아가고 싶진 않을 것이다. 그렇겠지. 누가 그렇게 되고 싶겠는가.

그녀를 드래곤에게서 떼어낼 수는 없다. 그러면 지금 하고 있는 이 여행은 무슨 의미가 있지?

궁으로 돌아갈 수도 없었다. 다흐란이 제피와 레이라 부녀 이야기를 물으면 뭐라고 대답한단 말인가. 잘 지내고 있다고? 이전 같으면 눈 하나 깜박하지 않고 대답했을 것이다. *죽었어. 가난뱅이 촌농 한둘 죽은 게 뭐 그렇게 대단한 일이라고. 제 아비를 쳐 죽이고 자살을 했지. 이유? 그런 걸 내가 알 리 없잖아.*

그런데 지금은 그렇게 대답할 자신이 없었다. 부녀가 잘 지내는지 살펴봐달라던 다흐란의 걱정스러운 표정이 선명하게 떠올랐다. 왜 그런 얼굴이 이렇게 뚜렷하게 생각나는 건지 모르겠지만 머릿속에서 사라지지 않았다. 레이라의 피투성이 얼굴도.

그녀를 살려달라는 부탁을 드래곤이 과연 들어줄까? 모르겠다. 드래곤은 그에게 별로 좋은 감정을 갖고 있지 않은 것 같았으니까. 그래도 부탁은 해봐야 한다.

게다가 어쩌면 드래곤은 그에게 뭐가 잘못된 건지 알지도 모른다. 사바와 드래곤, 둘 중 하나는 답을 알지 모르지. 애초부터 그가 방에서 나오면 안 되는 존재였던 건지, 아니면 마녀와 계약을 맺는 중에 뭔가가 잘못된 건지. 고칠 수 있긴 한 건지, 차라리 지상에서 사라지는 편이 나은지.

루헤인은 힘이 들어가지 않는 다리로 간신히 일어나 비척비척 근처의 나무로 걸어가 다시 주저앉았다. 나무껍질이 등을 찔렀지만 불편한 것도 느껴지지 않았다. 찬바람 역시 신경 쓰이지 않았다. 그렇게 멍하니 앉아 있다가 그는 눈을 감고 정신을 잃듯이 잠들어버렸다.

오두막을 둘러싸고 마녀들이 우글우글 모여 있다. 오두막을 보호하는 진을 치고 있는 마녀가 일곱, 나머지는 금방이라도 무기를 휘두를 것처럼 경계 태세를 취하고 이곳저곳을 둘러보고 있었다.

사바는 피식 웃었다. 추락하듯 그녀의 몸이 순식간에 바닥으로 떨어진다. 하지만 땅에 닿기 직전 추락은 멈추었다. 겨우 바닥에서 10센티미터 높이, 그녀의 주변은 공기의 압력으로 커다란 돌이라도 떨어졌던 것처럼 둥글게 파였고 사방으로 퍼진 바람이 다른 마녀들을 세차게 뒤흔들고 사라졌다.

마녀들은 숨을 들이켜고 그녀를 쳐다보았다. 검은 드레스가 펄럭거리고 붉은 머리카락이 가닥가닥 날렸다.

"안에 아말리나가 있지? 그 사람을 보러 왔어."

마녀들이 그녀의 앞을 가로막고 섰다. 하나같이 두려운 빛을 감추지 못한 상태였다. 오두막을 보호하는 진을 형성한 마녀들은 그 자리에서 꼼짝도 하지 않고 계속해서 주문을 외고 있다. 사바의 얼굴에 비뚤름한 미소가 떠올랐다.

"여기 이렇게 옹기종기 모두 모여 있으면 죽여버리기가 너무 쉽잖아. 그 생각은 안 해봤어? 그냥 여기만 날려버리면 되는데. 휙 하고."

그녀가 한 손을 슬쩍 휘두르자 마치 뺨이라도 맞은 것처럼 마녀들 몇 명이 움찔했다. 그것을 보고 사바가 깔깔거리고 웃었다.

"뭐야, 겁먹은 거야? 나 같은 어린 마녀한테? 당신들은 전부 수십 년씩 살았잖아. 단지 내가 드래곤의 신부라는 게 그렇게 대단해?"

사바가 웃음을 뚝 그치고 냉정한 얼굴로 그들을 쳐다보았다. 마녀들은 금방이라도 공격이 날아올지 모른다는 태도로 마법을 쓸 준비를 하고 있다. 사바는 그들 하나하나와 눈을 맞추다가 마침내 오두막을 보았다.

"당신들 전부 다 참 비열해. 자신들의 목숨이 위협받는 상황이 되니 이제 드래곤까지 불러보시겠다? 그냥 다 함께 그루제펜으로 넘어가서 청록의 드래곤에게 몸을 팔지? 더 강한 드래곤에게 몸을 팔면 창녀가 아니게 되나?"

몇몇 마녀들은 치미는 울분을 참으려는 듯이 입술을 깨물었다. 하지만 몇 명은 사바의 말에 동의하는 것을 드러내지 않으려는 것처럼 시선을 돌리거나 내리깔았다. 창녀라고 욕하던 행동을 자신들이 똑같이 하고 있다는 건 사실이니까. 하지만 위태로운 이 상황에서 먼저 나서서 뭔가 말하고 싶은 마녀는 아무도 없었다.

"자, 어서 비켜. 아말리나와 이야기를 해야겠어. 조용히 여기서 떠나주면 그냥 놔둘 거라고. 하지만 계속 여기 앉아 드래곤을 부르는 의식 따위를 한다면 여길 통째로 태워버릴 거야. 드래곤의 불에 맞아봤어? 활활 타버려. 꺼지지 않아. 내가 끄지 않는 이상 재가 될 때까지 계속 타지. 아아, 당신들은 모르려나? 난 청록의 드래곤이 토르카인의 불쌍한 사람들을 태우는 걸 봤거든."

그녀가 걸음을 천천히 옮기자 검은 드레스가 사각거리는 소리를 냈다. 가장 앞을 가로막고 서 있던 마녀들이 흠칫거렸다. 물러나고 싶지만 뒤에 있는 다른 마녀들 때문에 물러나지 못하고 있는 형상이었다. 사바가 금방 불이라도 뿜을 듯이 숨을 들이켜자 그들의 얼굴이 하얘졌다. 몇 명은 소리 없이 입술을 달싹이며 주문을 왼다.

"그만둬라, 사바."

사바가 걸음을 멈추었다. 모여서 있던 마녀들이 천천히 비키고 줄레나가 앞으로 나왔다. 평소의 늙은 모습 대신 아름다운 모습을 하고 있다. 사바는 웃음기 없는 표정으로 그녀를 바라보았다.

"줄레나."

"그래, 우선 나와 이야기를 좀 하지 않겠니?"

사바는 말없이 그녀를 바라보다가 고개를 끄덕였다. 그러고는 다른 마녀들 쪽으로 크게 손을 휘둘렀다. 순식간에 오두막을 중심으로 마녀들을 둘러싸고 소용돌이가 휘몰아친다. 바람은 더 이상 좁아지지 않았지만 다른 마녀들이 밖으로 나올 수 없도록 경계를 만들었다. 요란한 바람소리 때문에 그들의 대화 소리도 들리지 않을 것이다.

줄레나는 다른 마녀들에게 아무 위험도 미치지 않는다는 것을 확인한 후 사바를 보았다.

"내가 무슨 이야기를 하려고 하는 건지 알 거다."

"당신은 저에게 잘해주셨죠. 아무 갈 곳도 없고 마력도 없는 저를 한집에 머물게 해주셨고요. 감사하고 있어요."

사바가 나직하게 말했다. 줄레나는 고개를 흔들었다.

"나도 혼자 있고 싶지 않았기 때문에 한 일이었어. 너에게 감사를 받고자 했던 일이 아니야. 하지만 네가 나에게 고마워하고 있다면 최소한 이것만큼은 그만둬주렴."

"저 마녀들이 제 발로 토르카인에서 나간다면 저도 더 이상은 이럴 필요가 없겠지요. 다들 떠나라고 하세요. 그러면 저도 이러지 않겠어요."

"저들이 토르카인에서 전부 떠나고 나면 과연 네가 만족할 것 같으니? 이게 그런 문제가 아니라는 건 너도 알고 있을 텐데."

사바는 아무 대답도 하지 않았다. 줄레나가 한숨을 내쉬며 그녀에게 한 걸음 다가섰다. 사바가 물러나거나 공격적인 태세를 취하지 않는 것을 확인하고 줄레나는 가만히 사바의 얼굴을 바라보며 말했다.

"마력이라는 것은 힘이지. 인간이 권력에 취하듯이 마녀는 마력에 취해. 드래곤의 마력 같은 어마어마한 걸 품게 되면 순식간에 취해서 스스로 자신을 통제할 수 없게 되지. 너도 이미 느끼고 있을 거야. 지금의 너는 네가 아니야. 이전의 너라면 이런 일을 했겠니? 단지 할 수 있다는 이유만으로 이런 일을 했을까?"

"할 수 없을 때의 무력함을 뼈저리게 느꼈으니까요. 어느 정도는 마력에 취했는지도 몰라요. 하지만 무언가에 취해야 한다면 마력에

취하는 것도 나쁘지 않잖아요? 어쨌든 저는 당신처럼 배부른 상황이
아니니까요."

줄레나의 눈썹이 꿈틀거렸다. 사바는 냉담한 미소를 지었다.

"제가 마음을 바친 상대는 저에게 마음이 없지요. 아흐메닷도 마찬
가지예요. 지상에서 가장 강하다는 드래곤이 마음을 바친 상대가 그
를 원하지 않아요. 그래서 저희는 똑같은 입장이에요. 서로를 원하지
않지만, 혼자 있는 데에도 지쳐버린 거죠."

사바의 붉은 눈동자가 줄레나를 응시했다. 줄레나 역시 그녀를 가
만히 쳐다보았다. 사바의 입술이 천천히 아래로 내려가고, 미소 대신
우울한 표정이 떠올랐다.

"이런 상황에서 사소한 즐거움조차 누리면 안 되나요? 유일하게
마음대로 할 수 있는 건 마력을 휘두르는 것뿐인데? 마녀 한둘 정도,
죽으면 어때서요? 세상이 대단히 크게 변하는 것도 아닌걸요."

"네 기분이 좋아지기 위해 마력을 쓰고 있는 거니, 아니면 마력에
휘둘리고 있는 거니?"

사바는 대답하지 않았다. 줄레나는 고개를 흔들었다.

"너는 네 기분을 위하여 마력을 쓰고 있다고 생각하는지 몰라도,
실은 마력에 휘둘리고 있는 거야. 이전에도, 마력이 부족했다고는 해
도 네가 뭔가 안 좋은 일을 할 생각이었다면 얼마든지 할 수 있었을
거야. 하지만 하지 않았지. 그런데 같은 일을 왜 지금은 하고 있다고
생각하니? 할 수 있으니까? 그렇지 않아. 마력이 너를 휘두르고 있는
거야. 하면 기분이 좋아지고, 기분이 좋아지니까 또 하지. 그런 식으

진홍의
마녀 ②

로 반복돼. 어느 순간 네가 무슨 짓을 했는지 이성적으로 깨닫게 되면 후회할 거다. 그전에 멈춰야 해."

사바가 미동도 하지 않은 채 그녀를 가만히 바라보다가 물었다.

"그걸 당신이 어떻게 알죠?"

"나도 겪어봤으니까."

줄레나의 파란 눈이 사바를 응시했다. 사바의 붉은 눈이 줄레나를 살폈다. 붉은 빛이 도는 금빛 머리, 새하얀 피부, 하늘처럼 맑은 눈동자.

사바의 머릿속에서 수많은 생각이 움직였다. 하나하나 깨진 조각을 맞추는 것처럼 생각들은 제멋대로 자리를 바꾸고 적당한 곳을 찾아 들어간다. 그리고 모든 조각이 맞추어졌을 때 나타난 그림은 그녀가 미처 생각지 못했던 것이었다.

"아흐메닷은 그저 당신을 사랑하기만 했던 게 아니었어요. 한때 당신을 가졌었군요. 수십 년 전 진홍의 드래곤이 신부를 얻었다는 소문이 돌았을 때, 그 신부가 당신이었어요."

"그래, 나였지."

"그는 다른 마녀에게, 특히 당신에게 계약을 하자고 말한 적이 없다고 했었어요."

사바의 말투에는 아무 감정도 실려 있지 않았다. 그저 사실을 지적하는 듯한 어조였다. 하지만 줄레나는 속지 않았다.

"계약을 하지는 않았어. 그는…… 나에게 청혼을 했었지."

알겠다는 듯이 사바의 입술이 아, 하는 모양을 그렸지만 소리는 나오지 않았다. 줄레나는 한 손을 흔들었다.

"이건 자랑이 아니야. 그때는 나도 어려서 드래곤의 신부가 어떤 건지 몰랐지. 그저 이 세상에서 가장 강한 존재인 드래곤이 나에게 애정을 느낀다는 것, 나를 신부로 삼고 싶어 한다는 것이 자랑스럽고 좋았던 거야. 그리고 그의 불을 받은 순간 그 마력에 완전히 취해버렸지. 그때의 난 아무것도 무서운 게 없었어. 저쪽 세계까지 아무렇지 않게 넘어가기도 했었어. 많은 걸 보고, 많은 걸 했지. 하지만 금세 후회하게 됐어. 후회했고, 결국엔 그와 헤어졌어. 그의 옆에 있으면 내가 아니게 되니까. 나는 그를 사랑했던 게 아니니까. 그런 다음에 정말로 사랑하는 사람을 만났지. 드래곤에 대한 내 감정과는 전혀 다른 상대를."

줄레나의 눈이 사바를 가만히 바라보았다.

"너에게는 이미 그런 상대가 있잖아. 그런 사람이 있으면서 드래곤으로 만족하겠다는 거야? 그걸로 충분해?"

사바는 물끄러미 그녀를 바라보다가 갑자기 입술 끝을 비틀며 웃었다. 어린 마녀의 얼굴에 떠오르기에는 지나치게 차갑고 음울한 미소였다. 수많은 인간들의 고통과 괴로움과 죽음을 보고 그 힘을 즐길 만큼 즐겨본 마녀의 미소. 혹은 오랫동안 살아서 더 이상 아무것도 바라지 않는 노인의 미소.

줄레나는 안 좋은 예감에 손을 들어 올리려 했지만, 사바가 먼저 입을 열었다.

"당신은 정직하고 좋은 사람이라고 생각했어요, 줄레나. 그럴 필요가 없는데 저를 돌봐주셨고, 여러 가지 도움도 주셨죠. 나이를 먹으면 당신 같은 마녀가 되어야지 생각했었어요. 하지만 그건 제 착각이었던 것 같아요. 당신은 스스로에게 거짓말을 하고 있어요."

줄레나가 가만히 바라보기만 하자 사바가 그녀의 머리를 손가락으로 가리켰다.

"그건 당신의 원래 머리 색깔이 아니잖아요. 아직도 그런 붉은 색을 포기하지 못한 이유는 아흐메댓 때문이 아닌가요? 붉은 빛깔이 남아 있으면 그를 생각할 수 있을 테죠. 그도 당신을 잊지 못할 거고요. 당신도 저 마녀들과 똑같아요. 책임은 다하려 하지 않으면서 그 이득만 즐기려 하죠."

"사바, 그게 아니야……."

줄레나가 그녀를 막으려는 듯이 손을 들어 올렸으나 사바의 손이 움직이는 순간 거센 바람이 그녀를 몇 미터나 날려버렸다. 사바의 붉은 눈이 불꽃처럼 이글거리기 시작했다.

"당신들은 전부 위선자야. 하나 더 말해줄까? 난 이렇게 살 수 있을 거라고 생각했어. 그를 사랑하지 않고, 그도 나를 사랑하지 않지만 그냥 이대로 살 수 있을 거라고 생각했다고. 그런데 당신이 그 생각마저 망가뜨렸어. 그가 나를 사랑하지 않고, 앞으로도 영원히 사랑하지 않을 거라고 못을 박아버렸으니까. 영원히 그는 당신을 잊지 못할 거고, 오로지 당신을 기준으로 움직일 거라고. 그럼 난? 내가 할 수 있는 일은 이 마력을 즐기는 것뿐이야. 그는 당신이 괴로워하는 걸 즐기고, 나는 이 마력을 즐기고. 그것뿐이야."

다른 마녀들을 둘러싸고 있던 소용돌이가 멈추었다. 그 안에 있던 마녀들은 바람이 가라앉자 두려움과 기대감이 섞인 얼굴로 바깥을 보았다. 그러다가 온몸에서 불길이 치솟고 있는 사바를 보고 주춤주춤 물러나기 시작했다. 나이 많은 마녀들이 방어마법을 쓰라고 소리를 질렀고, 오두막을 둘러싼 방어마법이 빛을 뿜으며 강력하게 솟아올랐다.

줄레나가 벌떡 일어나서 고함을 질렀다.

"안 돼, 다들 피해!"

사바의 몸에서 불기둥처럼 불꽃이 솟아오른다. 마녀들이 외는 마법주문 소리가 불꽃이 이글대는 소리와 뒤섞인다. 줄레나는 천천히 앞으로 걸어가는 사바를 바라보다가 유일하게 도움이 될 만한 이름을 외쳤다.

"아흐메닷……. 아흐메닷!"

기대했던 걸까, 혹은 하지 않았던 걸까. 귓가에서 나지막한 남자의 목소리가 들리자 줄레나는 안도감을 감추지 못했다.

"이럴 때에만 내 이름을 부르는군. 이럴 때에만."

그의 존재를 알아챈 것처럼 사바가 고개를 돌렸다. 줄레나는 침을 삼켰다. 붉은 눈동자가 쏘듯이 두 사람을 바라본다. 아흐메닷이 줄레나의 뒤에서 두어 걸음 나왔다.

"돌아가자고, 신부님. 이쯤 위협했으면 됐어. 한둘이라면 모르지만 마녀들을 전부 다 죽여버렸다가는 정말로 다른 드래곤들이 가만히 있지 않을 거야."

진홍의
마녀 2

"난 당신의 신부가 아니야."

사바가 한 걸음 물러났다. 아흐메닷은 무슨 소리냐는 듯이 눈썹을 치켜 올렸다.

"넌 내 불을 가지고 있어. 모두가 너를 나의 신부라고 부를걸."

"모르는 자들은 그렇겠지. 하지만 나는 알아. 난 당신의 신부가 아니야. 애초에 당신은 나한테 관심이 없었어. 당신은 내가…… 줄레나의 딸이라고 생각했던 거야. 그게 아니라는 걸 깨달았을 땐 이미 발을 빼기 늦었던 거고. 안 그래? 당신은 날 갖고 놀았지만, 완전히 갖지는 않았지. 아마 앞으로도 갖지 않을 테고. 당신이 갖고 싶었던 건 내가 아니었으니까. 내가 갖고 있는 불은 전부도 아니지. 당신은 나에게 전부 다 주지 않았어. 그저 눈속임을 할 만큼만 줬을 뿐이야."

천천히 불길이 가라앉는다. 춤추듯 흔들리던 머리카락도 서서히 아래로 떨어지고, 온몸을 감싸고 있던 새빨간 불꽃이 차츰 사라졌다. 그리고 불길 속에서 드러나기도 전에 증발해버렸던 눈물이 뺨을 타고 흘렀다.

"난 아무것도 아니야. 아무도 아니야. 당신이 만들어낸 괴물조차 아니야."

아흐메닷이 갑자기 날카로운 눈으로 그녀를 쳐다보았다. 줄레나는 숨을 들이켰다. 사바는 그들에게서 한 걸음, 두 걸음 물러나다가 양팔을 벌렸다. 순식간에 그녀의 모습이 검은 까마귀로 변해서 허공으로 날아오른다. 그녀가 서 있던 자리에 깃털 몇 개가 나풀나풀 떨어지다가 공중에서 재로 변하듯 사라지고 반짝이는 가루만이 남았다.

"내 딸이라고 생각했다고?"

줄레나가 아흐메닷을 올려다보았다. 굳은 파란 눈을 내려다보며 아흐메닷은 미간을 찌푸렸다가 시선을 돌렸다.

"그럴 수도 있겠다고 생각했을 뿐이야."

"그런 생각으로 저 아이를 저렇게 만들었던 거야? 드래곤의 신부로? 맙소사, 당신은 드래곤이야! 이 세상을 멸망시킬 수도 있는 그런 존재라고. 어떻게 그렇게 말도 안 되는 짓을……."

아흐메닷은 줄레나의 비난하는 얼굴을 힐끗 쳐다보고서 어깨를 들썩였다.

"네가 임신했었다는 걸 알고 있었으니까. 네가 누군가를 데리고 산다면 분명히 그럴 만한 이유가 있을 거라고 생각했을 뿐이야."

"맙소사, 맙소사. 난 정말로 저 아이에게 호의를 베풀었을 뿐이야. 갈 곳 없는 어린 마녀라는 게 어떤 건지 아니까. 게다가, 맙소사, 나이를 생각하지도 못하는 거야? 저 애는 아주 어려. 내 자식이 될 만한 나이가 아니라고!"

아흐메닷은 아무 대답도 하지 않았다. 줄레나는 한 손을 이마에 짚고서 고개를 설레설레 흔들었다.

"믿을 수가 없어. 그런, 그런 생각으로……. 맙소사."

"그럼 네 아이는 어디 있는 거지?"

줄레나의 파란 눈이 비난과 경멸을 담고 그를 쏘아보았다.

"내 아이는 죽었어. 오래전에 죽었지."

아흐메닷은 시선을 돌렸다. 줄레나는 손으로 얼굴을 문질렀다.

"그 애는 그걸 다 알면서 당신의 신부가 되겠다고 계약을 했던 거야?"

"아마도."

"아흐메닷, 당신 대체 무슨 짓을 한 거야⋯⋯. 저 어린 아이에게."

수백 년이라는 나이가 느껴지는 눈으로 아흐메닷이 줄레나를 내려다보았다. 줄레나는 비난의 표정을 감추지 않은 채 그를 마주 보았다.

"네가 나에게 했던 것만큼 나쁜 짓은 아닐걸."

"난 어렸어. 나도 당신을 사랑했다고 믿었고."

"하지만 그렇지 않았지. 나는 최소한 저 아이에게 사랑한다고 말한 적은 없어. 처음부터 우리는 그걸 알고 있었어."

"그런 말로 책임을 피하려고 하지 마. 저 아이에게 남은 상처는 깊어."

"그 상처는 처음부터 있었어. 내가 낸 게 아니야."

"당신이 더 깊게 파헤쳤지."

아흐메닷은 대답을 피하고 아직까지 오두막 주변을 둘러싸고 있는 마녀들을 쳐다보았다. 그러고는 송곳니를 드러내며 비웃음을 지었다.

"저러면 누군가가 답할 거라고 생각하는 건가? 지금에 와서 마녀들에게 답을 해줄 다른 드래곤 따윈 없다고 말해주지 그래?"

"아흐메닷, 사바를 달래줘. 그리고 당신이 정말 그 아이를 신부로 삼을 마음이 없다면, 드래곤의 불을 회수해줘."

아흐메닷은 허 하고 웃음을 터뜨리고 그녀 쪽으로 고개를 돌렸다.

"지금 와서 드래곤의 신부가 아니게 되면 저 아이는 저 마녀들의 밥이 될걸? 그걸 네가 전부 막아줄 건가?"

줄레나의 대답도 기다리지 않고서 아흐메닷은 커다란 드래곤의 형태로 모습을 바꾸었다. 오두막 주변에 있던 마녀들이 나직한 비명과 감탄을 지른다. 붉은 비늘을 반짝이는 드래곤은 줄레나를 향해 그르렁거리는 소리로 말했다.

"난 내 책임 정도는 다할 거야. 저 아이가 원하는 한 저 아이는 나의 신부야. 손바닥 뒤집듯 마음을 바꾸는 너와는 달라."

드래곤이 거대한 날개를 펼치고 날갯짓을 하자 거센 바람에 마녀들 몇 명이 몇 미터나 날아가서 쓰러졌다. 진홍의 드래곤은 마녀들을 한 번 돌아보지도 않은 채 허공으로 날아올라 하늘을 가로질러 순식간에 사라져버렸다.

줄레나는 고개를 흔들었다. 얽히고 꼬인 인연의 실이라는 것이 어떻게 이렇게까지 엉망이 된 건지 그녀 자신도 알 수가 없었다. 게다가…….

"말이 안 돼, 그건. 그건 불가능해."

사바의 검은 눈동자. 그 애의 원래의 눈은 파란색이었고, 드래곤의 신부가 되며 붉은 눈동자를 갖게 되었다. 그 눈동자가 또다시 색이 변한다는 건 불가능한 일이다.

"내가 잘못 본 거야."

그렇게 말하면서도 줄레나는 자신이 잘못 보지 않았다는 사실을 잘 알고 있었다. 아흐메닷의 얼굴 역시 굳어졌었으니까.

처음부터 사바는 보통의 어린 마녀와 달랐다. 어쩌면 그저 사바가 특이하기 때문이 아니라 다른 이유가 있었을지도 모른다. 옆에서 좀 더 가까이 지내지 않았던 자기 자신을 탓하며 줄레나는 오두막 쪽으로 걸음을 옮겼다.

20

뭔가 규칙적으로 덜커덩거리며 몸이 흔들리는 느낌에 루헤인은 눈을 떴다. 하늘이 움직이고 있다. 주위의 나무들이 뒤로 간다. 땅이 움직이는 건가? 그는 천천히 몸을 일으켰다가 자신이 자그마한 수레에 실려 있다는 사실을 깨달았다. 앞에서는 노새 한 마리가 힘겹게 수레를 끌고 있다. 노새 옆에서 걸어가고 있던 남자가 뒤를 돌아보았다.

"깼나? 조금 더 가야 하니까 자도 괜찮은데."

루헤인이 멍하니 쳐다보기만 하자 주름진 얼굴의 중년 남자가 혀를 쯧쯧 찼다.

"날이 그렇게 추운 건 아니라도 해가 지고 그런 곳에서 그렇게 정신을 잃고 있다가는 어떤 놈들이 나타날지 몰라서. 벌써 한 번 당한 모양인데. 혹시 귀족 나리님이신가……요?"

루헤인이 천천히 고개를 흔들자 남자의 얼굴이 조금 밝아졌다.

"다행이네. 혹시 귀족이면 어쩌나 걱정했지. 차림새가 하도 좋아서. 하지만 귀족 나리님이 이런 데서 이렇게 쓰러져 있을 리 없다 했거든. 그래, 어쩌다가 그렇게 된 거야? 귀족 나리는 아니라도 꽤 부자 같은데. 아니면 혹시 귀족 나리를 모시는 심부름꾼인가?"

루헤인은 고개만 젓고서 수레를 보았다. 수레 안에는 여러 종류의 연장들이 덜그럭거리고 있었다. 남자는 그가 쳐다보는 방향을 보고서 허허 웃었다.

"나는 목수거든. 루라스 성에 고용되어 일을 하지. 지금도 일을 하고 돌아오던 길이야. 요즘 성을 수리하느라고 일이 꽤 많거든."

루라스 성. 원래 루첸 남작의 성이었지만 지금은 아마도 그가 기거하고 있지는 않을 것이다. 남자는 묻지 않았는데도 혼자서 말을 이었다.

"원래는 루첸 남작님이 계시던 성인데, 남작님께서 영지를 넓히시면서 지금은 남작님의 가신이신 솔멕 경이 사시지. 루첸 남작님도 좋은 분이었지만, 솔멕 경도 좋은 분이야. 다들 이 근방 출신이시니까. 남작가가 이 지역에서 오래 살아오셨거든. 지금은 영지도 넓어지고 왕궁에서의 입지도 높아지셨다고 해서 사람들이 다들 기뻐하고 있어. 좋은 분이니 잘됐으면 싶어서. 뭐, 왕궁에 들어가신 이래로는 이 동네 사람들에게 별로 신경을 못 써주시는 건 아쉽지만, 다 그런 거지. 전쟁도 끝났고, 이제 살기만 좀 좋아지면 좋겠는데."

"이 근방은 먹고살기가 어렵지 않은 모양이지?"

남자가 루헤인을 돌아보았지만 말투를 놓고 별로 불쾌한 표정을 드러내지는 않았다. 그가 귀족 가문에서 일하는 사람이라고 생각했든지 아니면 원래 성격이 그런 사소한 것에 신경 쓰지 않는 사람인 것 같았다.

"먹고살기 안 어려운 데가 요즘 어디 있나. 그나마 나는 성에 고용되어 일을 하니까 다른 사람들보다는 훨씬 나은 편이지."

남자가 허허 웃고서는 뒤늦게 생각난 것처럼 자신의 이름은 트라피케라고 말했다. 루헤인은 제피와 레이라 부녀에게 말했던 것처럼 그저 루라고만 말했다.

"혼자 이런 곳을 지나다니는 건 요즘은 위험한 행동이야. 이 동네 토박이라면 모를까, 워낙에 산적들이 많아져서 말이지. 성의 병사들이 순찰을 다니긴 하지만, 결국에 서로서로 아는 사이다 보니까. 이 근방 사람을 털지만 않으면 다들 눈감아주는 거지. 다른 영지 사람을 터는 거야 별문제가 안 되니까."

"영주는 아무 말도 하지 않나?"

"방법이야 어떻든 세금만 채우면 상관없지. 사실 농사짓는 사람들이야 산적들이 돈을 강탈해다 대신 세금을 내주면 고마운 거니까."

트라피케는 루헤인을 다시 돌아보고서 혀를 끌끌 찼다.

"한 며칠은 얼굴이 울긋불긋하니 보기 안 좋겠네. 다른 데는 다친 데 없나?"

루헤인은 고개만 저었다. 트라피케는 고개를 끄덕였다.

"뭐 대단한 건 없지만 밥이나 한 끼 같이 먹고 밤잠 정도는 재워줄 수 있으니까. 어디까지 가야 하는지는 모르지만 하룻밤 잠만 잘 자도 훨씬 나은 법이지. 방향이 같으면 내일 아침에 내가 루라스 성까지 태워다 줄 수도 있는데. 이 녀석이 보기보다는 튼튼하거든."

트라피케는 노새의 목덜미를 탁탁 치며 뿌듯한 어조로 말했다. 루헤인은 잠시 그를 바라보다가 물었다.

"왜 날 도와주는 거지? 그냥 두고 갔어도 될 텐데."

트라피케는 놀란 표정으로 그를 쳐다보았다.

"얻어맞은 게 분명해 보이는 사람을 어떻게 그냥 두고 가나? 그냥 거기서 자고만 있어도 깨워서 데려갈 판인데. 말했잖아, 거긴 위험하다고. 그런 데서 잠을 자다간 산적들에게 붙들리기 십상이라니까. 자넨 이미 당한 거잖아?"

"내가 산적의 일원일지도 모르는데? 그저 사이가 틀어져서 그런 곳에 내버려진 걸지도 모르지. 아니라고 해도 내가 어떤 사람일지 알고? 잠든 사이에 집 안의 물건을 다 털어 도망칠지도 모르지 않나?"

트라피케는 대단히 재미있는 이야기라도 들은 것처럼 껄껄 웃었다.

"우리 집에서 뭘 훔쳐간다고? 훔쳐갈 거라도 있으면 좋겠구만. 입에 풀칠이야 하고 살지만, 그렇다고 대단한 걸 집에 놔둘 수 있을 정도로 부자도 아니야. 게다가 뭘 그렇게까지 고민을 해? 그냥 도와주면 좋잖아. 거기 그냥 두고 가면 한참이나 신경이 쓰일 거라고. 혹시나 산적들에게 죽지나 않았을까, 밤에 얼어 죽으면 어쩌나, 상처가 덧나서 앓아누워 있으면 어떡하나 하고 말이야."

웃음 띤 눈으로 사내가 루헤인을 쳐다보았다.

"세상이 워낙 험하고 각박하다 보니까 서로서로 안 좋은 일도 많이 하지만, 솔직히 모두들 행복하고 잘 사는 게 좋지. 안 그런가? 다들 웃는 얼굴로 즐거운 걸 보면 좋잖아?"

모두 행복하고 즐거운 세상. 그런 세상 같은 것은 상상도 가지 않는다. 궁정 안을 채우고 있던 것은 항상 권력에의 욕망, 질투, 시기, 음모와 배반 같은 것들이었다. 흡사 검은 연기처럼 사람들의 주위를 떠돌고 있던 그 강렬한 감정들.

행복, 즐거움, 그런 것은 그와는 관계가 없었다. 그를 끌어당겼던 것은 항상 모자라고 부족한 것들, 다른 사람이 소유한 것들, 그것을 빼앗을 때의 만족감과 더 많은 것을 요구하는 무겁고 진한 욕구였다. 가슴속에 고여서 사라지지 않는 진한 욕망.

행복하고 즐거운 사람들? 그들은 항상 그의 범위 바깥에 존재하고 있었다. 그가 앓아누워 있던 시절 방 바깥을 지나가던 사람들. 그가 왕위에 오른 후에는 멀리, 그의 손이 닿지 않던 곳에 있던 자들. 그의 손에서 빠져나가 평범한 생활을 누리고 있던 다흐란. 그리고 지금은…… 누가 행복하고 즐겁지?

그는 아니었다. 레이라도 아니다. 사바? 모르겠다. 다흐란? 레이라에 관해 아는 순간 모든 즐거움과 행복 따위는 사라질 테지.

그의 손이 닿는 것은 전부 망가진다. 행복과 즐거움은 파괴된다. 루헤인은 자신의 손을 물끄러미 내려다보았다.

"행복하고 즐거운 건 나와 거리가 멀어."

"힘들게 살았던 모양이지? 아직 젊은데. 하긴, 요즘이야 젊든 늙든 그런 건 상관없지. 다들 힘든 시기니까. 하지만 이 시기만 넘어가면 또 좋은 일이 생길지도 모르는 거야. 너무 그렇게 우울한 얼굴 하지 말라고. 그러면 들어올 복도 안 들어와. 그런 말 모르나?"

트라피케는 다시금 껄껄 웃으며 노새의 엉덩이를 철썩 내리쳤다. 느려지는 듯하던 노새가 다시 힘을 내어 마차를 끈다.

루헤인은 노새 옆에서 터벅터벅 걸어가는 트라피케의 헝클어진 갈색 머리를 바라보았다. 문득 그의 신분에 상관없이 그저 친절을 베푼 사람은 처음이라는 생각이 떠올랐다. 궁정 안에서는 그의 신분을 버릴 수도 없고, 감출 수도 없었다. 제피와 레이라는 친절하긴 했지만 그것은 그가 '테호'의 안부 및 감사를 전하러 온 사람이었기 때문임을 빼놓고 이야기할 수가 없다. 트라피케는 그 어떤 것과도 상관없이 그에게 친절을 베푼 첫 번째 사람이었다.

친절이라는 것은 어디에서 나오는 것일까? 부나 권력에서 나오는 것은 분명히 아니다. 모르는 사람에 대한 호의라는 것, 다른 사람의 행복과 즐거움을 생각한다는 것, 그것은 대체 어디에 기반하는 것일까? 어쩌면 누군가는 날 때부터 그것을 갖고 있고, 누군가는 아예 갖고 있지 않은지도 모른다. 손을 대면 모든 것이 망가지는 그 자신처럼 모든 것을 망가뜨리기 위해 태어난 사람도 있는지 모른다.

다흐란. 한 번도 노골적으로 그에게 해를 입히려 한 적이 없었던 동생. 다흐란의 모든 행동이 훌륭하고 좋았다는 것은 아니지만, 어쩌면 그 모든 것이 그 나름대로는 호의를 베풀기 위한 것이었는지도 모른다. 루헤인 자신이 항상 의심했던 것처럼 그를 괴롭히거나 고립시키려는 다른 의도가 있던 것이 아니라 그저 친절을 베풀기 위해서, 루헤인이 편안하게 지내기를 바라서 그랬던 건지도 모른다. 하지만 그렇다면 친절이라는 의도와 그로 인해 더욱 괴로웠던 루헤인 자신이라는 결과 사이에서 무엇이 문제였던 걸까? 친절이라는 의도와 그로 인한 시기, 질투, 분노, 그리고 결국에 레이라가 죽음에 이르기까지, 이 모든 것들은 어떻게 꼬여버린 것일까?

트라피케는 휘파람을 불며 걸어간다. 노새는 힘겹게 마차를 끌고 있고, 마차는 삐거덕삐거덕 소리를 내며 굴러간다. 루헤인은 천천히 고개를 흔들었다.

모르겠다. 무엇이 답인지 알 수가 없다. 친절이 또 다른 친절이라는 결과를 불러오는 세상, 호의가 또 다른 호의를 불러오는 세상, 그런 세상이 바른 것인가. 그런 세상을 만들어야 했던 걸까. 귀족들이 검을 들이대고 서로 영지를 빼앗고 그 사이에서 백성들이 굶주리고 신음하는 나라가 아니라 다들 배부르게 먹고 웃는 세상. 모두가 서로 친절을 베풀 수 있을 정도로 여유로운 세상. 하지만 그런 세상이라는 게 만들어질 수 있나? 배가 부르고 여유로우면 다른 사람에게 호의를 베풀 수 있게 되나? 트라피케는 딱히 배부르게 먹을 수 있는 상황이 아님에도 호의를 베풀고 있는데? 귀족들은 제 자신은 배부르게 살면서 영지민들은 어떻게 사는지 신경도 쓰지 않는데?

차라리 모든 것을 부숴버리는 게 옳은 건 아닐까? 이 나라를, 이 세상을 망가뜨려버리고 처음부터 다시 만드는 것이 옳은 게 아닐까? 그래서 그가 지금 이 시대에 태어난 게 아닐까? 왕이 되어 모든 것을 망가뜨리라고.

세상 전부를.

마차가 자갈길 위에서 덜커덩거린다. 몸이 같이 흔들린다. 루헤인은 숨을 들이켰다. 손이 부르르 떨렸다.

모든 걸 망가뜨리기 위한 존재.

아니, 그런 게 되고 싶지는 않아. 전부 망가뜨리고 싶지도 않아. 그렇게까지 세상이 나쁜 건 아니야. 그렇게까지 모든 걸 없애버리고 싶은 건 아니라고. 살고 싶어. 이 세상을 즐기고 싶어.

마음을 누그러뜨리는 그 풀 냄새, 바람 냄새, 차갑고 시원한 손길을 다시 느끼고 싶다. 호숫빛 눈동자를 바라보며 잠들고 싶다. 마른 몸이 그의 옆으로 다가와 조심스럽게 눕는 것을, 매트리스가 살짝 가라앉고 그녀 쪽으로 몸이 기울던 것을 다시 경험하고 싶다. 그녀를 안고 목덜미에 얼굴을 묻고 모든 것을 잊어버리고 싶다.

사바.

네가 보고 싶어.

루헤인은 눈을 감았다. 호숫빛 눈동자, 짙은 갈색 머리, 촌스러운 옷차림에 슬플 만큼 무표정한 얼굴.

그저 그녀가 보고 싶었다. 지금 그가 바라는 것은 오로지 그것뿐이었다.

오두막 바깥에서 힘을 모아주고 있는 다른 마녀들의 마력이 느껴진다. 마력은 몸을 휘감고 갑옷처럼 그녀를 보호했다. 아말리나는 조심스럽게 걸음을 옮겼다. 드래곤들이 옮겨간 '저쪽 세상'은 인간이 갈수 있는 곳이 아니었다. 그곳에 갈 수 있는 것은 오로지 드래곤의 신부뿐이었다. 드래곤과 계약한 마녀들조차 갈 수 없다. 그곳은 드래곤만의 영역이었다.

저쪽 세상으로 한 걸음 디딜 때마다 몸을 감싼 마력은 조각조각 부서져나간다. 다른 마녀들이 계속해서 마력을 보내주고 있지만 얼마 버티지 못할 것이다. 여기에서 드래곤을 찾는다는 것은 모래사장에서 바늘을 찾는 것과 다름없는 행위인지도 모른다. 하지만 지금 할 수 있는 유일한 일이 이것뿐이었다. 그 아이를, 진홍의 드래곤과 그 신부를 막지 못하면 토르카인의 마녀들의 생존이 위험했다.

한 걸음, 또 한 걸음. 자신이 지금껏 쌓아왔던 마력이 부서져 가루처럼 사라지고 다른 마녀들의 마력마저 불 앞의 안개처럼 순식간에 흩어지는 것을 느끼며 그녀는 이를 악물었다. 돌아갈 수는 없다. 드래곤을 찾아야만 한다. 누구라도 좋으니 단 하나라도…….

"이런 곳까지 마녀가 들어오는 일은 없는데."

아말리나는 헉 하고 숨을 들이켰다. 어둠 속에서 그림자처럼 누군가가 나타났다. 인간의 형체를 하고 있지만 절대로 인간은 아니었다. 인간이라면 이곳에 있을 수 없을 테니까.

인간의 형태를 한 드래곤. 그녀가 찾고 있던 바로 그 상대였다.

아말리나는 곧장 상체를 깊숙이 숙이고서 최대한 예의바른 태도를 취했다. 상대는 가타부타 말을 하지 않고서 침묵을 지킬 뿐이다.

"드래곤이시여, 저 아말리나 그대의 종이 되고자 찾아왔습니다."

"계약이라면 하지 않아. 이쪽 세계로 넘어온 드래곤들은 모두가 이런 일에서 헤어 나오고자 떠나온 것이다. 돌아가라. 편안히 쉬고 있는 자들을 깨우지 말고."

드래곤의 목소리는 낮았다. 아말리나는 주먹을 꽉 움켜쥐었다. 마력은 계속해서 파도에 휩쓸린 모래처럼 사라지고 있다. 버틸 수 있는 시간이 얼마 없었다.

"지금 저희들은 위험에 처해 있습니다. 어떠한 계약이라도 좋습니다. 그저 저에게 힘을 빌려주시기만 한다면 그대께서 시키는 모든 것을 다 하겠습니다. 부디 도와주십시오."

드래곤은 여전히 침묵만 지킬 뿐이다. 하지만 갑자기 숨쉬기가 편해진 것을 느끼고서 아말리나는 드래곤이 마법을 사용했음을 깨달았다. 더 이상 마력이 흘러나가지 않는다. 아마도 그녀의 주위에 방어막을 쳐준 것이 분명했다. 동정심 때문인지 호기심 때문인지 알 수는 없지만 최소한 그녀에게 신경을 써주었다는 의미다. 이런 드래곤은 많지 않다. 필요하면 무릎을 꿇고 애걸할 마음으로 그녀는 고개를 살짝 들어 올렸다.

드래곤은 온통 검었다. 목덜미까지 내려오는 긴 검은 머리에 빛을 흡수하는 것 같은 검은 눈, 마른 얼굴, 검고 헐렁한 로브에 검은 신발까지. 그의 온몸에서 어둠이 흘러나오는 것만 같은 느낌이었다. 그가 불을 뿜어내는 모습조차 상상이 가지 않았다.

칠흑의 드래곤.

아말리나는 눈이 마주치기 전에 다시금 고개를 숙였다. 온몸이 부르르 떨렸다. 바로 앞에서 드래곤을 보는 것은 그녀 정도로 나이가 많은 마녀도 처음이었다. 이미 그녀가 어린 마녀였던 시절에 드래곤들은 거의 다 자취를 감추었다. 청록의 드래곤은 이 정도의 힘을 뿜어내지 못했고.

칠흑의 드래곤이라면 진홍의 드래곤을 막을 수 있을 것이다. 최소한 대등하게 이야기는 나눌 수 있으리라.

"드래곤은 다른 드래곤을 상대로 하여 싸우지 않는다. 마녀들의 문제에 관하여 편을 들어주는 것은 더더욱 하지 않고. 돌아가라."

"이대로라면 저희 마녀들이 모두 목숨을 잃을지도 모릅니다. 진홍의 드래곤은 자신의 신부를 통제하지 않고 있습니다. 저희들은 힘이 없습니다. 부디 저희 마녀들을 불쌍히 여겨주십시오. 진홍의 드래곤에게 한마디 말이라도 해주십시오."

"진홍의 드래곤이 또 신부를 맞았다고?"

아말리나가 고개를 든 것은 '또'라는 말 때문이었다. 하지만 검은 눈동자와 마주치는 순간 그 자리에서 얼어붙는 것만 같았다. 움직일 수가 없다. 숨도 쉴 수 없다. 드래곤이 그녀의 깊은 곳까지 전부 다 들여다보는 것 같은 느낌이었다.

어쩌면 정말로 그런 것 같기도 했다. 영겁의 시간이 흐른 후 그녀의 시선을 놓아준 칠흑의 드래곤이 나직한 한숨을 내쉬었기 때문이었다.

"참으로 마녀들을 좋아하는 드래곤이로군."

"수십 년 전 진홍의 드래곤이 신부를 맞이했다는 것은 사실이었습니까?"

아말리나는 자신도 모르게 묻고서는 곧장 고개를 숙였다. 무슨 바

진홍의
마녀 ②

보 같은 짓이란 말인가. 드래곤이란 마녀의 질문에 대답해주는 존재가 아니다. 그들은 오로지 하고 싶은 일만 하고, 귀찮은 존재는 개미처럼 밟아 죽인다. 신중해야 했다. 토르카인의 모든 마녀들이 그녀 하나만을 믿고 마력을 보내주고 있지 않은가.

다행히도 칠흑의 드래곤은 화를 내거나 짜증을 부리지 않았다. 그저 그녀의 질문을 무시할 뿐이었다.

"지금 그쪽 세상에 남아 있는 드래곤은 거의 없지. 그쪽 세상으로 넘어갈 마음이 있는 드래곤도 없고."

"부디 도와주십시오."

칠흑의 드래곤은 대답 없이 그저 서 있기만 했다. 그녀를 바라보고 있는 건지 아니면 허공을 보고 있는 건지조차 모르겠다. 고개도 들지 못하고 아말리나는 피가 마르는 기분으로 그의 대답만을 기다렸다.

"드래곤의 신부가 하는 일을 다른 드래곤이 막을 수는 없다. 그것은 신부를 들인 자, 즉 그 신랑에게만 있는 권리지. 신부가 하는 일이 자연의 이치를 깨는 선을 넘지 않는 한 다른 드래곤은 거기에 간여하지 않아."

아말리나는 입술을 깨물었다. 어떻게 설득을 하면 좋을까 고민하고 있는데 칠흑의 드래곤이 천천히 말을 이었다.

"하지만 이 경우에는 선을 넘을 가능성이 보이는군. 마녀들이 사라지면 우리 드래곤에게도 좋지는 않겠지. 진홍의 드래곤에게 이야기를 해보겠다. 하지만 다른 드래곤들이 너의 침입에 불쾌한 기분을 느끼기 전에 어서 원래 세계로 돌아가라."

아말리나는 번쩍 고개를 들어 칠흑의 드래곤을 쳐다보았다.

"그, 그러면 저희를 도와주시겠다는……."

말을 채 끝낼 새도 없었다. 칠흑의 드래곤이 한 손을 들어 올리자 그녀의 몸은 바람에 날려가는 가랑잎처럼 세계를 가르고 있는 공간을 지나 마법진을 그려놓은 오두막으로 뚝 떨어졌다. 영혼이 몸 안으로 되돌아오는 순간 충격이 그녀의 몸과 영혼 전체를 뒤흔들었다. 그녀는 숨을 헐떡이며 눈을 떴다.

"아말리나!"

주변에 있던 다른 마녀들이 걱정스러운 표정으로 그녀를 쳐다본다. 아말리나는 거친 숨을 몰아쉬며 그들의 얼굴을 쳐다보았다. 잠깐 동안 자신이 어디에 있는지 인식이 되지 않았다. 자신이 무엇을 보고 있는지조차 알 수가 없다.

마녀들은 함부로 그녀의 몸에 손을 대지 않았다. 공간과 공간을 넘어서는 큰 마법을 쓴 직후라 그녀의 몸에는 아직도 마법의 잔여물이 남아 있을 것이다. 함부로 손을 댔다가 마력에 튕기거나 다른 문제가 일어날 수도 있다. 딱딱 소리를 내며 작은 불꽃을 튀기는 마력의 잔재가 완전히 가라앉을 때까지 누구 하나 입을 열지 않고 기다렸다.

마침내 아말리나가 커다랗게 숨을 내쉬고서 한 손을 들어 올렸다.

"물."

목소리가 거칠게 새어나온다. 이미 대기하고 있던 어린 마녀 하나가 물컵을 내밀었다. 그녀는 물을 한 컵 다 비운 다음에야 눈을 감고 뒤로 늘어졌다. 주위의 마녀들이 그녀의 팔다리를 천천히 문지르고

진홍의
마녀

주무르기 시작했다.

"어떻게 됐어? 드래곤과 계약은 한 거야?"

카이룬이 조급한 어조로 물었다. 다른 마녀들도 초조한 표정으로 그녀를 바라보고 있다. 아말리나는 눈을 뜨고서 그들을 바라보았다.

"계약은 하지 않았어."

"만나긴 했어? 이야기는 나눴어? 현재 상황을 전했고?"

아말리나가 고개를 끄덕이자 모두가 그다음 이야기만을 기다리듯 그녀를 빤히 응시했다. 아말리나는 다시 한 번 한숨을 내쉰 후에 쉰 소리로 말했다.

"진홍의 드래곤에게 이야기를 해보겠다고 했어."

"드래곤이? 어느 드래곤이?"

"칠흑의 드래곤."

마녀들이 감탄 섞인 탄성을 흘렸다. 칠흑의 드래곤. 그들이 예상했던 것보다도 훨씬 대단한 결과다.

"드래곤들이 저쪽 세상에 다들 머무르고 있는 거야?"

"드래곤을 몇이나 봤어?"

"다들 관심을 보이긴 했어?"

"어떤 드래곤이 있었지?"

아말리나가 손을 흔들자 다들 입을 다물었다. 아말리나는 찌푸린 표정으로 그들을 쳐다보았다.

"모두가 나에게 마력을 쏟아주고 함께 이 문제를 해결하기 위해 노력해준 것에 대해 고맙게 여기고 있어. 이 일이 우리 모두의 생존과

연결된 것이니 그럴 만도 하지만 말이야. 그러나 드래곤은 드래곤이야. 우리가 함부로 관심을 가질 존재도 아니고, 그들 역시 우리에 대해 관심을 갖지 않아. 칠흑의 드래곤은 다른 드래곤들이 방해받고 싶어 하지 않는다고 명확하게 밝혔어. 이런 일에서 벗어나기 위해 저쪽 세상으로 떠난 거라고. 그러니 더 이상 드래곤에 관한 것은 묻지 마.”

마녀들의 사이에 묘한 기류가 흘렀다. 아말리나는 다시 눈을 감았다. 분위기가 흔들리는 것이 느껴지지만 어떤 것인지 확인할 수 있을 정도의 마력조차 남지 않았다. 마력을 다시 채우기 위해서는 앞으로 수많은 계약을 해야 할 것이다. 그래도 칠흑의 드래곤이 약속을 지켜 진홍의 드래곤을 설득시켜주고, 토르카인에 계속 머무를 수 있게 된다면 언젠가는 다시 마력을 채워 넣을 수 있으리라.

다른 마녀들이 하나둘씩 밖으로 나갔다. 바깥에서 오두막을 지키기 위한 방어마법을 펼치고 있던 마녀들 역시 물러나는 게 느껴졌다. 상황이 끝났다는 것을 깨달은 듯 마녀들은 제각기 흩어졌다. 드래곤의 신부가 공격해올 것이 두려운 마녀들 몇몇은 위험이 확실히 사라질 때까지 모여서 지내기로 한 모양이었다. 마녀들끼리의 집단을 형성하지 않는다는 불문율은 한두 명의 힘으로 감당할 수 없는 위협 앞에서 이렇게 간단하게 깨져버렸다. 어쩌면 마녀들끼리는 싸우지 않는다는 불문율을 지키기 위해서 청록의 마녀들에게 대항하지 않았던 것, 그것이 가장 큰 실수였는지도 모른다.

아말리나는 고개를 흔들었다. 그래, 어쩌면 그게 가장 큰 실수였을 것이다. 그로 인해 마녀들은 끼리끼리 집단을 이루게 되었고, 그녀는

진홍의
마녀 2

자진해서 드래곤의 창녀가 되겠다며 저쪽 세계로까지 넘어갔다. 강한 드래곤이 아직 남아 있다는 사실을 안 다른 마녀들이 어떻게 반응할지 그녀도 확실히 알 수가 없었다. 어쩌면 개중에는 혼자 힘으로 칠흑의 드래곤에게 접촉하여 계약을 맺으려 하는 마녀가 있을지도 모른다. 아까 전, 드래곤에 대해 묻지 말라고 했을 때 느껴졌던 그 차가운 반응은 분명히 그런 것이었으니까. 그녀가 혼자서 드래곤과 친분을 쌓은 후 다른 마녀들을 따돌리려 한다는 의심, 불신, 질투.

마녀들은 인간의 미움과 증오, 시기와 질투, 폭력과 복수를 불러일으키고 거기서 나오는 감정을 통해 마력을 쌓는다. 그 말은 마녀들에게 쌓여 있는 가장 강력한 감정도 그런 어두운 감정이라는 의미였다. 이것을 얼마나 완벽하게 통제하느냐가 숙련된 마녀와 그렇지 않은 마녀를 가른다.

불행히 아무리 나이 많고 강한 마녀라 해도 그 감정을 완전히 지워버릴 수는 없다. 특히 온갖 종류의 감정을 증폭시키는 드래곤이 관여된 이상 마녀들도 흔들릴 수밖에 없었다. 진홍의 드래곤과 그 신부, 거기에 칠흑의 드래곤까지 이쪽 세계로 넘어오게 되면 지금까지의 균형은 완전히 뒤흔들리게 될 것이다. 청록의 드래곤도 분명히 가만히 있지 않을 것이고 그러면 청록의 마녀들도 움직인다. 이쪽 세상의 모든 것들이 흔들릴 거라는 의미였다.

"맙소사."

아말리나는 바닥을 짚고서 몸을 일으켰다. 온몸이 후들거리고 힘이 들어가지 않았다. 하지만 자신의 몸은 신경 쓰이지 않았다. 그녀의 온몸을 사로잡고 있는 두려움은 자신이 큰 실수를 했을지도 모른다는 것이었다.

칠흑의 드래곤을 부르지 말았어야 했는지도 모른다. 드래곤이 하나 늘어난다는 것은 그만큼 이쪽 세상의 균형이 깨진다는 뜻이다. 마녀들이 흔들리면 그에 따라 인간들까지 요동치게 된다.

"그때 그 싸움에 낄 것을. 그때 그 싸움을 막았어야 했는데."

줄레나의 말이 맞았다. 그때 그들의 선택이 이런 결과를 불러왔다. 잘못된 선택 하나가 수많은 연쇄작용을 통해 여기까지 와버렸다.

이제 여기서 어떤 결과를 향해 갈 것인가. 그것은 백 년이 넘게 산 마녀 아말리나조차 더 이상 생각하고 싶지 않은 문제였다.

어째서일까.

어쩌면 태어나면서부터 그런 존재가 있는지도 모른다. 인간은 나면서부터 계급이 정해진다. 누군가는 왕족으로 태어나고 누군가는 하층민으로 태어난다. 누군가는 절름발이로 태어나고 누군가는 사지 멀쩡하게 태어난다. 누군가는 아름답게 태어나고 누군가는 언청이로 태어난다.

그것과 마찬가지로 세상에는 이용만 당하기 위해 태어나는 존재도 있는지 모른다. 그러니까 사바 자신 같은 존재. 어려서는 귀족에게 붙들려 왕궁으로 끌려갔고 거기서 루헤인의 시중을 들며 그에게 십여 년을 이용당하며 살았다. 계약이라고 말하지만 마녀에게 있어서 첫 번째 계약은 노예로 지내는 거나 다름없었다. 진짜 마녀로 도약하기

진홍의 마녀 ②

위한 마력을 얻기 위해 첫 번째 계약자의 호의와 애정, 혹은 미움과 증오, 온갖 감정을 다 얻어내야 한다. 친밀감을 쌓고, 믿음을 얻고, 그런 식으로 소원을 들어주고 상대방의 소중한 것을 빼앗아 마력을 쌓는다. 그런데 바보 같은 그녀는 상대의 소중한 것을 제대로 빼앗지도 않았었다. 그래, 루헤인에게 다흐란이 소중한 존재이기는 했다. 하지만 마녀가 가져가야 하는 '소중한 것'이라는 기준에 맞는 것은 아니었다. 심지어는 가져간 것을 도로 내놓기까지 했다. 다흐란의 건강을 돌려주고, 기억을 지우고 편안한 삶을 살 수 있게 밖으로 내보내주었으니까. 그러고도 모자라 결국에는 그의 기억을 돌려주고 다시 제자리로 돌아가게 해주었다. 얼마 남지 않은 마력을 죄다 희생해서.

그걸로도 부족했는지 그녀를 따라다니며 계약을 하자느니 어쩌느니 하던 드래곤은 사실 그녀에게 마음이 없었다. 그녀를 신부로 삼았지만 실은 그녀를 신부로 삼고 싶었던 게 아니었다. 그녀를 안았지만 끝까지 안지도 않았다. 그래도 참고 지낼 수 있을 거라고, 그냥 살 수 있을 거라고 생각했는데 그녀가 따르고 믿었던 줄레나는 그게 아니라는 것을 확실하게 알려주었다.

계약을 하지는 않았어. 그는 나에게 청혼을 했었지.

아흐메닷은 줄레나에게 청혼을 하고 불을 나누어주었다. 하지만 사바 자신과는 계약을 맺었고 그다음에 불을 나누어주었다.

드래곤의 신부, 드래곤의 창녀.

사바는 그 두 가지 모두이면서 둘 중 어느 것도 아니었다. 아무것도 아닌 존재. 누구에게도 소중하지 않은 존재.

괜찮을 거라고 생각했는데. 참을 수 있을 거라고 생각했는데.

아니었다.

참을 수 없어. 참고 싶지 않아. 왜 나만 이렇게 살아야 하는데?

아, 그래. 이렇게 살아야 할 이유가 없다. 그녀에게는 드래곤의 불이 있었다. 설령 전부가 아니라고 해도, 이 정도면 이 세계 하나 정도는 얼마든지 망가뜨릴 수 있는 거 아닌가?

가질 수 없으면 망가져버리라지.

불길은 가슴을 파고들어 간다. 좀먹는다. 그녀의 내부를 태우고 더 깊은 곳까지 파고들어 가라앉는다. 가라앉고, 달궈지고, 휘몰아친다. 주위의 공기가 함께 달아오르고 움직이기 시작한다. 뜨거워진 공기가 위로 솟구치며 열풍을 일으킨다. 소용돌이가 그녀를 휘감고 어루만진다. 머리카락이 흩날리고 옷자락이 펄럭거린다.

머리카락. 붉은 머리. 머리카락 끝에 장식처럼 번져 있는 검은 빛깔.

사바는 눈을 깜박였다. 잘못 본 것이리라. 하지만 그쪽에 생각이 쏠리자 가슴속의 불길이 가라앉으며 소용돌이 역시 서서히 가라앉았다. 약해지는 바람에 따라 머리카락도 흔들리다가 어깨와 등 뒤로 내려앉는다. 사바는 자신의 머리카락을 한 줌 잡아당기고 잠시 꼼짝 않고 쳐다보기만 했다.

한때는 갈색머리였다. 오래된 나무껍질처럼 가라앉은 갈색. 그것이 아흐메닷과 계약을 하고, 그의 불을 받은 순간부터 새빨갛게 변했다. 그런데 지금은 끄트머리가 검게 변했다. 마치 어둠처럼.

그녀의 안에서 배어나오고 있는 어둠처럼.

"아, 그런 건가."

어쩐지 웃음이 나왔다. 이렇게 머리카락 색깔이 변할 정도로 사악한 기운이 흘러나오고 있는 거라면, 더 억누를 필요도 없겠지. 그녀는 일어섰다. 아흐메닷의 성은 여전히 텅 빈 분위기를 풍기고 있다. 드래곤이 없으면 차갑게 식어버리는 성. 그녀만으로는 조금도 반응하지 않는 성.

여기도 그녀의 자리는 아니었다.

"다 망가져버리라지."

검게 물들어가는 그녀의 머리카락처럼.

고개를 들어 올리고 눈을 감는다. 가슴속에는 문이 있다. 불을 가두고 있는 문. 그 문을 열면 불길이 솟구쳐 나온다. 주변을 데우고 공기를 뜨겁게 가열해서 소용돌이치게 만든다. 그녀의 주변에서 순식간에 불길이 솟기 시작했다. 양탄자 위로, 가구 위로 불길이 훑고 지나간다. 아흐메닷이 걸어둔 주문 때문에 쉽게 타지는 않지만, 불길 역시 끈질기게 가구를 태우고 또 태운다. 온도가 올라갈수록 불꽃은 더욱 새빨갛게 변하고, 가구에 걸려 있는 마법이 점차 약해지다가 가장 약한 것부터 부서지고 순식간에 재로 변하기 시작한다.

다 타서 없어져버려라.

"어이, 이건 내 집이야."

팔목을 잡는 손. 하지만 다음 순간 아흐메닷은 못 만질 것이라도 만진 것처럼 재빨리 손을 뗐다. 사바는 고개를 내리고 눈을 떴다. 그는 그녀의 앞에, 불길이 아무렇지도 않은 것처럼 서 있었다.

좀 더 미워할 수 있다면 좋을 텐데.

미워해서, 증오해서, 그래서 그의 목숨 따위 상관하지 않아도 된다면. 그가 어떻게 살든 상관하지 않아도 된다면. 이 세상이 어떻게 되든 정말 눈곱만큼도 상관하지 않는다면. 그러면 훨씬 편했을 것이다. 그냥 다 망가뜨리면 되니까.

"날 건드리지 말아요."

아흐메닷은 안 건드리겠다는 듯이 양손을 들어 올렸지만 눈동자는 빈틈없이 그녀를 살피고 있었다.

"내 집을 태우려고 하면 좀 곤란한데. 그런 식으로 이 집을 불길로 녹여버리면 아래 있는 만년설이 녹고, 그러면 그게 아랫마을엔 홍수가 될 거야."

"그래서요? 마녀 몇 명의 목숨도 신경 쓰지 않았던 당신이 인간의 목숨에 신경을 쓴다는 건가요?"

"쓸 수밖에 없지. 여기는 내가 사는 곳이고, 그들은 나를 신이라 받드는 자들이니까."

그럼 당신을 받드는 마녀들은? 위대한 드래곤이라고 경외하는 마녀들은? 그들은 당신에게 전혀 중요하지 않은 건가?

중요하지 않을 테지. 그들은 그에게 있어서 아무것도 아니니까. 그에게 중요한 것은 단 한 사람뿐이다.

줄레나.

"당신은 나와 그냥 계약을 했어야 했어요. 나를 신부로 삼겠다는 따위의 이야기는 하지 말았어야 했어요.”

“넌 내 신부야. 누구한테 물어봐도 내 신부라고 할걸.”

아흐메닷이 단호하게 말했으나 사바는 사실을 알고 있었다.

“당신은 나에게 불을 전부 주지 않았어요. 내가 가진 불은 일부일 뿐이에요. 안 그런가요? 진짜 신부는 불을 다 갖고 있게 마련이죠. 그리고 진짜 신부는…….”

사바는 숨을 들이켰다. 아흐메닷은 말할 테면 말하라는 듯이 바라보고 있다.

“진짜 신부는 계약을 맺지 않아요. 당신이 나와 계약을 맺은 이유는 내가 도망치지 못하게 만들기 위해서죠. 내가 설령 당신의 불을 꺼내는 방법을 알게 된다 해도 도망치지 못하게 만들기 위해서. 줄레나가 그랬던 것처럼.”

아흐메닷의 눈이 살짝 굳어졌지만 그 표정은 금세 사라졌다. 그저 어깨만 가볍게 으쓱이고서 태연하게 허리에 손을 얹고 그녀를 바라볼 뿐이다.

“불과 계약, 두 가지로 얽히면 관계는 더욱 강해지는 법이지. 그게 나쁜 건 아니잖아? 우린 좋은 부부가 될 수 있어.”

“네, 나도 그렇게 생각했어요. 나도…… 그렇게 믿을 뻔했죠.”

그녀는 가만히 아흐메닷을 바라보았다. 몸에서는 여전히 불길이 타오르고 있지만 아까 전보다는 약했다. 가구를 태우던 불길들도 잦아들었다.

“아까 전에 당신이 모습을 감춘 채 계속 줄레나의 옆에 있었다는 거 알아요. 줄레나가 그 이야기를 할 때, 당신과 계약을 한 게 아니라 청혼을 받았다는 이야기를 했을 때, 당신의 불이 두근거렸어요. 내 안에서, 당신의 안에서, 불꽃이 두근거리며 타올랐죠."

아흐메닷은 물끄러미 그녀를 바라보다가 한 손으로 머리카락을 쓸어 넘기고 고개를 돌렸다.

"그래, 줄레나는 예전에 나의 신부였지. 그래, 도망친 신부야. 그래, 어쩌면 아직까지 내가 그녀에게 뭔가 감정을 품고 있을지도 모르지. 하지만 나는 드래곤이야. 내가, 드래곤이, 한 번 도망쳤던 여자를 다시 신부로 받아줄 것 같나?"

그의 붉은 눈이 불길을 뿜으며 그녀를 다시 쳐다보았다. 사바의 입술이 희미한 미소를 그렸다.

"그 자존심이 당신을 망가뜨리고 있죠. 갖고 싶은데 가질 수 없다는 것. 그래서 차선으로 만족해보려고 했지만 차선은 차선일 뿐이죠. 나는 그녀가 아니고, 심지어 그녀의 딸도 아니에요. 나는…… 아무것도 아니에요."

"누군가에게는 중요한 존재일지도 모르지."

아흐메닷이 묘한 어조로 말했다. 사바가 빤히 바라보자 그가 손가락을 허공에 흔들었다.

"너의 왕이 너를 찾으러 오고 있다는 걸 알아?"

사바가 눈을 깜박였다. 루헤인이? 그럴 리 없다. 그에게 그녀는 조금도 중요한 존재가 아니었다. 마치 물건처럼, 그저 그의 소유인 존재. 하지만 그는 이제 왕이고, 더 많은 여자들이 생겼을 것이다.

그녀의 표정에 그 생각이 드러나기라도 했는지 아흐메닷이 한 손을 흔들었다. 허공에 갑자기 영상이 나타났다. 루헤인이 여자를 안고 있다. 여자와 입을 맞추고 있다. 여자의 초록색 머리카락 사이로 그의 손가락이 감긴 모습이 보인다. 입술과 입술이 맞닿은 긴 키스. 아니면 그녀에게만 길게 느껴진 걸지도 모른다. 그저, 그대로 시간이 멈춘 것만 같은 느낌이었다.

아흐메닷이 욕설을 내뱉으며 손을 휘저었지만 영상은 사라지지 않았다. 사바가 한 손을 든 채 계속해서 그 영상을 유지하고 있는 탓이었다.

여자가 입술을 떼자 얼굴이 보였다. 저 얼굴을 기억하고 있다. 청록의 마녀. 청록의 드래곤의 창녀. 루헤인과 계약을 맺었고, 원하는 대가를 받지 못하자 드래곤을 부추겨 토르카인을 침범하게 했던 여자. 이 모든 일을 일으킨 장본인. 그런데 지금 그 여자가 루헤인과 키스를 나누고 있었다.

"뭔가 이유가 있겠지. 사바……."

아흐메닷의 목소리가 귓가에서 웅웅거리다가 사라진다. 불꽃이 몸을 태운다. 주변을 태운다. 아흐메닷이 멈칫 물러섰다. 허공의 영상 속에서는 마치 사바의 분노를 알아챈 것처럼 초록 머리의 마녀가 주위를 둘러보고 당황한 표정을 짓는다. 루헤인이 뭔가 말을 하고 있지만 소리까지는 들리지 않았다.

너의 왕이 너를 찾으러 오고 있다는 걸 알아?

아니, 그는 오지 않아. 그에게 나는 중요한 존재가 아니니까. 그에게 나는 아무것도 아니니까. 저거 봐, 심지어는 그의 나라를 공격했던 저 마녀와도 키스를 나누고 있는걸.

그들은 모두 아름다웠다. 아름답거나, 부유하거나, 신분이 높았다.

나는 아무것도 아니야.

사바가 손을 들어 올렸다. 횃불처럼 손 주위로 불길이 활활 타올랐다. 붉은 불꽃 끄트머리로 검은 빛깔이 일렁거린다. 그녀가 영상을 향해 손을 휘두르자 불꽃은 덩어리가 되어 날아갔다. 아흐메닷이 날카롭게 욕설을 내뱉으며 팔을 뻗었으나 불꽃은 멈추지 않았다. 그저 조그만 덩어리를 툭툭 떨어뜨리고는 반쯤 줄어든 모습으로 계속 날아가다가 영상 속으로 사라졌다. 그리고 다음 순간 영상 속에서 초록 머리의 마녀와 루헤인이 있던 자리에 불꽃이 떨어져 폭발했다. 땅이 움푹 파이고 가루가 흩날린다. 그러고는 더 이상 아무것도 보이지 않았다.

"사바!"

아흐메닷이 사바를 돌아보았지만 그녀의 눈동자는 시커멓게 일렁거리고 있었다.

"난 아무것도 아니야. 당신에게도, 저 사람에게도, 누구에게도."

아흐메닷이 다급하게 그녀의 팔을 붙잡으려 했지만 사바는 순식간에 그에게서 물러났다. 아흐메닷이 양손을 들어 올리며 소리쳤다.

"마녀 사바, 너와의 계약을 해지한다!"

사바가 그를 바라보다가 깔깔거리며 웃음을 터뜨렸다. 머리카락이 출렁거리고 불길이 다시 그녀의 온몸에서 솟구쳤다.

"계약을 해지한다고 해서 내가 당신의 신부가 아니게 되는 건 아니

진홍의
마녀 ②

잖아? 그러려면 내 안에 있는 당신의 불을 되돌려 받아야지. 그전까지 나는 여전히 당신의 신부야. 오히려 계약에 구속되지 않은 자유로운 신부일 뿐이지."

드래곤과 마녀와의 계약은 인간과 마녀와의 계약과는 다르다. 소원을 들어주고 그 대가로 마력을 받는 것과는 달리 드래곤과 마녀 사이에는 그러한 조건이 없었다. 드래곤이 원하면 계약을 할 수 있고, 드래곤이 원하면 계약을 파기할 수 있다. 한번 계약을 하고 나면 언제 계약이 끝나는지는 드래곤의 마음이었다. 그렇기에 드래곤의 마녀는 드래곤의 창녀라고 불리기도 하는 것이었다. 노예나 다름없으니까.

하지만 지금 사바에게는 그런 계약이 아무 의미도 없었다. 계약이 해지된다 해도 그녀가 갖고 있는 아흐메닷의 불길은 사라지지 않으니까. 그것을 빼내는 방법은……

글쎄, 그녀는 알지 못했다. 별로 알고 싶지도 않았다. 빼내지 않을 거니까. 이 불길이 그녀와 아흐메닷을 이어주고, 그녀에게 마력을 전해주는 매개물이었다. 이것이 없어지면 그녀는 아무 힘 없이 이 모든 것을 바라보기만 하는 어린 마녀로 되돌아가야 한다. 그럴 수는 없지. 절대로 그럴 순 없다.

다 망가져버리라지.

불꽃이 타오르고 또 타오른다. 불꽃의 한가운데 있으니 아무 소리도 들리지 않았다. 붉고 어두운 불길의 벽 바깥에서 아흐메닷이 뭐라고 소리를 지르는데 그녀의 귀에는 들리지 않았다. 그저 불길이 내는 기묘한 음악소리 같은 것만 들릴 뿐이다. 쉿쉿거리며 춤을 추는 불꽃.

붉게, 검게 흔들거리는 나뭇잎 같은 모양. 아름답고 또 강렬한 힘 그자체.

타올라라. 전부 다 타올라서, 전부 다 망가져버려. 부서져버려.

사라져버려.

나 자신까지도.

"엄마, 저거 봐요. 되게 예뻐요."

아이가 입에서 손가락을 빼고 제 엄마의 치맛자락을 흔들었다. 젊은 아이 엄마는 인상을 찌푸리고 아이가 가리키는 곳을 보았다.

달란드르 산맥 꼭대기, 구름 속에 반쯤 가려져서 나타났다 사라졌다 하는 성. 사람들은 그곳에 마을을 지켜주는 신이 산다고 믿었다. 커다란 새가 거기서 나와서 날아가는 모습을 봤다는 사람들도 있고, 마녀가 사는 거라고 말하는 사람들도 있었지만 정말로 뭐가 사는지는 아무도 알지 못했다. 그저 가끔씩 신께 바치는 공물을 마을 광장에 놓아두면 다음 날 사라지고 없다는 정도만 알 뿐이었다. 그러면 그 해에는 농사가 잘되기도 하고, 근처 숲에서 들짐승들이 잘 잡히기도 했다.

바로 그 신이 사는 성이 있는 꼭대기가 분홍빛으로 보였다. 산 위에서 커다란 횃불이 타오르는 것처럼 분홍색, 오렌지색으로 일렁거린다. 아이 엄마는 눈살을 찡그리고 이마에 손을 댄 채 한참을 바라보고 있다가 점차 사색이 되어서는 주위를 둘러보았다.

"저길 봐요! 산이, 산이……."

근처에 있던 마을 사람들이 그녀의 고함소리를 듣고 산을 쳐다보

진홍의
마녀 ②

았다. 만년설이 쌓여 있는 산꼭대기가 새하얗게 춤을 추는 것처럼 일
렁거린다. 그 일렁거림이라는 것이 눈이 무너져 내리는 것이라는 걸
사람들은 뒤늦게 깨닫고서 비명을 지르며 이리저리 뛰기 시작했다.
아이 엄마 역시 아이를 끌어안고 미친 듯이 집을 향해 달려갔다. 아이
는 엄마에게 안긴 채로 손가락을 빨며 산을 쳐다보았다. 아주 먼 곳에
서 들리는 것처럼 나직하게 흐느끼는 소리가 들리는 것 같았지만 아
이는 엄마에게 아무 말도 하지 않았다.

21

트라피케의 집은 평범한 오두막이었지만 레이라와 제피의 집보다는 상태가 나았다. 솜씨가 꽤 있는 사람이 지었는지 나무를 이리저리 잘 짜 맞춰서 틈새가 없이 완벽했고, 안쪽도 나무를 일일이 갈아서 매끄럽게 만들었다. 루헤인이 둘러보는 것을 보고 트라피케는 자부심 넘치는 얼굴로 가슴을 두드리며 말했다.

"내가 하나하나 다 한 거지. 내 직업이 뭔데. 사실 돈도 못 받는 일이지만, 내가 내 집을 제대로 지어두지 않으면 누가 날 제대로 된 목수라고 생각하겠어? 자, 저쪽에서 자라고."

루헤인은 그가 가리키는 나무 침상에 누워 불편한 것을 느낄 새도 없이 잠이 들었다. 꿈속에서는 수많은 여자들이 나왔고, 아주 먼 곳에 사바가 있었다. 여자들이 계속해서 앞을 가려 그녀를 제대로 볼 수가 없었지만 그 향기가 느껴졌다. 신선한 풀 냄새, 바람의 냄새.

외로움의 냄새.

네가 계속 두르고 있던 향기는 그거였구나. 내 옆에 있을 때조차

네가 느끼던 기분은 그거였구나.

그리고 그는 지금 처음으로 자신이 파놓은 구덩이를 깨달을 수 있었다. 얼마나 깊이 팠는지. 아무리 기어 올라가도 절대로 나갈 수 없을 것 같다. 다시는 밝은 세상으로 돌아갈 수 없을 것 같다.

다흐란은 그를 용서하지 않을 것이다. 아니, 죽이고 싶을지도 모른다. 그가 레이라와 제피 두 사람 모두를 망가뜨리고 죽게 만들었으니까. 왕위는 그가 갖는 게 옳은 일이라고 했었지만 그건 레이라와 제피일을 알기 전의 이야기이다. 알게 되면 마음이 달라질 것이다.

귀족들? 그들도 그를 증오하고 있으리라. 자신들의 영지를 잃게 만들고 딸들을 망가뜨렸으니까. 죽은 여자들도 여럿이니까. 그러니 만약에 다흐란이 그에게 반기를 들면 죄다 그쪽으로 가세할 게 분명했다. 루첸처럼 그의 편에 서겠다고 나서는 귀족이 있을 수도 있지만, 오래 가지 않을 것이다. 그렇게 되면…….

권력. 다흐란의 자리. 그 모든 것을 바라고 성취했던 게 결국에 이런 결말을 위해서였던가?

그 방 안은 너무 좁았다. 탑의 왕자. 그러지 말았어야 했다. 차라리 밖으로 내쫓아줬더라면. 죽으라고 길거리로 내몰아줬더라면.

궁에 너무 오래 있었던 거다. 그곳이 그를 망가뜨렸다.

아닌가?

아닐지도 모른다. 똑같이 궁에 있었던 다흐란은 그와 다르니까. 그저 그는 처음부터 달랐던 건지도, 처음부터 이상했던 건지도 모른다. 어쩌면 이 나라를 망가뜨리기 위해 태어난 건지도 모른다.

아마 이 나라는 분명히 망가졌을 것이다. 그루제펜이 쳐들어왔을 때, 청록의 드래곤이 날아왔을 때. 그때 망했겠지. 사바가 없었다면.

그를 지탱하고 있는 유일한 존재. 그를 살려주고, 계속해서 그를 보호해준 유일한 여자.

왜 그런 걸까? 사바도 그에게 애정 같은 것은 없을 텐데. 증오하는 게 마땅하지 않은가. 그의 옆에서 그렇게 오랜 시간 동안 고생을 했는데.

부스럭거리는 소리에 루헤인은 잠에서 깼다. 바깥은 이미 새벽인 것 같았고, 트라피케는 벌써 일어나 부산스럽게 움직이다가 루헤인이 일어나는 소리를 들었는지 뒤를 돌아보고 웃었다.

"잠깐만 기다리라고. 아침 준비를 하는 중이거든. 아침을 잘 먹지 않으면 하루를 움직일 힘이 안 난다는 게 내 신조라서."

트라피케는 빵을 꺼낸다, 뭔가를 끓인다, 이래저래 바쁘게 움직이더니 나름 그럴 듯한 식탁을 차려냈다. 꽤 살 만하다는 게 이런 데에서 드러나는가 싶은 기분으로 루헤인은 수프를 한 숟가락 뜨고 조금 놀랐다. 뜨겁고 맛있었다.

궁에서는 뜨거운 음식을 먹을 일이 없다. 뜨겁게 나와도 시식 담당관들이 맛을 보고 넘어오면 이미 다 식어 있을 뿐이다. 레이라와 제피의 집에서는 뜨겁다고는 해도 맛있다고 말할 수 있는 음식은 먹은 일이 없었다. 뜨거우면서도 맛있는 음식은 루헤인으로서는 생전 처음 맛보는 것이었다.

처음 겪는 것이 너무 많다. 마치 궁을 나오는 순간 다른 세상으로 넘어온 것처럼, 모든 것들이 다 처음 겪는 것들일 뿐이다. 그가 이해하기 어려운 것들뿐.

"맛있나 보지? 내 비법이거든. 아, 진짜 내가 이걸 먹여주면 여자들이 다 껌벅껌벅 넘어가."

트라피케는 허풍을 치고 있다는 걸 강조하듯이 우스꽝스럽게 말하고 혼자서 껄껄 웃었다. 루헤인이 별 대답을 하지 않아도 혼자서 잘 떠든다. 오랫동안 혼자 살았기 때문인지도 모른다.

혼자서 지내는데 어떻게 이렇게 명랑할 수 있을까? 이야기할 상대하나 없는 이런 공간에서. 죽을 때까지 먹고살기 위해서 일을 하고 또해야 하는 평민이면서.

"당신은 사는 게 즐거운가?"

루헤인이 숟가락을 내려놓고서 물었다. 수프 비법에 대해서 열심히 떠들던 트라피케는 생각지도 못한 말인지 눈을 휘둥그렇게 뜨고그를 바라보다가 고개를 갸우뚱했다.

"어, 글쎄. 즐겁다고 해야겠지? 배부르게 먹을 수 있는 음식이 있고, 머리 위를 가려주는 지붕이 있는데. 마누라만 있으면 더할 나위가없지."

"더 부유하게 살고 싶다든지 더 갖고 싶은 건 없나? 귀족이 되고 싶다든지……."

트라피케가 큰 소리로 웃음을 터뜨렸다.

"귀족이 되고 싶다니, 언감생심 그런 건 꿈도 꾸지 않아. 맙소사, 귀족이 되면 해야 하는 일이 얼마나 많은지 알아? 난 그런 거 못 해.

그럴 능력도 안 되고, 그러고 싶지도 않고. 자네야 젊으니까 뭐 그런 꿈을 꿀 수도 있겠지만, 난 지금으로 충분히 만족해."

왕이란 희생하는 자리입니다. 저는 바깥에서 움직이는 것이 좋습니다. 저에게 역부족입니다.

자신에게 만족하고 있기 때문에 더 이상의 것을 바라지 않는다. 만족하기 때문에.

그는 한 번도 자신에게 만족해본 적이 없었다. 더 많은 것을 갖고 싶었다. 그가 갖고 있지 않은 것들, 그의 것이 되어야 한다고 생각했던 것들을 원했다. 다른 사람의 것을 원했다.

다흐란의 것을 원했다.

그리고 모두 다 망가졌다.

식사가 끝나고 트라피케는 오늘은 성에 가지 않는다며 그가 원할 때에는 어디든 태워다 줄 테니 말만 하라고 하고 나무를 들고 앞마당에서 뭔가를 조각하기 시작했다. 루헤인은 한동안 멍하니 그가 나무 토막을 말 모양으로 깎는 것을 보고 있다가 묘한 느낌에 일어섰다. 누군가가 부르는 듯한 느낌이 드는데 이건…….

뒷마당으로 가자 아니나 다를까 바람이 휙 불더니 초록 머리의 마녀가 나타났다. 제르가는 루헤인의 멍든 얼굴과 엉망이 된 옷을 보더니 눈썹을 치켜 올리고서 손가락으로 딱 소리를 냈다. 순식간에 옷이 멀끔하게 돌아왔다. 욱신거리던 얼굴도 멀쩡해졌다.

"문제가 있었으면 부르시지 그러셨습니까? 아, 그 시골집에 남아 있던 전하의 물건도 제가 모두 챙겨두었습니다."

진홍의
마녀 ❷

제르가가 박수를 한 번 치자 말과 검, 그가 남겨두었던 짐이 고스란히 눈앞에 나타났다. 물건들이 돌아왔으니 기뻐해야 마땅할 것 같은데, 어째서인지 아무런 기분도 들지 않았다.

루헤인이 멍하니 있자 제르가는 이해가 가지 않는 듯 눈살을 살짝 찌푸렸다가 말했다.

"빨리 북쪽으로 가십시오. 토르카인의 마녀들이 모여서 무슨 작당을 하고 있는 것 같아서 말이지요. 전하의 마녀도 가만히 있지는 않을 것입니다. 그전에 전하께서 그 마녀를 드래곤의 신부 자리에서 벗어나게 하셔야 합니다."

"토르카인의 마녀들이 어떤 일을 당하든 너와는 관계없는 것이 아니었나?"

루헤인은 여전히 반쯤 멍한 상태였지만 간신히 머리를 움직였다. 제르가는 그린 듯한 초록색 눈썹을 치켜 올렸다.

"토르카인의 마녀들이 모두 끝장나고 나면 그다음에는 어디일 거라고 생각하십니까? 전하의 마녀는 점점 행동이 과해지고 있습니다. 어디까지 갈지 아무도 모르는 일이지요."

문득 제르가가 그를 바라보았다. 루헤인은 그녀의 기묘한 표정에 눈살을 살짝 찌푸렸다.

"할 말이 더 있느냐?"

"전하께서 허락을 해주신다면 한 번만 더 입을 맞추어봐도 되겠습니까?"

아니, 싫어. 그녀와 키스를 나눈 것이 바로 어제였던가? 갑자기 그로부터 엄청나게 오랜 시간이 흐른 것 같은 느낌이 들었다. 그사이에 인생이 하나 끝나고 새로 시작된 것 같은 느낌이다. 새로운 생에서는 여자는 가까이 하고 싶지도 않았다.

사바는 예외지만. 그녀는…… 다르니까.

"다른 뜻이 있는 것은 아닙니다. 어제 전하께 보통 사람과는 다른 무언가를 느꼈는데 그것이 무엇이었는지 한 번 더 확인하고 싶을 따름입니다."

제르가 속눈썹을 내리깔고 부드러운 어조로 말했다. 루헤인은 가만히 그녀를 쳐다보았다. 다른 여자 같았으면 그에게 또 이상한 감정을 갖기 시작한 걸까 생각했겠지만, 제르가는 마녀다. 게다가 그녀의 말투는 그에게 홀린 말투가 아니었다. 이제 그런 느낌은 온몸이 부르르 떨릴 정도로 분명히 알았다.

참을성 없는 한숨을 내쉬고 루헤인은 고개를 끄덕였다. 키스 한 번으로 만약에 자신의 어떤 부분이 잘못되었는지를 알 수 있다면 싼 가격이리라. 그가 한 팔을 벌리자 제르가는 미끄러지듯 그의 품으로 들어와서 입술을 겹쳤다. 이전이었다면 그 유혹적인 움직임에 욕망을 느꼈으리라. 안고 싶다고 생각했으리라. 이전이었다면.

바로 어제만 되었어도.

그녀의 부드러운 입술이 움직이고 달콤한 혀가 그의 입안으로 파고드는데도 귀찮기만 할 뿐이었다. 빨리 끝났으면. 어서 입술을 떼고 제르가 답이나 내놓았으면 싶었다. 그에게 무슨 문제가 있는 건지, 보통 사람과 다른 뭐가 있는지.

이만하면 됐다 싶어 그가 뒤로 물러나려고 할 때 갑자기 제르가 다급하게 입술을 떼고 고개를 홱 돌렸다. 루헤인 역시 목덜미의 털이 온통 곤두서는 듯한 느낌에 고개를 들고 오른쪽 하늘을 바라보았다. 뭔가 불덩어리 같은 것이 하늘을 날아온다.

"저게 대체 무슨……."

"피해요!"

제르가 소리를 지르며 뒤로 펄쩍 물러났다. 루헤인 역시 몸을 날렸다. 불덩어리는 그들이 서 있던 곳을 아슬아슬하게 스치고 넘어가서 땅에 떨어져 폭발을 일으켰다. 흙이 사방으로 날리고 불덩어리의 파편이 사방으로 튀어 나무에 불이 붙고 바닥이 시커멓게 타들어가기 시작했다.

요란한 소리를 들었는지 아니면 불덩어리를 본 건지 트라피케가 오두막에서 뛰어나왔다.

"무슨 일이야? 방금 무슨……. 불이야! 불이 났어!"

남자가 놀라서 소리를 질러대며 주변을 둘러보다가 다급하게 근처의 우물을 향해 뛰어간다. 루헤인은 바닥에 쓰러진 상태로 몸을 돌려 그쪽을 보았다. 바닥은 마치 드래곤이 뚝 떨어지기라도 했던 것처럼 깊고 넓게 파여 있었고 흙이 시커멓게 그을렸다. 근방의 나무 몇 개는 거대한 횃불처럼 불에 활활 타고 있었고 그 주변의 나무들 역시 불똥이 튀어 금방이라도 불이 붙을 것 같았다.

그는 천천히 일어났다. 흙투성이가 된 제르가 역시 일어나서 옷과 머리를 털고 있다. 그녀의 모습으로 보아 그 역시 엉망일 게 분명했지만 외모에 신경을 쓸 마음은 별로 들지 않았다.

"뭐지?"

루헤인의 말에 제르가 고개를 들었다. 마법을 쓰는지 그녀의 손이 지나간 곳은 옷이 아무 일도 없었던 것처럼 깨끗해지고 있다. 얼굴에 묻은 흙자국 역시 순식간에 사라지고 헝클어진 머리도 제자리로 돌아간다.

"전하의 마녀가 저희들을 염탐하고 있었던 것 같군요."

제르가는 드러내지 않으려고 노력하는 것 같았지만 눈가가 떨리는 게 꽤나 화가 났거나 충격을 받은 상태인 것 같았다. 나이 든 마녀가 어린 마녀에게 이런 식으로 습격을 당하면서 눈치조차 채지 못했다는 사실이 분할 만도 하다. 하지만 루헤인에게 중요한 것은 사바였다. 그녀가……

"사바가 나를 공격했다고?"

온몸이 싸늘하게 식는 느낌이었다. 사바는 단 한 번도 그를 위험하게 한 적이 없었다. 그가 드래곤의 앞으로 돌진했을 때 그를 구하러 왔던 것이 사바였다. 그녀는 언제나 그를 보호하고, 지켜주고, 그의 모든 말에 따랐다.

그녀는 그의 것이었다.

마치 그의 생각을 읽기라도 한 듯이 제르가 그를 보고 비뚜름한 미소를 지었다. 그녀가 한 손을 흔들자 횃불처럼 활활 타오르던 나무들이 갑자기 물벼락을 맞은 듯이 칙 소리를 내며 하나 둘 꺼지기 시작했다. 시커멓고 뒤틀린 나무들의 형체가 꼭 괴로움에 소리조차 내지 못한 채 울부짖는 시체들 같다.

"전하의 마녀는 지금 모든 마녀들이 두려워하고 있는 상대입니다. 그 마녀가 언제까지나 전하의 편에 선다는 보장도 없지요. 언제든 전하께도 칼을 들이댈 수 있습니다. 어찌되었든 전하께서는 인간이시고, 인간은 마녀들보다도 약한 존재니까요."

사바는 나에게 그런 짓을 하지 않아. 그 말이 곧장 입 밖으로 튀어나가려고 했지만 루헤인은 잠시 망설였다. 정말 그럴까? 그는 사바에게 아무것도 해준 게 없는데, 그녀는 그에게 계속해서 뭔가 해줘야만 하나? 그녀에게는 이제 모든 걸 다 해준다는 드래곤이 있는데?

상대가 드래곤이든 아니면 다른 무엇이든 상관없어. 그녀는 내 거야. 어릴 때부터 내 거였고 지금도 달라지지 않아. 그녀는 내 거라고!

가슴 한구석에서 기묘하게 시커먼 감정이 치솟았다. 마치 연기처럼 온몸에서 소유욕이 피어오른다. 사바, 사바, 사바.

사바!

마치 소리 없이 그녀의 이름이 온몸을 울리고 사방으로 퍼져나가는 것 같은 기분이 들었다. 가슴 속에서부터 그녀의 이름이, 존재가 울려 퍼진다. 그의 존재 깊은 곳에서부터 그의 세상 전부를 채운다. 그녀가, 그녀의 존재가 그를 채우고 감싼다.

땅이 흔들린다. 세상이 흔들린다. 굉음이 귀를 울린다.

루헤인은 멍하니 서 있었다. 잠시 동안 그것도 자신의 머릿속에서 들린 소리라고 생각했지만 제르가가 눈을 번뜩이며 주변을 둘러보는 것을 보자 아닌 것 같다는 생각이 천천히 치솟기 시작했다.

땅이 진짜로 흔들린 건가?

"무슨 짓을 하려고……. 도대체 이게……."

제르가가 바닥에 무릎을 꿇고서 양손을 땅에 댔다. 마치 땅에서 뭔가를 느끼는 것처럼 그렇게 가만히 있던 그녀가 창백해진 얼굴을 들어 올렸다.

"당장에 그 마녀가 있는 곳으로 가야겠어요."

"뭐? 어떻게……."

"진홍의 드래곤은 대체 뭘 하는 거지? 어떻게 드래곤의 신부가 이런 짓을……. 뭔가 잘못됐어. 뭔가 이상해. 당신들 둘 다 이상해."

제르가는 혼잣말을 하듯이 빠르게 중얼거리며 주위를 둘러보다가 손을 허공으로 내밀었다. 그녀의 손에서 갑자기 기다란 빗자루가 나타났다. 그녀는 능숙하게 그 위에 앉더니 루헤인을 보고 고갯짓을 했다.

"빨리 타요. 당장에 가지 않으면 어떤 무서운 일이 벌어질지 몰라!"

대체 무슨 말을 하는 거냐고 따져 묻고 싶었지만 지금은 그럴 때가 아니라는 기분이 들었다. 루헤인은 황급히 바닥에 떨어져 있는 검을 주워 허리에 찼다. 말은 방금 전의 폭발에 놀라 저만치 물러나 있는 상태였다. 전투마가 아니었다면 지금쯤 멀리 도망쳤겠지. 빗자루로 다가가서 위에 올라타며 루헤인은 아무 말도 하지 않으려고 노력했으나 이 말만큼은 안 할 수가 없었다.

"애초에 이런 식으로 사바가 있는 곳으로 갈 수 있었다면 어째서 나에게 혼자 찾아가라고 했던 거지?"

진홍의 마녀 ②

제르가는 빗자루가 흔들리자 짜증스럽게 그를 힐끗 돌아본 다음 대답했다.

"숟가락으로 떠먹여줘야 하는 건가요? 마녀는 계약한 상대가 아닌 자에게 마법을 쓰지 않아요. 그러면 마력이 엄청나게 낭비되니까요. 전하께서는 지금 저와 계약을 한 상태가 아니죠. 구태여 제 마력으로 전하를 도와드려야 할 필요가 없어요. 그럼에도 불구하고 지금껏 도 와드릴 만큼 도와드리지 않았던가요? 이 정도는 직접 하실 수 있을 줄 알았어요."

"그럼 지금은?"

제르가는 가느다란 눈으로 그를 다시 돌아보았다가 빗자루를 허공 으로 띄웠다. 몸이 흔들거리는 느낌에 루헤인은 다급하게 자루를 잡 고 빗자루에서 떨어지지 않기 위해 노력했다.

"지금은 마력을 써야 할 만큼 급한 상황이니까요. 이 나라 정도가 아니라 이 세상이 멸망할지도 몰라요."

저쪽에서 우물에서 물을 떠서 뒤뚱뒤뚱 걸어오던 트라피케가 하늘 로 떠오르는 그의 모습을 보고는 물통을 떨어뜨리고 입을 딱 벌렸다. 루헤인은 한 손을 어설프게 들어 흔들었지만 트라피케는 답도 못한 채 그저 눈 위에 손을 얹고서 날아가는 그들의 모습을 멍하니 쳐다보 기만 할 뿐이었다.

부왕의 방으로 들어가던 다흐란은 아버지가 평소와 달리 창가에 서서 바깥을 바라보고 계신 것을 보고는 조금 놀랐다.

"오늘은 몸이 좀 괜찮으십니까?"

상왕인 로한 2세는 고개를 돌려 아들을 바라보고 고개를 끄덕였다. 꼭 닮은 푸른 눈은 언제나와 다름없이 명료했지만 주름 진 얼굴을 볼 때마다 다흐란은 새삼 놀라곤 했다. 그가 사바의 마법으로 이곳에서 나가기 전까지 기억하던 부왕은 그래도 꽤 강인한 모습이었다. 하지만 다시 돌아와 보니 아버지는 십 년은 더 늙으신 것 같았다.

노령과 병이라는 두 가지가 로한 2세의 몸을 좀먹고 있었다. 병은 치료할 수 있어도 나이는 치료할 수가 없다. 그 생각이 들자 다흐란은 안타까움을 삼켰다.

"왕이 자리를 비운 것에 대해 귀족들은 어떻게 반응하고 있느냐?"

아버지의 물음에 다흐란은 고개를 살짝 흔들었다.

"물론 달가워하지는 않습니다만, 내놓고 불쾌감을 표시하는 자는 없습니다. 어찌되었든 그루제펜과의 전쟁이 끝난 지 그리 오래된 것도 아니니까요. 전쟁에서 우리나라가 이득을 본 것도 사실이고 말입니다. 함부로 형님에 대한 불만을 표현할 수 있는 상황이 아니지요."

"있을 수 없는 싸움이었지. 그루제펜이 감히 우리나라에 전쟁을 걸어왔다는 자체가……. 그것도 그루제펜의 공주가 여기에 있는 상황에서."

다흐란은 아무 말도 하지 않았다. 공주의 최후에 대해서는 성으로 들어온 후에 이야기를 들었다. 물론 양국에 전쟁이 벌어진 상황에서 공주가 가장 먼저 처형되는 것은 당연한 일이다. 하지만 죽기 직전에 공주가 미쳐 있었다는 이야기에 대해서는 어떻게 생각해야 할지 알

진홍의
마녀 ②

수가 없었다.

너무나 많은 소문이 떠돌았다. 그로서는 이해할 수도 없고 이해하고 싶지도 않은 이야기들이. 과연 어디까지 믿어야 할까?

문득 부왕이 아들을 힐끗 쳐다보았다. 마치 그의 가슴 속에서 흔들리는 온갖 질문을 아는 듯한 표정이었다.

"네가 돌아오니까 참으로 좋구나."

"죄송합니다."

"마녀가 한 일이 아니더냐. 마녀들의 행동은 종잡을 수 없는 법이지. 우리 한낱 인간은 마녀와 어울리지 않는 것이 가장 좋아."

다흐란은 아무 말도 하지 않았다. 귀족들도, 심지어 부왕조차도 그가 사라졌다 다시 나타난 것이 그저 마녀의 장난이라고만 생각하고 있었다. 루헤인도 그도 설명하지 않았기 때문이었다. 대체 뭐라고 설명하겠는가? 루헤인이 마녀에게 형제의 입장이 바뀌기를 빌어서 그가 병석에 눕게 되었고, 이를 불쌍히 여긴 마녀가 그를 모든 의무에서 면제받을 수 있는 평민으로 만들어주었다고? 그래서 행복한 시간을 보낼 수 있었다고?

귀족들은 이해하지 못할 것이다. 어쩌면 부왕조차 이해하지 못할지 모른다. 아마 대부분은 루헤인과 같은 반응을 보일 것이다. 이 좋은 자리를 두고서 왜 굶어죽을 수도 있고 힘이라고는 없는 평민 생활이 좋았다는 거지? 다들 그렇게 말할 테지.

문득 그때가 다시 그리워졌다. 귀족들과 끊임없이 밀고 당기며 회의를 하는 건 지겨웠다. 그가 겪은 가난하고 힘든 평민들의 삶을 개선

시켜주기 위해서는 할 일이 너무나도 많은데 귀족들이 한 단계 한 단계마다 계속해서 진행을 가로막으면 평생이 걸려도 다 할 수 없을 것이다. 어쩌면 루헤인의 방식대로 귀족들의 반대를 들은 척 만 척하고 마음대로 일을 진행시키는 것이 나을 수도 있다. 하지만 그렇게 하면 또 귀족들의 불만이 치솟게 될 것이다.

자신의 앞가림만 생각하면 되는 평민의 삶은 얼마나 좋은 것이던가. 권력 사이에서 고뇌할 필요가 전혀 없지 않은가.

"일이 힘든 모양이구나. 루헤인은 귀족들을 다루는 데 조금도 고민하지 않았지."

"형님께서는 원래부터 왕위에 앉으실 분이 아니셨습니까. 왕위에 어울리는 몸으로 태어나신 게지요."

"아니, 그렇지 않아."

갑자기 부왕의 눈이 날카로워졌다. 바람이 들어오는 창가에서 몸을 돌리고서 그가 아들을 바라보았다. 다흐란은 무거워진 아버지의 표정에 조금 놀라 몸을 똑바로 폈다.

"무슨 말씀이십니까?"

"네가 없다고 생각했을 때에는 어쩔 수 없기에 루헤인이 왕위에 앉도록 놓아두었다. 왕위가 비는 것보다 더 나쁜 건 없으니까. 하지만 지금은 네가 있으니까. 네가 있으니……."

로한 2세가 주름진 손으로 아들의 어깨를 잡았다.

"네가 왕위를 이어야 한다. 절대로 루헤인에게 주어서는 안 돼. 이 나라를 위해서 네가 왕이 되어야만 한다. 알겠느냐?"

다흐란은 놀라서 잠시 동안 아버지를 멀뚱히 쳐다보기만 했다. 로한 2세는 농담을 하는 사람이 아니었다. 특히 이렇게 진지한 표정으로 농담을 하는 성격이 결코 아니었다. 하지만 진담이라고 여기기에는 지나치게 뜬금없는 이야기였다.

다흐란은 결국 어색하게 웃으면서 고개를 흔들었다.

"무슨 말씀이십니까? 형님께서 훌륭히 왕위에 앉아 통치를 하고 계시지 않습니까. 저는 형님이 자리를 비우신 동안 잠깐 국정을 맡았을 뿐입니다. 형님께서 돌아오시면 계속 잘하실 겁니다."

"아니, 그렇지 않아. 너도 이미 이야기를 들어봤을 거다. 왕궁에 드나들었던 여자들이 다들 이상해졌다는 이야기를."

"한낱 소문이 아닙니까. 형님께서 병석에서 일어나신 이래로 몸도 건강해지셨고 왕위까지 확보가 되었으니 여자들이 몸을 던졌다 버림받고 그 충격으로 인해 악랄한 소문을 퍼뜨린 것이 아니겠습니까?"

부왕은 물끄러미 그를 바라보다가 그의 어깨에서 손을 내리고 창밖으로 다시 고개를 돌렸다. 다흐란은 점점 더 기분이 불편해지는 것을 느끼며 아버지를 쳐다보았다. 로한 2세는 한참이나 침묵을 지키고 있다가 나직하게 말했다.

"너는 보지 못했으니 모르겠지. 나는 전부 다 봤어. 여기에서, 여자들이 하나둘 이상해지는 것을 봤다. 그건 마치 롤라나를 다시 보는 것 같았지."

롤라나. 오랜만에 듣는 이름에 잠시 다흐란은 그게 누구냐고 물을 뻔했다. 하지만 마지막 순간에 기억이 났다. 롤라나 왕비, 루혜인의 어머니 이야기였다.

다흐란은 롤라나 왕비를 알지 못했다. 아니, 궁내에서 롤라나 왕비에 대한 이야기를 하는 사람은 극히 드물었다. 루헤인조차도 모르지 않을까 싶을 정도였다. 출신성분은 낮았으나 백작가에 입양이 되어 왕비 자리에 앉을 수 있었다는 것, 하지만 왕비가 사망한 후 백작가에서조차 병약한 왕세자의 편에 서지 않았다는 정도가 그가 아는 전부였다. 그의 친어머니인 주카 귀비도 롤라나 왕비에 대한 이야기는 한 적이 없었다.

"왕비 마마에 대한 이야기는 거의 들어본 일이 없습니다. 형님을 낳고 곧 돌아가셨다는 정도밖에는요."

다흐란이 신중하게 말했다. 로한 2세는 계속해서 창밖만 바라본 채 나직하게 말을 이었다.

"그녀는 아름다운 사람이었다. 그 아름다움 덕택에 궁에 들어올 수 있었던 거였고. 그녀를 본 남자들은 전부 다 그녀를 원하게 됐지. 사람들은 그녀를 마녀라고 불렀다. 나도 마찬가지였어. 그녀의 옆에 있으면 그녀를 만지지 않고서는, 안지 않고서는 견딜 수가 없었다. 그래서 귀족들의 반대를 무릅쓰고 그녀를 왕비로 삼았지."

처음 듣는 이야기다. 궁 안에는 심지어 왕비의 그림 한 점 없었다. 그렇게 아름다운 사람이라면 화가들도 앞 다투어 그림을 그리려고 했을 텐데 대체 왜?

"그녀가 지나가는 것만 보아도 남자들은 숨을 멈췄어. 화가들은 그녀를 그리지 못했다. 그녀의 앞에선 손이 얼어붙고 제대로 생각을 할 수가 없었다고들 해. 왕비라는 신분에 있었던 그녀를 감히 탐하려 했던 자는 없지만, 그녀가 웃어주었다는 이유만으로 결투가 벌어지곤 했었다. 종국에는 그녀를 보기 위해 영지에도 돌아가지 않고 왕궁에 붙어 지내다가 상사병으로 죽은 자도 있었지. 나는 이 모든 사내들을 제치고 내가 그녀를 가졌다는 사실에 자부심을 느꼈고, 한편으로는 누군가가 그녀를 채갈지도 모른다는 생각에 전전긍긍했었다. 그녀가 내 눈 밖으로 나가는 것조차 허락하지 않았고, 그녀를 함부로 쳐다보는 자들의 눈을 뽑겠다고 위협했었지."

로한 2세는 부끄러운 것처럼 아들을 돌아보지 않은 채 여전히 창밖만 바라보며 말했다.

"그녀가 진짜 마녀는 아니었을 거야. 마녀란 그런 존재가 아니니까. 마법을 부린 것도 아니고 뭔가를 했던 것도 아닌 것 같아. 하지만 어쩌면 마녀에게 소원을 빌었던 걸지도 모르지. 그녀의 주위에 있던 모든 남자들은 그녀의 매력에 빠져 아무것도 제대로 하지 못했으니까. 아마 그녀가 일찍 죽지 않았다면 나는 제대로 된 정치를 할 수 없었던 정도가 아니라 이 나라를 도탄의 지경에 이르게 만들었을 거다. 우리 토르카인이 이렇게 무사할 수 있었던 것은 오로지 그녀가 일찍 죽었기 때문이야. 그녀가 죽고 나자 마치 나쁜 마법에서 헤어 나온 것처럼 모두가 정신을 차렸지. 나마저도 그녀를 곁에 두었던 3년간이 흐릿한 기억처럼 느껴질 뿐이었어. 다시는 다른 여자에게 그렇게까지 정신이 혼미해지는 감정을 느껴본 적이 없다. 이성이 마비되고 그녀에 대한 소유욕만이 남은 것 같은 그런 기분을 느낀 건 그때뿐이었어."

마침내 그가 그림자 진 초록빛 눈동자로 다흐란을 돌아보았다.

"정신을 차렸다 한들 깊어진 골을 메우는 건 힘들었다. 귀족들을 통합시키는 데에는 그 이후 몇 년이라는 세월이 걸렸어. 그런데 루헤인이 지금 와서 또다시 똑같은 일을 벌였지. 귀족들의 사이를 망가뜨리고, 나라를 마치 자기 장난감처럼 다루고, 그 아이의 발치에서 여자들이 죽어나가고. 자기 아내, 자기 딸의 정신이 이상해져가는 것을 본 귀족들이 가만히 있을 것 같으냐? 그 아이가 이 나라를 떠맡게 되면 우리 토르카인의 미래는 없을 거다. 절대로 그 아이에게 왕위를 넘겨서는 안 돼. 제 발로 차버리고 나갔으니 이제는 네가 그 자리에 앉아야 한다. 알겠느냐?"

다흐란은 아버지의 이야기를 한참이나 생각해보았지만 도저히 이해할 수가 없었다.

"하지만 그분이 마녀는 아니었다 하시지 않았습니까? 그런 분이 어떻게 그런 일을 벌일 수 있단 말입니까?"

"글쎄. 그건 누구도 알 수 없는 일이지. 마녀에게 소원을 빌었을 수도 있겠지."

"마녀의 소원이 대를 이어 진행되지는 않을 겁니다. 그렇지 않습니까?"

로한 2세는 찌푸린 표정으로 자신의 턱을 쓰다듬다가 한숨을 내쉬었다.

"그녀는 루헤인을 낳고 며칠 후에 죽었다. 갓 태어난 자신의 아들

진홍의
마녀 ②

을 보고 그녀가 뭐라고 했는지 아느냐? 자기 자식을 보고서?"

그가 다흐란을 똑바로 쳐다보았다. 아버지의 말이 귓속으로 천천히, 하지만 단단하게 파고드는 느낌이었다.

"그녀는 자기 자식을 보고서 '태어나지 말았어야 했는데'라고 말했어. 태어나지 말았어야 했다고. 그것이 무슨 의미겠느냐? 그녀는 뭔가를 알고 있었던 거지. 자신이 낳은 아이가 범상치 않다는 걸 알고 있었던 거야."

"혹은 형님께서 병으로 그리 계속 힘겹게 지내실 것을 알고 계셨던 걸지도 모르죠."

다흐란의 말에 부왕은 조금 놀란 표정을 짓다가 고개를 흔들었다.

"아니, 그런 건 아니었을 거다. 그 후 죽을 때까지 그 짧은 시간 동안 그녀는 자기 아들을 한두 번이나 봤을까, 그게 전부였다. 말로는 자신의 병이 아이에게 옮기를 바라지 않는다고 했지만, 진짜 이유가 무엇인지 누가 알겠느냐. 당시의 나는 그녀의 매력에 홀린 상태라 아무것도 생각할 수가 없었지. 차라리 그 아이가 태어나지 않았다면 그녀도 아프지 않았을 텐데, 그렇게 생각했던 적도 있었다. 그런 생각을 할 만큼 제정신이 아니었던 거야. 그녀의 병실 앞에서는 그녀를 단 한 번만 보게 해달라고 애원하는 자들이 한둘이 아니었어. 나는 그들 누구에게도 그녀를 보여주고 싶지 않아서 그녀가 세상을 떠날 때까지 문을 잠근 채 옆에 붙어 있었다. 설령 그녀의 병이 전염병이었다 해도 상관하지 않았을 거야."

한숨을 내쉬고서 부왕은 다시 다흐란을 보았다.

"별것도 아닌 이유로 인한 결투, 패싸움, 심지어는 암살까지. 롤라나 때 일어났던 그 모든 일들이 루헤인이 궁을 다스리는 동안 똑같이 일어났어. 그것도 여자들 사이에서. 귀족가의 젊은 여식들이 제 아비나 형제의 허락도 받지 않은 채 서로를 모략하고 루헤인의 곁에 있기 위해 안간힘을 썼지. 비록 여자들이 이 나라를 전적으로 이끌어가는 것은 아니라 해도 이런 일이 결국에 어떤 영향을 미칠지는 뻔한 것이 아니겠느냐. 내 살아생전에 이런 꼴을 다시 볼 수는 없다. 네가 왕이 되어야만 해."

다흐란은 한참이나 아버지의 이야기를 생각했다. 생각하고 또 생각했다. 그러다가 마침내 머릿속을 채우고 사라지지 않는 한 가지를 물어보았다.

"왕비 마마께서는 그것을 좋아하셨습니까? 남자들이 그렇게 자신에게 빠지는 것을 즐기셨습니까?"

그런 질문을 받을 거라고는 생각도 하지 못했던 것처럼 로한 2세는 멍하니 허공을 쳐다보았다. 몇 번인가 대답을 하려는 것처럼 입술을 움직였지만 말은 나오지 않았다. 그러다가 한참 만에 천천히 고개를 흔들며 말했다.

"아마 아닌 것 같구나. 그래, 그건 아니었던 것 같아. 그녀는 그걸 즐기지는 않았어. 자신으로 인해 결투를 하는 자들을 한 번도 보러 간 적이 없었지. 귀족 여자들조차도 자신을 놓고 결투하는 남자들을 보러 구경을 가곤 했는데 롤라나는 그런 일이 벌어지면 방에 틀어박혀 나오지 않았다."

"그렇다면 그것은 그분의 잘못이 아니지 않습니까. 아름다운 여자를 놓고 주변의 남자들이 결투를 벌인다고 해서 그것이 여자의 잘못이겠습니까? 심지어 그분이 남자들을 부추긴 것도 아니라면 그것은 결단코 그분의 잘못이 아니지요."

"너는 모른다. 직접 보지 못한 너는 알 수 없어. 그것은 그 남자들의 잘못이 아니었어……. 그녀의 곁에 있으면 어떤 남자든 미쳐버렸어. 아무리 이성적이고 합리적인 성격을 가졌다 해도, 아무리 행복한 결혼생활을 하고 있다 해도, 모든 남자들이 미쳐버렸지. 보지 못한 사람은 그 광기를 이해할 수 없어. 그 광기에 당해보지 않은 한은 모른다."

로한 2세가 지친 듯이 손을 내밀었다. 다흐란은 곧장 아버지의 손을 잡고 몸을 부축하여 침대로 다시 모셔갔다. 로한 2세는 무겁게 침대에 누웠고 조금 떨어져서 대기하고 있던 시종들이 다가와 상왕의 몸 위로 이불을 끌어당기고 베개를 정리했다. 다흐란은 옆에 서서 아버지를 바라보았다.

"내 말을 믿어라. 나는 궁중에서 다시 그런 피바람이 몰아치는 모습은 보고 싶지 않다. 루헤인에게 왕위를 내어주어서는 안 돼."

내어주고 말고 할 수 있는 왕위가 아닙니다, 왕위는 이미 형님의 것이니까요. 다흐란은 그렇게 생각했으나 아무 말도 하지 않았다. 상왕이 이미 그런 이야기에 귀를 기울일 단계를 넘어섰다고 생각했기 때문이었다. 나이와 병이 명민하던 상왕의 머리를 흐리게 만든 게 아닐까 하는 생각이 들 정도였다.

171

묵묵히 서 있는 아들을 보다가 로한 2세가 기운 빠진 목소리로 말했다.

"나는 여자 복이 없는 사람이었다. 롤라나에게 빠져 있다가 모든 것을 잃었지. 만약 내가 롤라나를 만나지 않았더라면 네 어미와 좀 더 살갑게 지낼 수 있었을 거고, 그러면 조금 더 행복했을 거다. 아마 지금 같은 걱정거리도 없었겠지. 왕가의 남자들에게는 여자가 중요한 법이야. 비슷한 지위의 여자를 만나 적당히 정을 붙이고 사는 것이 왕으로서는 가장 행복해질 수 있는 방법이다."

다흐란은 자신의 어머니를 떠올렸다. 주카 귀비는 나쁜 사람은 아니었지만 그렇다고 딱히 정이 넘치는 사람도 아니었다. 왕의 부족한 애정을 갈구하는 대신에 그저 사냥을 다니며 귀비라는 지위에서 간신히 허용 가능한 취미들로 그 시간을 메웠을 뿐이었다. 그게 전부였다. 귀비와 로한 2세는 각자 자신들이 하고 싶은 일을 하며 각자의 인생을 살았다.

왕으로서 그런 생활을 해야 하는 것인가? 문득 머릿속에 레이라의 모습이 스쳐갔다. 평민으로 그냥 남을 수 있었다면 그곳에서 레이라와 혼인을 해서 둘이 함께 농사를 지으며 작은 마을에서 살 수 있었을 것이다. 먹고사는 것이 힘들고 매년 세금을 내는 것이 힘들었을언정 그녀를 볼 때마다 마음은 행복했을 것이다. 궁 안에서 20년간 한 번도 느껴본 적 없는 그런 애정을 누릴 수 있었을 것이다.

바깥에 남을 수만 있었어도.

차라리 루헤인이 돌아오면 영지를 얻어 궁 바깥으로 물러나는 편

진홍의 마녀 ②

이 나을지도 모른다. 영지에 들어앉게 되면 레이라를 불러올 수도 있을 것이다. 바깥에서 생활하는 그에게 트집을 잡을 사람은 없을 테니까. 어차피 왕제라는 것은 왕의 권력을 위협하는 존재일 뿐이다. 바깥에서 죽은 듯이 조용히 살아주면 그편이 낫지 않을까? 그러면 그 자신도 훨씬 더 행복해질 수 있지 않을까?

어쩌면. 어쩌면.

온갖 생각에 사로잡힌 채 일어서서 부왕에게 인사를 올리고 몸을 돌리려는데 갑자기 바깥에서 기묘한 진동이 울렸다. 멀리서부터 마치 거대한 거인의 배가 꼬르륵하고 울리는 것 같은 소리가 들린다. 다흐란은 부왕을 쳐다보았다. 로한 2세도 그저 눈만 깜박이고 있을 뿐이다. 그는 곧장 창가로 다가가서 바깥을 보았다. 멀리서부터 땅이 흡사 물결처럼 꿈틀거리며 점점 성을 향해 다가오고 있었다. 나무들이 들썩이다가 쓰러지고, 왕궁을 둘러싼 벽이 굉음을 내며 무너진다. 다흐란은 숨을 들이켜고 황급히 몸을 돌려 부왕을 침대에서 끌어내리며 소리쳤다.

"다들 엎드려!"

성이 무너지면 엎드리든 어쩌든 아무 소용없다는 건 알지만, 그나마 이게 가장 나은 방법이다. 그는 아버지의 몸을 자신의 몸으로 감싸고 바닥으로 바싹 붙었다. 성이 흔들리기 시작하고 사방에서 우르릉거리는 소리가 울렸다. 시종들이 비틀거리다가 바닥으로 넘어지고, 다흐란의 말에 따랐던 몇 명도 비명을 지르며 몸을 웅크렸다. 여기저기서 비명소리가 들려온다. 흔들림은 쉽게 가라앉지 않았다.

마침내 출렁거리던 흔들림이 거의 부르르 떨리는 진동 수준으로 가라앉은 후에야 다흐란은 천천히 일어났다. 머리와 몸에서 온통 돌가루가 떨어졌다. 벽과 천장에는 길게 금이 가 있었고, 방 안의 가구들은 거인이 성을 뒤흔들기라도 한 것처럼 이쪽저쪽으로 밀려난 상태였다. 생각했던 것보다 피해가 크진 않은 것 같지만, 갑자기 이게 무슨 일인지 이해할 수가 없었다.

"땅이 흔들리다니, 이게 무슨 일이냐?"

로한 2세가 창백한 얼굴로 고개를 들고 물었다. 다흐란은 머리를 흔들었다.

"모르겠습니다."

창밖을 내다보니 여기저기 담이 무너졌고 나무가 쓰러졌다. 이제야 겨우 정신을 차린 듯이 병사들이 하나 둘 일어서고 있지만 다들 뭐가 어떻게 된 건지 모르는 기색이었다. 어디선가 고함소리가 들렸다.

"땅이 갈라졌어! 제사르가 빠졌어!"

병사들이 그쪽으로 달려간다. 병사 중 누군가에게 문제가 생긴 모양이다. 아무래도 나가서 직접 살펴보는 것이 좋겠다는 생각에 다흐란은 시종들에게 상왕을 돌보라고 이른 후 성큼성큼 문으로 향했다.

"조심하거라."

아버지의 목소리는 아까 전보다도 훨씬 연약하게 들렸다. 다흐란은 아버지를 힐끗 돌아보고 고개를 끄덕인 다음 방을 나왔다.

땅이 흔들린다. 사방이 흔들린다. 세상이 몰락하는 조짐. 카이룬은

진홍의
마녀 ②

진동이 가라앉을 때까지 꼼짝도 하지 않고 기다리다가 고개를 들었다. 그러고는 머뭇거리지 않고 탁자 한쪽에 있던 유리구슬을 끌어당겨 양손으로 문질렀다. 잠시 후 구슬 안에 세라자딘의 얼굴이 나타났다. 세라자딘의 얼굴은 창백했다.

"느꼈어?"

세라자딘이 고개를 끄덕였다. 카이룬은 음울한 표정으로 말했다.

"진홍의 마녀는 세상을 멸망시킬 생각인 거야. 아마 진홍의 드래곤도 거기에 찬성하는 거겠지. 그렇지 않고서야 이런 일이 벌어질 리가 없으니까."

"아말리나가 칠흑의 드래곤을 불렀다고 했잖아. 왜 막아주지 않는 거지?"

"글쎄. 칠흑의 드래곤을 불렀다는 말은 사실일까?"

카이룬의 싸늘한 말투에 세라자딘이 놀란 표정을 짓다가 뒤를 돌아본다. 카이룬의 눈이 가늘어졌다.

"아직 오두막에 있어?"

"곧장 떠난 건 몇 명뿐이야. 상황이 어떻게 되는지 보려고 다들 아직 모여 있어. 그래도……."

다 같이 있으면 덜 무서우니까. 세라자딘이 말하고 싶은 것은 아마도 그것이리라. 사실 카이룬이 그녀에게 연락을 한 것도 그 때문이라는 사실을 부인할 수는 없었다.

과연 누군가가 그들을 도와주기는 할까? 겨우 마녀 때문에 드래곤끼리 싸움을 벌일 리가 없다. 아말리나의 말은 진실일까? 정말 칠흑의 드래곤이 그들을 도와주겠다고 약속했을까?

"아말리나 때문에 우리들 모두의 마력이 절반으로 줄어버렸어. 지금 우리가 진홍의 마녀와 싸우게 된다면 우린 전부 다 죽는 셈이야. 마력만 남아 있었어도 어떻게든 할 수 있었을지 모르는데……."

카이룬이 말끝을 흐렸다. 세라자딘은 장소를 옮기는 듯이 잠시 주위를 두리번거리고 있다가 조금 안정된 듯 카이룬을 바라보고 소리죽여 물었다.

"아말리나에게 마력을 몰아주지 말았어야 한다는 이야기야?"

"그게 나았을지도 몰라. 칠흑의 드래곤이 우리를 도와준다는 보장이 없잖아. 드래곤은 드래곤끼리 싸우지 않아. 언제나 그랬어. 지금와서 그게 과연 달라질까?"

"그러면 어쩌자는 거야? 이미 우리의 마력은 다 사라졌어. 믿을 수 있는 건 칠흑의 드래곤밖에 없다고!"

"시간이 좀 더 있었으면 모르지만, 진홍의 마녀가 이렇게 빨리 움직일 거라고는 생각하지 못했잖아. 드래곤들이 저 세상에서 이쪽으로 오는 데에는 시간이 걸려. 드래곤의 시간 개념은 우리들과는 다르다고. 칠흑의 드래곤이 설령 우리를 돕기로 한다 해도 이쪽으로 넘어오고 나면 모든 사건이 끝난 다음일지도 몰라. 우리 마녀들이 다 죽고 난 다음일 수도 있다고. 그렇게 생각 안 해?"

영원에 가까운 삶을 사는 드래곤에게 급하게 움직이는 것은 인간이 생각하는 급함과는 달랐다. 그들이 움직이는 데에는 인간의 시간으로 몇 달이 걸릴 수도 있고, 몇 년이 걸릴 수도 있었다.

세라자딘은 입술을 깨문 채 아무 대답도 하지 않았다. 카이룬의 말에 틀린 것은 없었다. 하지만 그래서 어떻게 하면 좋단 말인가? 이미 진홍의 마녀는 분개할 대로 분개한 상태이고, 진홍의 드래곤은 자신의 신부를 막으려 하지 않고 있는데.

"줄레나가 도와주지 않을까?"

세라자딘이 마침내 어물거리는 어조로 말을 꺼냈다. 카이룬이 코웃음을 쳤다.

"애초에 그 어린애를 회의에 데려와 이 사달이 나게 만든 장본인이 줄레나였어. 기억 안 나?"

"하지만 아까 전에 진홍의 마녀와 이야기를 나눈 게 줄레나였잖아. 분명히 뭔가……."

"그래서 어떻게 됐는지 생각해봐. 지금 이렇게 세상이 흔들리고 있잖아. 줄레나가 무슨 이야기를 했는지 몰라도 어쨌든 소용이 없었어. 아니, 오히려 진홍의 마녀를 더 뒤흔들어놓은 건지도 몰라."

세라자딘은 한숨을 내쉬고 다시 옆쪽을 힐끔 보았다. 카이룬의 눈이 가늘어졌다.

"줄레나도 아직 거기 있어?"

"조금 전까지는 있었는데, 대지가 흔들린 이후로는 잘 모르겠어."

카이룬은 생각에 잠겼다. 세라자딘은 한숨을 내쉬었다.

"어쩌다가 모든 일이 이렇게 꼬여버린 건지 모르겠어. 애초에 청록의 드래곤이 토르카인을 공격했던 것 자체가 이해할 수 없는 일이야. 청록의 마녀들이 지나친 탐욕을 부리지만 않았어도……."

"원흉은 토르카인 왕실이었다는 이야기도 있어. 토르카인 왕실에서 마녀와 계약을 맺고 계약료를 제대로 지불하지 않아서 청록의 마녀들 중 누군가가 화가 나서 드래곤을 부추겼다는 이야기가. 들은 적 없어?"

세라자딘은 고개를 흔들었다. 카이룬은 어깨를 들썩였다.

"그게 사실이라면 청록의 마녀를 탓할 수는 없지."

"계약료를 제대로 지불하지 않다니, 도대체 어떤 식으로?"

"그건 나도 몰라. 나도 우연히 들은 소문일 뿐이니까. 어쨌든 우리에게도 방어수단이 필요해."

세라자딘은 말도 안 되는 소리라는 듯이 힘없이 고개를 흔들 뿐이었다.

"드래곤의 힘 앞에서 어떻게 방어를 하겠어? 가망이 없어."

"그렇다고 손 놓고 죽을 날만을 기다릴 수는 없어. 만에 하나 지금 당장 진홍의 마녀가 눈앞에 나타난다면 어떻게 할 건데? 뭔가 해야 하지 않겠어?"

세라자딘은 잠시 생각을 하고 있다가 결연한 표정으로 그녀를 보았다.

"난 지금 당장 토르카인을 떠날 채비를 하겠어. 어디든 가면 그만이야. 꼭 토르카인에 머물 필요는 애당초 없었어."

"그거야 우리 모두 그렇지. 아말리나처럼 이곳에 집착하는 사람은 많지 않아. 그래서 말인데 만에 하나의 사태가 벌어질 경우에……."

카이룬이 말끝을 흐리며 그녀를 쳐다보았다. 세라자딘이 의아한

진홍의
마녀 ❷

눈길로 카이룬을 쳐다보았다. 카이룬은 목소리를 한껏 낮추고서 은밀하게 속삭였다.

"나와 한편에 서지 않겠어?"

"한편이라니, 그게 무슨 말이야?"

세라자딘 역시 목소리를 낮추고서 물었다. 카이룬은 옆을 힐끗 본 다음 유리구슬 쪽으로 좀 더 고개를 기울였다.

"진홍의 마녀와 협상을 하는 거야. 진홍의 마녀가 원하는 게 뭔지는 모르겠지만, 그녀가 원하는 걸 들어주는 대가로 우리는 원하는 곳에서 그냥 조용히 살게 해달라고 하는 거지."

세라자딘은 인상을 찌푸렸다.

"그걸 과연 받아들여줄까?"

"받아들여주지 않을 때에는 또 그 나름의 방법을 강구해야지. 하지만 우선 여러 명이 모여서 뜻을 전달하면 조금은 우리 의지를 보여줄 수 있지 않겠어?"

"그럴까?"

세라자딘은 잠깐 혹하는 표정이었지만 금세 다시 인상을 찌푸렸다.

"하지만 우리끼리 그런 집단을 만드는 건 안 될 일이야. 그건 마녀들의 규율에 위배되는 일이잖아."

"우선은 살아남아야지. 이대로 있다가 모두 죽느니 누군가는 살아야 하지 않겠어?"

그도 그렇지만, 하는 얼굴로 세라자딘은 인상만 찌푸리고 있다. 카이룬은 다시 한 번 설득조로 말했다.

"당장 뭔가 하자는 건 아니야. 하지만 이제 슬슬 편을 갈라야 할 때가 되었다고 생각해. 아말리나의 편에 서서 칠흑의 드래곤이 나타날 때까지 기다리고 또 기다릴 거야? 만약에 나타나지 않고 아말리나가 다시 소환하겠다고 마력을 요구하면? 그런 식으로 계속 마력을 허비할 거야?"

세라자딘의 표정이 점점 더 침울해진다. 카이룬은 생각해보라는 듯이 잠시 침묵을 지켰다. 마침내 세라자딘이 천천히 고개를 끄덕였다.

"좋아. 만약 칠흑의 드래곤이 나타나지 않은 채 이런 상황이 계속된다면, 진홍의 마녀와 협상하는 걸 고려해볼게. 하지만 지금으로서는 그 이상의 확답은 못 하겠어."

"물론이지. 나도 누굴 배반하라는 이야기는 아니야. 그저 만에 하나를 대비해두자는 거지."

가볍게 인사를 나누고 유리구슬을 천으로 덮은 다음 카이룬은 한숨을 내쉬었다. 겨우 한 단계가 끝났다. 조금 더 세력을 키우기 위해서는 더 많은 마녀들을 포섭해야 한다. 나이가 많은 마녀들 위주로.

세력을 키우고 그들만의 모임을 만든다는 것, 수백 년간 마녀들에게 금지되어왔던 일이지만 이제는 상황상 허용이 될 수밖에 없게 되었다. 누군가가 모임을 만들게 될 거라면, 그녀가 가장 먼저 만들고 싶었다. 가장 강하게, 가장 크게. 그렇게 되면 구태여 인간과 계속해서 계약을 맺지 않고도 마력을 유지하고 권력을 누릴 수 있다. 이 기회를 놓치고 싶지 않았다.

　숨을 몰아쉬고 그녀는 눈을 감은 채 이번에는 누구에게 연락을 취할지 하나둘 아는 사람들을 떠올리기 시작했다.

　대지가 울린다. 바람이 흔들리고 나무들이 울부짖는다. 청록의 드래곤은 고개를 들어 올려 공기의 냄새를 맡았다. 땅이 고통을 호소한다. 드래곤의 포효가 들린다. 도대체 어디서 무슨 일이 일어나고 있는 거지? 그는 무거운 몸을 들어 올리고 소리에 귀를 기울였다. 새들이 날고 짐승들이 뛰며 두려움을 뿜어낸다.

　마녀들이 있을 때에는 마녀들을 보내 알아보게 하면 그만이었다. 하지만 제르가 떠난 이래로 다른 모든 마녀들과의 계약을 해지했다.

　드래곤은 약해서는 안 됩니다. 약한 것은 드래곤이 아닙니다.

　제르가의 말은 그의 심장을 찔렀다. 심장이 찢어져 피가 철철 흘러내리는 느낌이었다. 그가 드래곤으로서 많은 나이는 아니었지만, 한낱 인간에 비하면 훨씬 오래 살았다. 그럼에도 이런 고통스러운 감각은 처음이라서 이해할 수가 없었다. 그녀의 말이 어째서 그의 가슴을 가르고 심장을 끄집어내는 것 같았을까? 왜?

　그녀가 떠나자 다른 마녀들조차 꼴 보기 싫어졌다. 드래곤과 마녀의 계약은 드래곤이 원할 때에는 언제든 해지할 수 있다. 그래서 전부 다 떠나보냈다. 떠나기 싫어하는 마녀들도 있었지만 그가 내쫓듯이 보내버렸다. 그리고 동굴에 틀어박혔다.

그렇게 얼마나 시간이 지났는지 그는 알지 못했다. 바깥에서 무슨 일이 벌어지고 있었는지도 알지 못했다. 드래곤의 포효가 아니었다면 구태여 일어날 생각도 하지 않았을 것이다. 하지만 지금 이쪽 세상에서 소리를 낼 만한 드래곤은 하나뿐이다.

진홍의 드래곤.

아흐메닷을 떠올리자 이가 부드득 갈리고 코에서 저절로 콧김이 뿜어져 나왔다. 빌어먹을 아흐메닷, 북쪽에서 계속 죽은 듯이 틀어박혀 있었으면 될 것을 왜 갑자기 튀어나와서 그의 인생을 망쳐놓는단 말인가. 진홍의 드래곤과 부딪치기 전까지는 마녀들을 데리고 즐겁게 잘살고 있었는데. 언제든 원하는 마녀를 안을 수 있었고, 하고 싶은 건 뭐든 할 수 있었다. 그런데 그와 싸운 이래로 모든 것이 망가져버렸다.

다시 한 번 싸우게 된다면 그때는 조금의 사정도 봐주지 않을 것이다. 그가 죽든 자신이 죽든 둘 중 하나다. 절대로 가만히 놔두지 않을 테다. 진홍의 드래곤의 목 줄기를 물어뜯어놓으면 제르가도 누가 더 강한지 알게 되리라. 그러면 어쩌면…… 그에게 돌아올지도 모른다. 진홍의 드래곤만 없어지면 이쪽 세상에 드래곤이 하나도 남지 않게 되니까.

드래곤의 포효는 더 이상 들리지 않았지만 대지는 여전히 떨고 있고 그 떨림 속으로 괴로워하는 드래곤의 파장이 느껴졌다. 청록의 드래곤 레이율은 이를 드러내고 씩 웃었다. 진홍의 드래곤이 괴로워하는 일이라면 뭐가 됐든 그로서는 기쁜 일일 뿐이다.

하지만 뭣 때문에 이렇게 괴로워하고 있는 건지는 좀 궁금했다. 그는 몇 달 만에 천천히 동굴 밖으로 걸어 나온 다음 굳은 날개를 폈다. 근육들이 뻐근하게 아려왔지만 금세 다시 유연해진다. 날개를 시험 삼아 몇 번 퍼득거린 다음 그는 힘을 주고 순식간에 공중으로 날아올랐다. 허공에서 몇 바퀴를 돌자 어느 쪽에서 진홍의 드래곤이 울부짖고 있는지 금세 찾을 수 있었다.

음산한 기대감에 휩싸인 채 그는 그쪽으로 빠르게 날아가기 시작했다.

22

대지가 울린다. 숲과 나무들은 가지를 흔들며 불안감에 휩싸인 속삭임을 내고 있고 짐승들은 은신처에 숨어서 아예 코빼기도 내비치지 않는다. 모두들 위험하다는 것을 인지하고 있는 것이다. 이런 때에도 무엇 하나 느끼지 못하고 돌아다니는 것은 인간뿐이다.

인간과 마녀들.

멍청하기 짝이 없기도 하지.

사바는 허공에서 지상을 내려다보았다. 그녀가 떠 있는 아래쪽의 숲이 보이고, 그 너머로 마을이 보이고, 그 너머로 또 다른 숲이 보이고, 마을이 보이고, 도시가 보이고, 왕궁이 보인다. 모든 것들이 한꺼번에 들어오는 것 같다. 어디에 뭐가 있는지가 선명하게 느껴지고, 누가 무엇을 하고 있는지까지 전부 다 알 수 있다.

그녀가 세상 자체가 되어버린 기분이었다. 모든 걸 마음대로 할 수 있을 것 같은 기분. 손가락만 흔들어도 세상을 멸망시킬 수 있을 것 같은 기분.

망가뜨리는 건 쉽다. 너무나 쉽다. 하지만 가장 좋은 방법을 고르고 싶었다. 모두가 최대한 고통스러워하며 자신들이 살면서 놓쳤던 것을 후회하기를 바랐다. 그때 왜 그러지 않았을까. 그때 왜 그걸 하지 않았을까. 그때 왜 그 사람을 붙잡지 않았을까.

눈을 감자 초록 머리의 마녀와 입술을 겹치고 있던 루헤인이 떠올랐다. 사바의 입가에 희미한 미소가 스쳐갔다. 뭔가 대단한 걸 바랐던 건 아니었다. 루헤인이 그녀를 찾으러 오고 있다던 아흐메닷의 말을 믿었던 것도 아니었다. 그저 그가 왕위에 앉아 통치만 잘하고 있으면 된다고, 그 정도면 만족할 거라고 혼자서 생각했던 것뿐이었다.

그런데 그게 아니었다. 그녀가 화가 났던 건 그가 다른 여자와 키스하고 있었기 때문이 아니었다. 그가 자기 마음대로, 자유롭게 살고 있기 때문이었다. 그에게는 아무 여자하고나 키스할 자유가 있고, 어디든 돌아다닐 자유가 있었다. 그런데 그녀에겐 자유가 없었다. 그녀는 힘없는 마녀였고, 드래곤의 창녀였다.

이 세상이 마음에 안 든다면 세상을 없애버리면 된다. 세상이 그녀에게 아무것도 주지 않았는데 어째서 그녀는 세상의 모든 것을 받아들여야만 하지? 살면서 단 한 번도 세상은 그녀에게 관대하지 않았다. 그리고 지금 그녀에게는 세상을 부숴버릴 만한 힘이 있었다.

아흐메닷의 목소리는 더 이상 들리지 않았다. 그의 불을 받은 이래 계속해서 그녀의 머릿속에 들어앉은 듯 뚜렷하게 들리던 목소리가 갑자기 주변에 벽이라도 생긴 것처럼 전혀 들리지 않게 되었다. 어쩌면 그가 정신을 잃은 건지도 모른다. 아니면 계약을 해지했기 때문인지도 모르고. 그래봤자 그의 불이 여전히 그녀의 안에 있으니 그녀가 그의 마력을 사용하는 데에는 아무런 걸림돌도 없는데.

대지는 그녀의 앞에서 떨고 있었다. 그녀가 지금부터 무슨 짓을 할지 두려워하는 것처럼 부들부들 떨고 있다. 사바는 자신의 몸을 내려다보았다. 검붉은 불꽃이 온몸을 휘감고 타오른다. 색깔이 언제부터 이렇게 이상하게 변해버렸을까. 하지만 기분은 좋았다. 뭔가 따스하고 근사한 것이 몸을 감싸고 안아주는 것처럼 아늑한 느낌이었다.

차라리 이대로 타버리는 편이 나을지도 몰라. 나 하나만 없어지면 모든 게 제자리로 돌아갈 테니까.

사바는 흐릿하게 미소를 지었다. 그녀가 사라지면 드래곤의 가짜 신부는 없어지고 아흐메닷은 다시 줄레나를 쫓아다닐 수 있게 된다. 줄레나가 받아줄 리는 만무하지만. 다른 마녀들은 마음 편하게 살던 곳에서 계속 살 수 있겠지. 자기들의 이익만을 추구하면서. 그리고 루헤인은……

그는 어차피 그녀를 생각하지 않는다. 생각한 적도 없었다. 버려두었던 장난감을 다른 아이가 재미있게 가지고 놀면 잠깐 소유욕이 치밀겠지만 금세 다시 잊어버리게 마련이다. 그는 금방 다른 여자를 찾게 될 것이다. 그 초록 머리의 마녀처럼.

그녀가 없으면 모두가 편안해진다. 하지만 그렇기 때문에 이대로 조용히 없어져줄 수가 없었다. 이 세상에 그녀가 존재했다는 흔적을 단 하나라도 남기지 않으면 분하니까. 그녀의 흔적을 세상과 함께 통째로 없애버리는 편이 차라리 나으니까.

그래, 그게 낫지.

모두.

사라져버리라지.

사바는 마음속에서 불길을 가두고 있던 울타리를 열었다. 그녀의 몸에서 사방으로 불길이 번져 나가기 시작했다. 지상으로 불꽃의 비가 떨어진다. 불길이 나무 위로 떨어져서, 떨어지다가…….

사라진다.

그녀는 눈을 번쩍 뜨고 앞쪽을 보았다. 낯선 남자가 허공에 뜬 채 그녀를 바라보고 있다. 마른 얼굴에 흐트러진 검은 머리, 검은 옷차림의 남자에게서는 무시무시한 기운이 흘러나왔다. 이 기운의 정체를 알아차리는 데에는 그리 오랜 시간이 걸리지 않았다.

"드래곤."

남자는 맞는다는 듯이 고개만 한 번 끄덕이고 그녀를 쳐다보았다. 사바 역시 그를 가만히 보았다.

항상 삐딱한 미소를 머금고 있던 아흐메닷과 달리 이 남자에게는 표정이라고 말할 만한 것이 없었다. 그저 어떤 것에도 관심이 없는 듯 무심한 얼굴로 허공에 떠 있을 뿐이다. 한 손에는 방금 전에 그녀가 지상으로 떨어뜨렸던 불꽃의 덩어리들이 모여서 커다란 구체를 이루고 있었다. 검은색과 빨간색이 뒤섞인 구체는 저 혼자 이글이글 타오르고 있다.

"네가 진홍의 드래곤의 신부인 모양이군."

사바는 대답하지 않았다. 그녀는 드래곤의 신부가 아니니까. 남자는 그녀를 바라보다가 구체가 떠올라 있던 손을 재빨리 허공에 털었고, 구체는 산산이 부서져서 먼지처럼 허공에서 사라져버렸다.

"그런데 어째서 두 개의 불을 갖고 있지?"

사바의 눈이 가늘어졌다.

"무슨 말이지요?"

"너에게는 두 개의 불이 있어. 진홍의 드래곤이 주었을 진홍의 불꽃이 있는데, 다른 불꽃이 또 하나 있어. 두 개의 불을 가진 드래곤의 신부 이야기는 들어본 적이 없어. 아니, 존재할 수도 없어. 이런 일은 불가능해. 아흐메닷이 너에게 무엇을 한 거냐?"

사바는 가늘어진 눈으로 남자를 보았다. 검은 옷, 진중한 말투. 이쪽 세계에 남은 드래곤은 더 이상 없다는 말을 듣기는 했어도 이 드래곤이 누구인지 짐작하는 것은 그리 어려운 일은 아니었다.

"칠흑의 드래곤."

남자는 다시 한 번 고개만 끄덕였다. 사바의 입가에 뒤틀린 미소가 떠올랐다.

"아말리나가 당신을 소환하는 데 성공한 모양이군요. 이렇게 빠르게 움직일 거라고는 생각하지 않았는데. 드래곤이 세계를 넘어오는 데에는 꽤나 시간이 걸리는 줄 알고 있었건만."

"그것은 우리가 움직일 때까지 시간이 걸리기 때문이지. 세상을 넘나드는 자체에 시간이 오래 걸리는 것은 아니니까. 게다가 나는 이미……."

그가 문득 입을 다물고 그녀의 옆을 지나 허공을 바라보았다. 사바는 날카롭게 신경을 곤두세웠다. 그녀가 설령 아흐메닷의 마력을 웬만큼 쓸 수 있다고 해도 진짜 드래곤과 싸움을 벌여서 이길 수 있는 수준은 아니었다. 어찌되었든 그녀는 마녀일 뿐이고, 드래곤은 드래곤이니까. 그들에게 이길 수 있는 생물은 없다.

그가 다시 그녀에게로 시선을 돌렸다.

"너는 어째서 두 개의 불을 가지고 있는 거냐?"

"무슨 말인지 모르겠군요. 아흐메닷, 진홍의 드래곤이 나에게 불을 준 것은 사실입니다. 하지만 다른 불이라니 무슨 말인가요?"

칠흑의 드래곤이 손을 들어 올리자 사바는 바짝 긴장했다. 하지만 그는 그저 손가락으로 그녀를 가리킬 뿐이었다.

"그 검은색. 그것은 다른 자의 불꽃이야. 진홍의 드래곤에게서 나올 수 없는 불이지."

사바는 인상을 찌푸리고 자신의 손에서 피어오르는 불꽃을 보았다. 빨갛게 타오르는 불꽃의 끄트머리를 물들이고 있는 검은 빛깔.

"저는 제 마음이 더럽혀져서 검게 변한 줄 알았는데요."

그녀가 나직하게 중얼거리자 칠흑의 드래곤의 무심하던 얼굴에 희미하게 미소가 스쳐가는 것 같았으나 순식간에 사라져서 명확하지는 않았다. 그는 다시 무표정한 얼굴로 손을 내리고 말할 뿐이었다.

"마음 상태가 불길에 영향을 미치기는 하지만, 마음이 더럽혀졌다거나 순결하다는 것은 불길이 판단할 수 있는 것이 아니야. 불길이 판단할 수 있는 것은 강렬한 열정 정도지. 그리고 불꽃의 색깔이 바뀌는 경우는 없어. 불꽃의 색깔은 언제나 하나일 뿐이야. 그렇게 섞여서 두

가지 불꽃이 나오는 경우는 없어. 불가능해. 두 드래곤의 신부가 될 수는 없으니까.”

사바는 물끄러미 자신의 몸에서 솟구치는 불꽃을 보았다. 여전히 빨간색에 끄트머리가 검게 물든 채 타오를 뿐이다. 마치 꽃잎처럼. 끝에서부터 검게 죽어가는 장미 꽃잎처럼.

“게다가 다른 드래곤들은 전부 다 저쪽 세계에 있지. 이쪽에 있는 것은 청록의 드래곤과 진홍의 드래곤뿐이야. 둘 다 그런 빛깔의 불꽃을 만들지는 못해.”

“불꽃이 검다면…… 당신의 불일지도 모르겠군요.”

그녀가 깔깔 웃었다. 칠흑의 드래곤은 눈썹 하나 까딱하지 않고 그저 무심하게 그녀를 쳐다보기만 했다.

“나의 불은 아니야. 나의 불은 오래전에 삭아버렸다.”

그가 손을 들어 올리자 손바닥 위에서 검은 것이 피어올랐다. 사바는 웃음을 그치고 그것을 보았다. 그것은…… 불이 아니었다. 그의 손바닥 위에서 솟아오르는 것은 처음에는 검은 연기 같지만 곧 꾸물꾸물 뭉쳐져서 시커먼 뭔가를 만들었다. 불길도 아니고 그녀가 본 그 어떤 것들과도 다른, 그저 그 공간이 시커멓게 변해버린 것 같은 느낌의 검은색.

칠흑.

“나의 불은 더 이상 태우지 않는다. 그저 존재를 삼키고 없앨 뿐이지.”

소름이 오싹 끼쳤다. 저 ‘불길’에 닿는 순간, 타는 것이 아니라 이 세상에서 사라져버린다는 느낌이 강렬하게 머릿속을 채웠다. 저기에 닿으면 안 돼, 저 근처에도 가서는 안 돼, 그대로 없어져버려, 그저 없어지는 거야, 사라진다고.

그의 불이 '삭아버렸다'라고 말한 게 무슨 뜻인지 알 것 같았다. 존재를 소멸시키는 불길.

"오래 산 드래곤들의 불은 다 그렇게 변하나요?"

사바가 속삭이듯이 물었다. 칠흑의 드래곤이 손을 오므리자 그 검은 공간도 사라진다.

"각자 다르지. 진홍의 드래곤처럼 여전히 불꽃을 피우는 자도 있고, 나처럼 삭아버린 자도 있고, 혹은 불꽃이 어떻게 되었는지 모를 만큼 오랫동안 잠이 든 자도 있고."

그의 불꽃과 똑같이 무심하고 어두운 눈동자가 그녀를 바라보았다.

"네가 어째서 두 개의 불을 갖고 있는지 모른다면, 그것으로 무엇을 할 생각인지는 말할 수 있겠지."

"이 세상을 망가뜨릴 거예요."

그녀의 선언이 별로 대단한 것이 아닌 듯 칠흑의 드래곤은 여전히 무심한 표정으로 바라보며 물었다.

"왜?"

"그럴 수 있으니까요."

"그럴 수 있기 때문에 한다라……."

칠흑의 드래곤은 그녀의 말을 곰곰이 생각하는 것처럼 한참 허공을 바라보고 있다가 다시 그녀를 보았다.

"그럴 수 없다면 하지 않겠군, 그런가?"

"그럴 수 없다면 할 수 없는 거죠. 능력이 없고 힘이 없을 때에는 하고 싶어도 할 수 없었어요. 지금은 할 수 있어요. 하고 싶고요. 그러니까 하는 거예요."

"할 수 없기 때문에, 할 수 있기 때문에. 굉장히 인간적인 이야기로군. 그리고 마녀들은 자신들의 힘으로 막을 수 없기 때문에 나를 불렀고. 인간이란 참으로 여린 존재야."

사바는 경계의 눈으로 그를 보았다.

"저를 막으실 건가요?"

"이쪽 세계가 망가지고 마녀들과 인간들이 피해를 입는다면 세계의 균형이 깨지지. 그건 저쪽 세상에서 잠들어 있는 다른 드래곤들에게 피해를 입힐 수 있고. 우리들 드래곤에게 피해가 온다면 막는 수밖에."

하지만 그렇게 말하면서도 칠흑의 드래곤은 손가락 하나 까딱하지 않았다. 자신이 있기 때문일까, 아니면 별로 관심이 없기 때문일까?

"저쪽 세계까지 피해가 가지 않는다면 상관없나요? 제가 그렇게까지 망가뜨리지 않겠다고 약속하면요?"

"그런 약속이 의미가 있을까? 너는 이미 불의 힘에 넘어가버리지 않았나. 두 개의 불을 갖고서 제정신을 유지할 수 있을 리가 없어. 너의 정신은 이미 불이 내뿜는 힘에 취해버렸어."

줄레나도 똑같은 이야기를 했었다. 힘에 취하게 된다고. 이게 힘에

진홍의
마녀 ②

취한 걸까? 뭐든지 할 수 있다고 생각되는 이 기분이 바로 힘에 취한 기분인 건가? 그렇다면 진짜 힘을 가진 자들은 항상 이런 기분을 느끼나?

왜 나는 안 되지? 왜 내가 이 기분을 즐기면 안 되지? 지금은 뭐든 할 수 있는데. 조만간 다시 힘없는 어린 마녀로 되돌아갈지도 모르는데.

즐길 수 있을 때 즐겨야 하는 게 아닌가? 안 그래?

"그렇다면 이쪽이든 저쪽이든 다 함께 망해버리는 것도 방법이겠군요."

사바가 웃음을 지으며 양팔을 벌렸다. 칠흑의 드래곤은 무심한 눈으로 그녀를 바라보다가 천천히 고개를 저었다.

"그것은 위험한 태도야. 그런 태도를 갖고 있어서는 네 죽음의 날이 앞당겨질 뿐이다."

"죽는 게 무서웠던 적은 한 번도 없어요."

그녀의 온몸에서 불길이 피어올랐다. 끄트머리가 검게 변한 붉은 장미 꽃잎 같은 불길이 하늘 높이 솟구친다. 타오르고, 솟구치고, 태운다.

"태우는 불길과 소멸하는 불길, 어느 게 더 강한지 혹시 시험해본 적 있나요?"

사바의 눈이 번뜩였다. 칠흑의 드래곤은 그저 말없이 양손을 들어올리기만 했다. 그의 손에서 검은 연기가 피어오르기 시작한다.

"강하다는 것은 그런 식으로 비교할 수 있는 것이 아니야. 강하다는 것은…… 드러내지 않는 것이다, 어린 마녀여."

사바의 몸에서 강력한 불꽃이 피어올라 그를 향해 날아갔다. 그가 한 손을 들어 올리자 그를 향해 날아가던 불길이 멈추었다. 사바는 날카로운 소리를 지르며 온몸에 힘을 주었고, 불길이 더욱 강하게 타오르기 시작했다. 불길의 앞을 막은 검은 연기 역시 점점 진해지고 붉은 사바의 불꽃은 그 안으로 천천히 빨려들어 갔다.

사바가 눈을 부릅뜨자 불꽃은 더욱 강하게 피어오르며 사방으로 번지기 시작했다. 바닥으로 불꽃이 떨어져 나무에 불이 붙기 시작했다. 뜨거워진 공기가 회오리처럼 소용돌이치고 칠흑의 드래곤의 검은 머리와 옷자락이 날렸다. 그가 양손을 조금 더 넓게 벌리자 검은 연기가 모여들어 검은 구멍을 만들고 그 안으로 불길과 소용돌이치는 공기가 빨려들어 가 사라진다.

"언제까지나 그걸 없앨 수 있을까, 드래곤?"

사바의 반은 붉고 반은 검은 기묘한 눈동자가 그를 응시했다. 칠흑의 드래곤은 그녀를 바라보다가 말했다.

"그 힘은 결국에 너를 죽일 거다, 어린 마녀여. 두 개의 불을 품고 무사히 살아남을 수는 없어. 힘과 힘은 항상 부딪치는 법이고, 네 안에서 부딪쳐 결국에는 너 자신을 망가뜨릴 것이다."

"내가 망가지거나, 세상이 망가지거나. 어느 쪽이든 나에게는 중요하지 않으니까."

말을 하는 동안 그녀의 몸에서 불꽃은 점점 더 강하게 피어올랐고, 이제는 빨간색과 검은색이 거의 절반 정도로 보일 만큼 뒤섞였다. 칠흑의 드래곤의 눈이 가늘어졌다. 검은색 불길이 점점 더 짙어지고, 검은 불길이 검은 연기와 뒤섞였다.

드래곤이 갑자기 손을 빼며 허공에서 홱 물러났다. 검은 불길은 연기와 뒤섞인 채 마치 살아서 그를 잡아먹으려는 짐승처럼 그를 향해 달려들었다.

드래곤이 순식간에 거대하게 변신했다. 평범하던 남자의 몸이 길고 커다랗게 늘어나며 온몸이 번쩍거리는 비늘로 뒤덮였다. 머리 역시 커다랗게 부풀며 뿔이 돋고 눈은 옆으로 길어지며 홍채는 세로로 늘어난다. 길게 찢어진 입이 벌어지자 무시무시한 이가 드러났다.

저무는 햇살 아래 검은 비늘이 불그스름한 빛을 받아 번쩍거렸다. 거대한 드래곤의 앞에서 사바의 몸은 어린애보다도 조그맣게 보일 뿐이었다. 하지만 그녀의 몸에서 타오르는 불길은 거의 드래곤의 덩치와 비슷할 정도로 커다랬다. 이제 붉은 기미는 중심에 조금밖에 남지 않은 검은 불꽃이 드래곤을 향해 달려들었다.

드래곤이 입을 벌리고서 인간의 귀에 들리지 않는 고함을 내질렀다. 검은 불꽃은 그의 고함소리에 밀려나는 것처럼 거꾸로 퍼져나갔고 그 끝에 있던 사바의 몸을 덮쳤다. 사바의 비명이 불꽃 속에서 울려 퍼졌다. 불길이 시든 꽃잎처럼 조각나서 떨어지고, 그 속에서 사바의 몸이 함께 지상을 향해 추락했다.

드래곤은 커다랗게 숨을 들이켰다가 뿜어냈다. 검은 연기가 그의 코와 입에서 뿜어져 나왔다가 서서히 허공으로 흩어졌다. 지상에서는 나무들이 타는 연기가 물씬 피어오르고 있다. 매운 연기 속에서 눈을 가늘게 뜨고 드래곤은 지상을 내려다보다가 날개를 펄럭였다. 한 번 날개가 움직일 때마다 거센 바람이 일며 나무의 불길이 출렁거렸다. 몇 군데로 불똥이 튀어 불길이 더 퍼져나간다. 드래곤은 지상의 상태에 신경 쓰지 않고서 기류를 타고 북쪽으로 날아가기 시작했다.

"맙소사."

제르가의 빗자루에 앉은 채 루헤인은 지상을 내려다보았다. 제르가는 계속해서 맙소사, 맙소사 하고 중얼거리고 있었다.

토르카인의 북쪽 머리라 불리는 달란드르 산맥의 4분의 1 가량이 무너진 상태였다. 눈과 토사가 아래로 흘러내려 마을을 완전히 덮어버려 마을이 있었다는 사실을 원래 알지 못했다면 원래부터 흙이 쌓인 평원이라고 생각했을 정도였다. 흙 속으로 보이는 나무 끄트머리 몇 개를 통해서 거기에 숲이 있었다는 것을 확인할 수 있었지만, 그마저도 쉽지 않았다.

제르가는 빗자루를 탄 채 그 위를 몇 바퀴 돌았다. 무엇을 확인하고 있는 건지는 알 수 없었다. 루헤인이 뭘 하는 거냐고 말을 하려는 순간 제르가의 빗자루가 아래로 거의 떨어지듯 내려갔다. 그는 황급히 자루를 양손으로 움켜잡고 떨어지지 않기 위해서 노력했다.

무너진 토사는 단단했다. 제르가는 위에 내려서서 빗자루를 한쪽 옆에 푹 꽂은 다음 어디론가 성큼성큼 걸어갔다. 루헤인 역시 그녀의 뒤를 따라가려 했지만 빗자루 여행 탓인지 다리가 후들거려서 잠시 쉬어야 했다.

"여기예요."

제르가 금빛 눈동자를 번뜩이며 말했다. 루헤인은 다리를 몇 번 오므렸다 폈다 한 다음에 그녀의 옆으로 걸어갔다. 이 토사에 파묻힌 자들은 다 죽었으리라. 설령 아직 죽지 않았다 해도 흙 속에서 비참하게 죽어가고 있을 것이다. 흙더미에 깔려 즉사한 자들이 차라리 행운아일 것 같았다.

이 흙은 결코 파낼 수 없을 것이다. 궁정의 모든 병사들을 동원한다 해도 마을이 있던 자리까지 파내려가는 데에는 몇 달의 시간이 걸릴 것이다.

"여기에 드래곤의 성이 있었다는 건가?"

"아뇨. 드래곤의 성은 저 위에 있었어요."

그녀는 무너진 산꼭대기를 가리켰다. 성이 있었다는 흔적조차, 아니 산꼭대기가 원래 어디였는지 그 흔적조차 찾을 수 없는 잘려나간 뭉툭한 언덕 같은 곳을.

"이 아래서 드래곤의 기운이 느껴져요."

"드래곤이 흙 속에 깔렸다고?"

루헤인은 믿을 수 없는 표정으로 그녀를 쳐다보았다. 그가 기억하는 드래곤은 전장에서 거만하게 하늘을 날아다니던 그 커다란 짐승이었다. 그 짐승이 이런 흙더미에 깔려 있다는 사실이 이해가 가지 않았다.

"드래곤은 하늘을 날 수 있지 않던가? 왜 여기에 깔려 있겠어?"

"그거야 저도 모르죠. 하지만 여기에서 드래곤의 기운이 느껴져요.

이유는 모르겠지만 그는 여기 있었고, 이 밑에 깔렸어요. 드래곤이라면 이 밑에서도 오랫동안 목숨을 유지할 수 있겠지만, 대단히 약해질 거예요. 그전에 끄집어내야 해요."

"왜 여기에 깔려 있는 거지? 혼자서는 나올 수 없나?"

"나올 수 없으니까 깔려 있겠죠. 나올 수 있다면 이미 나오지 않았을까요?"

제르가는 반쯤은 짜증이 섞인 투로, 반쯤은 자신 역시 의아하다는 투로 대구했다. 지상에서 가장 강한 존재인 드래곤이 흙더미 속에 파묻혀 있다니, 누가 들어도 말이 되지 않는다. 게다가 드래곤조차 헤집고 나오지 못하는 흙더미를 그들이 어떻게 들어낸단 말인가?

"네 마법으로 이 흙을 치울 수 있나?"

루헤인의 물음에 제르가는 천천히 고개를 흔들었다.

"이건 너무 많아요. 저 혼자 할 수 있는 일이 아닙니다."

"그러면 삽을 들고 파기라도 할까?"

그럴 생각은 아니었건만 말투에 빈정거림이 섞였다. 제르가 역시 그걸 느낀 듯 미간을 찌푸렸다.

"그거라도 해주시면 도움이 되겠지요. 아니면 귀한 손이 망가지실까 두렵습니까?"

자신의 손을 내려다본 다음 루헤인은 피식 웃었다. 사바가 마법으로 검을 사용하게 해주었고, 그것 외에는 아무것도 하지 못하는 손이다. 삽질이라도 할 수 있다면 다행이겠지.

"삽을 줘봐."

진홍의
마녀 ②

제르가가 손가락으로 딱 소리를 내자 그의 앞에 삽이 뚝 떨어졌다. 루헤인은 그것을 집어 들고 말없이 흙을 파기 시작했다. 그때 하늘에서 푸드덕거리는 소리가 들렸다. 두 사람은 동시에 고개를 들어 올렸고 제르가가 나직한 한숨을 쉬었다. 붉은 노을을 가리며 날아오는 커다란 형체는 분명 드래곤이었다.

"레이율."

루헤인이 눈썹을 치켜 올렸으나 뭐라고 말을 하기 전에 드래곤이 천천히 지상으로 내려와 흙더미 위에 앉았다. 크고 무거운 몸이 내려앉아 흙더미가 조금 가라앉았지만 다시 무너지지는 않는다. 이미 그 상태 그대로 다져진 것 같았다.

"제르가."

드래곤의 목소리는 거칠었다. 붉은 노을 때문에 청록색의 비늘이 보랏빛으로 반짝인다. 제르가는 살짝 고개를 숙였다.

"레이율, 오랜만입니다."

"드래곤에게 몇 달 정도의 시간은 별로 그렇게 대단한 것도 아니지."

드래곤은 코웃음을 치며 말했다. 콧김이 흙에 닿자 타는 냄새가 난다. 루헤인은 찌푸린 눈으로 드래곤을 보았다. 드래곤은 제르가 쪽을 보고 있다가 천천히 눈길을 돌려 그를 보았다.

"넌 뭐지? 왜 여기 있는 거야?"

루헤인은 잠시 커다란 짐승을 바라보다가 제르가를 보고 아 소리를 냈다.

"저 드래곤이라면 흙더미를 들어낼 수 있지 않나?"

제르가는 입 다물라는 듯이 미간을 확 찌푸리고 그를 노려보았지만 이미 늦었다. 드래곤이 커다란 머리를 옆으로 기울이며 두 사람을 보았다.

"흙더미를 들어낸다? 왜……."

고개를 오른쪽 왼쪽으로 갸우뚱거리던 드래곤이 갑자기 머리를 들어 올리며 요란하게 웃음을 터뜨렸다. 그러다가 아직 어린티를 벗지 못한 청년의 모습으로 변했다. 전에 루헤인도 본 적이 있는 바로 그 모습이었다.

"아흐메닷이 밑에 깔렸군. 흙더미에 깔렸어! 멍청한 놈. 드래곤이 되어서 이 아래 깔린 건가? 나는 법도 모르나? 이런 머저리 때문에 나를 떠났나, 제르가?"

제르가는 살짝 고개를 돌렸지만 짜증이 역력한 표정이었다. 드래곤일 때에는 그렇지 않았지만 지금 웃어대고 있는 소년을 보니 어쩐지 루헤인은 불쌍한 기분이 들었다. 제르가가 청록의 드래곤 곁에서 떠난 것은 그녀만의 의지였다는 사실이 명확해졌으니까. 저 드래곤은 제르가를 놓치고 싶지 않았던 거다.

만약 이 흙더미 아래서 진홍의 드래곤이 죽어버리면 사바는 어떻게 되는 걸까? 드래곤의 신부라고 했는데 드래곤이 죽으면 그 신부는 어떻게 되는 거지?

아니 그보다 만약에 이 흙더미 아래 드래곤이 있다면 사바는? 그녀도 여기 같이 있는 건가? 함께 산사태에 깔린 건가?

루헤인이 제르가를 홱 돌아보았다.

"사바는? 그녀도 이 아래 깔려 있는 건가?"

"참 빨리도 물어보시는군요."

제르가 역시 빈정거리는 투를 감추지 않았으나 루헤인의 표정이 일그러지는 것을 보고는 선선히 대답을 해주었다.

"모릅니다. 드래곤의 기운 때문에 다른 것은 느껴지지 않아요."

"마녀? 마녀라면 저 밑에 같이 있어."

청록의 드래곤이 삐딱한 미소를 띤 채 팔짱을 끼고 거만하게 말했다. 루헤인의 온몸에서 힘이 쭉 빠졌다. 사바. 그의 사바가 저 아래 드래곤과 같이 묻혀 있다면······.

"아직 죽진 않았군. 하지만 둘 다 꽤나 약해진 상태인데. 드래곤이야 좀 더 버티겠지만 마녀 쪽은 금방 죽을 것 같아. 뭐 마녀 하나둘쯤 죽는다고 문제가 될 건 없지만. 마녀 같은 건 언제든 대체 가능하거든. 마녀는 널려 있는걸."

청록의 드래곤이 제르가를 쳐다보며 이죽거렸다. 제르가 막기도 전에 루헤인이 청록의 드래곤을 향해 달려들었다. 주먹이 드래곤의 얼굴을 후려치는 순간 살이 타들어가는 느낌이 들었으나 아프지는 않았다. 그저 눈앞이 시커멓게 보일 뿐이었다.

"대체 불가능한 것도 있어."

쓰러진 드래곤의 멱살을 잡은 채 루헤인이 소년을 응시했다. 드래곤의 에메랄드처럼 반짝이는 눈이 그를 노려본다. 세로로 길쭉한 홍채가 번뜩였다.

"마녀라는 것들은 다 똑같아. 하나가 없어지면 다른 마녀로 채워 넣으면 그만이야."

아니, 사바는 아니었다. 수많은 여자들이 있었지만 사바는 대체할 수가 없었다. 아무도 그녀 같지 않았다. 풀, 바람, 가슴속이 시원해지는 그런 향기를 가진 사람은 사바뿐이었다.

진작 알았어야 했다. 진작 깨달았어야 했다. 심장이 낫고 병석에서 일어나던 그 순간에 알았어야 했다. 그때 그녀를 잡았어야 했다.

그에게 사바가 그런 의미이듯 다흐란에게는 레이라가 그런 의미였을지 모른다. 놓아줘야 했지만 가슴속에서 지울 수 없는 여자.

레이라에게 손대지 말았어야 했다.

갑자기 심장이 확 조여들었다. 루헤인은 드래곤의 옷자락을 놓고 비틀거리며 물러섰다. 심장이 미친 듯이 두근거리다가 터질 듯이 조여든다. 이마에 진땀이 배고 머리가 어지럽다. 온몸이 따끔거렸다. 그는 자신의 손을 쳐다보았다. 드래곤을 잡았기 때문인지 벌겋게 물집이 잡혀 있었다.

숨을 쉴 수가 없다. 뭔가 알 수 없는 감정이 솟구치다가 그를 짓누른다. 심장이 가슴 밖으로 튀어나가려는 듯이 빠르게 펄떡거렸다.

청록의 드래곤이 바닥에서 일어나며 그를 노려보고 이를 드러냈다.

"넌 뭐지? 인간인가? 인간이 왜 나의 불에 타죽지 않는 거야? 이제는 인간까지 날 만만하게 보는 거야? 이런 건방진……."

소년의 온몸에서 초록빛 불길이 치솟는다. 루헤인은 물집이 잡힌

진홍의
마녀 ②

손으로 가슴을 움켜쥔 채 한 걸음 두 걸음 뒤로 물러서기만 했다. 제르가가 황급히 루헤인의 앞을 가로막았다.

"지금 이럴 때가 아닙니다. 우선은 진홍의 드래곤을 꺼내야 합니다."

"뭐하러? 그런 머저리는 흙더미 속에서 죽어버리라고 해. 무례하고 불쾌하고 건방진 인간 놈⋯⋯."

드래곤은 루헤인에게서 눈을 떼지 않았으나 루헤인은 그를 쳐다보지 않았다. 심장의 두근거림이 가라앉지 않는다. 왜지? 무슨 일이지? 이건⋯⋯. 제르가는 단호하게 드래곤과 루헤인 사이를 가로막은 채 팔을 들어 올렸다.

"생각을 해보세요. 당신이 진홍의 드래곤을 구해준다면 그는 당신에게 큰 빚을 지게 되는 겁니다. 평생토록 그 빚을 지고 가야겠지요. 언제든 진홍의 드래곤 앞에서 이 일을 상기시키실 수 있게 되는 겁니다."

드래곤이 제르가를 쳐다보았다. 눈이 가늘어졌다. 혹시나 나를 속이려는 게 아닐까, 그럴 듯한 이야기로 유혹하는 게 아닐까 생각하면서도 내심 끌리는 표정이다.

"하지만 난 그놈이 마음에 들지 않아. 잘난 척하는 데다가⋯⋯."

"레이율, 드래곤이 하나 죽으면 세상의 균형이 무너집니다. 당신이 세상을 구하시는 겁니다."

청록의 드래곤은 인상을 찌푸린 채 제르가를 힐끔거렸다. 그녀의 말을 따르고 싶지만 자존심 때문에 쉽게 받아들이지 못하는 표정이다.

루헤인은 두 사람의 대화를 거의 듣지 못한 채 가쁘게 숨을 헐떡였다. 심장박동이 서서히 가라앉으며 정상적인 수준으로 되돌아간다. 대체 무슨 일이 있었던 걸까? 심장이 비정상적으로 움직일 때마다 다시 예전으로 돌아가는 게 아닐까, 다시 이 자유를 잃는 게 아닐까 하는 두려움부터 치솟곤 했다. 그런데 지금은 그런 게 아니었다. 방금 전에는 이대로 심장이 폭발해서 죽어버리는 게 아닐까 하는 생각이 들었다.

그의 심장이 이런 식으로 반응할 이유는 단 하나밖에 떠오르지 않았다. 만약에, 만에 하나 그에게 마법을 걸어주었던 사바가 죽는다면? 그러면 그녀가 걸어준 마법은 계속 남아 있게 될까, 아니면 그녀와 함께 사라질까? 그녀가 저 흙더미 속에서 죽으면 그 역시 함께 죽는 게 아닐까?

설령 죽지 않는다 해도 그녀가 세상에서 사라지면…… 계속 살아가야 할까? 혼자서 이 세상을 살아야 하나? 아무 일도 없었던 것처럼, 아무것도 중요하지 않은 것처럼?

그녀가 없는 세상에서?

어째서 단 한 번도 그녀가 죽을 수 있다는 생각은 해보지 않았던 걸까? 마녀도 죽을 수 있다. 마녀도 살아 있는 생명이니 언제든 죽을 수 있는 것이다.

"뭐, 빚을 지워두는 건 나쁜 일은 아니겠지."

루헤인은 정신을 차리고 드래곤을 보았다. 소년은 아직까지 툴툴

대고 있었지만 최소한 진홍의 드래곤을 도와주기로 결심한 모양이었다. 제르가는 소년을 달래듯이 고개를 끄덕이며 부드럽게 말했다.

"진홍의 드래곤도 앞으로는 당신의 앞에서 함부로 굴지 못할 것입니다. 그 모습을 볼 때마다 기쁘지 않으시겠습니까?"

"그거야 뭐……."

드래곤은 정확한 위치라도 찾는 것처럼 땅을 내려다보고 이쪽저쪽으로 한 걸음씩 옮기며 뜸을 들였다. 당장에 땅을 파헤치라고, 흙더미를 들어내라고 루헤인이 소리를 지르기 직전 하늘에서 갑자기 시커먼 그림자가 내려앉았다. 흙더미가 쾅 소리를 낸다. 청록의 드래곤이 휘둥그렇게 눈을 뜨고 거대한 짐승을 보았다.

"라반?"

드래곤은 청록의 드래곤보다 훨씬 거대했다. 아마도 진홍의 드래곤과 비슷하거나 더 큰 것 같았다. 루헤인은 입을 반쯤 벌린 채 새카만 드래곤을 바라보았다. 햇살에 검은 비늘이 무지갯빛을 뿜어낸다. 제르가 역시 놀란 듯 드래곤을 쳐다보다가 황급히 허리를 굽히고 물러났다.

"칠흑의 드래곤이시여."

칠흑의 드래곤. 드래곤은 청록의 드래곤과 그 붉은 드래곤, 둘만 남은 게 아니었나? 다른 드래곤이 더 있었던 말인가?

청록의 드래곤은 눈을 가늘게 뜨고 상대를 바라보았다.

"저쪽 세계에 있는 줄 알았는데. 언제 여기로 온 거지?"

"비켜라."

검은 드래곤의 목소리는 걸걸했다. 청록의 드래곤이 움찔하는 순간 검은 드래곤은 앞발을 들어 올려 바닥을 내리찍었다. 흙이 파이고 바닥이 흔들린다. 제르가는 근처에 있던 빗자루를 집어 들고 황급히 하늘로 날아올랐고 청록의 드래곤은 비틀거리다가 바닥에 쓰러졌다. 루헤인 역시 발밑에서 유사처럼 아래로 쓸려 내려가는 흙더미에 휩쓸려 넘어진 채 아래로 함께 쓸려 내려갔다.

검은 드래곤이 앞발을 휘두르자 다시금 흙이 허공으로 떠올라 주변으로 둥글게 쌓였다. 점점 구덩이가 깊어지다가 마침내 붉그스름한 비늘이 나타났다. 구덩이 옆쪽에 달라붙은 채 흙을 뒤집어쓴 상태로 루헤인은 그것을 보았다.

"저기 있어!"

그가 고함을 지른 것을 들었는지 아니면 동시에 봤는지 검은 드래곤이 물러나서 앞발을 들어 올렸다. 바닥이 진동하고 흙이 다시 무너질 것처럼 루헤인의 머리 위로 후두둑 후두둑 떨어졌다. 고개를 숙이고 팔에 얼굴을 반쯤 묻은 채 그는 구덩이 안쪽을 계속 바라보았다. 흙이 들썩거리다가 굉음을 내며 무너진다. 그의 몸도 흙과 함께 바닥으로 떨어진다. 루헤인은 팔을 뻗어 흙 속에서 모습을 드러내고 있는 붉은 드래곤을 붙잡고 달라붙었다. 보이지 않는 끈이 당기는 것처럼 드래곤의 몸은 몇 번 더 들썩거렸고 흙은 계속해서 무너졌다.

마침내 붉은 드래곤의 몸이 흙 바깥으로 힘겹게 빠져나오기 시작했다. 처음에는 천천히 삐걱거리며 움직이던 몸이 점차 흙더미 바깥으로 움직이다가 마침내 반대편에서 묶고 있던 끈이 끊어지기라도 한 것처럼 밖으로 쑥 끌려 올라온다. 루헤인은 떨어지지 않기 위해 붉은 드래곤의 몸에 꽉 달라붙었다. 붉은 드래곤의 몸에서 흙이 주룩주룩 떨어졌다. 검은 드래곤의 앞발이 옆으로 움직이자 붉은 드래곤의 몸이 그대로 움직이다가 흙 위에 쿵 떨어졌다. 드래곤은 정신을 잃은 것처럼 꼼짝도 하지 않았다.

루헤인은 드래곤의 몸에서 뛰어내린 다음 비틀거리며 그쪽으로 다가갔다. 워낙 커다란 드래곤의 덩치 때문에 빙 둘러가는 것도 쉽지 않았다.

"사바!"

그가 고함을 질렀다. 하늘 위에서 바라보고 있던 제르가 역시 바닥으로 내려왔고, 청록의 드래곤도 일어나서 검은 드래곤의 옆으로 걸어왔다. 검은 드래곤이 인간의 모습으로 형태를 바꾸었다.

"사바!"

루헤인이 다시 소리를 질렀다. 제르가는 눈을 가늘게 뜨고 바라보다가 드래곤의 앞발을 가리켰다.

"저 안에!"

드래곤은 양쪽 앞발로 뭔가를 감싼 것처럼 가슴에 꼭 품고 있었다. 루헤인이 달려가기 전에 검은 드래곤이 손을 움직였다. 붉은 드래곤의 앞발이 벌어지고 그 사이에 들어 있던 여자가 바닥으로 툭 떨어졌다. 루헤인은 발밑에서 흙이 푹푹 파이는 것도 아랑곳하지 않고 여자가 떨어진 쪽으로 다급하게 달려갔다. 붉은 노을 속에서 여자의 머리가 빨갛게 반짝거린다.

하지만 바닥에 떨어진 여자의 몸을 돌려 눕힌 순간 그의 가슴에서 공기가 헉 하고 빠져나갔다. 사바가 아니었다. 어딘지 낯익은 얼굴의 여자였지만, 사바는 아니다.

루헤인은 곧장 제르가를 돌아보았다. 그의 옆으로 다가온 제르가가 인상을 찌푸렸다.

"이건……."

검은 드래곤과 청록의 드래곤도 그들의 옆으로 다가왔다. 청록의 드래곤이 불쾌한 어조로 중얼거렸다.

"내가 하려고 했는데 왜 끼어든 거지?"

검은 드래곤은 그의 말이 들리지도 않은 것처럼 여자를 내려다본 후 눈을 감고 미동도 하지 않는 붉은 드래곤을 쳐다보았다.

"신부로군."

제르가가 그를 돌아보았다.

"드래곤의 신부는 이 여자가 아닙니다."

"'지금의' 신부는 이 여자가 아니지. 하지만 한때는 이 여자가 신부였다, 마녀여."

제르가가 눈을 커다랗게 뜨고 그를 보았다.

"진홍의 드래곤에게 이전에 신부가 있었습니까? 지금까지 살아 있는 신부가?"

루헤인 역시 검은 옷의 남자를 쳐다보았다. 남자는 검은 눈동자로 마녀를 보고, 그다음에 루헤인을 보았다. 무심한 눈은 그가 흙에 섞여 있는 돌멩이 정도밖에 되지 않는 듯 아무 관심도 담고 있지 않았다.

평생 그런 눈길을 받아보는 것은 처음이라 루헤인은 오싹한 느낌을 억누를 수가 없었다. 목덜미가 따끔거리고 심장이 꿈틀거렸다.

제르가 쪽으로 시선을 돌리기 전에 남자가 갑자기 다시 루헤인을 보았다. 방금 전에는 그를 보지 않은 것처럼, 지금 처음 보는 것처럼 남자의 검은 눈이 그를 똑바로 쳐다보았다. 검은 눈동자가 그를 샅샅이 훑는 것 같은 느낌에 루헤인은 팔을 문지르고 싶은 충동을 억누르고 마찬가지로 응시했다.

"넌 누구지?"

무슨 의미지? 루헤인이 입을 열려고 할 때 청록의 드래곤이 검은 드래곤의 팔을 잡아당겨 돌려세웠다.

"라반, 여긴 언제 온 거지? 왜 온 거야? 왜 내가 하려던 일에 끼어들어 아흐메닷을 구해준 거냐고?"

검은 드래곤이 팔을 들어 올리고 소년을 내려다보았다. 소년의 얼굴은 흥분한 듯 벌겋게 상기되어 있다.

루헤인은 여자를 내려다본 다음 일어나서 붉은 드래곤을 보았다. 드래곤은 미동도 하지 않는다. 그는 손을 뻗어 드래곤의 비늘에 손을 얹었다. 사바는 어디 있는 거지? 왜 함께 있지 않은 거지? 심지어 다른 여자가 신부였다면서 왜 사바를 신부로 삼은 거지? 왜? 왜? 왜?

갑자기 손 아래서 뭔가 꿈틀하는 것이 느껴졌다. 루헤인은 황급히 손을 뗐다가 눈을 커다랗게 떴다. 방금 전까지 그가 손을 대고 있던 자리에 검은 손자국 같은 것이 있었다. 하지만 자세히 보기도 전에 갑자기 붉은 드래곤이 귀가 먹먹해질 정도로 요란한 포효를 지르며 몸을 일으켰다. 바닥이 흔들리고 머릿속이 멍해졌다.

"아흐메닷."

검은 드래곤의 차분한 목소리가 머릿속에 들린다. 루헤인은 고개를 흔들었으나 목소리는 머릿속에서 사라지지 않았다.

"아흐메닷, 정신 차려."

붉은 드래곤은 계속해서 머리를 흔들며 소리를 질러대고 있다. 산이 흔들리고 바닥이 진동을 한다. 흙의 밀도가 낮은 곳부터 다시 무너지고 가라앉기 시작했다. 루헤인은 진홍의 드래곤에게서 물러섰고 검은 드래곤이 앞으로 나오더니 붉은 드래곤을 향해 양손을 들어 올렸다. 보이지 않는 파동 같은 것이 주변을 뒤흔든다. 루헤인은 양손으로 머리를 감싸고 주저앉았다. 머릿속이 쾅쾅 울리는 것 같다. 정신이 어찔어찔해서 다시 일어설 수 있게 될 때까지는 꽤 시간이 걸렸다.

간신히 정신을 차리고서 주위를 둘러보니 붉은 드래곤은 다시 쓰러져 있었다. 이번에는 인간의 모습을 한 상태였다. 인간의 모습으로 보니 붉은 드래곤의 몸은 엉망이었다. 온통 상처투성이에 화상자국과 동상자국이 동시에 남아 있다. 검은 드래곤은 그 옆에 무릎을 꿇고 앉아 붉은 드래곤의 몸을 살펴보고 있었다.

루헤인은 정신을 차리기 위해서 고개를 흔들고 여전히 바닥에 쓰러져 있는 여자를 보았다. 제르가가 그쪽으로 다가가서 상태를 확인하고 있다. 루헤인이 다가가자 그녀가 고개를 들고 그를 쳐다보았다.

"살아 있군요."

"누구지?"

"글쎄요. 진홍의 드래곤의 '전' 신부라고 하지만 저는 모릅니다. 토르카인의 마녀 중 하나일 겁니다."

"그럼 사바는 대체 어디에 있는 거지?"

루헤인의 말투에 좌절감이 어렸다. 당연히 붉은 드래곤과 함께 있는 게 사바일 거라고 생각했건만. 그의 심장이 격렬하게 뛰고 조여들었던 건 사바 때문이 아니었나? 그저 그의 불안감이 표출되었을 뿐인가?

"드래곤이 이런 상태이니 알 수 없습니다. 드래곤이 깨어나면 신부가 어디 있는지 찾을 수 있겠지요."

"진홍의 드래곤의 새 신부 이야기라면 한동안은 걱정할 필요가 없을 거야. 지금은 진홍의 드래곤을 깨워 어떻게 된 일인지 먼저 알아보는 편이 좋겠군. 새 신부를 맞이하고는 왜 이전의 신부와 함께 있는 건지, 그리고 왜 새 신부가 이쪽 세계를 파괴하려고 하는 건지."

루헤인과 제르가 동시에 그를 쳐다보았다. 청록의 드래곤 역시 눈을 휘둥그렇게 뜨고 그를 쳐다보았다.

"세계를 파괴해?"

"그게 무슨……."

"사바에게 무슨 짓을 한 거야?"

세 명이 동시에 입을 열었지만 가장 목소리가 높았던 것은 루헤인이었다. 검은 드래곤이 고개를 돌려 다시 루헤인을 쳐다보다가 일어섰다. 그의 키는 루헤인과 비슷할 정도였고 몸은 더 마른 편이었지만 온몸에서 알 수 없는 기운이 흘러나오는 느낌이었다. 팔과 목덜미의 털이 바싹 곤두서는 느낌에 루헤인은 주먹을 움켜쥐고 그를 똑바로 노려보았다.

검은 드래곤은 고개를 살짝 옆으로 기울인 채 그를 바라보다가 냄새라도 맡는 것처럼 코를 킁킁거렸다.

"너에게서 그 여자와 비슷한 냄새가 난다. 검은 불꽃의 냄새가 나."

루헤인은 눈을 깜박였다. 무슨 말인지 이해가 되지 않았다. 누구와 비슷하다고? 무슨 냄새?

청록의 드래곤이 뒤에서 인상을 찌푸리고 그들을 쳐다보았다.

"무슨 말도 안 되는 소리야? 그건 인간이야. 이제 기억이 났어. 미치광이지. 나를 향해 창을 들고 달려왔으니까. 그게 네놈이 맞지? 토르카인의 왕."

루헤인은 청록의 드래곤을 쳐다보았다. 진홍의 드래곤도, 검은 드래곤도 각자 나름의 위압적인 분위기를 뿜어냈지만 청록의 드래곤은 달랐다. 단순히 인간의 모습을 하고 있기 때문이 아니라 청록의 드래곤에게는 다른 두 드래곤만큼의 힘이 느껴지지 않았다.

두렵지 않았다.

당시 전장에서 그렇게 느꼈던 것은 죽음이 두렵지 않기 때문이라고, 그렇게 생각했었다. 하지만 지금 보니 그런 것이 아니었다. 죽음은 두렵다. 병석에 다시 눕는 것도 두렵다. 눈앞의 검은 드래곤도 두렵다. 하지만 청록의 드래곤은 두렵지 않았다. 주먹으로 후려칠 수 있을 정도로.

문득 루헤인은 자신의 손을 내려다보았다. 아까 전 청록의 드래곤

진홍의
마녀 ②

을 붙잡았을 때 물집이 생기고 부풀었던 손바닥은 지금은 어째서인지 깨끗했다. 조금 전에 붉은 드래곤에게 손까지 댔었는데. 이전에, 사바가 붉은 드래곤과 함께 떠날 때에는 그녀의 몸에 손을 댔는데도 화상이 남지 않았던가? 지금은 왜 없는 거지? 사바도 아닌 드래곤의 몸에 직접 손을 댔는데. 그러면 손에 시뻘건 화상이 남아 있어야 하는 거 아닌가?

어째서 없지?

검은 드래곤이 그의 앞으로 바싹 다가서는 바람에 루헤인은 고개를 들었다. 남자의 눈동자는 무서울 정도로 검고 깊었다. 동공이 보이지 않는 검은 눈동자는 감정조차 알아볼 수가 없었다. 얼어붙을 듯한 그 심연 속에 루헤인 자신의 모습이 비쳤다. 수천 년을 사는 드래곤의 앞에서 그 위압감에 질려 떨고 있는 자신이.

이토록이나 하찮은 인간의 삶에 집착하여 부러워하고 시기하고 망가뜨렸던가. 어째서 아무것도 보지 못했을까. 어째서 아무것도 이해하지 못했을까.

스스로의 한심함을 이렇게 뼈저리게 후회하게 될 줄은 몰랐다. 인생을 다시 살고 싶을 정도로 후회할 날이 올 줄은 몰랐다. 이런 거대하고 무시무시한 존재 앞에서 떠는 날이 올 줄은 몰랐다.

다흐란은 이 드래곤의 앞에서 떨지 않았을까? 용맹하게 맞설 수 있었을까? 아니, 이 드래곤의 앞에서 자신의 초라함을 일찌감치 깨닫고 고개를 숙일 수 있었을까?

불행히 그에게 남아 있는 것은 이제는 사바뿐이었다. 그녀가 없다면 그의 존재 전부가 의미를 잃게 된다. 사바를 위해서라면 이 빌어먹게 끔찍한 존재 앞에서도 고개를 들고 말을 할 수 있었다. 해야만 한다.

"사바에게 무슨 짓을 한 거지, 드래곤?"

검은 눈동자는 미동도 없이 그를 바라보았다. 목소리가 머릿속으로 곧장 울려 퍼지는 느낌이었다.

"그녀가 나에게 먼저 덤볐고, 나는 그걸 막았을 뿐이다. 그녀는 아직은 진홍의 드래곤의 신부이니까."

루헤인은 검은 눈동자를 똑바로 응시했다. 검은 드래곤의 목소리가 나직하면서도 강하게 머릿속에서 울렸다.

"하지만 진홍의 드래곤이 다른 여자에게 눈을 돌렸다면, 신부가 더 이상 신부가 아니게 된다면 이야기가 달라질 수도 있겠지."

루헤인은 숨을 들이켰다. 검은 드래곤은 몇 초간 더 그를 바라보다가 시선을 돌렸다. 청록의 드래곤과 제르가는 검은 드래곤이 명령을 내리기만을 기다리는 것처럼 서 있다.

"드래곤과 마녀를 옮겨야겠어. 너의 은신처로 가야겠다, 레이율."

"내 집이 너희들을 들이기 위해 만든 줄 알아? 내가 왜……."

청록의 드래곤은 곧장 소리를 지르다가 제르가의 손길 한 번에 입을 꾹 다물었다. 불만이 가득한 얼굴이었으나 결국 어린 드래곤은 몸을 돌렸고 검은 드래곤은 루헤인을 향해 고개를 까딱였다.

"너도 따라오너라, 인간이여."

따라오지 말라고 해도 따라갈 생각이야, 드래곤. 루헤인은 속으로 욕설을 내뱉듯이 말하고서 그들의 뒤를 따라갔다.

"불길은 잡혔나?"

다흐란이 말을 타고 책임자를 향해 다가갔다. 책임자인 왕도 경비대장 하리판은 고개를 저었다.

"잡고는 있습니다만 진원지가 좀…… 난처한 상황입니다."

"무슨 이야기지?"

왕도 바깥쪽에 위치한 왕가의 숲에 불이 났다는 소식이 전해진 것은 밤이 내릴 무렵이었다. 가벼운 산불 정도가 아니라 숲 전체가 횃불처럼 타오르는 모습이 궁에서도 보일 정도라 낮의 지진과 관계가 있는 게 아닐까 하는 이야기가 떠돌았고, 왕실에서 꼼짝하지 않으면 백성들이 더 불안해할 거라는 생각에 다흐란이 직접 진화 작업을 감독하기 위해서 나왔다. 큰불이라고 해도 왕도 경비대를 전부 동원하면 금방 잡힐 거라고 생각했지만 오는 내내 하늘을 밝히는 오렌지색 불빛이 잦아들지 않는 것을 보고 불안감을 지울 수가 없었다.

하리판은 다흐란을 보고서 어느 정도는 안도한 얼굴이었다. 무거운 책임을 누군가에게 넘길 수 있어서 마음을 놓는 것 같기도 했다.

"마녀인 것 같습니다."

"마녀가 불을 질렀다는 건가?"

다흐란이 놀란 표정으로 쳐다보자 하리판은 난처한 듯이 머리를 긁적였다.

"마녀가 아니고서는 그럴 수가 없을 것 같습니다……. 여자의 몸이 열을 내고 있습니다. 그래서 그 주변에 아무리 물을 끼얹어도 불을 끌 수가 없습니다. 근방 10미터 가량의 나무와 풀을 모두 제거했는데도 그 열기 때문에 다시 불이 붙어서 근방 20미터까지 나무와 풀을 제거하고 땅을 파내 방지선을 만들었습니다만 열기가 계속 퍼지고 있는 상황입니다. 여자의 몸에 흙을 덮어보기도 했지만, 흙이 까맣게 바싹 타버립니다. 이런 건 본 적이 없습니다."

다흐란은 인상을 찌푸렸다. 마녀가 그런 일도 하나? 왜? 왕가의 숲에 불을 지르는 게 마녀들에게 딱히 무슨 이득이 될 것 같지는 않은데.

"내가 직접 가보겠다. 마녀가 뭔가 요구하는 것은 있나?"

"아뇨. 정신이 있는 것 같지도 않습니다. 늘어진 채 흙으로 덮어도 아무 반응이 없습니다."

"그거 참 기묘한 일이로군."

다흐란이 인상을 찌푸린 채 중얼거리자 하리판은 자신도 그렇게 생각한다는 듯이 열심히 고개를 끄덕이고서 돌아서서 앞장섰다. 병사들이 줄줄이 그들의 뒤를 따라오려 했지만 다흐란은 가서 다른 경비대원들과 함께 물통을 나르라고 지시했다.

경비대원뿐만 아니라 근처 마을의 백성들까지 나와서 물통을 바쁘게 나르고 있었다. 물가가 꽤 떨어져 있는 탓에 물을 나르는 데에는 상당한 시간이 걸리는 것 같았다. 마녀가 무슨 짓을 하고 있는 걸까? 형님이 자리를 비우신 사이에 뭔가 큰 문제가 생기지 않으면 좋으련만. 상왕이 어떤 이야기를 하든 그는 왕위를 차지할 마음이 없었다.

진홍의
마녀 ②

형님이 돌아오실 때까지 현상유지를 하겠다는 것이 그의 목표였다. 그 정도면 충분하지 않은가.

왕위계승자는 엄연히 루헤인이었다. 그가 왕위를 되찾으면 어디 먼 곳에 영지를 달라고 해야지. 평생 조용히 거기에서 나오지 않겠다고 약속하고. 그러면, 그렇게 하면 어쩌면 레이라를 데려올 수 있을지 모르니까. 본부인으로 삼을 수는 없다 해도 첩 정도로는 삼을 수 있을지 모르니까……. 그것이 레이라에게 좋은 일인지는 여전히 결론을 내릴 수 없지만.

진원지 가까이 갈수록 점점 더 열기가 느껴졌다. 공기가 얼굴에 화끈화끈 와 닿았다. 이마에서 땀방울이 흘러내렸다. 물을 쏟아 붓고 있지만 오히려 그 습기 때문에 더욱 열기가 강하게 느껴졌다.

"저쪽입니다."

다흐란은 눈을 가늘게 뜨고 경비대장이 가리키는 곳을 보았다. 아지랑이처럼 열기와 습기가 시야를 가로막고 있고, 나무에서 타오르는 불길이 흔들려서 그림자가 어지럽게 오락가락했다. 그리고 그 오렌지색 불빛 사이로 바닥에 누워 있는 검은 형체가 보였다. 간신히.

"가까이 갈 수 있나?"

"굉장히 뜨겁습니다. 금속으로 된 것은 풀어두시는 편이 좋습니다."

하리판이 검과 허리띠, 망토 고정쇠 등을 눈짓하며 말했다. 다흐란은 하나씩 풀고 열기를 막기 위해서 망토를 두건처럼 두르고 안쪽으로 다가갔다. 땀이 이제는 옷을 적실 정도로 줄줄 흘렀고 매캐한 연기가 코를 찔러댔다. 눈까지 따가워서 눈물이 고였다.

　마침내 여자의 앞에 도착했을 때에는 숨을 쉬기가 힘들 정도였다. 다흐란은 헐떡거리며 두건으로 코와 입을 막은 채 여자를 보았다. 여자에게서 어느 정도의 열기가 나오는 건지는 모르겠지만 여자의 모습이 일그러져 보일 정도로 공기가 흔들리는 걸로 봐서는 상당히 뜨거운 것 같았다.

　눈을 깜박이며 여자를 보던 다흐란은 어딘지 모르게 낯익은 옆얼굴에 인상을 찌푸리고 고개를 기울였다. 어쩐지 낯이 익어 보이는데, 설마 그럴 리가. 그가 아는 마녀라고는 딱 한 명뿐인데.

　설마.

　그는 조금 더 가까이 다가가려 했지만 하리판이 황급히 그를 가로막았다.

　"더 들어가시면 위험합니다."

　"괜찮아."

　옷에 금방이라도 불이 붙을 것 같은 기분이 들었다. 피부가 화끈거리며 벌겋게 익는다. 그는 눈가를 닦고서 여자를 보았다. 이글거리는 오렌지색 불빛 때문에 여자의 머리카락도, 피부도 불그스름하게 보였다.

　사바?

　왜 그녀가 여기 있는 거지? 형님이 찾으러 가셨던 게 아니었나? 이 불은 어디서 나오는 거고?

　그녀가 토르카인에 해를 입히려 할 리는 없었다. 토르카인은 루헤인의 나라이니까. 그녀는 루헤인의 마녀였고. 지금도 정신을 잃어서 그렇지, 정신을 차리면 분명히 괜찮아질 것이다. 그러니까 그녀를 깨워야 한다.

"사바? 사바!"

그가 앞으로 더 나가려 하자 하리판이 그를 붙들었다.

"저하, 아니 되십니다. 너무 위험합니다!"

"이대로 불길이 잡히지 않는 게 더 위험한 일이야."

"정 안 되면 저 마녀를 죽이는 수밖에 없습니다. 멀리서 활을 한꺼번에 쏘면 분명히 마녀라 해도 살아남을 수 없을 겁니다."

"아니, 그건 안 된다. 저 마녀는 우리 토르카인을 구한 마녀야."

하리판은 이해가 안 가는 얼굴로 다흐란을 보았지만 그는 더 이상 설명하지 않고 그를 뿌리친 채 열기의 중심으로 들어갔다. 하리판은 어쩔 수 없는 듯이 그의 뒤를 따라 열기를 헤치고 걸어왔다.

사바의 몸은 불덩어리 그 자체였다. 그녀에게 손을 뻗는 것조차 불가능했다. 땀이 줄줄 흘러내리고 머리카락이 열기에 구부러지고 탄내를 낸다. 숨을 쉴 때마다 코와 목 안쪽까지 그을리는 것 같다. 다흐란은 헐떡이며 발로 그녀의 몸을 건드렸다.

"사바!"

몸이 조금 들썩이긴 했지만 정신을 차릴 기색은 보이지 않는다. 가까이서 보니 그녀의 몸은 여기저기 화상투성이였다. 얼굴, 팔, 군데군데 타서 구멍이 뚫려 있는 치맛자락. 몸에서 저런 열기가 솟구치는데 정작 화상자국은 저 정도밖에 없다는 게 이해가 가지 않았지만, 어차피 상대는 마녀다. 인간이 이해할 수 있는 존재가 아니다.

"사바! 일어나! 숲이 전부 타버릴 거다. 사바!"

그가 고함을 질렀으나 열기가 그의 목소리마저 막는 것 같았다. 사바는 아무것도 들리지 않는 것처럼 혼자 고요하게 누워 있다. 다흐란은 다급하게 머리를 굴렸다. 어떻게 해야 할까? 숲에서 그녀를 옮겨야 하는 것만은 분명하다. 어떤 식으로?

"수레가 있나?"

그가 하리판을 돌아보고 물었다. 하리판은 헐떡거리며 고개를 끄덕였다.

"물을 나르고 있는 수레가 있습니다."

"수레에 물을 가득 채워 와라. 물에 넣어 마녀를 옮기겠다."

"예?"

하리판은 말도 안 된다는 표정으로 그를 쳐다보았다. 다흐란이 날카롭게 다시 말했다.

"어서! 수레를 가져오면 마녀는 내가 옮기겠다."

"아, 안 됩니다. 위험합니다! 저 마녀를 옮기는 것 자체가 불가능합니다!"

"수레나 가져와. 물통도 가져와라. 마녀를 물에 넣는다 해도 계속해서 물을 갈아줘야 할 거다. 왕궁까지 옮겨야 하니까."

왕궁으로 옮겨서 뭘 어쩔 셈이지, 하는 표정으로 하리판은 잠시 멍하니 그를 쳐다보기만 했으나 다흐란이 다시금 호통을 치자 황급히 열기 바깥으로 달려갔다. 다흐란 역시 조금 물러나서 숨을 돌렸다. 목

안이 다 타서 감각이 사라진 것 같은 느낌이었다. 침을 삼키는 것조차 힘들다.

형님은 대체 어디 계신 걸까? 마녀는 여기 있건만.

병사들이 수레를 밀고 열기를 뚫고 들어온다. 한참이나 진화 작업을 했는지 다들 검댕투성이에 지친 표정이었다. 나중에 모두에게 포상을 해줘야 할 것이다. 다흐란은 머릿속 한구석에서 그 생각을 하며 수레를 가져오라고 손짓한 후 다시 사바 쪽으로 들어갔다.

병사들이 들고 온 물통을 하나 받아 망토를 적시고 남은 물은 자신의 머리 위에 끼얹은 후 다흐란은 젖은 천으로 사바의 몸을 감쌌다. 망토에서 순식간에 증기가 피어오르고 달아오른다. 팔로 사바의 몸을 안아들자 옷을 통해 피부가 금방이라도 녹을 것처럼 뜨거워졌다. 이를 악물고 그는 빠르게 수레 쪽으로 걸음을 옮겼다. 그녀를 떨어뜨렸다가는 다시 들어 올릴 용기를 내지 못할지도 모른다. 팔이 다 타버리는 한이 있어도 지금 옮겨야만 한다.

수레 안의 물속에 그녀를 떨어뜨리자 달군 돌을 떨어뜨린 것처럼 치이익 소리가 나며 증기가 피어오르기 시작했다. 병사들은 존경심과 두려움이 반쯤 어린 표정으로 다흐란을 보았다. 그는 욱신거리는 팔을 늘어뜨린 채 소리쳤다.

"물을 계속 부어라! 물을 계속해서 공급하면서 왕궁까지 옮기는 거다. 왕궁에 사람을 보내 지하의 욕탕에 차가운 물을 채워두라고 해라. 물을 나를 하인들을 배치하고, 계속해서 물을 갖다 부을 수 있도록 미리 대비를 하라고 해. 어서!"

하리판이 병사 두 명을 우선 왕궁으로 보냈다. 나머지 병사들은 수레에 물을 붓기 시작했다. 물이 부글거리며 넘치고 하얗게 수증기가 솟아올랐다. 다흐란은 물 안을 들여다보았다. 사바는 숨을 쉬는 것 같지도 않았다. 기껏 물로 옮겼는데 익사시킬 수는 없는 노릇이다. 그는 부글거리는 물을 보다가 다시 이를 악물고 양손을 집어넣어 사바의 머리를 수레 바깥쪽으로 끌어당겨 빼냈다. 다행히 물은 아직 심하게 뜨겁지는 않았다.

사바의 턱 아래 젖은 천을 대고 수레 바깥쪽으로 머리를 고정시킨 다음 그가 병사 한 명에게 고갯짓을 했다. 병사는 겁에 질린 얼굴로 조심스럽게 천을 잡아 수레 바깥쪽으로 잘 묶었다. 머리가 다시 물속으로 빠지지 않을 거라는 걸 확인한 후 다흐란은 문득 인상을 찌푸렸다. 그가 기억하는 사바는 갈색머리였다. 아니, 마지막으로 드래곤과 함께 날아왔을 때에는 붉은 머리였지. 마녀들은 머리카락 색깔 정도는 마음대로 바꿀 수 있는 건지도 모른다. 하지만 이렇게 자주 바꾸나? 성에서 지내는 내내 갈색머리였는데. 다흐란은 찌푸린 눈으로 새카만 그녀의 머리카락을 보았다. 꼭 루헤인이 떠오르는 검은 머리카락이다. 설마 사람을 착각한 건 아니겠지? 사바가 아니라 다른 마녀라든지……. 아니, 그럴 리는 없다. 이 얼굴은 분명 사바다.

그녀가 왜 이런 곳에서 이런 상태로 있는지는 그녀가 깨어나지 않는 한 알 수 없는 일이리라. 그는 병사들에게 수레를 몰고 가라고 고갯짓을 한 다음 다른 병사들이 들고 온 차가운 물을 머리 위로 몇 번 끼얹었다. 병사 두 명이 그의 팔을 물통에 담그게 했고, 대기하고 있

진홍의
마녀 ❷

던 왕궁 소속의 의원이 벌겋게 부푼 그의 팔과 손을 보았다.

"심하지는 않습니다만 약을 바르고 며칠은 요양을 하셔야 할 것 같습니다. 수포가 생겼습니다. 조심하지 않으면 상처가 덧날 수도 있습니다."

다흐란은 천천히 달려가는 수레에서 눈을 떼지 않은 채 고개를 끄덕였다. 루헤인에게 연락을 하려면 어떻게 해야 할까, 사바가 깨어나기는 할까, 이 모든 상황이 대체 어떻게 된 건지 알 수 있는 방법은 있을까. 수많은 의문이 머릿속을 채우고 있는데 답을 해줄 수 있는 사람은 아무도 없었다.

형님, 이런 수많은 일들을 저에게 계속 맡기지 말아주십시오. 저에겐 이만한 일을 처리할 능력이 없습니다. 저는 이만한 일을 처리할 수 있는 재목이 아닙니다. 그러니 제발 왕위를 도로 가져가주십시오.

루헤인이 앞에 있다면 애원이라도 하고 싶은 기분으로 그는 눈을 감고 의원에게 팔을 맡긴 채 잠시나마 휴식을 취하려고 노력했다.

23

산이 무너진다. 만년설이 굉음을 일으키며 녹아서 떨어져 내린다. 빙하가 녹아 차가운 물이 아랫마을을 덮치고 눈과 흙이 함께 무너져 마을을 삼켜버린다. 사람들은 비명조차 지르지 못하고 자신들을 향해 달려드는 재난을 바라본다. 얼어붙은 얼굴, 솟구치는 두려움, 마녀들의 좋은 먹이이자 마음을 괴롭히는 장면.

그 앞을 가로막고 선 거대한 붉은 드래곤.

안 돼, 당신의 힘으로도 이건 막을 수 없어. 알잖아. 자연이 아무리 드래곤의 힘을 따른다 해도 이 정도로 강력한 재난은 막을 수 없어.

하지만 막을 수 없다는 걸 알면서도 자신이 돌보는 자들, 자신을 모시는 자들을 배반하지는 않는 것이 아흐메닷이다.

그러지 마, 사바. 그만둬. 마녀는 자연을 지키고 돌보는 존재야. 그런 식으로 망가뜨려서는 안 돼. 그리고 그런 식으로 인간을…… 죽여서도 안 돼. 그러지 마. 너는 그런 아이가 아니었잖니.

어디서부터 잘못된 것일까. 어쩌면 처음부터 그 아이에게 손을 내밀지 말았어야 했던 건지도 모른다. 잘못된 의도로, 잘못된 생각으로 그 아이에게 손을 내밀었던 것이 실수였는지도 모른다. 그녀가 손을 내밀지 않았더라면 그 아이가 아흐메닷을 만날 일도 없었을 것이고, 아흐메닷이 그 아이를 신부로 삼는 일도 없었을 것이다.

하나의 실수가 엄청난 결과를 불러온다. 항상 그렇다. 그것을 알면 서도 실수를 멈추지 못하는 것이 생명체의 한계인지도 모른다.

밀려 내려오는 얼음과 흙, 빙하를 향해 아흐메닷은 온 힘을 다해 마력을 퍼부었으나 막아낼 수가 없었다. 잠깐뿐이었다. 인간들은 비명을 지르며 그 자리에서 몸을 웅크렸고, 결국에 머리 위로 그 어마어마한 토사가 덮쳐왔다. 그리고 세상이 캄캄해졌다. 마지막으로 기억하고 있는 것은 그의 목소리였다. *줄레나, 줄레나, 줄레나. 나의 줄레나.*

어쩌면 처음부터 그를 만나지 못했더라면 모든 것이 달라졌을지도 모른다. 혹은 그저 그의 옆에 남아 있었더라면. 혹은…… 워디를 만나지 못했더라면.

운명은 너무나 많은 분지를 갖고 있어서 어느 길을 택하느냐에 따라 너무나 다른 결과를 가져온다.

"진홍의 마녀를 막아야 합니다. 진홍의 마녀는 이미 너무 위험해졌습니다. 진홍의 드래곤이 마녀를 감당하지 못한 것이 아닙니까?"

여자의 목소리가 들린다. 줄레나는 눈을 떠보려고 했지만 눈꺼풀이 너무 무거웠다.

"여자 하나 감당하지 못하는 드래곤이라니, 이건 완전히 수치라고.

머저리 같은 놈."

빈정거리는 어린 목소리. 이것도 들어본 적이 있는 목소리이다. 자주는 아니지만, 어디선가 들어봤다.

그리고 침묵이 흐른다. 줄레나는 다시금 눈을 뜨기 위해 노력했다. 눈을 떠야 해. 무슨 일인가 일어나고 있어. 그리고 아흐메닷은? 그는 어디에 있지? 그가 그녀를 감싸고 그 위로 토사가 덮치는 것까지는 기억하고 있다. 만약 그가 죽었다면 그녀도 무사하지는 못했을 것이다. 그렇겠지? 게다가 드래곤은 쉽게 죽지 않는다. 드래곤이 죽는 경우는 극히 드물다. 드래곤은…….

아흐메닷, 어디에 있어? 당신은 어디에 있는 거지?

열기. 어지러운 감각. 피가 온몸을 빠르게 휘도는 느낌.

여기에 누군가가 있다. 누군가가 있어. 누군가…….

"사바를 어떻게 하려는 거지?"

거칠고 차가운 목소리. 목덜미에서 그녀의 맥박이 쿵쿵 뛰기 시작했다.

"진홍의 마녀는 드래곤을 공격했어요. 더 이상 되돌릴 수 없어요."

"되돌릴 수 없다는 건…….."

"처리해야 한다는 거지. 잡아서 봉인하는 거야."

이죽거리는 말투. 차가운 목소리는 더욱 냉기를 뿜어낸다.

"봉인이라?"

"드래곤이 한번 신부에게 준 불을 회수할 수 없으니까요. 그걸 회수하는 방법도 있다고 하지만, 정말인지 아닌지조차 확실치가 않아요."

"그럼 넌 애초에 왜 나에게 어떻게든 해보라고 했던 거지?"

차가운 목소리가 으르렁거린다. 여자는 그를 달래려는 듯이 조곤조곤 설명한다.

"그 불을 빼내는 방법을 알고 있는 것은 오로지 신부뿐이니까요. 전하께서 신부를 잘 달래면 신부가 방법을 말해줄 수도 있다고 생각했을 뿐입니다."

"왜 신부는 그걸 아는 건데?"

이죽거리는 목소리의 주인공이 묻는다.

"드래곤의 불을 갖게 되는 순간 신부는 세상의 수많은 지식을 함께 갖게 됩니다. 드래곤의 지식과 마녀로서의 지식, 그보다 더 깊은 지식까지 손댈 수 있게 되지요. 오로지 신부만이 그 불을 빼내는 방법을 아는 이유는 그래야만 드래곤이 함부로 아무 마녀나 신부로 삼았다가 내치는 일을 방지할 수 있기 때문이지요. 드래곤의 실수는 엄청난 결과를 불러올 수 있습니다. 바로 지금처럼요. 그래서 함부로 신부를 들이지 않기 위해 자연이 정해둔 방비책인 겁니다."

"하지만 지금 상황에서 사바가 불을 내놓고 평범한 마녀로 돌아가면 너희들이 그 아이를 가만히 두지 않을 거 아닌가?"

차가운 목소리가 냉철하게 지적한다. 아무도 대답하지 않는다. 줄레나는 한숨을 쉬었다. 그래, 그렇겠지. 사바로서는 지금 신부 자리를 내놓을 수가 없어. 모든 마녀들이 그 아이를 적으로 여기고 가차 없이 죽일 테니까. 아흐메닷도 더 이상 그 아이의 편을 들어주지 않겠지.

누가 가장 나쁜 걸까. 힘을 얻고 제멋대로 날뛰는 사바일까, 아니면 잘못된 생각으로 그 아이를 신부로 맞은 아흐메닷일까, 아니면 그를 이렇게까지 몰고 간 그녀 자신일까.

"진홍의 드래곤이 깨어나기 전에 신부가 다시 움직인다면 그 신부는 붙잡아 봉인하는 수밖에 없다. 그 신부는 너희들이 알고 있는 것보다 훨씬 더 위험해."

처음 듣는 목소리. 온몸에 소름이 오싹 돋는 느낌에 줄레나는 숨을 들이켜려고 노력했다. 누구지? 설마……. 정말로 아말리나가 소환에 성공한 건가? 진짜 또 다른 드래곤이 이쪽 세상으로 넘어온 건가?

"사바가 도대체 뭘 한다는 거지? 그 아인 한 번도 누군가에게 해가 되는 일을 한 적이 없어!"

"전하도 보시지 않았습니까. 그 산을 무너뜨린 것이 진홍의 마녀입니다. 그래도 해가 되지 않는다 하시겠습니까?"

"이유가 있었겠지! 이유조차 알아보지 않고서 그 아이를 봉인하겠다고? 아니 애초에 그 봉인이라는 건 뭔데?"

"마법으로 그녀를 봉해두는 거지요. 어딘가 깊은 동굴 같은 곳에 꼼짝할 수 없게 묶어두는 겁니다."

침묵. 그리고 마치 짐승이 으르렁거리는 것 같은 소리가 난다.

"그 아이는 십 년을 궁에 갇혀 살았어. 그리고 이제 와서 또 가두겠다고? 애초에 신부니 뭐니 한 건 드래곤이잖아. 책임을 져야 하는 건 저 드래곤 아닌가? 왜 사바에게 그 책임을 돌리는 건데!"

"진홍의 드래곤에게도 책임이 없지는 않겠지. 하지만 세계를 망가

진홍의
마녀 ②

뜨리려 하는 것은 큰 죄다. 그걸 선택한 것은 신부이고."

차분하고 진중한 목소리의 남자는 잠깐 뜸을 들이다가 물었다.

"너는 신부의 무엇이지?"

"나는……."

말끝이 흐려진다. 한참이나 침묵이 흐르다가 여자의 목소리가 들린다.

"진홍의 마녀는 어린 마녀입니다. 그 마녀의 첫 계약자였습니다. 진홍의 마녀는 이 사람에게 애착을 갖고 있지요. 이 사람의 말이라면 들을지도 모르기에 데려왔습니다."

"마녀의 첫 계약자라. 그렇다면 마녀에게 가장 많은 마력을 공급해 주었겠군."

"아마 그러할 것입니다. 그래서 진홍의 마녀가 이 사람에게 애착을 갖고 있는 것일지도 모르지요."

갑자기 공기가 차갑게 가라앉는다. 남자의 목소리가 어둠처럼 묵직하게 울린다.

"그렇다면 이자가 사라지면 진홍의 마녀에게 분명 영향이 있겠군."

공기 중에 마치 불꽃이 튀는 것 같은 느낌이 든다. 온몸의 털이 곤두선다. 여자가 숨을 들이켜는 소리가 들리고, 이죽거리던 어린 목소리가 당황해서 끼어든다.

"내 집에 피 튀기지 마! 나가서 해!"

피.

사라지는…….

안 돼.

몸이 떨어진다. 부딪친다. 쿵 소리가 울리고 머릿속까지 함께 울린다. 하지만 줄레나가 생각할 수 있는 것은 단 하나뿐이었다.

"안 돼!"

그녀가 루헤인의 앞을 가로막았다. 검은 옷을 입은 마른 얼굴의 남자가 그녀를 내려다보았다. 남자의 손에는 검은 것이 이글거리고 있었다. 검고 무시무시한 파장을 내는 것이.

눈앞이 아직 핑핑 돌았지만 줄레나는 양팔을 들어 올린 채 남자의 앞에서 꼼짝하지 않았다. 남자는 손을 내리지 않은 채 나지막하게 말했다.

"비켜라, 마녀여. 너마저 함께 사라지고 싶은 것이 아니라면."

"안 돼……. 안 돼요. 그러실 수 없습니다, 드래곤이여."

"비키지 않는다면 너도 함께 죽을 것이다."

그의 손에서 검은 구체가 더욱 커졌다. 줄레나는 숨을 들이켜고 꼼짝도 하지 않으려 했지만 뒤에서 루헤인이 그녀의 어깨를 잡고 옆으로 밀어냈다.

"사바를 해칠 순 없어. 최소한 그녀와 이야기를 하기 전까지는 안 돼."

"진홍의 마녀가 네 말을 듣는다는 보장이 있는가?"

루헤인은 잠깐 침묵을 지켰다. 그리고서 단호하게 대답했다.

"그래, 들을 거다. 듣지 않으려 한다면 듣게 만들겠어."

검은 옷의 남자는 잠시 동안 그를 바라보다가 천천히 손을 내렸다.

진홍의
마녀 ②

손 위에 떠 있던 검은 구체는 공기 중으로 서서히 흩어져 사라진다.

"패기는 훌륭하구나, 인간이여. 그 패기가 너의 목숨을 연장해줄지 줄일지는 모르겠다만."

루헤인은 가느다란 눈으로 남자를 노려보았다. 남자는 아무 말 없이 몸을 돌렸다. 그때 마치 커다란 그림자처럼 몸을 날린 진홍의 드래곤이 남자를 바닥으로 짓누르고 멱살을 움켜잡았다. 아흐메닷의 눈이 시뻘겋게 번뜩였다.

"내 여자에게 무슨 짓을 하려고 했지, 라반? 죽여버릴 테다."

사바를 궁으로 옮긴 후 아침 해가 뜨고 나서야 간신히 숲의 화재를 진화했다는 연락이 도착했다. 다흐란은 진화를 담당했던 모든 사람들을 치하하는 말을 전하고 탄 흔적을 정리하는 대로 고생한 사람들을 위한 보상이 있을 거라고 덧붙인 후 연락병을 돌려보냈다.

그가 걸어가자 복도에 있던 시종들과 귀족들이 허리를 굽혀 인사를 했다. 시종들은 제시간에 교대를 한 것 같지만 귀족들은 화재로 인해 밤을 샌 사람들이 많아 눈가가 벌겋다. 다흐란은 밤을 샌 사람들은 들어가서 자라고 말했지만 아마 아무도 함부로 대낮에 들어가서 잠을 청할 용기를 내지 못할 것이다. 왕궁 내의 시스템은 짧은 루헤인의 통치 기간 동안 확립된 엄격한 방식에서 벗어나지 못하고 있었다. 어떻게 이렇게 짧은 시간 사이에 이렇게까지 확고한 체제를 확립한 건지 놀라운 일이었다.

공포라는 것은 굉장한 권력의 도구이다. 루헤인이 자리를 비웠음에도 궁 안에는 여전히 그의 그림자가 남아 있다. 시종들은 뭔가 실수라도 저지르면 사색이 되어 실수를 처리하느라 부들부들 떨었다. 왜 용서부터 구하지 않느냐고 그가 호기심에 묻자 시종장은 음울한 표정으로 대답했다. *전하께서는 용서를 구하고 있을 시간에 일을 똑바로 처리하라 하셨습니다. 용서를 하고 말고는 전하의 재량이시니까요.*

그도 맞는 말이긴 하지만 시종들이 실수 한 번에 부들부들 떨 정도로 두렵게 만들기 위해서는 대체 뭘 어떻게 한 걸까. 상왕이 왜 루헤인의 통치를 저어하는지 알 것 같기는 했다.

하지만 역사적으로 그랬던 왕이 없던 것도 아니다. 상왕의 통치 방식과 맞지 않는 것뿐이지, 그것이 잘못된 방식이라고 말할 수는 없다.

지하로 내려가자 지하 쪽을 담당하고 있던 시종 하나가 그의 모습을 발견하고 허리를 굽혔다. 다흐란은 손을 흔들고서 물었다.

"마녀는 어떠한가? 아직도 물이 끓을 정도인가?"

"새벽부터 식기 시작했습니다. 지금은 물을 갈아야 하는 속도가 굉장히 느려졌습니다."

"어느 정도로?"

"현재는 한 시간 전에 채워둔 물이 살짝 미지근해진 정도입니다."

다흐란은 계단을 계속 내려갔고 시종이 그의 뒤를 따라왔다.

"그럼 방으로 옮길 수 있을 것 같은가?"

"그것은 잘 모르겠습니다."

왕궁 지하에 있는 목욕탕은 상왕이 건강을 위하여 사용하는 곳이었다. 하지만 병세가 깊어진 후로는 감기에 걸릴 것을 우려한 어의들

진홍의
마녀 ②

이 사용을 금할 것을 조언해서 지금은 쓰이지 않는 상태였다.

안으로 들어가자 냉기가 훅 끼쳐왔다. 시녀들 몇 명이 돌로 된 욕조 근처에 있다가 그가 다가가자 물러서며 허리를 구부렸다. 다흐란은 고개만 끄덕이고 욕조 안을 보았다. 창백한 얼굴의 사바가 고개를 옆으로 떨군 채 여전히 정신을 잃고 있었다. 여기저기 그을리고 탄 자국이 남아 있는 검은 드레스에 대비되어 피부는 더욱 하얗게 보인다. 머리카락은 목욕탕 양옆으로 피워놓은 횃불 때문에 불그스름하게 빛났다.

"물이 어느 정도지?"

"손을 넣어도 괜찮을 정도입니다."

시녀가 대답하자 다흐란은 다가가서 조심스럽게 손가락을 담가보았다. 물은 아직 차가웠다. 사바의 근처까지 손가락을 움직여보았지만 물이 딱히 더 뜨거워지는 기미는 느껴지지 않았다.

"한 번도 깨지 않았나?"

"네."

이대로 물에 계속 담가두는 것도 별로 좋을 것 같지는 않다. 다흐란은 고민 끝에 시종을 향해 고갯짓을 했다.

"물기를 닦고 방으로 옮기도록."

"어느 방으로 옮길까요?"

잠깐 망설이다가 다흐란이 대답했다.

"전하께서 예전에 쓰시던 방으로 옮기도록."

시종들이 걱정스러운 표정을 지었지만 왕제의 명령을 거부할 용기는 없는 모양이었다. 시종들이 욕조 안에서 사바의 몸을 꺼냈고, 시녀들이 수건을 들어 물기를 닦았다. 들것을 이용해서 시종들이 그녀를 루헤인이 예전에 쓰던 방으로 옮기는 것을 보고서 그는 아침 회의를 위해 회의실로 걸음을 옮겼으나 머릿속은 여전히 복잡했다. 무슨 일이 있었던 걸까? 왜 그녀가 그런 곳에서 있었던 걸까? 루헤인은 지금 어디에 있는 걸까? 어제 느껴졌던 그 땅울림은 뭐였을까? 궁전의 일부는 수리가 필요한 상황이었고 근처 마을들 역시 마찬가지인 것 같던데. 다른 곳에도 무슨 문제는 없는지 확인을 해봐야 하는 상황이고.

오전 나절의 회의를 마칠 무렵 시종이 들어와서 그에게 나직하게 귓속말을 했다. 왕도 경비대에서 연락병이 왔다는 이야기였다. 회의를 마치고 연락병을 만나기 위해서 나가는데 루첸 남작이 그의 뒤를 따라 나와 허리를 굽혔다.

"오늘로 퇴궁하려 합니다."

"영지로 돌아가는 것이오?"

다흐란은 젊은 남작을 보고서 눈썹을 치켜 올렸다. 이전에는 왕궁에 출입조차 하기 힘들었던 가난한 영지의 초라한 남작이 지금은 귀족회의에서 가장 큰 발언권을 갖고 있을 정도의 권력을 쥐었다는 사실이 대단히 놀라웠다.

"어제의 땅울림도 있고 하여 돌아가서 별일이 없는지 확인을 해보는 것이 좋을 것 같습니다."

"그래, 그렇지. 무슨 일이 있으면 즉각 궁으로 전갈을 보내주시오. 영지민들이 불안해하지 않도록 잘 달래도록 하고."

진홍의 마녀 ②

"알겠습니다."

하지만 할 말이 아직 끝나지 않았는지 잠깐 머뭇거리던 루첸이 고개를 들고 그를 힐끗 보았다.

"전하께서는 전갈이 없으십니까?"

다흐란은 짤막한 한숨을 내쉬었다.

"나도 전갈을 좀 보내주셨으면 좋겠소. 어디에 계신지, 언제쯤 돌아오실지 정도라도 알려주시면 좋겠는데."

"왕제 저하의 통치에 불만이 있는 것은 아닙니다."

루첸이 재빨리 고개를 숙이고서 말했다.

"다만 전하께서 어서 돌아오시어 나라가 안정되었으면 하는 바람이 있을 따름입니다."

"나도 마찬가지요. 형님께서 어서 돌아오셔서 각자 올바른 자리로 돌아갈 수 있었으면 싶군."

루첸은 다시금 눈을 들어 다흐란을 힐끗 보았다가 시선을 내리깔았다. 다흐란은 그 눈길을 알아채고 씁쓸하게 웃었다.

"상왕의 말씀이 이미 궁 안에 퍼지기라도 한 것이오?"

루첸은 대답하지 않고 그저 고개만 숙이고 있을 뿐이었다. 다흐란은 한숨을 내쉬었다.

"그건 그저 상왕의 생각이실 뿐이고, 나는 왕위에 욕심이 없소. 나는 이런 무거운 책임을 자진해서 지고 싶은 마음이 없고, 형님께서 나라를 잘 이끄셨다고 생각하오. 형님께서 돌아오시면 나는 어디 먼 곳에 영지를 받아 조용히 살고 싶을 뿐이오."

"권력을 탐내지 않는 사람은 없습니다. 아쉬울 때 생각나는 것이 권력이고 힘입니다. 저 역시 없을 때에도 그럭저럭 살았으나 지금에 와서 다시 내놓으라 하면 내놓을 수 없을 것 같습니다."

루첸의 목소리는 낮고 차분했다. 다흐란은 의외라는 기분으로 그를 쳐다보았다. 지금까지는 단순히 기회를 잘 노리고 군사적 통솔력을 갖고 있어 영지를 빼앗고 권력을 쥔 자가 아닐까 생각했다. 실제로 귀족회의에서 그가 큰 목소리를 내는 경우는 아직까지 보지 못했기 때문이었다. 하지만…… 역시 형님이 지금껏 수백 년 이어져온 귀족들의 권력 구도를 헤집어놓은 데에는 이렇게 새로운 인물을 발탁하기 위해서라는 계산이 깔려 있었던 것일까?

"권력이라는 것이 분명히 강력한 힘이기는 하지만, 스스로 통제해야만 하는 양날의 검 같은 것이지. 자칫하다가는 자신에게까지 해를 입힐 수도 있는 위험한 무기이고. 나는 그런 무기를 갖고 놀고 싶은 마음이 없는 겁쟁이요."

루첸은 고개를 들어 다시 그를 쳐다보았다. 젊은 남작의 표정은 기묘했다. 마치 다흐란이 어린애라도 되는 듯한 눈길로 바라보고 있다.

"저하께서는 힘없는 설움을 모르시는군요. 부디 그 상태로 계속 사실 수 있기를 바라겠습니다."

루첸은 이만 물러가겠다는 듯 다시 한 번 허리를 굽힌 후 물러섰다. 다흐란은 찌푸린 눈으로 남작을 바라보았다. 힘없는 설움이라. 조그만 영지의 한낱 남작이라면 다른 귀족들에게 좋지 않은 대접을 많이 받아보았으리라. 하지만 그것을 설움이라고까지 할 수 있을까?

높은 신분이라는 사실을 잊은 채 마을에 살아보았다. 레이라와 제피, 마을 사람들과 함께 농사를 짓고, 말도 안 되는 세금에 분개하기도 하고, 귀족들의 형편없는 영지 관리에 답답해하기도 했었다. 하지만 설움이라. 그런 것을 느끼지는 않았다. 그저 조금 더 상황을 바꿀 수 있다면, 귀족들이 조금만 말을 들어준다면, 모두 조금만 더 노력한다면. 항상 그렇게 생각했다.

마을의 농민들조차 그런 그를 보고 순진하다고 말했었다. *귀족들은 말을 들어주지 않아, 세상일은 네가 생각하는 것처럼 그렇게 만만하게 돌아가지 않아, 우리도 노력은 해봤어, 그저 우리에겐 힘이 없을 뿐이야.* 다들 그렇게 말했다. 그것이 설움일까? 힘이 부족하기 때문에 포기하는 것?

그런 건 아니다. 노력하고 또 노력하고, 부딪쳐 깨질 때까지 노력을 해봐야 하는 법이다. 귀족들도 인간이다. 꽉 막힌 자들도 있지만, 이야기를 하면 들어줄 줄 아는 자도 있다. 그런 자들을 찾아 모두의 이익을 위하여 노력하다 보면 더 좋은 결과를 낼 수도 있을 것이다. 설움을 안고 포기할 것이 아니라 내가 가진 힘 안에서 노력하는 것, 그것이 인생을 사는 방법이다. 그렇게 살아야 하는 거다.

"형님과 성향이 맞을 만도 하군."

다흐란은 복도 저편에서 몸을 돌려 성큼성큼 걸어가는 루첸 남작을 보고서 피식 웃었다. 그가 왕위에 욕심이 없다는 걸 루헤인이 믿지 못했던 것처럼, 루첸 역시 왕위에 욕심이 없는 그의 모습을 이해하지 못한다. 그들이 이해해주기를 바라지는 않았다. 그저 그의 말이 사실이라는 것을 받아들여주기만 하면 된다. 그는 왕위를 원치 않았다. 진심으로.

힘없는 설움을 쌓고 살기보다는 그 힘을 갖고 할 수 있는 일을 하며 살고 싶었다. 다흐란은 씁쓸한 미소를 띤 채 경비대에서 보낸 연락병을 만나기 위해 알현실로 다시 걸음을 옮겼다.

익숙한 향기가 난다. 오랫동안 아주 익숙했지만 어느새 사라져버렸던 향기. 항상 이 향기 속에서 잠을 잤고, 깨어났고, 하루 온종일 생활을 했었다. 이 향기 속에서 자라났고, 어른이 되었고, 떠났다.

사바는 눈을 떴다. 어딘지 낯익은 닫집이 보였고, 이불에서도 낯익은 냄새가 났다. 자주 느껴볼 수 없는 사치였다. 왕자가 그녀를 침대에서 재워주는 경우는 극히 드물었으니까. 춥고 외로운 밤에 아주 가끔 그는 그녀를 침대로 불렀고, 둘이서 달라붙어 조용히 잠이 들곤 했다. 그의 불규칙적인 심장 소리를 들으며, 그의 고른 숨소리를 들으며 잠을 청했었다. 왕궁 안은 고요했고, 그의 숨소리만이 그녀의 세계의 전부가 되곤 했었다.

기나긴 꿈을 꾸다 깨어난 것 같았다. 꿈속에서 수많은 일들이 벌어졌지만 눈을 뜨자 다시 제자리. 옆에서는 루헤인이 심통을 부리고 있을 것이다. *왜 이렇게 늦게 일어나는 거야? 배가 고프다고, 아침을 가져와. 가슴이 아파, 뭔가 약을 내놔봐. 방 안이 답답해, 창문을 열어. 이불이 눅눅해, 새 걸로 바꿔 와.*

그래, 움직여야지. 그를 위해 오늘도 바삐 움직여야 할 것이다. 도

진홍의
마녀 ②

서관에 들를 시간이 있을까? 책을 보고 싶은데. 왕궁 안의 현자들이 그녀를 보면 못마땅한 듯 눈살을 찌푸리고 틱틱대겠지만 그 정도는 얼마든지 참을 수 있다. 정 안 되면 마법으로 모습을 살짝 감추면 돼. 약초밭에도 들러야겠지. 약초들이 잘 자라는지 확인을 하고……. 그런데 지금이 어느 계절이었지? 씨를 뿌려야 하는 건가, 약초를 수확해야 하는 건가? 기억이 나지 않는다. 루헤인의 나이는 몇이더라?

왕궁에서 몇 년이나 있었더라? 그녀가 본 건장한 루헤인의 모습은 뭐였을까? 어디서부터 어디까지가 꿈이었지?

힉 하는 소리에 사바는 고개를 들었다. 침대 발치에 궁녀 둘이 뭔가 무시무시한 거라도 본 듯이 서로 달라붙어 있다. 새하얘진 얼굴로 서로의 옆구리를 팔꿈치로 쿡쿡 찔러대다가는 슬금슬금 문 쪽으로 움직이기 시작했다.

"저, 저하께서, 깨시면 알리라고, 그래서, 저기……."

궁녀들은 무슨 말인지 알아들을 수 없게 웅얼거리고는 다급하게 방을 가로질러 나갔다. 그들이 나가는 것을 보다가 그녀의 눈에 방 안의 모습이 들어왔다. 그녀의 머릿속에 있는 모습과 많이 다르지는 않다. 그저 약장이 사라졌고, 약을 만들던 탁자가 사라졌을 뿐. 그 자리에는 응접용 탁자와 푹신한 의자가 놓여 있고, 고급스러운 장식장과 장식들이 있을 뿐이다.

여기는 그녀가 기억하던 그 방이 아니었다. 그 시절이 아니었다.

꿈을 꾼 것이 아니다. 아니, 그녀가 생각하던 현실이 꿈이었고, 꿈이라 생각했던 것이 현실이었다.

검은 옷의 남자, 칠흑의 드래곤.

검은 불꽃과 연기. 존재를 소멸시키는 불.

사바는 자신의 몸을 내려다보았다. 양팔은 멀쩡하다. 화상자국이 조금 있긴 하지만 없어진 부분은 없다. 상체도, 다리도 모두 멀쩡했다.

마지막 순간, 드래곤으로 모습을 바꾼 그가 검은 불길을 쏘았고 그로 인해 그녀가 뿜어낸 불꽃이 역류했다. 자신의 불꽃에 몸이 타는 일은 없는 법인데……. 하지만 어째서인지 그 불꽃은 그녀의 몸을 태웠고, 정신이 아득해졌다.

칠흑의 드래곤이 그 자리에서 그녀를 죽이려 했다면 얼마든지 죽일 수 있었을 것이다. 하지만 죽이지 않은 걸로 봐서는 아흐메닷이 허가를 내리지 않은 것이리라. 아직 아흐메닷과 만나지 못했거나 아흐메닷이 자신의 불을 돌려받고 싶어 하는 거다. 그 외의 이유는 떠오르지 않았다.

아흐메닷이 그녀를 아낀다는 착각은 눈곱만큼도 하지 않았다. 불길이 솟구치고 성이 무너지고 눈이 녹아 마을로 흘러내리던 그 순간에, 그리고 줄레나가 나타나서 그녀를 막으려 했던 그 순간에 그는 선택을 했다. 마을을 선택하고, 줄레나를 선택했다. 둘이서 무너지는 토사와 빙하를 막으려 하는 것을 보며 사바는 웃었다. 바보처럼 조금이나마 가능성을 믿었던 자신을 비웃었고, 거기서 막강한 자연의 힘을 막아내려 하는 그들을 비웃었다.

하지만 자연의 힘이 아무리 강하다 한들, 드래곤의 힘도 만만치 않다. 토사에 그들이 휩쓸리는 모습을 보긴 했지만 죽지는 않았을 것이다. 흙에 파묻혀도 드래곤은 몇 달 이상 살아남을 수 있다. 줄레나 역시 아흐메닷이 보호해줄 것이 뻔하고. 칠흑의 드래곤이 그를 찾아낼지도 모르고, 혼자 힘으로 흙더미를 파헤치고 나올지도 모르지. 그러고 나면 그녀를 쫓아올 것이다. 며칠이 지났는지는 모르겠지만 아마 꽤 금방 오겠지.

여기서 나가야 한다. 여기에 있으면 왕궁 전체를 공격할 것이다. 드래곤에게 인간은 아무 의미도 없으니까. 마녀들은 인간을 필요로 하지만, 드래곤은 인간을 필요로 하지도 않는다. 그들에게 인간은 벌레나 다름없다. 숲에 있는 들짐승들은 드래곤의 말에 따르지만, 인간은 드래곤의 말조차 따르지 않으니까. 왕궁에 피해가 가면 루헤인이……

사바는 문득 정신을 차렸다. 여기엔 지금 루헤인이 없을 것이다. 아흐메닷은 그가 그녀를 쫓아오고 있다고 했다. 초록 머리의 마녀와 함께 있던 것도 어딘가 바깥이었다.

그럼 누가 그녀를 여기로 데려다 놓은 걸까? 조금 전에 그 시녀들이 뭐라고 하고 나갔더라? 깨면 알리라고, 저하께서.

저하라고 하면 한 사람뿐이다.

그녀가 천천히 깨달을 때쯤 방 바깥에서 발소리가 들리고 곧 문이 열렸다. 다흐란이 그녀를 보고 뭔가 의아해하는 표정을 지으며 다가왔다.

"사바?"

"오랜만에 뵙습니다, 왕제 저하."

목소리가 갈라지는 것을 깨닫고 사바는 헛기침을 했다. 몸이 완전히 낫기 위해서는 시간이 좀 더 걸릴 것 같았다. 하지만 그럴 여유가 있을까? 과연 드래곤들이 언제쯤 그녀를 쫓아올까?

"사바 맞지? 아마 맞을 거라고 생각은 했지만 확신할 수가 없었어. 머리랑 눈이……. 마녀들은 외모를 종종 바꾸는 건가?"

사바는 눈을 깜박이다가 자신의 머리카락을 내려다보았다. 창문으로 들어오는 햇살 속에 그녀의 머리카락은 검게 반짝이고 있었다. 붉은 기운조차 찾아볼 수가 없다. 일부는 타서 구부러지고 부스러졌지만 나머지 부분은 까마귀 날개처럼 새카맣다. 눈동자도 검은색이 된 걸까? 아마도 그런 거겠지, 왕제가 저렇게 말하는 걸 보면.

칠흑의 드래곤은 그녀에게 두 개의 불이 있다고 했다. 그게 무슨 뜻일까? 왜 두 개의 불이지? 붉은 불꽃이 아흐메닷의 것이라면 이 검은 불꽃은 대체 무엇일까? 왜 그녀에게 두 개의 불이 있는 걸까?

"그리되었습니다."

사바가 나직하게 대답하자 다흐란은 마녀란 그런 거지 하는 얼굴로 고개를 끄덕였다.

"왕의 숲에서 불덩어리가 되어 있는 걸 사람들이 발견했어. 불을 끄는 데 꽤 힘들었지. 몸은 괜찮은가?"

"어째서 저를 구해주셨습니까?"

사바가 의아한 눈으로 그를 쳐다보았다. 다흐란은 어깨를 으쓱이고 뻐딱한 미소를 지었다.

"글쎄. 어쨌든 거기 그냥 둘 수는 없었어. 네가 화재의 근원이었으니까. 왕의 숲이 상당 부분 타버렸고, 널 치우지 않고서는 그 불길을 진압할 수가 없었다. 어째서 그런 곳에서 불길을 내뿜고 있었던 거지? 무슨 일이 있었던 것이냐?"

설명할 수 없다. 무엇보다도 이 세계를 망가뜨리겠다고 생각하고 있는 상황에서 왕제에게 뭐라고 말을 하겠는가? 그녀는 고개를 흔들며 침대에서 일어나려고 했다.

"저는 떠나야 합니다. 제가 여기 있으면 위험합니다."

"아니, 안 된다. 넌 형님께서 돌아오실 때까지 여기 있어야 해."

사바가 놀란 얼굴로 쳐다보자 다흐란이 고개를 끄덕였다.

"형님께선 너를 찾기 위하여 지금 왕좌를 비우신 상태다. 내가 대리를 맡고 있지. 네가 여기 있으면 형님도 이곳으로 돌아오시지 않겠느냐?"

"그분이 저를 찾으실 리 없습니다."

사바가 가는 목소리로 말하자 다흐란은 눈썹을 치켜 올렸다.

"왜 그렇게 생각하는 것이냐? 그루제펜과의 전쟁이 끝난 직후부터, 네가 드래곤과 함께 떠나는 것을 본 이래로 형님께서는 너를 되찾아오겠다고 계속하여 말씀하셨다. 형님께서는 너를 아끼고 계셔."

그저 **빼앗긴** 장난감을 되찾고 싶으신 거겠지요. 사바는 시선을 돌려 창문을 보았다. 창밖으로 수도 없이 보았던 풍경이 눈에 들어온다. 정원, 그 너머에 병사들의 훈련장, 그리고 저 멀리 그림자처럼 하늘 속으로 보이는 산.

한때는 여기가 그녀의 세상의 전부였는데. 여기에 계속 머물 수만 있다면 행복할 거라고 생각했었는데.

몸 안에서 뭔가 뜨거운 것이 솟구치는 느낌에 그녀는 숨을 들이켰다. 불꽃이 제멋대로 치솟으려고 한다. 안 돼, 가라앉아. 지금은 아니야.

"나로서도 형님이 빨리 돌아오셨으면 좋겠고. 어디 계신지는 모르겠지만 네가 여기에 있으니 파발을 사방으로 보내볼 생각이다. 누군가 형님을 본 귀족이 있지 않겠느냐."

"저는 여기 머물지 않을 겁니다. 제가 여기 머무르면 드래곤이 이곳으로 쫓아올 겁니다."

"드래곤이? 어째서? 너는 드래곤과……, 뭔가 계약을 맺은 관계가 아니었나?"

"모든 계약은 뒤틀리고 꼬일 수 있는 법이지요."

사바는 음울한 미소를 지으며 대답했다. 다흐란은 미간을 찌푸렸다.

"곤란하군. 요란한 땅울림에 간밤의 화재까지, 뭔가 깔끔하게 처리할 수 있는 방법이 있기를 바랐는데. 백성들이 동요하고 있어. 귀족들도 두려움에 떨고 있고. 혹시 이것이 단편적인 일인지 아니면 계속해서 이어질 일인지 알고 있느냐?"

사바는 물끄러미 왕제를 올려다보았다. 금발에 푸른 눈을 가진 왕제는 오래전 루헤인이 아파서 이 방에 누워 있던 시절과 비교하면 꽤 나이가 들었지만, 여전히 어딘지 모르게 소년 같은 구석이 있었다. 어쩌면 그가 항상 밝은 것, 좋은 것을 보는 사람이기 때문인지도 모른다.

그녀도, 루헤인도 이 남자처럼은 될 수 없었다. 영원히 될 수 없으리라. 어쩌면 태어날 때부터 뭔가가 달랐는지도 모른다. 루헤인과 이 남자는 한 핏줄을 나누었다고 도저히 생각할 수가 없을 정도였다.

"사바, 뭔가 알고 있는 것이 있다면 말해다오. 너도 이 토르카인을 사랑하지 않느냐."

토르카인을 사랑하나? 그녀가 사랑한 것은 루헤인이었다. 그가 왕으로 있었기 때문에 이 나라를 보호하고 싶었던 것이다. 단지 그것뿐이었다.

하지만 다흐란에게 그 정도 대답은 해줘야 할지도 모르겠다. 어쨌든 루헤인의 소원을 들어준 대가로 고생을 해야 했던 것이 다흐란이었으니까.

"드래곤의 마음이 가라앉을 때까지 재해는 계속 일어날 수 있습니다."

"드래곤의 마음이 어떻게 하면 가라앉는 것이냐?"

사바는 빙긋 웃었다.

"제가 죽으면 아마도 가라앉을 것입니다."

다흐란이 놀란 표정으로 그녀를 쳐다보았다. 무슨 짓을 한 거냐고 묻고 싶은 얼굴이다. 하지만 그가 뭐라고 묻기도 전에 그녀는 가슴을 움켜쥐며 몸을 구부리고 숨을 헐떡였다. 몸 안에서 불길이 치솟는다. 안 돼, 왜 이러는 거지? 이해할 수가 없다. 불길이 가라앉지 않아. 말을 듣지 않아.

"사바! 불을 꺼!"

다흐란이 소리를 지른다. 침대보에 불이 붙고 닫집에도 불이 붙어서 타오르기 시작했다. 붉은색을 흐릿하게 띤 검은 불꽃이 주변으로 퍼져나간다. 사바는 몸을 흔들며 숨을 들이켜려고 노력했지만 숨을 쉴 수가 없었다. 불길이 솟구친다. 검은 불길이 솟구친다.

"사바!"

안 돼, 이러지 마, 안 돼. 이건 내 불이야. 내 불이란 말이야! 아직은 아흐메닷에게 빼앗기지 않았어. 아직은 내가 쓸 수 있어. 내가 통제할 수 있는 내 불이야. 내 힘이야.

불길이 흔들거리다가 천천히 가라앉는다. 하지만 침대보와 닫집은 이미 활활 타서 바닥으로 부서져 떨어지고 있었다. 다흐란의 뒤에 있던 시종들이 다급히 물을 가지러 달려 나갔고 다흐란 역시 뒤로 물러나서 그녀를 바라보고 있다. 사바가 손을 뻗자 주변에서 타고 있던 불길이 서서히 잦아들기 시작했다.

그녀는 비틀거리며 일어섰다. 불꽃은 계속해서 그녀의 밖으로 나오려고 하고 있었다. 고개를 흔들자 사방으로 조그만 불똥이 튄다. 그녀 자체가 마치 커다란 불씨가 된 것만 같은 기분이었다. 조금만 신경을 늦추면 곧장 타오를 마른 장작이 되어버린 느낌.

"여기서 나가야 해요. 제가 여기 있으면 왕궁 전체가 위험합니다."

그녀가 숨을 헐떡이며 간신히 말했다. 다흐란은 이해할 수 없는 표정으로 그녀를 쳐다보았다.

"왜 그런 거지?"

"제 안의 불이 통제되지 않는 거예요……. 불이 계속 밖으로 나오려고 하고 있어요. 이대로 있으면 왕궁 전체가 타버릴 겁니다. 드래곤이 오기 전에 말이죠."

"그 불은 드래곤 때문인 건가? 드래곤이 조종하는 건가?"

그런가? 그럴지도 모른다. 아흐메닷이 부상을 당했거나 혹은 그녀를 끌어당기기 위해서 자신의 불을 움직이는 건지도 모른다.

하지만 그녀에게서 솟구치는 불은 검은 불꽃이었다. 이 검은 불꽃은 대체 어디서 나온 걸까? 왜 통제할 수가 없는 걸까? 왜…….

가슴을 가득 채우는 뜨거운 불꽃에 그녀는 다시금 숨을 들이켜고 주춤 물러섰다. 침대에 다시 불이 붙었다가 꺼졌다. 그녀는 고개를 흔들며 계속해서 물러섰다. 창가 쪽으로.

"형님께서 널 찾고 계신다, 사바. 이렇게 그냥 떠나서는 안 돼. 형님께서 실망하실 거다."

"아뇨, 실망하지 않으실 거예요. 그분은 지금 손 안에 없는 것을 대단하게 여기시는 경향이 있지요. 제가 그분 손에 들어가면 또다시 내치실 겁니다. 그런 대우를 또 받을 바에야 떨어져 있는 편이 나아요. 지금 이런 상황에서는 곁에 있을 수도 없고요."

사바의 몸이 창문에 닿았다. 그녀는 차가운 창틀에 양손을 올리고 다흐란을 보았다.

"그리고 저에게도 중요한 계획이 있습니다. 해야만 하는 일이요."

"그게 뭐지? 여기에서 할 수는 없는 일이냐? 네가 여기 있겠다면 도와주겠다. 불길을 잡을 수 없다면 지하의 목욕탕을 사용하면 괜찮을 수도 있고. 그 상태로 숲을 가로지르는 것보다는 낫지 않겠느냐?"

사바가 웃었다. 다흐란의 끈질긴 설득이 재미있기도 하고 가슴이 저리기도 해서였다. 루헤인이 단 한 번만이라도 저렇게 말해주었더라면 그녀는 평생 그의 옆에 있었을 것이다. 다른 여자가 수십이 있었다 해도 떨어지지 않았을 것이다. 그가 단 한 번만 저렇게 말해주었어도.

다흐란이 그녀를 아껴서 이렇게 말하는 건 아니었지만. 그래도 이 정도로도 충분한데.

"죄송합니다, 저하. 여기서는 불가능할 것 같습니다. 여기서는……."

그녀의 몸에서 다시 불꽃이 솟구쳤다. 사바는 가슴 위로 팔을 교차한 채 손으로 어깨를 잡고서 몸을 웅크렸다. 나오지 마, 아직은 안 돼. 곧 풀어줄 테니까 조금만 참아. 조금만.

"여기는 전하께서 아꼈던 곳이니까요. 그러니 마지막까지 놓아두어야지요. 세상이 전부 다 망가지고 가장 마지막에, 그때에 망가뜨릴 거니까요."

"뭐?"

다흐란이 멍하니 그녀를 쳐다보았다. 사바의 몸이 뒤로 넘어가며 창밖으로 기울어졌다. 다흐란이 놀라서 한 손을 내밀었지만 그녀의 몸은 이미 바깥으로 넘어간 상태였다.

"사바!"

그녀의 몸이 창문 밖으로 거꾸로 넘어가자 다흐란은 황급히 창가로 뛰어갔다. 바깥을 내다보자 사바의 몸은 허공에 떠 있었다. 검은 불꽃이 그녀의 몸에서 피어오른다.

"살고 싶으시다면 피하는 게 좋으실 겁니다."

사바의 목소리가 낮고 음울하게 주변을 울렸다. 그녀의 몸에서 피어오르는 불꽃이 점점 더 커지기 시작했다. 열기가 다흐란의 얼굴에까지 느껴진다. 그가 흠칫 창가에서 물러났다. 그녀의 몸에서 불꽃이 떨어져 사방으로 튄다. 나무에, 정원의 풀에 불이 붙었다. 다흐란은 즉각 고개를 돌리고 소리쳤다.

"불이다! 물을 가져와서 당장 불을 꺼라!"

사바는 검은 불꽃이 치솟는 자신의 몸을 내려다보다가 하늘 위로 솟구쳤다. 다흐란은 재빨리 창가로 다시 다가가서 몸을 내밀고 하늘 높이 날아가는 그녀를 보았다. 마치 커다란 검은 불꽃의 덩어리처럼 그녀의 몸이 허공을 지나 사라진다. 그녀가 날아가는 궤적대로 검은 불꽃이 툭툭 떨어져 지상에 불의 길을 만든다. 왕궁 정원에 있던 하인들이 비명을 지르며 흩어지고 사람들이 놀란 표정으로 그 검은 불꽃의 덩어리가 날아가는 모습을 바라보았다. 창문으로 몸을 내밀고 있는 다흐란 자신과 똑같이.

사바가 뭐라고 했더라? *세상이 전부 다 망가지고 가장 마지막에, 그 때에 망가뜨릴 거니까요. 살고 싶으시다면 피하는 게 좋으실 겁니다.*

사바가? 십 년간 그렇게 조용히, 말없이 루헤인을 돌봐왔던 그 어리고 상냥한 마녀가? 루헤인이 빈 소원에 대해 미안하다며 그를 밖으로 꺼내주었던 그 마녀가? 세상을 망가뜨린다고? 왜?

"무슨 일이 있었던 거냐, 사바……. 왜? 형님은 어디 계신 거지?"

다흐란은 멍하니 중얼거렸으나 아무도 답해주는 사람은 없었다. 바깥에서는 하인이며 시종들이 불을 끄기 위해 이쪽저쪽으로 소리를 지르며 뛰어다니고 있을 뿐이었다.

"내 여자에게 무슨 짓을 하려고 했지, 라반? 죽여버릴 테다."

아흐메닷이 칠흑의 드래곤 라반을 덮치자 두 사람의 몸이 바닥으로 쓰러졌다. 아흐메닷은 그의 옷자락을 움켜쥔 채 검은 눈동자를 노려보았다. 붉은 눈이 이글이글 타오른다. 숨을 쉴 때마다 콧김이 연기처럼 시커멓게 뿜어져 나왔고 금방이라도 입에서는 불꽃이 뿜어져 나올 것만 같았다.

라반은 그를 밀어내지도 않고 그저 차분하게 바라보았다.

"누가 네 여자이지? 신부를 명확히 할 필요가 있을 것 같은데, 아흐메닷."

아흐메닷은 붉은 눈으로 그를 노려보기만 했다. 옷자락을 쥔 옷에 힘이 들어가고, 뺨에서 붉은 비늘이 돋다가 가라앉았다.

라반을 노려보며 한참이나 숨만 몰아쉬던 아흐메닷이 마침내 그의 옷자락을 놓고서 천천히 일어서서 라반에게 손을 내밀었다. 라반은 그의 손을 잡고 몸을 일으켰다. 아흐메닷의 이글거리던 눈이 가라앉은 자줏빛으로 서서히 바뀌었다.

"엄청나게 오랜만이군, 라반. 저쪽 세상에서 이미 돌덩어리가 되어버렸을 줄 알았는데."

진홍의
마녀 ②

두 드래곤 사이의 긴장이 풀린 탓인지 루헤인의 옆에 붙어 있던 줄레나는 기운이 빠진 듯이 어깨를 늘어뜨렸고 제르가도 소리 없는 한숨을 내쉬었다. 청록의 드래곤은 인상을 찌푸리고 있다가 두 사람을 향해 딱딱거렸다.

"남의 집에 얹혀 있는 주제에 난리 치지 마. 내 집이 망가지면 수리라도 해줄 거야? 아흐메닷 네놈처럼 자기 집까지 잃어버리는 짓을 할 마음은 없다고."

아흐메닷이 가늘어진 눈으로 소년을 바라보다가 바닥에 주저앉아 있는 줄레나를, 한 걸음 물러서 있는 제르가를 보았다. 그리고 눈썹을 치켜 올렸다.

"왜 우리가 여기에 와 있는 거지? 레이율이 자진해서 자기 집을 내줬을 리는 없을 텐데 말이야."

"어디든 갈 곳이 있어야 했으니까. 나는 이쪽 세상에 머무를 곳이 없고."

라반이 조용히 말했다. 청록의 드래곤이 다시금 이기죽거렸다.

"고마운 줄 알라고. 내가 관대하게 집을 내주지 않았다면 넌 그 흙더미 속에 아직도 파묻혀 있었을걸."

아흐메닷은 인상을 찌푸리고 가만히 서 있었다. 뭔가를 생각하는 것 같은 얼굴이었지만 곧 이마에 손을 대고서 눈을 감았다. 그러다가 더욱 찌푸린 표정으로 눈을 떴다.

"사바가 느껴지지 않아. 굉장히 희미해."

루헤인이 칠흑의 드래곤을 쳐다보았다.

"사바를 어떻게 한 거야? 죽였다고 하진 않았잖아!"

"죽이진 않았다. 다른 드래곤의 신부를 함부로 죽일 수는 없으니까."

루헤인이 주먹을 움켜쥐고 그를 보았다. 당장이라도 후려치고 싶었지만 그런다고 해서 이길 수 있는 상대도 아니고, 주먹질을 한다고 뭔가가 달라지는 것도 아니다. 지금은 사바를 찾는 것이 우선이었다.

아흐메닷이 찌푸린 얼굴로 라반을 보았다.

"사바를 만났어?"

"마녀들이 진홍의 마녀를 막아달라고 하더군. 진홍의 마녀는 이쪽 세상을 부수려 하고 있어."

아흐메닷은 낮게 욕설을 중얼거리며 머리를 긁적였다.

"사바가 그런 짓을 할 리가 없어. 그 아이는 단 한 번도 세상을 원망하거나 남을 음해하는 이야기를 한 적이 없다고. 그 아인 항상……."

루헤인은 말을 하다 말고 입을 다물었다. 그녀는 항상 조용하고 알 수 없는 존재였지. 어째서 그 자신처럼 변덕스럽고 난폭한 놈의 모든 시중을 다 들어주는지 이해할 수 없을 정도로. 어째서 그랬던 건지.

그를 사랑했던 걸까? 하지만 그녀가 알던 그는 병약하고 이름뿐인 세자였다. 권력도, 힘도, 능력도, 아무것도 없었다. 세상 누가 그런 사내를 사랑할 수 있단 말인가. 심지어 그녀를 괴롭히고 욕설을 퍼붓고 온갖 울분과 짜증을 토해냈다. 만약 사바가 그를 사랑했다면 그건 병적인 착각이라고밖에는 할 수 없을 것이다. 말도 안 된다.

진홍의
마녀 2

그러면 왜 그랬을까. 왜 그녀는 그의 옆에서 모든 것을 다 해주었을까? 어째서 청록의 드래곤이 쳐들어왔을 때 그를 도와주었을까? 자신을 진홍의 드래곤에서 팔면서까지.

그녀가 고집을 부렸던 것은 딱 한 번이었다. 그가 돌아오라고 했을 때 거부했던 것.

그녀가 화를 냈던 것은 딱 한 번이었다. 제르가와 키스하고 있을 때 불덩어리를 던진 것.

질투했던 건가? 정말로? 정말 그녀가 그를 사랑했을까? 여자가 남자를 사랑하는 그런 마음으로?

아무리 생각해도 이해가 되지 않았다. 어떻게 그를 사랑할 수 있지? 그의 모든 것을 다 알고, 그에게 홀린 것도 아닌데. 어떻게 자기 자신조차 애정을 가질 수 없는 루헤인 드 레발론을 사랑할 수 있는 걸까?

"인간은 변하지. 마녀도 인간일 뿐이야. 게다가 힘이 없던 자가 힘을 쥐면 변할 수밖에 없어. 그건 누구보다도 네가 가장 잘 알 텐데. 안 그런가?"

진홍의 드래곤이 눈썹을 치켜 올리며 그를 보았다. 루헤인은 그를 마주 보았다. 저 사내가 사바의 허리에 팔을 감고 그녀를 그의 눈앞에서 데려가던 모습이 떠오르자 갑자기 피가 머리로 솟구쳤다. 저놈이 사바를 망쳤다. 저놈이 사바를 그에게서 데려갔고, 망가뜨렸다. 그리고 지금, 그녀가 어디 있는지조차 알지 못한다.

"네가 사바를 망쳤어. 네놈이 데려가지 않았다면 사바는 그냥 평범한 마녀로 남았을 거야."

"그리고 네놈은 청록의 드래곤에게 죽었겠지. 가루도 남지 않았을
거고."

아흐메닷이 코웃음을 치고 몸을 돌려 칠흑의 드래곤을 보았다.

"죽이지 않았다면 사바를 어떻게 했어?"

"아마 부상만 입었을 거다. 회복에 어느 정도의 시간이 걸릴지는
알 수 없어. 신부를 어떻게 할 거지?"

라반이 아무 감정도 담기지 않은 어조로 물었다. 모두의 시선이 아
흐메닷에게로 쏠렸다. 아흐메닷은 인상을 찌푸리고 얼굴에 남아 있는
상처를 손가락으로 문질렀다.

"모르겠어……. 그 애는 이상해졌어. 나에게 부상을 입힐 정도의
힘을 키웠다고. 이건 불가능한 일인데."

"진홍의 마녀에게는 두 개의 불이 있더군."

아흐메닷이 라반을 보았다. 라반은 한 번 더 확인시켜주듯 고개를
끄덕였다.

"두 개의 불이 있었어."

"그럼 그 검은 게 정말로 드래곤의 불이라는 거야?"

"그런 건 말도 안 돼요. 드래곤의 불을 두 개나 가질 순 없어요."

바닥에 주저앉아 있던 줄레나가 말했다. 라반은 무심한 눈으로 그
녀를 힐끗 보았고, 아흐메닷은 머리카락을 쓸어 올리며 그녀를 돌아
보았다.

"하지만 너도 봤잖아. 그 애한테는 또 다른 힘이 있었다고. 그렇지

진홍의
마녀 ②

않고서야 내가 나 자신의 불에 이렇게 상처를 입을 것 같아?"

아흐메닷이 보란 듯이 양팔을 내밀었다. 팔과 얼굴에는 여기저기 화상자국이 남아 있다. 줄레나는 입술을 깨물었다.

"하지만 말이 되지 않잖아. 드래곤의 불을 두 개씩 가질 순 없어. 설령 그런 일이 가능하다 해도 그건 자살행위야. 두 개의 불이 몸 안에서 부딪칠 거라고. 그렇게 되면……."

"죽겠지. 진홍의 마녀의 목숨은 얼마 남지 않았을 거야. 이미 충돌이 시작되고 있었으니까."

라반이 설명조로 차분하게 말했다. 루헤인은 멍하니 그들을 쳐다보다가 물었다.

"도대체 무슨 소리를 하는 거야? 두 개의 불? 충돌? 사바가 죽는다고? 도대체 왜? 드래곤의 신부라면서. 드래곤의 신부는 뭐든지 할 수 있다며!"

"드래곤의 신부는 드래곤의 불을 받아 자신의 안에 갖게 되죠. 그것이 신부의 힘의 원천이 돼요. 그런데 만약 드래곤의 불을 두 개나 갖고 있다면, 각 드래곤마다 불꽃의 기운이 다른 법이고 두 개의 기운이 몸 안에서 충돌을 일으켜서 몸 안에서 폭발할 수도 있어요. 자신이 가진 불에 자신이 삼켜지게 되는 거죠. 최소한 이론상으로는요."

제르가 설명했다. 루헤인이 거칠게 머리를 쓸어 넘기며 그들을 보았다.

"그게 그러니까 도대체 무슨 소리냐고! 사바는 진홍의 드래곤의 신부라면서! 그런데 왜 불이 두 개냐고!"

"그게 분명히 드래곤의 불이었어?"

아흐메닷이 라반을 쳐다보았다. 라반은 고개만 한 번 끄덕였다. 레이율이 이해가 가지 않는 얼굴로 그들을 보다가 물었다.

"지금 이쪽 세상에 드래곤이 또 있기는 해? 다들 저쪽 세계로 넘어간 거 아니었어?"

"그래, 이쪽엔 우리 셋 말고는 없다."

라반이 대답했다.

"그러면 도대체 어디서 드래곤의 불을 얻었다는 거야? 말이 되지 않잖아?"

라반은 자신도 모르겠다는 듯이 어깨만 으쓱였다. 아흐메닷은 팔짱을 낀 채 앞뒤로 서성거리기 시작했다.

"만약에 정말로 두 개의 불이 충돌을 일으키다가 폭발하기라도 한다면 엄청난 일이 벌어질 거야. 사바가 원하는 대로 이 세계가 망가질 수도 있어. 드래곤의 불이 폭발한다는 건 엄청난 에너지가 터져 나온다는 의미니까. 그런 일이 일어나기 전에 그 아이를 찾아서 막아야 해."

"봉인을 하는 것도 쉽지 않을 거야. 진홍의 마녀의 힘은 내가 상대하기에도 버거울 정도로 강했으니까."

라반의 말에 아흐메닷은 고개를 흔들었다.

"봉인할 거 없어. 만약에 처리할 방법이 없다면 그냥 소멸시켜도 돼."

라반이 살짝 미간을 찌푸렸다.

"그렇게 되면 너의 불 역시 사라질 텐데."

"상관없어. 그 아이한테 내 불을 전부 다 준 게 아니거든."

제르가가 헉 하고 숨을 들이켰다. 레이율은 어이가 없다는 듯 그를 쳐다보다가 인상을 찌푸리고 험악하게 말했다.

"너 말이지, 나한테 드래곤의 신부란 목숨을 좌지우지하느니 어쩌느니 하더니 정작 네 신부에게 불을 전부 주지 않은 거야? 그게 무슨 신부야!"

"누구에게든 각자의 사정이라는 게 있는 거다, 꼬마. 삼백 살쯤 더 먹기 전에는 이러쿵저러쿵 떠들지 마."

아흐메닷이 날카롭게 말했다. 루헤인은 그들을 바라보고 있다가 천천히 고개를 흔들고 한 걸음 다가섰다. 아흐메닷이 그를 보았고, 라반 역시 그를 쳐다보았다. 루헤인의 검은 눈동자는 아흐메닷을 똑바로 향하고 있었다.

"그러니까 정리를 해보지. 넌 사바를 데려가서 신부니 뭐니 했지만, 뭔지 모를 이유로 사바를 진짜 신부로 만들어주진 않았다 이거지. 그리고 정작 지금 와서는 저기 있는 다른 마녀를 네 여자라고 말하고 있고. 사바는 도대체 너한테 뭐였던 거지?"

"그 애가 먼저 나에게 힘을 요청했고, 난 들어줬어. 따지고 보면 너 때문일 수도 있지. 그 아이가 내 신부가 되겠다고 받아들인 이유가 너를 돕기 위해서였으니까."

아흐메닷이 거만한 어조로 말했다. 루헤인은 코웃음을 쳤다.

"개소리. 결국에 너에게 사바는 중요치 않았다는 거잖아. 이유는 모르겠지만 네놈은 그저 사바를 이용했던 거야. 그리고 이제 사바가 너에게 반기를 드니 그냥 없애라고 말하는 거지. 안 그래?"

"너와 무슨 상관이지, 인간? 너는 오래전에 그 아이를 내치지 않았던가? 지금에 와서 다른 사람이 그 아이를 이용하고 버리니 그건 봐줄 수가 없는 모양이지?"

아흐메닷이 그의 앞으로 다가와서 얼굴을 바싹 들이댔다. 인간의 것과 달리 세로로 길쭉한 동공이 마치 뱀처럼 그를 응시한다. 루헤인은 물러서지 않고 그를 마주 노려보았다.

"그 아이를 망가뜨린 건 네놈이야. 내가 신부로 삼기 이전부터 그 아이는 이미 망가져 있었다. 바로 네 녀석 때문에. 그건 생각해보지 않았나? 그 아이가 이런 짓을 벌이는 것이 결국 너에게서 버림받은 고통을 지우기 위해서라는 건?"

아흐메닷이 오만한 표정으로 고개를 젖히려는 순간 루헤인의 손이 그의 옷깃을 붙잡고 얼굴을 도로 끌어당겼다. 검은 눈이 타올랐다.

"그래, 생각해봤어. 지난 며칠 동안 뇌가 타버릴 정도로 생각하고 또 생각했지. 그리고 내린 결론이 뭔지 알아?"

아흐메닷은 조금 놀란 표정으로 그를 보았으나 루헤인은 알아채지 못했다. 옷자락을 꽉 움켜잡은 채로 한 마디 한 마디 씹어 뱉듯이 날카롭게 말할 뿐이었다.

"사바는 내 거야. 누가 뭐라고 하든 내 거야. 누구도 빼앗을 수 없고, 아무도 건드릴 수 없어. 그 애는 내 거라고. 그 애를 죽이겠다고? 웃기지 마. 내가 가만히 있을 줄 알아? 네놈이 드래곤이건 뭐건 상관

진홍의
마녀

없어. 사바의 머리카락 하나 건드리기 전에 네놈을 죽여버리겠어.”

붉은 눈동자가 세로로 길어지고, 송곳니가 날카롭게 솟아올랐다. 둥글게 휘어지며 날카로운 발톱이 솟은 손이 루헤인의 손을 움켜잡는다. 살갗이 벗겨지며 피가 흘렀으나 루헤인은 손을 떼어내지 않았다.

그래, 고통은 익숙하다. 인생의 대부분을 병석에 누운 채 가슴을 조이는 심장의 고통 속에서 살았다. 고통 따위 얼마든지 견뎌낼 수 있다. 드래곤의 위압감? 두려움? 사바의 목숨이 달려 있다. 이놈들은 눈 하나 깜박하지 않고 사바를 죽일 것이다.

그녀는 그의 것이었다. 아무도 건드릴 수 없는 그의 것. 그만의 것.

“네가 감히 나, 진홍의 드래곤에게 덤비는 것이냐? 이 몸에게 이래라 저래라 명령을 내려? 네가 뭔데 감히 그따위 소리를 해? 건방진 것.”

“내가 뭐냐고? 난 루헤인 드 레발론이다. 사바의 주인이야. 그 아이를 진짜 마녀로 만든 게 바로 나야. 내가 사바의 첫 계약자고, 앞으로도 영원히 그럴 거다. 네놈의 불 따위가 중요할 것 같아?”

아흐메닷의 눈동자가 벌게졌다. 벌어진 입에서 불꽃이 피어오른다. 드래곤이 숨을 들이켜고 불을 뿜어내려 하는 것을 보며 루헤인은 꿈쩍하지 않았다. 뿜어보라지. 그전에 먼저 저놈의 목을 붙잡아서…….

“아흐메닷! 안 돼!”

날카로운 여자의 비명에 진홍의 드래곤이 시선을 돌렸다. 루헤인 역시 고개를 돌리고 옆을 보았다. 붉은 금발의 마녀가 당황한 표정으로 그들을 보고 있다. 아까 전 칠흑의 드래곤이 그를 공격하려 했을 때 앞을 가로막았던 바로 그 마녀였다. 진홍의 드래곤의 전 신부라던 여자.

"인간이 너에게 의미가 있지는 않을 텐데, 줄레나."

아흐메닷의 목소리는 인간과 드래곤의 사이에 있는 것처럼 그르렁 거렸다. 줄레나는 고개를 흔들고서 단호한 표정으로 아흐메닷을 바라보았다.

"그 아이의 머리카락 하나라도 건드리면 죽을 때까지 당신을 증오하겠어."

진홍의 드래곤이 루헤인을 보았다. 붉은 눈이 가늘어지고 입가가 뒤틀렸다. 루헤인은 드래곤의 옷자락을 밀어내듯 놓았고 드래곤 역시 그를 밀치고 줄레나 쪽으로 몸을 돌렸다.

"저놈이 너와 무슨 관계이길래 그렇게 역성을 드는 거지? 설마 이번에는 저런 유약한 놈에게 반했다고 말하려는 건가? 그런 거야?"

"그런 게 아니야."

"그런 게 아니면 뭐지? 이전에도 잡스러운 인간 따위에게 마음을 빼앗기더니 이번에도 그런 거야? 언제나 너의 눈은 인간에게만 향해 있군."

아흐메닷이 줄레나의 앞으로 천천히 걸어갔다. 줄레나는 입술을 깨문 채 고개를 흔들었다.

"그런 게 아니야."

"그런 게 아니면? 어째서 내가 저놈을 건드려서는 안 된다는 거지?

저놈에게 반한 게 아니라면 이유가 뭐냐고!"

드래곤의 입에서 불길이 뿜어져 나왔다. 강한 불길은 아니었지만 드래곤이 이성을 잃을 정도로 분노했다는 걸 보여줄 정도의 불길이기는 했다.

줄레나가 주먹을 움켜쥐고서 푸른 눈을 번뜩이며 그를 쳐다보았다.

"저 애가 내 핏줄이니까!"

아흐메닷뿐만 아니라 이제는 루헤인, 제르가, 청록의 드래곤까지 전부 다 그녀를 쳐다보았다. 유일하게 지금 상황에 아무런 관심도 보이지 않는 것은 칠흑의 드래곤뿐이었다. 그는 그들을 힐끗 본 다음 혼자서 뭔가 생각하는 것처럼 눈을 반쯤 감고 손가락을 움직이고 있었다.

루헤인은 기가 막힌 얼굴로 줄레나를 쳐다보았다. 누가 누구의 핏줄이라고? 저 마녀가 대체 무슨 소리를 하는 거지? 그는 평생 저 여자를 단 한 번도 본 적이 없었다!

"무슨, 무슨 소릴 하는 거야? 저놈이 네 핏줄이라니, 그게 대체 무슨 소리야?"

아흐메닷 역시 어지간히 놀랐는지 입술 바깥까지 길어져 있던 송곳니가 줄어들고 눈동자마저 인간의 형태로 되돌아왔다. 줄레나는 침을 삼키고서 턱을 들어 올렸다.

"저 애는 내 자식의 자식의 자식이야."

"네 아이는 죽었다고 했었잖아!"

"죽었어. 하지만 혼인해서 아이를 낳았지. 그 아이가 자라서 다시 아이를 낳았고. 그게 바로 저 아이야."

갑자기 제르가가 모든 것을 알겠다는 듯이 말했다.

"아들을 낳았던 거구나."

줄레나는 그녀 쪽으로 차가운 눈길을 던진 다음 아흐메닷을 보았다. 아흐메닷은 멍한 표정이었고 청록의 드래곤은 제르가 쪽으로 몸을 기울이고 물었다.

"마녀에게 아들이 있어?"

"그럼요, 있지요. 사내아이와 여자아이가 태어날 가능성은 마녀라 해도 조종할 수 없으니까요."

제르가가 나지막하게 말했다. 레이율이 인상을 찌푸렸다.

"남자 마녀에 대해선 들어본 적이 없는데."

"그런 건 없으니까요. 마녀가 낳은 여자아이는 마녀가 됩니다. 하지만 남자아이는 그저 평범한 인간일 뿐이에요. 마녀의 세계에서는 아무 쓸모가 없지요. 그래서 남자아이는 그냥 인간의 마을에 버려둡니다. 누군가가 발견해서 키우거나 혹은 그대로 죽거나, 둘 중 하나죠. 그렇기 때문에 대다수의 마녀들조차 마녀가 사내아이를 낳을 수 있다는 사실을 알지 못합니다. 소수만이 알고 있는 사실이죠……. 하지만 분명히 마녀의 아들이라는 건 존재해요."

레이율이 뭔가 중얼거렸지만 루헤인의 귀에는 더 이상 들리지 않았다. 저 여자, 저 마녀가 그의 선조란다. 조상이란다.

어머니인 롤라나 왕비에 대해서 그가 아는 바는 거의 없었다. 그를

진홍의
마녀 ②

낳고 겨우 며칠 만에 죽었으니까. 하지만 시녀들이 숙덕거리는 이야 기조차 못 들은 건 아니었다.

보는 남자들은 전부 다 홀렸다던데.

세자를 낳은 다음 보려고도 하지 않았대. 태어나지 말았어야 했다고 했대.

마녀였대.

그 말이 옳았던 것이다. 롤라나 귀비는 마녀였다. 마녀의 피를 이은, 마녀의 능력을 가진 마녀의 후손.

그리고 그 피가 그에게까지 이어졌다. 마녀의 피가.

"그래서였나……. 이상하게 느껴졌던 이유가."

제르가 루혜인을 바라보며 나직하게 중얼거렸다. 루혜인은 차가운 눈으로 그녀를 본 다음 줄레나를 다시 보았다. 아흐메닷은 그녀의 목이라도 조를 것처럼 바싹 앞으로 다가섰다.

"그 유약하기 짝이 없는 놈팽이의 아이를 낳았고, 그 핏줄을 지키겠다고 지금 나와 맞서고 있는 거야? 그런 거야?"

"내가 해줄 수 있는 일이라고는 이런 것밖에 없었어. 마녀는 자식을 직접 키워서는 안 되고, 아들일 경우에는 더더욱 그래. 인간 세상에서 살고 있는 자식의 삶에 끼어들어서는 안 되는 거니까. 난 그저 지켜보는 것밖에는 할 수 없었어."

아흐메닷은 한참이나 그녀를 쳐다보다가 믿을 수 없다는 듯이 천천히 고개를 흔들었다.

"지금까지 나에게 나쁜 짓을 했다고 비난하더니 정말로 사바에게 못 할 일을 했던 건 너였어. 그렇지? 너는 그동안 내내 저놈을 지켜보면서 사바가 그 곁에 있다는 걸 알고는 꿩 대신 닭이라고 그 애를 네 곁으로 데려왔던 거야. 아마도 그 애한테 계속해서 저놈에 대한 이야기를 해줬겠지. 결국에 저놈이 위험할 때 자신의 모든 걸 내놓았던 건 네가 아니라 사바였고. 그 애는 저놈을 지키기 위해서 드래곤의 창녀가 되겠다고 자신을 내놓았어. 너는 손가락 하나 까딱하지 않았는데."

"그러려던 건 아니었어. 난 그저 내 핏줄을 돌보아줬던 사바가 고맙고 가여워서 머물 곳을 주려 했었던 것뿐이었어. 사바를 끌어들인 건 결국 당신이었잖아! 그 애를 내 자식으로 착각하고 멋대로 신부로 삼은 건 당신이었다고!"

줄레나가 소리를 질렀다. 아흐메닷은 고개만 흔들 뿐이었다.

"줄레나, 줄레나. 나의 신부였던 그때에도 너는 철부지였지. 수십 년이 지난 지금도 마찬가지고. 불쌍한 인간 사내를 죽게 만든 걸로 모자라 이제는 죄 없는 마녀를 죽이게 되었구나."

"워디를 죽게 만든 건 당신이었잖아, 아흐메닷!"

"아니, 그건 너였어. 인간이 드래곤의 불에 닿으면 어떻게 되는지 훤히 알면서 너는 오로지 나에게서 달아나기 위해서 그 인간에게 비밀을 속삭였지. 너를 사랑한다 믿었던 그 불쌍한 자는 너에게서 나의 불을 빼내기 위해 목숨을 바쳤고, 너는 그렇게 자유를 되찾았지."

아흐메닷이 한 손으로 자신의 얼굴을 문질렀다. 드래곤은 갑자기 수백 살의 나이를 먹은 것처럼 피곤해 보였다. 줄레나가 주먹을 쥔 채 울부짖었다.

진홍의
마녀

"난 워디와 함께 자유를 찾고 싶었던 거야!"

"그럴 수 없었다는 걸 뻔히 알면서 말인가? 드래곤의 불을 품은 채로는 다른 사람에게 갈 수 없다는 걸 알면서? 내 청혼을 받아들인 건 너 자신이었어. 한번 받아들인 드래곤의 청혼을 무를 수 없다는 것도 잘 알고 있었으면서."

"잠깐, 잠깐만."

루헤인이 양손을 들어 올리고 둘을 보았다. 아흐메닷은 그를 힐끗 본 다음 고개를 흔들며 돌아서서 칠흑의 드래곤 옆으로 걸어가버렸고, 줄레나는 루헤인과 눈길이 마주치자 움찔했다. 자신의 얼굴이 일그러져 있다는 건 알았지만 도저히 표정을 펼 수가 없었다. 그는 줄레나의 앞으로 뚜벅뚜벅 걸어갔다.

"당신이 내 조상이고, 지금껏 내내 나를 지켜봤다는 거야?"

줄레나는 천천히 고개를 끄덕였다.

"그렇다면 내가 앓아누워 있는 것도 내내 봤던 건가?"

"그래."

"그걸 보면서 나를 낫게 해주겠다는 생각은 눈곱만큼도 하지 않았던 모양이지?"

줄레나는 입술을 깨물고 그를 쳐다보았다.

"우리 마녀들은 계약하지 않은 일에 함부로 끼어들 수 없어. 특히 한 핏줄과는 절대로 관계를 해서는……."

"계약을 하기 위해서 내 앞에 나타날 마음도 없었다 이거지? 그저 지켜보기만 하는 걸로 충분했다? 그러고는 사바를 끌어들였다고? 사바를 저 빌어먹을 드래곤에게 넘겨준 것도 당신이다 이건가?"

"사바를 넘겨줬던 건 아니야. 내 집에 있다가 우연히 아흐메닷을 만나게 된 거였고⋯⋯."

"제르가!"

루헤인이 고함을 지르자 청록의 드래곤과 나직하게 이야기를 나누고 있던 제르가가 놀라서 고개를 번쩍 들었다. 루헤인은 줄레나에게서 시선을 떼지 않은 채 날카롭게 물었다.

"내가 여자들에 대해 기묘한 능력을 발휘하는 게 마녀의 피 때문일 수도 있나?"

"그럴 가능성도 있긴 하지요. 마녀는 인간의 남자를 상대로 강력한 유혹의 힘을 발휘하니까요."

"그럼 이 여자 때문에 내 인생이 꼬여버렸다고 할 수도 있는 건가?"

"그럴 수도 있기는 합니다⋯⋯."

"아니, 아니야. 그건 말이 안 돼. 내 아들조차 그런 능력은 없었어. 그게 세대를 거쳐서 너에게서 발현된다는 것은 말이 되지 않아."

줄레나가 다급하게 말했지만 루헤인의 표정은 조금도 누그러지지 않았다. 이 여자 때문에 그의 인생이 더욱 망가져버렸다. 게다가⋯⋯.

마녀의 핏줄이라니, 맙소사. 상왕이 그를 총애하지 않았던 이유 중 하나가 롤라나 왕비 때문이라고들 했다. 그녀가 상왕을 지독하게 홀려놓았었기 때문에 그녀를 연상시키는 세자만 봐도 상왕이 안 좋은 기억을 떠올리는 거라고. 그런데 마녀의 핏줄이라는 게 확실해져버리면 과연 어떤 이야기가 나올까? 그를 폐위하자는 이야기가 나오지 않을 리 없겠지.

왕위가 아까운 건 아니었다. 지금에 와서는 왕위가 딱히 탐나지도 않았다. 하지만 자신이 마녀의 핏줄이라는 사실은 쉽게 받아들일 수 있는 사실이 아니었다.

"복잡다단한 관계가 중요한 일일 수도 있겠지만, 무엇보다도 지금 중요한 것은 진홍의 마녀를 찾는 것이 아닌가 싶은데."

칠흑의 드래곤의 냉담한 목소리가 그들 사이로 끼어들었다. 루헤인은 그를 홱 돌아보았다. 검은 옷의 남자는 지금까지 그들이 나눈 이야기가 별로 대단치 않다는 듯이 주머니에 손을 꽂고 서 있었다.

그래, 사바가 중요하다. 그렇지. 이 모든 일에 휘말려서 고생을 하고 있는 사바를 찾아야 한다. 그리고 이야기를 해주어야 한다. 그가 마녀의 핏줄이라는 것, 이 여자가 그녀를 이용했다는 것, 진홍의 드래곤도 나쁜 자식이라는 것까지 전부 다.

하지만 저들은 사바를 찾아서 죽일 생각을 하고 있다.

"사바를 찾아서 죽이려고?"

루헤인이 갈라지는 목소리로 말했다. 칠흑의 드래곤은 아흐메닷을 쳐다보았고 진홍의 드래곤은 한숨을 내쉬었다.

"이런 상황에서 그 아이를 죽이면 백 년이 지나도 찝찝한 기분이 풀리지 않을 거야."

"하지만 진홍의 마녀 안에서 두 개의 불이 충돌해서 폭발하면 이쪽 세계 전체가 위험해진다."

라반은 사실을 지적하는 어조였다. 아흐메닷이 머리를 긁적였다.

"왜 그 아이에게 두 개의 불이 있는 거지? 도대체 누구의 불인 거야?"

"지금 당장은 그게 중요하지 않아. 불은 충돌을 일으키고 있다. 시간이 얼마 없어. 진홍의 마녀는 오래 버티지 못해."

라반이 손을 움직이자 허공에 영상이 나타났다. 검은 드레스 차림의 사바를 보고 루헤인은 숨을 들이켰다. 검은 머리카락이 흔들리고, 창백한 피부 여기저기에 붉은 화상자국이 있었다. 그리고 그녀의 주위로는 검은 불꽃이 춤을 추듯 흔들리고 있었다. 괴로운 듯 그녀가 팔로 자신의 몸을 감싸고 웅크렸으나 불꽃은 사라지지 않고 점점 더 커다랗게 피어오를 뿐이었다. 검고 붉은 불꽃이 마치 서로 싸우듯이 뒤엉킨다. 그녀가 몸을 떨며 숨을 헐떡였다.

사바. 그는 자신도 모르게 영상 쪽으로 다가섰지만 사바는 더 괴로운 듯이 무릎을 꿇었다. 그녀의 주변으로 불길이 번진다. 불길을 막으려는 것처럼 그녀가 손을 뻗었지만 불은 꺼지지 않았다. 그녀가 일그러진 얼굴을 들어 올렸다. 검은 눈동자. 마치 거울 속에서 보는 그 자신의 눈처럼 새카만 눈동자가 그를 똑바로 쳐다본다.

심장이 조여들었다가 빠르게 뛰기 시작했다. 심장이, 그녀가 낮게 해준 심장이 뛴다. 그녀 때문에. 그녀를 위해서.

사바.

"불이 폭발하기 전에 소멸시키는 것이 가장 깔끔한 방법이다."

라반이 무뚝뚝하게 말했다. 제르가가 동의했다.

"어쩔 수 없는 일입니다. 이쪽 세상에 문제가 생기면 드래곤들이 머무르는 저쪽 세상에까지 영향을 미치게 되니까요. 진홍의 마녀가 안정되지 않는다면 한시바삐 봉인을 하거나 죽이는 수밖에 없습니다. 죽여도 되는 거라면요."

"안 될 거 없잖아? 어차피 진홍의 마녀가 죽어도 아흐메닷의 불은 남아 있는 거니까. 힘은 좀 줄겠지만, 세월이 지나면 그건 제자리로 돌아올 테지. 저 마녀를 죽이는 게 가장 좋은 방법이야."

청록의 드래곤이 여전히 이기죽대는 어조로 말했다. 루헤인은 그들을 쳐다보았다. 누구 하나 사바에 대해서는 신경 쓰지 않는다. 아무도 그녀에게는 관심이 없다.

세상이 중요한가? 왜? 사바가 없는 세상 따위가 뭐 중요하다는 거지? 그에게 그런 세상은 아무 의미도 없는데.

"이렇게 되길 바란 건 아니었어. 차라리 내 불을 전부 주는 게 나을 뻔했나."

아흐메닷이 중얼거렸으나 라반이 냉정한 어조로 지적했다.

"네 불을 일부만 갖고 있었기에 지금까지 버틸 수 있었던 거라고 보는데. 진홍의 불을 전부 갖고 있었다면 이미 오래전에 충돌을 일으켰을 거다."

"하지만 그랬다면 이렇게 쉽게 죽이자는 이야기를 하진 못했겠지. 불을 빼내야 하니까."

루헤인은 정신이 번쩍 드는 느낌으로 그들을 보다가 줄레나를 홱 돌아보았다. 그녀는 여전히 충격을 받은 듯이 창백한 얼굴이었다. 아까 전에 그녀가 불을 빼내는 것에 대해서 무슨 이야기를 하지 않았던가? 저 여자도 신부였다고 했다. 하지만 불을 빼내고 신부 자리에서 도망쳤다고 했다.

"불을 빼내면 되는 건가? 그런 거야?"

루헤인이 아흐메닷과 라반을 보고 물었다. 아흐메닷이 그를 쳐다보았다.

"그래, 불을 빼내면 충돌이 일어나지 않으니 괜찮아질 거다."

"불을 어떻게 빼내는데?"

아흐메닷은 대답 대신 줄레나를 쳐다보았다. 줄레나가 이제 겨우 정신을 차린 듯이 흐린 푸른 눈으로 그들을 보았다. 루헤인이 성급하게 다시 물었다.

"드래곤의 불을 어떻게 빼내지?"

"인간이 불을 가진 마녀에게 입을 맞추어 몸 안에 있는 불을 자신의 몸으로 빼내야 해. 하지만 인간은 드래곤의 불을 견딜 수가 없어……. 결국 그 자리에서 타버리지. 드래곤의 불만이 그 자리에 남게 되고, 드래곤은 그것을 다시 삼켜서 자신의 것으로 만들어. 그러면 공식적으로 드래곤과 신부와의 관계는 해지되지."

드래곤의 불. 이전에 사바를 잡기만 했는데도 손에 화상을 입었던 것이 떠올랐다. 루헤인은 자신의 손을 내려다보았다. 아까 전에 진홍의 드래곤을 잡았고, 그전에는 청록의 드래곤을 후려치기까지 했다. 하지만 그의 손에는 어째서인지 화상자국이 하나도 남아 있지 않았다.

진홍의
마녀

어쩌면 이것도 마녀의 핏줄 때문인지 모른다. 어쩌면 사바에게서 불을 빼내도 그는 안전할지도. 어쨌든 한때 드래곤의 신부였던 마녀의 피를 받았으니까.

만약 그게 아니라서 그 자리에서 타죽는다면? 제기랄, 그렇다 해도 사바는 무사할 것이다. 사바만 무사하면 된다.

루헤인은 천천히 이곳에 서 있는 사람들을 둘러보았다. 제르가는 뭔가 생각하는 것처럼 미간을 찌푸리고 있고, 청록의 드래곤은 그녀의 관심을 끌고 싶은 것처럼 힐끔대고 있다. 줄레나는 걱정스럽게 루헤인을 쳐다보고 있고, 아흐메닷은 가느다란 눈으로 줄레나를 바라보고, 칠흑의 드래곤은 무엇 하나 관심 없는 표정이었다.

여기에 인간은 그 혼자였다. 사바를 걱정하는 것도 그 혼자였다. 그가 지금 여기에 있지 않았다면 저자들은 방법이 하나뿐이라고 말하며 사바를 죽였겠지.

그럴 수는 없다. 절대로.

"내가 하겠어. 내가 사바의 불을 빼내지. 그럼 사바를 죽이지 않아도 되는 거지?"

"그렇게 하면 네가 죽어."

줄레나가 떨리는 목소리로 말했다. 루헤인은 피식 웃었다.

"난 이미 오래전에 죽을 몸이었어. 사바가 살려주지 않았다면 십대를 제대로 보내보지도 못한 채 죽었을걸. 그녀가 준 목숨을 그녀에게 돌려주는 거야."

"하지만 넌 토르카인의 왕이야."

루헤인은 천천히 숨을 들이켰다가 내쉬었다. 그리고 제르가를 보았다. 초록 머리의 마녀는 마치 그의 진의를 의심하기라도 하는 듯한 표정으로 바라보고 있다.

"내가 죽으면 다흐란에게 가서 말해라. 고의는 아니었다고."

루헤인은 한 손으로 머리를 쓸어 넘겼다. 아니, 제기랄, 고의였다. 그는 일부러 레이라를 유혹했고 망가뜨렸다. 다흐란이 괴로워하는 걸 보고 싶었기 때문에. 다흐란이 가진 것을 빼앗고 싶었기 때문에.

지금에 와서는 하나 소중하지도 않은 왕위 따위를 갖고서.

"아니, 고의였는지도 모르겠다. 하지만 그녀가 그렇게 망가질 줄은 몰랐다고, 그것만큼은 고의가 아니었다고 전해라……. 아니, 관둬라. 차라리 다흐란이 모르는 편이 나을 수도 있겠지."

제르가가 손을 올리자 허공에 시체가 나타났다. 그녀가 뭔가 처리를 한 건지 시체의 상태는 깨끗했으나 죽었다는 사실에는 변함이 없다. 창백한 얼굴에 눈을 감고 있는 레이라를 보자 가슴이 조여들었다.

이렇게 되길 바란 적은 없었다. 그저 그녀를 옆에 끼고 다흐란의 앞에서 잘난 척하고 싶은 어린애 같은 마음뿐이었다. *네 것을 내가 가졌어, 이제는 내 거야, 부럽지?*

사바가 말하지 않았던가. 그가 다흐란에게 집착하고 있다고. 그래서 행복하냐고. 왜 그때 깨닫지 못했을까.

미안하다, 다흐란. 네가 사랑한 여자를 잃게 만들어서. 네가 원치도 않는 왕위를 떠넘겨서. 하지만…….

그는 항상 이기적이었다. 그래, 몸이 나은 이래로 병석에 누워 있던 세월을 보상받으려는 듯이 모든 걸 멋대로 했다. 하고 싶은 건 전부 다 했다.

지금도 다르지 않다. 사바를 구하고 싶으니까, 사바가 살기를 바라니까 그의 목숨을 내놓을 것이다. 왕위가 어찌되든, 세상이 어찌되든 알 바 아니다. 사바는 그의 것이고, 다른 누군가가 그녀를 죽이는 건 용서할 수 없으니까.

"이 여자를 살리려 하셨던 것이 아니었습니까?"

제르가의 손이 움직이자 시체가 천천히 바닥으로 내려왔다. 줄레나가 놀란 눈으로 루헤인을 보았고, 청록의 드래곤이 코웃음을 쳤다.

"죽은 인간을 살린다고? 그건 드래곤에게도 어려운 일이야."

"그렇겠지. 드래곤이라고 해서 모든 걸 할 수 있는 것도 아닐 테니."

루헤인은 레이라의 고요한 얼굴을 바라보았다. 상처가 사라지자 그녀는 처음 만났을 때처럼 보였다. 상냥하고 성실하고 다흐란만을 생각하는 소녀처럼.

"그 여자가 살고 죽는 게 너에게 중요한 일인가?"

루헤인은 아흐메닷을 돌아보았다. 그는 팔짱을 끼고 붉은 눈동자로 그를 바라보고 있었다.

"이 여자가 나와의 기억을 잊고 예전 같은 모습으로 살아난다면 좋겠지. 그러면 내가 지은 죄의 일부는 덜 수 있을 테니까."

"네가 무사히 사바를 막아낸다면, 막든 죽이든 어떤 식으로든 이 세계에 문제를 일으키지 못하게 한다면 내가 저 여자를 살려주지."

루헤인은 진홍의 드래곤을 보았다. 청록의 드래곤이 입을 딱 벌렸다.

"그건 엄청난 힘이 필요한 일이라고. 인간 천 명을 한꺼번에 죽이는 쪽이 하나를 살리는 것보다 훨씬 더 쉬워."

"원래 생명이라는 게 그런 거지. 버리기는 쉬워도 얻기는 어려워. 네가 진심으로 네 목숨을 던져 사바를 구해낼 수만 있다면 이 여자 하나를 살리는 건 그만한 대가가 될 거다. 안 그런가?"

줄레나가 나직하게 드래곤의 이름을 불렀다. 루헤인과 아흐메닷은 서로의 속내를 가늠하듯 빤히 바라보았고, 마침내 루헤인이 고개를 끄덕였다.

"네가 뭐라고 하든 사바는 구할 거지만, 레이라를 살려줄 수 있다면 거절할 이유가 없지. 그녀를 살려주고, 나와 함께 지냈던 기억을 지운 후에 왕궁의 다흐란 왕제에게 보내줘. 그게 내가 그 녀석에게 해줄 수 있는 유일한 일이니까."

"모든 건 네가 사바를 막을 수 있을 때에나 해줄 수 있어."

"내가 사바를 막지 못하면 세상이 멸망하는 거 아니었나? 그렇다면 살리고 말고 할 필요도 없게 되겠지."

루헤인이 삐딱한 웃음을 지었다. 아흐메닷은 코웃음을 쳤고 레이율은 알아들을 수 없는 소리로 툴툴거렸다. 칠흑의 드래곤만이 알 수 없는 표정으로 루헤인을 가만히 쳐다보고 있을 뿐이었다.

24

몸이 탄다. 타들어간다. 어째서일까, 이 불은 그녀의 불이었는데. 내내 그녀가 다뤄왔던 거였는데. 검은 불꽃과 뒤섞이면서 뭔가가 잘못됐다. 이 검은 불은 어디서 온 것일까? 그녀 안의 어둠이라는 말에 칠흑의 드래곤은 비웃었지만, 어쩌면 정말로 그런 걸지도 모른다. 그녀의 안에 잠재되어 있던 어둠이 깨어나서 불꽃을 물들이고 성격을 바꿔버린 거다. 그래서 각기 다른 두 개의 불꽃이 충돌해서 싸움을 벌이는 거지. 그녀의 몸 안에서, 몸 밖에서.

불꽃이 그녀의 주변으로 뻗어나가 사방을 태웠다. 억누르려고 해도 소용이 없었다. 아흐메닷의 성을 불태웠던 것도 바로 이 불꽃이었다. 그의 성을 무너뜨리고 마을까지 망가뜨릴 생각은 아니었다. 그저 그를 위협하고 싶은 거였는데, 산이 무너지고 마을이 사라졌다. 그러고 나니 더 이상 돌이킬 수 없게 되었다.

돌아갈 수가 없어. 이제 앞으로 나아가는 수밖에 없어. 세상을 망가뜨리는 방향으로.

다 타버리라지. 다 타서 없어져버려. 세상도, 왕궁도, 그녀 자신
도……. 루헤인도.

그녀의 왕, 그녀의 세자, 그녀의 세상.

하지만 그래도 당신이 보고 싶어. 당신을 한 번만 더 봤으면 좋겠
어. 당신이 내 이름을 불러줬으면 좋겠어.

"진홍의 마녀, 불을 꺼! 그대로 불이 번지면 이 근방이 다 타버릴
거야!"

사바는 눈물이 고인 눈을 들었다. 불길의 근처를 날며 소리치는 것
은 마녀들이었다. 토르카인의 마녀들.

도움이 필요할 때에는 외면하더니 그녀가 힘을 갖게 되자 두려워
하고 알랑거리는 존재들.

꺼져버려, 꺼져! 너희들이야말로 전부 다 불길 속에서 타버리란 말
이야!

검은 불꽃이 하늘 위로 강렬하게 치솟는다. 마녀들이 꺅 하고 비명
을 지르며 빗자루를 탄 채 불길이 닿지 않는 높은 곳까지 날아오른다.
반응이 늦은 몇 명은 빗자루에 불이 붙어 순식간에 타버리자 모습을
바꾸어 날아올랐다.

"진홍의 마녀! 왜 이런 짓을 하는 거지? 원하는 게 있으면 말해, 들
어주겠어! 네가 말하는 건 다 들어줄 테니까 그만둬!"

몇 명이 애원하듯 소리친다. 불길이 뜨겁게 몸을 태우는 것을 느끼
며 사바는 음울한 미소를 지었다. 너희가 애초에 내 말을 들어주기만
했어도. 청록의 드래곤에 맞서서 토르카인을 지키겠다고 나서기만 했

어도. 그랬다면 모든 것이 달라졌을 것이다. 사소한 선택 하나로 수많은 것이 달라졌을 것이다.

아니면 성을 나올 때 줄레나의 제안을 받아들이지 말았어야 했던 걸까? 그녀의 오두막에 머무르지 않고 자신만의 집을 지어 살았더라면 아흐메닷을 만나지 못했을지도 모른다. 그랬다면 지금 같은 상황은 벌어지지 않았겠지.

그리고 루헤인은 전쟁에서 죽고? 아니, 그럴 수 없었다. 그래, 모든 결과는 이렇게 되기 위해 흘러왔다. 그러니까 이건 잘못된 게 아니다. 지금 여기서 그녀가 세상을 무너뜨리는 것, 이렇게 모두가 사라지는 것이 올바른 결과였던 것이다.

그녀의 주변은 이미 시커멓게 타버린 상태였다. 왕궁에서 그리 멀리 오지도 못했다. 그래도 마을을 피해 벌판 한가운데서 멈춘 자신을 보고 그녀는 자조적인 웃음을 지었다. 어차피 다 죽일 건데 마을 한가운데면 어떻고 벌판이면 어떻단 말인가.

근처 마을에서는 사람들이 피난을 시작했다. 병사들이 늘어서서 피난을 지휘하고 있다. 어디로 가든 결국에는 다 함께 죽을 것을, 저렇게 살아남기 위해 노력할 이유가 있나?

마녀들은 계속해서 머리 위에서 빗자루를 타고, 혹은 모습을 바꾼 채 뱅뱅 돌며 그녀에게 말을 걸려고 하고 있다.

"원하는 게 있다면 뭐든 들어줄 테니까 그만둬! 인간들이 다 사라지면 우리 마녀들 역시 살 수 없어!"

"드래곤의 불에 타버린 자연을 복구하는 데에는 오랜 시간이 걸린다고. 그만해!"

"진홍의 마녀!"

시끄러워, 시끄러워. 자기들이 원하는 것만 요구하는 교활한 마녀
들. 애초에 마녀 같은 것이 왜 세상에 생긴 것일까? 드래곤들은 다른
세계로 건너가서 사라지고 있는데 마녀들만이 인간 속에 섞여 마치
자신들의 집인 듯 버티고 살고 있다. 마녀도 진작 이 세계에서 사라졌
어야 했다. 인간에게 마녀란 필요치 않은 존재이다. 어차피 마녀에게
소원을 빌고서 행복해지는 경우는 없잖아. 차라리 마녀가 없다면 소
원을 비는 대신 자신의 힘으로 노력을 할 텐데.

마녀 따위, 세상에서 사라지는 편이 나아.

모두가 사라지면 세상도 처음부터 다시 시작할 수 있을 것이다. 그
래, 그게 가장 나은 방법이야.

그러기 위해서 내가 이렇게 된 거야.

아마도.

"그만둬! 다 타버린다고!"

마녀들이 비명을 질렀다. 검은 불길은 하늘에 닿을 듯 치솟고 지상
으로는 수십 미터를 뻗쳐 나갔다. 마치 불꽃에 발이라도 달린 것처럼
사방으로 빠르게 넓어진다. 낮이 갑자기 밤이 된 것처럼 어두컴컴하
게 변했다. 검은 불꽃이 망토처럼 너울거리며 하늘을 가리고, 빛이 사
라졌다. 멀리서 인간들의 비명이 들려온다.

검은 불꽃의 사이로 마치 장식처럼 붉은 불꽃이 솟아오른다. 두 개
의 불꽃이 충돌하고 뒤엉킨다. 몸이 비틀리고 꼬이는 느낌에 사바는

진홍의
마녀 ②

바닥에 손을 짚고 엎드린 채 흙을 움켜쥐었다. 이대로 몸이 터져버릴 것만 같다. 혹은 찢어져서 피를 흘리며 죽을 것만 같다. 몸에서 솟구치는 불꽃이 그녀의 피부를 갈가리 찢으며 타오른다. 눈앞이 어두워졌다. 눈을 깜박이자 눈에서 뭔가가 흘러내렸다. 손등으로 닦아내자 손등에 붉은 핏자국이 길게 남았다. 침을 삼킬 때마다 비린내가 느껴진다.

죽을 거야. 이대로 불꽃 속에 삼켜져서, 갈가리 찢겨서 죽을 거야.

겁이 더럭 났다. 눈앞에 그려지는 고통스러운 죽음의 모습에 몸이 부르르 떨렸다. 살아생전에도 편안하지 않았는데 죽는 그 순간까지 고통스러워야 하나? 왜 나의 운명은 이런 식인 거지? 왜 나는…….

행복해지기를 바란 적은 없었다. 마녀니까. 마녀에게 있어서 행복이란 더 많은 인간들과 계약하여 마력을 모으고 그들의 불행과 괴로움을 원천으로 삼아 즐기는 것이다. 그런 건 원치 않았다. 그저 조용히, 편안히 살고 싶었을 뿐이었다. 가끔 루헤인을 생각하고, 마법으로 그를 보는 정도로 만족하려고 했었다. 그가 설령 수많은 귀족 여인들과 놀아난다 해도 어쩔 수 없는 일로 받아들이려고 했었다.

그런데 지금 이 꼴은 뭔가. 온몸에서 불길을 내뿜으며 모든 것들을 망가뜨리려고 하고 있다. 루헤인은 어디서 뭘 하고 있는지조차 모르는데. 그 초록 머리의 마녀와 어디서 뒹굴고 있을지도 모르지. 그녀에게는 단 한 번도 살갑게 입맞춰준 적이 없으면서 토르카인을 공격했던 주범인 그 마녀와는 부드럽게 입술을 나누었다. 왜, 어째서, 항상…….

나는 안 되는 건데?

붉은 불꽃과 검은 불꽃이 뒤섞여 회오리바람처럼 위로 위로 솟구친다. 마녀들이 불길에 휩쓸리지 않기 위해 다급하게 물러났다. 미처 피하지 못한 두엇이 불길에 휩쓸려 순식간에 타올랐다. 공기를 찢는 듯한 비명은 사바의 귀에까지 들리지 않았다. 그녀의 귀에는 자기 자신의 비명밖에는 들리지 않았다. 드래곤의 강한 발톱이 그녀의 온몸을 짓찢는 듯한 감각.

"사바!"

환청이다. 착각이다. 그녀는 눈가를 타고 흘러내리는 진득한 피눈물을 닦기 위해 양손으로 얼굴을 가렸다. 숨을 쉴 때마다 불꽃이 그녀의 피부를 찢고 태우는 것 같았다. 더 이상은 억누를 수가 없었다. 통제할 수도 없다.

"사바!"

눈가를 닦고서 그녀는 눈을 떴다. 환청이라도 좋고 환각이라도 좋다. 루헤인이 그녀를 부르는 것을 한 번만 더 들을 수 있다면, 그의 모습을 한 번만 더 볼 수 있다면.

돌아가고 싶어. 그와 단둘이, 모두에게서 소외된 채 왕궁 한구석의 방에서 지내던 그 시절로 돌아가고 싶어. 그 방으로 돌아가고 싶어.

당신의 심장을 낮게 하지 말았어야 했어. 그런 건 불가능하다고 말했어야 했는데. 그가 아무리 신경질을 부려도, 아무리 불평을 늘어놓아도 다 들어줄 수 있었는데.

당신이 건강해져서 원하던 모든 걸 갖게 만들어주고 싶었어. 그게 내 실수였어. 그러지 말았어야 했는데. 내 품에서 당신을 놓아주지 말았어야 했는데.

그랬는데…….

사바는 눈을 깜박였다. 검은 불꽃 사이에서 흐릿하게 루헤인의 모습이 보였다. 그리고 무언가가 몸을 무겁게 짓누르는 느낌이 들었다. 고개를 들고 위를 보자 세 마리의 드래곤이 불길을 내뿜어 검은 불꽃을 흩뜨리고 있었다. 안 돼. 안 돼!

불꽃이 흩어지고 나면 저들은 그녀를 죽일 것이다. 그녀를 살려둘 이유가 없었다. 그녀를 죽인다고 해도 아흐메닷으로서는 일부의 불을 잃는 것일 뿐이다. 진짜 신부라면 드래곤의 불을 모두 갖고 있으니 죽일 수 없겠지만 그녀는 진짜 신부가 아니니까. 일부의 불을 잃는 게 아깝기는 하겠지만 그녀를 살려두는 것보다는 훨씬 나으리라. 하지만 그런 식으로 죽을 순 없었다. 그녀를 이용하기만 했던 아흐메닷의 손에 그렇게 죽지는 않을 것이다.

몸을 웅크리고 고개를 숙인 채 그녀는 가슴속에서 타오르는 불길을 완전히 열어버렸다. 검고 붉은 불꽃이 그녀의 몸에서 더 강하게 솟아오르기 시작했다. 머리카락이 출렁거리고 일부가 타서 툭툭 떨어졌다. 피부가 벌겋게 달아오르고 수포가 잡힌다. 가슴 속에서는 심장이 터질 것처럼 쿵쿵거리고 뱃속은 불꽃이 마치 내장을 헤집는 것처럼 뜨겁게 쑤셨다. 기침을 하자 뭔가 진득한 것이 흘러나왔다. 입안 가득 고이는 피 맛.

불이 그녀를 태우고 있었다. 그녀를 죽이고 있었다.

"사바, 그만해! 내가 그쪽으로 갈 테니까 멈춰."

그녀는 눈을 번쩍 떴다. 루헤인이 그녀 쪽으로 다가오고 있었다. 검은 불꽃을 헤치고 팔로 코와 입을 가린 채 그녀를 향해 오려 한다. 안 돼, 불꽃에 그대로 타버릴 거야. 안 돼!

"오지 마세요, 안 돼요. 멈출 수가 없어요!"

사바가 소리를 질렀다. 불꽃은 금방이라도 그를 잡아먹으려는 것처럼 이글거린다. 그녀는 안간힘을 써서 불꽃을 억눌렀지만 언제 다시 솟구칠지 그녀 자신도 알 수 없을 정도였다.

어째서 루헤인이 여기 있는 걸까? 여기서 뭘 하는 거지? 그가 왜 이런 위험한 상황에서 그녀에게 다가오려고 하는 걸까?

나라 전체가 타기 전에 불을 끄기 위해서? 그의 나라니까 지키기 위해서?

루헤인은 계속해서 불꽃 속으로 들어오고 있었다. 옷이 그을리며 연기가 나기 시작한다. 사바는 다급하게 고개를 흔들었다.

"안 돼요, 오지 마세요! 안 돼요!"

머리 위에서 드래곤들이 내뿜는 불길이 느껴진다. 불씨가 주변으로 떨어져 검은 불꽃 속에서 푸르스름하게 빛을 내다가 꺼진다. 푸른 불꽃, 붉은 불꽃, 그리고 불길 자체를 삼켜버리는 소멸의 검은 불. 청록의 드래곤과 진홍의 드래곤, 칠흑의 드래곤. 이쪽 세계에 있는 세 드래곤이 한꺼번에 그녀를 공격하려 한다. 그녀를 집어삼키고 없애려 한다.

하지만 그들을 향해 불꽃을 내뿜었다가는 루헤인마저 다치게 될

진홍의
마녀 ②

것이다. 사바는 망연한 얼굴로 조금씩 자신을 향해 다가오는 루혜인을 보았다. 안 돼, 그를 죽일 수는 없어. 세상을 부술 수는 있지만, 그를 죽일 순 없어.

비록 내가 가질 수 없다고 해도, 그를 망가뜨릴 수는 없어.

그는 그녀의 세상이었다.

나오지 마, 그대로 있어. 그대로 갇혀 있으란 말이야. 사바는 몸을 웅크리고 가슴속의 불길들을 가두기 위해서 안간힘을 썼다. 몸 안의 불길 주변으로 울타리를 두르고 벽을 세운다. 나오지 못하게 꽉꽉 틀어막는다. 붉은 불도, 검은 불도 전부 다 한곳에 밀어 넣고서 나오지 못하게 잠가버린다. 나와서는 안 돼. 그를 다치게 해서는 안 돼. 제발.

머리 위에서 드래곤들이 요란한 소리로 울부짖는다. 마녀들이 날아다닌다. 불꽃은 계속 틈새를 비집고 나오려고 발버둥 쳤다. 그녀의 가슴을 헤집고, 살을 헤집고, 온갖 구멍으로 나오기 위해서 꿈틀거린다. 숨을 쉴 수가 없다. 기침과 함께 피가 쏟아져 나온다. 검은 피는 마치 불꽃처럼 바닥에 떨어져 이글거렸다. 주변에는 아직도 다 가두지 못한 검은 불꽃이 이글거리고 있었다.

오지 말아요. 오지 마. 당신을 지킬 수가 없는걸.

몸 안에 가둔 불꽃이 그녀를 할퀴고 태웠다. 몸 안 전부가 새카맣게 타고 녹아버리는 느낌이었다. 눈앞이 흐릿해진다. 정신을 잃는 순간 모든 불꽃들이 밖으로 튀어나갈 것이다. 그리고 루혜인이 다치게 되리라. 사바는 입술에서 피가 나도록 깨물었다. 정신을 잃어선 안 돼. 그가 다쳐선 안 돼. 이 불꽃을, 불길을 잡아야 해.

"사바!"

그녀는 고개를 들었다. 붉고 어두컴컴한 세상 속에서 그의 얼굴만이 눈에 들어왔다. 하얀 얼굴, 검은 눈동자, 헝클어진 검은 머리. 못 본 사이에 그는 조금 마른 것 같았다. 나라를 통치하는 일은 아마도 힘이 들 테지. 아니, 어쩌면 수많은 여자들과 놀아나느라 그런 건지도 모른다. 하지만 상관없었다. 그가 지금 여기, 그녀의 눈앞에 있는 이상 다른 여자들 따위는 아무 상관도 없었다.

"전하."

그녀의 목소리는 들릴 듯 말 듯했다. 루헤인의 손이 그녀의 뺨을 감쌌다. 그의 손은 차갑고 시원했다. 숨을 쉬기가 훨씬 쉬워진다. 그녀는 눈을 감은 채 그의 손에 머리를 기댔다. 불꽃마저도 그의 존재에 기뻐하는 것만 같다.

"네 불을 뽑아낼 거야."

루헤인의 목소리에 그녀는 눈을 번쩍 떴다. 그의 표정은 진지했다. 사바는 황급히 고개를 흔들고 그에게서 물러나려 했지만 몸에 힘이 들어가지 않았다.

"안 돼요. 그건, 그건 말도 안 되는 일이에요. 불을 뽑아낸다는 게 어떤 건지 알기나 하시는 거예요?"

"줄레나라는 마녀가 설명했어."

"불을 뽑아내고 나면 그 사람이 어떻게 되는지도 설명하던가요? 인간은 드래곤의 불을 담고 있을 수 없어요. 순식간에 타죽어버려요. 줄레나가 사랑했던 남자도 결국에 그렇게 타죽었어요. 그녀는 그 일

진홍의
마녀 ❷

로 진홍의 드래곤을 용서하지 않았고요. 겨우 저 때문에, 마녀 하나 때문에 전하의 목숨을 버리고 싶으신 거예요?"

루헤인이 양손으로 그녀의 뺨을 쥐고 똑바로 눈을 들여다보았다. 그가 이렇게 가까운 거리에서 그녀를 똑바로 보는 것은 너무나 드문 일이라 숨을 쉴 수가 없었다. 문득 자신의 꼴이 얼마나 형편없을지가 떠올랐다. 검댕과 피, 화상자국으로 엉망진창일 테지. 그에게 아름다운 모습을 보여주고 싶었는데. 한 번쯤은 그녀도 그루제펜의 공주나 토르카인의 귀족 여인들에게 뒤지지 않을 정도로 아름답다는 걸 보여주고 싶었는데.

그런 날은 결코 오지 않을 것이다. 애당초 그녀는 그들만큼 아름답지 않았으니까. 마법으로 무슨 짓을 하든 아무런 의미가 없다. 루헤인은 그녀를 자신에게 어울리는 상대로 여기지 않을 테니까. 그에게 그녀는 그저 물건일 뿐이니까.

물건이라도 좋았다. 그의 곁에 있고 싶었다. 그래, 그뿐이었다.

눈물이 솟구쳤다. 사바는 눈을 깜박였지만 눈물은 결국에 눈가를 따라 흘러내리다가 뺨을 쥔 그의 손 위로 굴러 떨어졌다. 루헤인은 꼼짝하지 않고 그녀를 바라보았다. 검은 불길이 이글거릴 때마다 그의 옷자락이 조금씩 벌겋게 타고 목덜미와 관자놀이로 땀방울이 흘러내렸다.

"네 눈은 파란색이 가장 잘 어울려. 빨간 것도, 검은 것도 필요 없어. 너는 갈색 머리에 파란 눈, 평범한 모습을 하고 있어야 해. 그게 나의 마녀다. 그게 너라고."

"드래곤의 불 때문에……."

"애당초 넌 드래곤의 마녀가 되지 말았어야 했어. 넌 나의 마녀고, 영원히 그럴 거야. 내가 죽든 살든 넌 나의 마녀다. 나의 것이야. 내 말 알아들어? 넌 내 거다, 사바."

검은 눈동자가 타오른다. 검은 눈동자 속의 동공이 기묘하게 세로로 길어지며 그의 얼굴 골격이 변했다. 눈의 착각이야, 그럴 리 없어. 그렇게 생각하면서도 그에게서 눈을 뗄 수가 없었다. 그의 말 외에 다른 것은 생각할 수가 없었다.

"저는 전하의 마녀입니다. 영원히요."

그가 그녀의 얼굴을 끌어당겨 입을 맞췄다. 입술과 입술이 맞닿는 순간 그녀의 가슴속에 벽을 둘러 꼭꼭 가둬놓았던 불꽃이 순식간에 사방으로 솟구쳤다. 벽은 산산조각 나고 불꽃은 신이 나서 너울거리며 타오른다.

사바는 팔을 뻗어 루헤인을 끌어안았다. 그의 널찍한 어깨를, 등을 쓰다듬고 느꼈다. 이전에는 한 번도 먼저 손을 내밀어 그를 만질 수 없었다. 그가 거칠게 그녀의 몸을 만지고 탐하는 동안 가만히 있어야만 했다. 하지만 지금은, 지금 한 번만큼은 그를 만져도 되지 않을까. 다시는 이런 기회가 없을지도 모르는데. 다시는 그가 이렇게 소유욕을 담아 그녀에게 키스해주지 않을지도 모르는데.

아니, 지금이 지나면 두 사람 모두 시체가 되어 있을지도 모르니까.

그의 혀가 그녀의 입안으로 파고들었고, 그의 입술이 그녀의 입술에 닿았다 떨어지기를 반복했다. 혀가 입안 깊은 곳까지 맛보고 건드린다. 그의 혀가 그녀의 입 안쪽 여린 살결을 건드리고 핥자 그녀의 온몸이 바르르 떨렸다. 몸 안에서 뭔가가 꿈틀거리는 느낌이 들었다. 뭔가 뜨겁고 불편한 것, 그녀의 것이 아닌 뭔가가…….

뱀처럼 그것이 그녀의 목을 타고 올라온다. 키스가 깊어지고 그의 입술이 그녀를 강하게 빨아들이자 그 불편한 것이 목을 타고 천천히 올라오기 시작했다. 숨이 쉬어지지 않았다. 그녀가 헐떡거리며 그의 어깨를 붙잡고 몸을 떨었다.

루헤인은 한 손을 내려 그녀의 허리를 받치고 다른 손으로는 턱을 잡고 입을 더 벌리게 만들었다. 그녀의 혀를 빨고 깨물고 그다음에는 입술 위로 혀를 미끄러뜨렸다가 다시 입안으로 돌아온다. 허리를 받친 손이 등 아랫부분을 어루만지자 그녀의 몸 안쪽이 다시금 타오르기 시작했고 목으로 올라오던 불편한 것이 점점 더 위로 올라왔다. 목구멍을 지나 입안으로, 그리고…….

루헤인이 그것을 물고 그녀에게서 몸을 떼어냈다. 목을 막고 있던 뭔가 커다란 것이 입을 통해 빠져나가는 느낌에 사바는 뒤로 쓰러지며 숨을 몰아쉬었다. 가슴 안쪽이 텅 빈 것만 같다. 무언가가 사라졌다. 그녀는 고개를 들고 루헤인을 보았다가 비명을 질렀다.

"안 돼!"

짙은 자줏빛의 불꽃이 그를 둘러싸고 있다. 드래곤의 불, 아흐메닷의 불이다. 드래곤의 불은 순식간에 그를 태워버릴 게 분명했다. 인간 하나 정도는 흔적조차 남지 않을 것이다. 일어나서 그에게 달려가려고 했지만 몸이 말을 듣지 않았다. 다리에 힘도 들어가지 않는다. 싫어, 안 돼. 눈앞에서 그가 재가 되는 모습을 볼 수는 없어. 안 돼!

"아흐메닷! 아흐메닷!"

루헤인을 살릴 수만 있다면 뭐든 할 것이다. 평생 진홍의 드래곤의 노예가 되어도 좋고, 마녀들의 손에 봉인 당해 지하 동굴에 갇혀도 좋다. 그가 죽어서는 안 된다. 그는 안 된다고.

루헤인의 주변으로 얼음덩어리가 나타났다. 사바는 고개를 돌려 루헤인의 뒤쪽을 보았다. 초록 머리의 마녀와 줄레나가 그를 향해 마법을 사용하고 있다. 드래곤의 불을 어떻게든 꺼보려는 생각인 것 같았지만 역부족이었다. 드래곤의 신부도 아닌 평범한 마녀가 드래곤의 불을 통제할 수는 없다. 얼음은 거의 나타나자마자 순식간에 녹아버린다.

"아흐메닷!"

사바는 고개를 들고 머리 위에서 빙빙 돌고 있는 드래곤들을 향해 소리를 질렀다. 자줏빛 불꽃 속에 있는 루헤인은 괴로워 보였다. 순식간에 타버리지 않았다는 것이 그저 놀라울 뿐이다. 하지만 오래 버티지는 못할 것이다.

드래곤 세 마리가 차례대로 지상으로 내려온다. 마녀들은 여전히 그보다 더 위에서 빗자루를 타고 상황을 경계하듯 빙빙 돌고 있었다. 시체를 노리는 독수리 떼 같은 것들. 완벽하게 안전하다는 생각이 들기 전까지는 절대로 이 상황에 끼어들지 않을 것이다. 저것들을 없앴어야 했어. 마녀 따위, 이 세상에서 완전히 없애버렸어야 했어. 사바는 원한이 쌓이는 느낌으로 그쪽을 보다가 내려오는 드래곤들에게로 시선을 돌렸다. 하나 둘 차례로 인간의 모습으로 변해 땅에 내려선다. 청록의 드래곤, 진홍의 드래곤, 그리고 칠흑의 드래곤.

후들거리는 다리로 그녀는 일어나서 아흐메닷을 향해 걸어갔다. 몇 번이나 무릎에서 힘이 빠져 주저앉았지만 그녀는 손으로 땅을 짚고 거의 기다시피 해서 그의 앞까지 갔다. 아흐메닷이 붉은 눈으로 그녀를 내려다보았다.

"마녀 사바."

"드래곤이시여."

불을 잃은 이상 그녀는 더 이상 그의 신부가 아니었다. 그가 그녀에게 특별대우를 해줘야 할 이유도 없다. 아니, 이 자리에서 쳐 죽인다 해도 이상하지 않을 것이다. 그녀로 인해 그는 성을 잃고 자신을 신으로 모시던 마을 하나를 통째로 잃었으니까. 하지만 지금 의지할 수 있는 것은 아흐메닷뿐이었다. 그의 불이니 되찾는 것도 그의 마음대로가 아닌가.

"그를 구해주세요."

아흐메닷이 그녀를 내려다보다가 말했다.

"나에게 부탁을 할 자격이 있다고 생각하나?"

내가 당신을 이용했던 것과 똑같이 당신도 나를 이용했잖아. 줄레나에 대한 사랑을 이루려고, 그녀를 질투하게 만들려고 나를 끌어들였잖아. 사바는 주먹을 움켜쥐고 간신히 몸을 일으켰다.

"그를 구해줘. 그를 구해주지 않으면……."

드래곤을 위협할 수 있는 게 뭐가 있을까? 그를 위협할 수 있는 유일한 것……

"줄레나를 죽여버릴 거야. 수십 년이 걸린다 해도 그녀를 죽여버리겠어."

아흐메닷의 눈이 가늘어졌다. 그의 목소리가 낮고 깊게 가라앉았다.

"그녀가 너를 자신의 집에 받아주고 돌보아주었는데 그걸 그런 식으로 갚겠다는 것이냐?"

사바는 물러서지 않은 채 고개를 끄덕였다. 아흐메닷의 눈이 번뜩이고 송곳니가 길어진다. 하지만 그 표정은 금세 사라졌고 그가 고개를 들어 루헤인을 보았다. 사바 역시 그를 돌아보았다. 불꽃의 빛깔이 점점 더 진해지고 있다. 루헤인은 고통스러워 보였다. 그녀의 온몸이 부들부들 떨렸다. 옆에서는 왠지 모르지만 줄레나가 울부짖고 있었다.

"네 잘못은 아니지. 이 모든 것이 어쩌면 나와 줄레나의 잘못일지도 모르겠군."

아흐메닷이 나직하게 중얼거리고 그녀의 머리를 살짝 쓰다듬으며 루헤인의 쪽으로 걸음을 옮기려 했다. 무슨 말인지 이해하지 못한 채 그녀가 쳐다보고 있는데 갑자기 루헤인의 온몸에서 검은 빛이 폭발했다. 사바의 숨이 멎었다. 검은 빛이 자줏빛 불꽃을 집어삼키고 사방으로 퍼진다. 청록의 드래곤이 입을 딱 벌렸다.

"저건……."

진홍의 마녀 ②

"드래곤이 태어난다."

칠흑의 드래곤이 어둡고 무거운 목소리로 말했다. 사바는 놀란 눈으로 그를 돌아보았다. 칠흑의 드래곤은 평소의 무심한 표정이 아니라 심각한 얼굴로 루헤인을 바라보고 있었다. 아흐메닷이 말도 안 된다는 듯이 그를 쳐다보았다.

"드래곤이 태어난다니, 이게 도대체 무슨……."

"어린 드래곤은 부모나 다른 드래곤의 불길 속에서 탈피하게 되지. 저게 탈피가 아니고 뭐지?"

"하지만……."

아흐메닷은 고개를 흔들고서 다시 루헤인을 보았다. 줄레나와 제르가 역시 루헤인을 바라보고 있었다. 검은 불꽃이 살아 있는 것처럼 그의 온몸을 감싼 채 하늘을 향해 소용돌이친다. 그의 모습이 불꽃 속에서 녹는 것처럼 사라졌다가 커지기 시작한다.

소리조차 사라진 듯한 그 검은 공간 속에서 그들은 새로운 드래곤이 탄생하는 장면을 침묵 속에 바라볼 뿐이었다.

불꽃은 처음에 오렌지색이었다. 사바의 몸에서 뽑아낼 때까지만 해도 별로 크게 해가 되지 않을 것 같은 옅은 빛깔이었다. 하지만 그것이 살아 있는 짐승처럼 그를 덮치더니 시뻘겋게 타오르기 시작했다. 짙은 자줏빛으로 변하며 그의 온 세상을 휘감아버렸다. 불꽃을 헤치고 밖으로 나가려고 했지만 움직일 수가 없었다. 붉은 커튼 같은 불꽃 속에서 사바의 모습마저 사라져버렸다. 뜨겁다. 끔찍한 열기가 그를 덮치고 짓눌렀다. 숨을 쉴 수가 없었다.

이렇게 죽는 건가? 그럴지도 모른다. 드래곤의 불이 병사들에게 어떤 일을 하는지 그의 눈으로 직접 목격하지 않았던가. 청록의 드래곤이 불을 뿜어내자 달려가던 병사들은 재조차 남기지 않은 채 전부 다 사라져버렸다. 근방에 있던 나무들까지 전부 사라지고, 불길이 지나간 자리는 폐허로 변했다. 그리고 그는 지금 그 불길에 완전히 휩싸여 있다. 설령 마녀의 피를 물려받았다 해도 이런 불길을 감당할 수는 없을 것이다. 여기에서 살아남는다는 건 불가능하다. 이렇게 뜨거운데. 온몸이 녹아내리는 것 같은데.

열기가 그의 코와 목을 틀어막는다. 옷이 불에 타서 후둑후둑 떨어지는 것이 느껴진다. 이제 피부가 녹고 온몸이 녹겠지. 그리고 아무것도 남지 않을 것이다. 사바는 그를 보고 있을까? 그 여자, 그와 한 핏줄이라던 마녀는? 우스운 일이다. 한때는 마녀를 그토록 찾았는데, 정작 바로 그 자신이 마녀의 피를 이어받았다니. 어쩌면 롤라나 왕비는 정말로 마법을 쓸 수 있었을지도 모른다. 뭇 남자들을 홀렸다는 소문의 주인공이니 그것도 일종의 마법이었을지 모르지. 어머니는 그것을 좋아했을까? 자신의 그런 능력을 좋아했을까?

모르겠다. 영원히 모를 테지. 그는 싫었다. 처음에 잠깐 즐겼는지 모르지만, 그의 주변에서 여자들이 미치는 것을 보는 게 즐거웠을 리가 없지 않은가. 그 누구도 그에게 진정으로 애정을 품지 않았었다. 처음에는 왕세자를 유혹하겠다고 덤벼들었고, 그다음에는 그에게 홀려버렸다. 그를 독차지하겠다고 서로 물고 뜯고 싸웠다.

달려드는 그들을 거부하지 않고 안았던 그에게도 잘못이 있는지 모른다. 하지만 그도 자신에게 그런 힘이 있는 줄 몰랐었다. 여자들이 이상해지는 것은 눈치 챘지만 여자들이란 으레 그런 존재라고 생각했다. 세자비의 자리를 차지하기 위해서 서로 싸우는 거라고. 정말로 뭔가 이상하다고 생각했던 것은 카밀라 공주가 망가지는 것을 눈으로 보면서였다. 그리고 레이라가 미쳐가는 것을 보고서. 그래, 그때 알았다.

늦게 안 것이 죄인가? 그의 목숨을 내놓아야 할 만큼 큰 죄인가?

레이라는 건드리지 말았어야 했다. 그것만큼은 인정하고, 후회했다. 그녀를 자살로 몰고 간 것이 그 자신이었으니까. 하지만 다른 여자들? 그들은 왕세자를 원했고, 왕세자비 자리를 원했다. 병석에 있던 탑의 왕자에게는 조금의 관심도 주지 않던 여자들이 진짜 왕세자 자리에 앉는 순간 자진해서 몸을 던졌다. 그래서 안았다. 그걸 후회해야 하나? 미안하게 여겨야 하나? 그에게 마녀의 피가 흐른다는 사실을 몰랐다고 해서 죽음으로 사죄해야 하나?

아니, 그건 아니잖아. 빌어먹을, 그건 아니라고.

병석에 있던 시절에 그에게 순수하게 관심을 보였던 것은 사바 하나뿐이었다. 계약으로 옆에 묶인 마녀였다고는 하지만 그녀는 그를 진정으로 아꼈다. 해줄 필요가 없는 것들까지 해주었고, 마녀가 아니라 마치 노예처럼 그의 시중을 들어주었다. 그가 카밀라 공주에게 넋을 잃었을 때에는 그녀와 만나는 자리에서 말끔해 보일 수 있도록 치장까지 해주었다. 그럴 필요는 없는데. 전혀 없는데.

그리고 그는 잃어버린 후에야 그 소중함을 깨달은 머저리였고. 잃어버리고도 한참 후에야.

이제 겨우 그녀를 찾았는데, 간신히 그녀를 손에 넣었는데 죽어야하나? 그의 탓도 아닌 일에 대해 미안하다고 말하며 죽음으로 사죄해야 하나?

빌어먹을, 그는 왕이었다. 토르카인의 왕, 이 나라 최고의 권력자였다. 그에게 안겼던 여자들이 권력을 얻지 못한 채 서로를 쥐어뜯다가 죽었다고 해서, 그게 뭐? 그런 걸로 인해 귀족들이 그를 원망한다고 해서 그게 뭐? 그런 소소한 것에 왕이 신경을 써야 하나? 그럴 필요 없잖아. 그는 왕이고, 아무도 그에게 대들 수 없다. 후회하는 것이 없지는 않지만, 최소한 그건 아니다. 겨우 그런 일로 그의 목숨을 내놓을 생각은 없었다. 사바를 데리고 궁으로 돌아갈 것이다. 그녀를 그의 옆에 앉히고 이 나라를 통치할 것이다. 그러기 위해 여기까지 왔는데! 죽을 줄 알아?

죽을 줄 아냐고!

갑자기 주변의 불길이 변했다. 짙은 붉은색으로 타오르던 불꽃이 순식간에 시커멓게 변했다. 검정과 보랏빛이 섞인 불길이 머리 위로 타오르며 그의 시야를 가로막았다. 사방을 둘러쌌다. 루헤인은 주위를 둘러보았다. 피부는 더 이상 뜨겁지 않지만 그게 피부가 전부 다 타버렸기 때문인지 아니면 불꽃의 온도가 달라졌기 때문인지는 분명하지 않았다. 빛이 들어오지 않아서 아무것도 보이지 않았다. 팔을 만져보고 싶지만 자신의 손이 어디 있는지조차 느껴지지 않았다.

어둠. 불꽃으로 둘러싸인 캄캄한 어둠 속에 갇혔다. 공기가 있는지도 모르겠다. 아무것도 보이지 않고, 아무것도 느껴지지 않는다. 몸의 일부가 늘어나고 또 다른 일부는 줄어드는 것 같은 기묘한 느낌이 들었다. 숨을 쉬려고 노력했지만 숨을 쉴 때마다 불길이 몸 안으로 들어오는 것 같은 감각에 제대로 숨을 쉬는 것이 어려웠다.

이미 죽은 건가? 그래서 세상이 시커메진 걸까? 아니, 그럴 리 없어. 이런 식으로 죽을 수는 없다고. 사바에게 아무 말도 하지 못했는데. 너를 찾으러 여기까지 온 거라고, 네가 계속 옆에 있어주길 바란다고, 다른 여자들에겐 아무런 의미도 없었다고 말하고 싶었는데. 더 빨리 그 사실을 깨달았어야 했다고 고백하고 싶었는데.

말을 해야만 했다. 그녀는 모른다. 그녀는 그가 어떻게 생각하고 있는지 전혀 모른단 말이다.

사바.

심장이 두근거리기 시작했다. 그녀가 건강하게 만들어준 심장이 빠르게 쿵쿵거리며 뛰기 시작했다. 그는 고개를 젖혔다. 아니, 젖혔다고 생각했다. 몸이 자신의 것 같지 않았다. 자신의 것으로 느껴지는 것은 오로지 이 심장 하나뿐이었다. 쿵쿵거리며 가슴 밖으로 나가고 싶은 것처럼 뛰는 심장, 그에게 뭔가 신호를 보내는 것처럼 뛰는 심장.

사바!

어두워, 너무 어둡다. 아무것도 보이지 않는다. 어디로 가야 하는지조차 알 수가 없다. 그녀를 찾아야 하는데. 그녀에게 돌아가야 하는

데.

죽을 수 없어. 절대로, 절대로 죽을 수는 없다. 그녀의 곁으로 돌아가서, 그녀와 있을 것이다. 옛날처럼 그녀와 함께, 항상, 언제나.

그는 사방을 돌아보았다. 어디를 봐도 그저 어두컴컴할 뿐이다. 그녀를 찾아야 한다. 그는 다급하게 움직이기 시작했다. 어디로든 가야한다. 어디로든. 심장이 뛰는 곳으로. 그의 심장을 쥔 여자의 곁으로.

사바. 사바. 사바.

드래곤은 거대했다. 거의 진홍의 드래곤과 비슷할 정도로 거대한 것 같았다. 검은 비늘이 햇살을 받자 보랏빛으로 반짝였다. 주변은 검은 불길로 휩싸여 있었다. 연기 같은 불꽃은 드래곤의 하체를 거의 다 가릴 정도로 짙었다. 뜨거운 열기 때문에 접근하는 것조차 힘들었다.

루헤인이 드래곤의 모습으로 바뀐 지 어느 정도의 시간이 흘렀지만, 드래곤은 꼼짝도 하지 않았다. 그 상태 그대로 서서 가끔씩 불길을 뿜어낼 뿐 흐릿한 눈동자에 초점조차 잡히지 않았다. 사바의 온몸으로 차츰 두려움이 스며들었다. 왜 움직이지 않는 거지? 왜 저렇게 가만히 있는 거지? 왜…….

"안 돼. 깨어나지 못한다. 저대로 탈피에 성공하지 못한 채 굳을 거야."

아흐메닷이 낮은 목소리로 중얼거렸다. 그의 발치에 무릎을 꿇은 채로 사바는 그를 올려다보았다.

"그게 무슨 말이죠?"

"드래곤의 탈피란 드래곤에게 있어서는 삶과 죽음의 경계를 가르는 일이야. 탈피에 성공하지 못한다는 건 곧 죽는 것과 다름없어. 그렇기 때문에 대부분의 경우에 부모가 자식의 탈피를 이끌어주게 되고. 그런데 이건 너무 갑작스러운 일이었어. 아무도 저 녀석이 드래곤이라는 걸 알지 못했고 심지어 저 녀석 본인조차 자신이 뭔지 몰랐지. 저런 상태로 탈피에 성공할 수 있을 리 없어. 저 불길 속에 갇혀서 그대로 굳어버릴 거다."

"굳는다면⋯⋯."

"저대로 굳어서 거대한 석상이 되는 거지. 산이 되든지. 뭐가 됐든 간에 별로 보기 좋은 상태는 아니지."

아흐메닷의 시선이 커다란 드래곤의 몸으로 향했다.

"대부분의 경우 저렇게 굳어버리면 다시 살아나지 못해. 우린 인간들이 보기 전에 저걸 부숴버리지."

부순다면⋯⋯.

"죽인다고요?"

사바의 목소리가 갈라졌다. 아흐메닷은 드래곤을 바라보며 고개를 끄덕였다. 사바의 눈에서 불꽃이 튀었다.

안 돼, 그가 죽을 순 없다. 그 불꽃은 그녀의 것이었고, 그녀가 지고 갔어야 하는 물건이었다. 그것 때문에 그가 죽을 수는 없어. 그래선 안 돼. 절대로 안 돼. 뭔가 방법이 있어야 해. 그를 살릴 수 있어야만 해!

사바는 줄레나를 돌아보았다. 그녀와 초록 머리의 마녀, 청록의 드래곤까지 모두가 근처에 서서 검은 드래곤을 올려다보고 있었다.

"방법이 있을 거예요. 방법이 있겠지! 마법으로 깨울 수 없는 거예요? 당신들은 나이 많은 마녀잖아!"

줄레나가 반쯤 멍한 표정으로 고개를 천천히 흔들었다.

"탈피하는 드래곤은 본 적조차 없어. 이런 건 마녀가 어떻게 할 수 있는 일이 아니야……."

"드래곤의 탈피란 드래곤에게 있어서 굉장히 중대한 일이야. 절대로 공개되지 않는 일이기도 하고. 드래곤은 이때에 가장 약해지니까. 이걸 이끌어줄 수 있는 것은 같은 드래곤들뿐이야."

제르가가 냉정한 어조로 말했다. 사바는 고개를 흔들었다. 아니, 그럴 리 없어. 뭔가 방법이 있을 거야. 있어야만 해! 있어야만……

"꼭 드래곤만이 이끌어야 할 필요는 없지. 이 경우는 여러 가지로 독특하니까."

사바가 고개를 휙 돌려 칠흑의 드래곤을 바라보았다. 라반이 팔짱을 끼고 그녀를 바라보고 있었다. 그녀는 다급하게 바닥을 짚고 후들거리는 다리로 일어섰다.

"뭐죠? 어떻게 하면 되는 거죠?"

그가 그녀의 앞으로 다가와서 동공조차 구분되지 않는 새카만 눈동자로 그녀를 응시했다.

"너는 이제 드래곤의 진정한 신부다. 드래곤의 신부라는 것이 어떤 것인지 알게 될 것이야. 너의 드래곤을 인도하여라."

사바는 의아한 눈으로 그를 보았다. 진정한 신부라니, 그게 무슨 말이지? 그녀는 아흐메닷의 가짜 신부였고, 그나마도 루헤인이 불꽃을 꺼내줌으로써 해지되었다. 그런데 진정한 신부라니?

"무슨 말을 하는 거야, 라반? 그 아이는 내 신부였다고."

아흐메닷이 짜증스러운 어조로 말했으나 라반이 차가운 눈길을 던지자 움찔 입을 다물었다.

"이 아이는 너의 신부가 아니었어. 처음부터 저 소년의 신부였던 거지."

라반의 눈길이 다시 사바에게로 향했다.

"너의 첫 계약자가 저 소년이었다고 들었다. 다시 말해 네가 진홍의 드래곤과 계약하기 전에 먼저 저 소년과 계약을 하고 있었다는 이야기야. 맞지?"

사바가 고개를 끄덕였다.

"너희들은 모르는 새 이미 드래곤과 마녀로서 혼인을 맺었던 것이다. 그러지 않고서는 네가 저 아이의 불꽃을 갖고 있을 리가 없지. 네가 갖고 있는 그 검은 불꽃은 저 소년의 불꽃이고, 소년이 강해짐에 따라 너의 불꽃도 더 커져서 결국에는 아흐메닷의 불꽃을 삼키게 된 거다. 네가 아흐메닷의 진짜 신부가 되지 않은 것을 다행으로 여겨라. 그랬다면 그 자리에서 두 개의 불꽃이 충돌하여 타죽고 말았을 테니까."

사바는 입만 뻐끔거리다가 결국에 다물었다. 뭐라고 말을 해야 할지 알 수가 없었다. 그녀가 신부라고? 루헤인의 신부라고?

말도 안 된다. 그럴 리가 없다.

"하지만 내가 불을 줄 때에는 다른 불의 존재가 느껴지지 않았어! 다른 드래곤의 불이 느껴졌다면 내가 미쳤다고 불을 나눠줬을 것 같아?"

아흐메닷이 따지듯이 외쳤으나 라반은 단호한 어조로 대꾸했다.

"탈피하기 전의 드래곤은 지극히 약한 존재다. 그때 불을 나눠줬다 한들 드러나지 않았을 거고, 너도 불을 나누어줄 때 다른 드래곤의 불을 애써 찾지 않았을 테지. 불을 나눠준 이후에는 너의 불에 눌려 저 검은 불꽃이 드러나지 않았을 것이고. 하지만 소년의 힘이 자라면서 급격하게 검은 불꽃이 강해져서 충돌하기 시작했을 것이야. 정말로 지금껏 전혀 눈치 채지 못했다고 주장할 셈인가, 아흐메닷?"

진홍의 드래곤은 불만스러운 표정으로 입을 다물었다. 줄레나가 놀란 눈으로 그를 보았다.

"아흐메닷?"

"조금…… 이상하다고 생각한 적은 있었지만, 다른 드래곤이 존재할 거라고는 생각하지 못했었으니까. 대체 저 녀석은 어디에서 나타난 거야? 말이 되지 않잖아."

아흐메닷이 짜증스러운 듯 손가락으로 머리카락을 연신 긁어 올렸다. 하지만 라반은 그를 무시하고 사바 쪽으로 돌아섰다.

"지금은 그것이 중요한 것이 아니야. 저 소년이 무사히 탈피하는 것이 중요하다."

"어떻게 하면 되죠?"

사바가 다급하게 물었다. 라반이 그녀의 머리에 손을 얹었다. 그의

진홍의 마녀 ②

손에서 뭔가 차가운 기운이 머릿속으로 스며드는 느낌에 그녀는 비틀 거리며 무릎을 꿇고 주저앉았다. 옆에서 줄레나가 그녀의 이름을 부르는 것 같았지만 묘하게 멀게 들렸다. 들리는 거라고는 라반의 목소리뿐이었다.

"잘 들어라. 저 소년을 인도할 수 있는 것은 지금 너뿐이다. 네 속에 있는 불꽃을 잘 살펴봐라. 그 불꽃은 너와 저 소년을 연결해주는 길이니까. 불꽃의 안으로 들어가면 저 소년의 영혼 속으로 들어갈 수 있어. 그 안으로 들어가서 소년의 영혼을 찾아 오는 거다. 소년의 영혼은 드래곤으로 변신하는 도중에 길을 잃은 거야. 영혼을 찾아서, 불꽃을 따라 돌아오는 거다. 알겠느냐?"

불꽃. 그녀와 그를 연결해주는 길. 그의 영혼을 찾아서 불꽃을 따라 돌아오면 된다. 칠흑의 드래곤은 그것이 아주 간단한 것처럼 말하고 있었다. 하지만 중대한 문제가 있었다.

"제가 정말로 그의 진정한 신부인가요? 그냥, 그냥 진홍의 드래곤과 마찬가지로 그의 불꽃 일부만이 저에게 들어온 거라면요?"

그게 가장 두려운 부분이었다. 또다시 누군가의 장난감, 도구가 되는 것. 아니, 루헤인이라면 그래도 상관없다. 언제나 그랬으니까. 하지만 그로 인해서 그녀가 가도 그를 데려오지 못한다면? 그가 영원히 저 드래곤의 몸 안에 갇혀 '굳어져' 버린다면?

라반의 눈이 순간적으로 그녀를 동정하는 것처럼 보였다. 따스하게, 인간적으로. 하지만 눈을 한 번 깜박인 순간 그 표정은 사라졌다.

"네가 진정한 신부라는 것은 네 안에 있는 불꽃을 들여다보면 알 수 있을 거다. 진정한 신부의 힘이 뭔지를 알게 될 거야. 직접 해보아라."

힘.

그녀는 힘을 가져본 적이 단 한 번도 없었다. 힘이 없었기 때문에 어려서는 귀족에게 붙들려 왕궁으로 끌려와 모두가 무시하는 왕세자의 시중을 들게 되었고, 나이가 든 후에는 전쟁을 막을 힘이 없어서 아흐메닷에게 자신을 팔았다.

지금도 설령 힘이 있다 해도 그것은 그녀의 것이 아닐 것이다. 하지만 어떤 식으로든 그에게 도움이 될 수 있다면 괜찮을 것이다. 그걸로도 만족할 수 있었다.

눈을 감고 그녀는 숨을 크게 들이켠 다음 자신의 안으로 들어갔다. 안으로. 안으로. 눈꺼풀 안쪽에서부터 가슴속까지 내려간다. 천천히, 무겁게 자신이 내려앉는 것이 느껴진다. 라반의 목소리가 나직하게 들린다.

"네 안의 불꽃을 찾아라. 그 불꽃을 믿어라. 그것은 드래곤의 것이 아니라 네 것이야. 자신의 의지로 드래곤이 너에게 불을 준 순간부터 그것은 네 것이 되었고 네 힘이 된 거다. 네가 그것을 믿지 않으면 불꽃이 너를 인도해주지 못할 것이다."

내 것이라고? 믿으라고? 무엇을? 이 세상에서 그녀의 것은 아무것도 없었다. 부모도 없고, 가족도 없고, 집도 하나 없다. 아무것도 없다. 루헤인조차 그녀의 것이 아니었다. 신부라니, 말도 안 되는 이야기다. 그저 그녀가 바라는 건 그를 구하는 것이었다. 그가 무사히 살

진홍의
마녀 ❷

아남는 것. 그거 하나다.

당신을 위해서라면 죽을 수 있어. 항상. 언제나.

가라앉는다. 라반의 목소리마저 멀어지고, 점점 더 깊은 곳으로 들어간다. 깊게, 깊게, 더 깊게. 마치 물속을 부유하는 것처럼 느릿하게 가라앉다가 그녀의 눈앞에 무언가가 보였다. 검은 동굴처럼 일렁거리는 것. 천천히 그쪽으로 다가가자 검은 동굴처럼 빛을 빨아들이고 있는 불꽃이 보였다.

사바는 주위를 둘러보았다. 마치 다른 세계에 들어온 것만 같았다. 모든 것이 일렁거리고 자신이 아주 작게 느껴졌다. 불꽃은 거대한 벽처럼 그녀의 앞에 서 있었다. 고개를 들어 끝을 보려고 하자 점점 더 커지는 것 같았다.

이 불꽃의 안으로 들어가라는 건가? 이렇게 뜨거운데? 그녀는 한 손을 내밀어보았다. 불꽃이 그녀의 손을 잡아먹으려는 듯이 덥석 다가온다. 손을 홱 빼자 불꽃은 아쉬운 듯이 그 자리에서 춤을 추다가 다시 커다란 본체로 되돌아갔다. 사바는 침을 삼켰다. 이걸 믿으라고? 말도 안 되는 소리. 이게 어떻게 내 거라는 거지? 어디로 보나 이것은 드래곤의 불이다.

루헤인이 언제 이것을 그녀에게 준 것일까? 최소한 아흐메닷의 불을 삼킬 때에는 그 감각을 뚜렷하게 느낄 수 있었다. 불꽃이 그녀의 목을 태우며 안으로 들어가던 느낌을. 하지만 루헤인에게서는 그런 느낌을 받아본 적이 없었다.

그래, 키스를 받은 적은 있다. 두 번째 소원을 들어주었던 날에. 검을 휘두르고서 기쁨에 찬 그가 그녀를 보았고, 그리고 고개를 숙였다. 입술이 닿던 그 부드러우면서도 어색하던 느낌. 잠시나마 그에게 사랑받는다고 생각했던 그 순간.

그 첫 키스 이후로는 다시는 부드러운 키스를 받아본 적이 없었다. 가끔 그가 마음이 풀렸을 때 이마나 관자놀이에 가볍게 키스해준 적은 있지만, 그가 입술에 키스할 때에는 항상 뭔가에 화가 나 있을 때였다.

그래, 그 첫 키스. 그것은 잊을 수 없을 것이다. 그것만은. 그의 입술이 닿고, 쓸고, 어루만지던 그 느낌은. 그녀를 소중한 듯이 맛보던 그 느낌은. 그의 손이 그녀의 뺨을 쓰다듬고, 그녀를 조심스럽게 안고, 그리고…….

문득 사바는 눈앞의 불꽃을 보았다. 마치 그녀 자신의 기분처럼 불꽃도 높이가 낮아진 채 부드럽게 흔들리고 있었다. 그날을 떠올리는 것처럼. 그날의 그 기분, 그 부드러움, 잠시나마 행복했던 그 마음. 어쩌면 그날 이 불꽃이 그녀의 안으로 들어왔던 걸까? 정말로 그는 드래곤이고, 그녀에게 진심 어린 마음으로 불꽃을 주었던 걸까?

그의 신부.

꿈조차 꾸어보지 못했던 이름이었다. 그는 왕세자, 지금은 토르카인의 왕이고 그녀는 한낱 어린 마녀일 뿐이었다. 아흐메닷의 불을 잃었으니 이제는 힘도 없고, 쓸 수 있는 마법도 지극히 제한되어 있는 새끼 마녀. 그에게 아무 필요도 없는 존재. 신부는커녕 그의 옆에 있어도 될까 의심스러운 존재인데, 저들은 그녀를 드래곤의 신부라고

진홍의
마녀 ②

불렀다. '진정한' 신부라고.

"정신 차려. 이름에 연연할 때가 아니잖아. 지금은 전하를 구하는
게 먼저야."

그녀는 나직하게 중얼거렸다. 자신이 하는 말조차 분명하게 들리
지 않는다. 소리가 어딘가에 흡수되어 사라지는 것 같은 느낌이 들었
다. 그녀는 일렁거리는 불꽃을 바라보다가 다시 손을 내밀었다. 불꽃
은 이번에는 손을 삼키려는 것처럼 거칠게 달려드는 것이 아니라 부
드럽게, 천천히 다가왔다. 손을 만지려는 것처럼. 잡으려는 것처럼.

열기가 손등을 핥는다. 하지만 이번의 열기는 아까 전만큼 뜨겁지
않았다. 견딜 수 있다. 살아 있는 생물처럼 그녀의 손등을 스치는 불
꽃을 바라보다가 그녀가 속삭였다.

"전하를 만나고 싶어. 그를 만나고 싶어. 어쩌면 이번이 마지막일
지도 모르니까."

그가 죽는다면 이걸로 끝이다. 그가 살아남는다 해도 그녀와는 다
른 인생의 행로로 향할 것이다. 어느 쪽이 되었든 그를 다시 보지 못
할 가능성이 높다. 그러니 한 번만 더. 지금 한 번만 더. 그가 그녀에
게서 아흐메닷의 불꽃을 끄집어내준 걸 고맙다고 전할 만큼이라도 보
게 해줘.

불꽃은 머뭇거리는 것 같았다. 그녀의 부탁을 들어주는 것이 굉장
히 어려운 일인 것처럼 일렁거리며 그대로 그녀의 앞을 막고 있다. 그
녀는 다시 한 번 말했다.

"그를 보고 싶어. 넌 보고 싶지 않아?"

불꽃이 파르르 떨린다. 그녀의 마음처럼, 심장처럼 떨린다. 사바는 가만히 불꽃을 바라보며 기다렸다. 불꽃은 고민하는 것처럼 흔들거리며 그대로 버티고 있다가 천천히 벌어지기 시작했다. 불꽃의 한가운데가 열리며 길이 생긴다. 사바는 잠시 눈을 깜박였다. 새카만 어둠 속으로 보이는 좁고 가느다란 길.

길이 열렸다. 정말로 길이 생겼다.

심장이 두근거렸다. 마른침을 삼키고 그녀는 길 끝에 뭐가 있는지 보려고 노력했지만 아무것도 눈에 들어오지 않았다. 길 끝은 그저 어두울 뿐이었다.

뭐가 있든 간에 이 어둠 속에 그냥 있는 것보다는 나으리라. 어쩌면 라반의 말대로 루헤인에게까지 연결될지도 모른다. 불꽃을 믿으라고 했던가? 그래, 믿어보자. 최악의 경우라면 여기서 그와 함께 죽는 것밖에 더 있겠는가?

"나를 전하께 인도해줘."

그녀는 불꽃의 벽을 향해 조용히 속삭인 다음 불꽃 사이의 좁은 길을 따라 걸음을 옮기기 시작했다.

사바의 몸이 풀썩 쓰러지자 줄레나가 놀라서 옆으로 달려왔다. 하지만 라반이 그녀를 가로막았다.

"손대지 마라. 지금 그 아이의 몸에 손을 대면 자칫 깨어날 수도 있다. 그러면 다시 들어가기가 굉장히 어려워져."

"그 아이가 루를 데리러 간 건가요?"

줄레나의 파란 눈이 칠흑의 드래곤을 보았다. 그는 고개만 한 번 끄덕인 다음 시끄러운 소리가 들리는 곳을 보았다. 청록의 드래곤이 인상을 찌푸렸다.

"인간들이 이쪽에 관심을 갖고 있어. 조금 있으면 이쪽으로 다가올 것 같은데."

모두가 소리가 들리는 방향을 바라보았다. 마을 쪽에서는 드래곤의 모습을 본 인간들이 웅성거리고 있고, 하늘에서는 여전히 마녀들 몇몇이 남아서 상황을 주시하고 있었다. 새로운 드래곤의 모습을 목격했으니 그 이야기가 벌써 수많은 마녀들에게 퍼졌을 것이다. 새로운 드래곤의 존재가 그들에게 어떤 영향을 미치게 될지 고민하고 있겠지.

줄레나는 걱정스럽게 마녀들을 보았다. 인간들도 문제가 되긴 하지만, 인간들이야 마녀나 드래곤이 한 번 겁만 줘도 곧장 도망칠 것이다. 하지만 머리 위에서 날고 있는 마녀들은 이야기가 달랐다. 그들은 이미 지나칠 정도로 드래곤에 관심을 갖고 있었다. 신부를 맞이했던 진홍의 드래곤, 수많은 드래곤의 '창녀'들을 거느리고 있었던 청록의 드래곤, 그리고 아말리나의 소환에 응답을 해준 칠흑의 드래곤까지. 드래곤이 셋이나 되면 마녀들의 관계에도 영향을 끼치게 된다. 심지어는 마녀들이 그렇게나 경계하는 '편'이 갈릴 수도 있다.

"자리를 옮겨야 돼. 저들이 보지 못하는 곳으로 가야 돼."

그녀가 아흐메닷을 쳐다보고 말했다. 진홍의 드래곤은 머리 위의 마녀들을 힐끗 본 다음 인상을 찌푸렸다.

"전부 다 그냥 태워 죽일까?"

"안 돼! 무슨 소릴…….."

그가 피식 웃는 것을 보고서야 그녀는 뒤늦게 농담이었음을 깨닫고 인상을 험악하게 찌푸렸다. 아흐메닷은 어깨를 으쓱이고서 레이율을 쳐다보았다.

"네 집 신세를 한 번 더 져야겠다."

"이런 빌어먹을. 우리 집이 네놈들 머무는 여관인 줄 알아? 저건 어쩔 건데? 저걸 저대로 끌고 들어가려고? 내 집이 그렇게 큰 줄 알아?"

"성인도 아니고 이제 막 탈피하는 드래곤 한 마리가 못 들어갈 정도로 좁은 집이 집이야?"

아흐메닷이 이죽거리자 레이율의 얼굴이 시뻘게졌다. 옆에 서 있던 제르가 그에게 귓속말을 하자 레이율은 숨을 크게 들이켠 다음 천천히 내뱉었다. 하지만 아흐메닷을 바라보는 찡그린 표정은 전혀 달라지지 않았다.

"좋아. 하지만 저 녀석을 옮기는 건 너희가 해. 난 손가락 하나 까딱하지 않을 거니까. 집을 내주는 것만으로 충분한데 내가 일까지 해야 돼?"

"옮기는 건 내가 한다."

칠흑의 드래곤이 나직하게 말했다. 줄레나는 그를 보았다. 그가 나이가 꽤 많은 드래곤이라는 건 알고 있었지만, 지금 상황에 관하여 가장 지식이 많은 것도 바로 라반이었다. 어쩌면 그가 루를 구할 수 있

진홍의
마녀 ②

을지도 모른다.

 레이율이 드래곤의 모습으로 변해서는 제르가를 목에 태우고 날아올랐다. 하늘 위에 있던 마녀들이 황급히 사방으로 흩어지고, 그가 날개를 펄럭이며 빠른 속도로 멀어졌다. 아흐메닷이 그녀를 향해 고갯짓을 했다.

 "오랜만에 태워줄까?"

 아까 전, 말다툼을 했을 때와는 달리 감정이 삭은 목소리다. 줄레나는 잠깐 고민했지만 결국 고개를 흔들었다.

 "빗자루가 있어."

 "아직 몸이 완전히 회복되지도 않았잖아."

 "난 괜찮으니까 사바를 데려가. 의식을 잃은 상태잖아. 함부로 건드리면 안 된다고 그리고."

 "라반이 할 거야."

 아흐메닷이 쳐다보자 라반은 그렇다는 듯이 고개만 한 번 끄덕이고 사바 쪽으로 다가가서 그녀의 몸을 가볍게 안았다. 그러고는 연기 같은 검은 불꽃에 휩싸여 있는 커다란 검은 드래곤의 옆으로 다가갔다. 드래곤의 옆에 서니 그의 몸이 대단히 작게 보인다.

 그가 드래곤에게 한 손을 댔고, 잠시 후 그들의 모습이 전부 다 사라졌다. 검은 불꽃만이 그 자리에 남았지만 천천히 허공으로 흩어지기 시작했다. 줄레나는 놀라서 빈자리를 보다가 아흐메닷을 돌아보았다.

 "드래곤도 나이를 먹으면 마법을 좀 쓸 줄 알지. 뭐, 웬만한 마녀만큼은 쓰지."

"처음 듣는 이야기네."

"마녀가 드래곤에 대해 모르는 건 많지."

아흐메닷이 몸을 돌리려 할 때 줄레나가 그를 불렀다.

"저 아이가 살 수 있을까?"

입가를 치켜 올리며 뭔가 빈정거리려던 아흐메닷은 그녀의 걱정
가득한 얼굴을 보고 쓰게 입맛을 다신 후 고개를 돌렸다.

"이제는 사바한테 달렸어."

"맙소사, 그 애는 백 년도 살지 않은 어린 마녀일 뿐이야."

"백 년은커녕 오십 년도 안 살았지. 어쨌든 사바가 잘해내길 빌어
보라고."

그가 그 자리에서 거대한 드래곤의 모습으로 바뀌었다. 붉은 비늘
이 저무는 햇살에 핏빛으로 빛난다. 날개를 펼치고 그가 하늘로 날아
오르자 사방으로 거센 바람이 일었다. 머리카락이 제멋대로 휘날린
다. 한 팔로 눈가를 가린 채 그녀는 날아오르는 아흐메닷을 보았다.
그의 등에 타고 나는 것이 당연했던 시절이 있었다. 긴 그녀의 인생에
서 아주 잠깐 동안.

부디 사바와 루헤인은 조금 더 좋은 결말을 맞기를 바랄 뿐이었다.

진홍의
마녀 ②

25

"드래곤이라니 그게 무슨 소리인가?"

병사는 고개를 조아리고 말했다.

"불이 난 들판에 드래곤들이 날아다니는 것을 목격한 사람이 수도 없습니다."

"드래곤'들'?"

"예."

다흐란은 인상을 찌푸리고 주위에 있는 다른 귀족들을 보았다. 귀족들은 겁에 질린 표정이었다. 단 한 마리의 드래곤이 쳐들어왔을 때 토르카인이 어떤 일을 겪었는지 다들 기억하고 있었다. 그런데 이제는 여러 마리의 드래곤이라고? 그것들이 토르카인 땅에서 뭘 하고 있는 건데? 그런 표정이다.

사바 때문이겠지. 정확한 이유는 알 수 없지만 그녀의 입으로 드래곤이 올 거라고 하지 않았던가. 어째서 여러 마리의 드래곤이 나타난 건지까지는 알 수 없지만, 그들이 토르카인 땅에 해를 입히지만 않으면 두고 보는 수밖에 없다. 그들이 드래곤을 상대로 싸울 수 없다는 건 그루제펜과의 전쟁 때 치가 떨리도록 겪었으니까. 불길 한 번에 사라지던 병사들의 모습이 지금도 선명하게 기억났다. 가족들에게 시신도 돌려줄 수 없었던 불쌍한 자들.

"드래곤이 몇 마리나 있던가?"

"사람들에 따라서 말이 다릅니다. 두세 마리를 봤다는 자가 있는가하면 수십 마리가 하늘을 날아다녔다는 자도 있었습니다."

수십 마리라는 말에 귀족들이 사색이 되어 자기들끼리 숙덕거렸다. 드래곤이 수십 마리가 있다면 어떻게 되는 거야, 살아남을 수 있나, 그것들이 공격을 하면 이 나라도 끝나는 게 아닌가, 대체 국왕께서는 어디에 가 계신 거야.

한숨이 나오려는 것을 참고 다흐란은 병사를 보았다.

"수십 마리라고?"

"정확하지는 않습니다……. 그저 사람들의 과장된 소문일 수도 있습니다."

"그래, 그럴 수도 있겠지. 확실하게 확인이 된 드래곤은 몇 마리인가? 어떤 색이었지?"

"붉은 드래곤이 있었습니다. 그것은 제 눈으로도 보았습니다."

귀족들이 갑자기 안도의 한숨을 내쉬기 시작했다. 붉은 드래곤이라면 그루제펜 전쟁 때 그들을 도와주었던 드래곤이다. 그 드래곤이 토르카인을 공격할 리 없다고 생각하는 얼굴이었다. 하지만 다흐란은 그렇게 생각하지 않았다. 붉은 드래곤을 조종했던 것은 사바였고, 그 사바가 자신의 입으로 드래곤이 쫓아올 거라고 말했다. 뭔가 사이가 틀어진 게 분명하다.

"그리고…… 검은 드래곤이 있었습니다."

"검은 드래곤?"

"아니 그게, 검은색은 아닐지도 모릅니다. 해가 질 무렵이라서 정확하게 확인할 수가 없었습니다. 검게 보이긴 했지만, 짙은 파란색이나 보라색 같은 색깔이었을지도 모릅니다."

다시 귀족들이 웅성거렸다. 그런 드래곤은 본 적이 없다. 아니, 애당초 드래곤이 이렇게 많이 존재한다는 사실 자체도 그들은 모르고 살아오지 않았던가. 그루제펜에 있는 청록의 드래곤이 전부가 아니었다는 것도 그루제펜 전쟁 때 알게 되었는데, 청록의 드래곤과 붉은 드래곤 말고도 또 다른 드래곤이 있단 말인가?

"지금은 어쩌고 있나?"

"모두 사라졌습니다."

다흐란은 눈을 깜박였다.

"사라져?"

"예. 갑자기 모두 사라져서 확인차 근처까지 다가가 봤지만 불에 탄 흔적만 남아 있을 뿐 아무것도 없었습니다."

다흐란은 자신도 모르게 땀이 배어 있던 이마를 문질렀다. 아닌 척했지만 자신도 꽤 긴장하고 있었던 모양이라는 사실을 깨닫자 쓴웃음이 나왔다. 형님은 대체 최전선에서 드래곤을 향해 달려들 생각을 어떻게 하셨던 걸까. 그는 드래곤 이야기만 들어도 이렇게 진땀이 흐르는데.

"어디로 갔는지는 모르는 건가?"

"예. 그저 갑자기 사라졌습니다."

귀족들은 불안감 반 안도감 반의 얼굴로 서로를 힐끔거렸다. 다흐란은 고개를 끄덕였다.

"알겠네. 혹시라도 다시 돌아올지 모르니 그 지역에 대한 순찰을 늦추지 말도록."

병사가 고개를 수그리고 나갈 때 또 다른 파발이 도착했다. 시종이 그에게 귓속말을 했고, 다흐란이 고개를 끄덕이자 파발이 다가와서 몸을 굽히고 인사부터 올렸다.

"달란드르 산맥 일부가 무너졌습니다."

"뭐?"

다흐란이 몸을 반쯤 일으켰고 귀족들 몇 명이 놀란 듯이 소리를 질렀다. 달란드르 산맥이 무너졌다니, 토르카인 역사상 없던 일이다. 달란드르 산맥은 토르카인의 북쪽 머리였고, 언제나 영원히 지탱될 것 같은 거대한 산맥이었다. 그것이 왜 무너진단 말인가?

"산이 무너져 아래 있던 알리샤 마을을 덮쳤습니다. 현재 마을은 형체도 찾아볼 수 없는 상태라고 합니다. 생존자는 없을 것으로 추정됩니다."

"산맥이 어쩌다가 무너졌다는 건가? 무슨 일이 있었던 거지?"

"모르겠습니다. 전서구를 통해 알리샤를 포함한 주콘 지역의 영주께서 루첸 남작 나리께 연락을 보내셨고, 남작 나리께서 저에게 저하께 알리라 하셨습니다. 이것이 그 서신입니다."

파발이 앞으로 나와서 다흐란에게 조그만 서신을 내놓았다. 전서 구에 매달 만큼 조그만 서신이었다. 다흐란은 그것을 펼쳐보았고, 달 란드르 산맥이 무너져 알리샤 마을이 매몰되었다는 내용을 확인했다. 끝에는 주콘 영주의 인장이 찍혀 있었다.

"남작은 그러면 그쪽으로 갔나?"

"예. 곧장 그쪽으로 가서 직접 상황을 확인한 후 추가로 파발을 보 내겠다고 전하라 하셨습니다."

아무리 빠르게 달려간다 해도 달란드르 산맥까지 가서 상황을 확 인하고 다시 파발을 보내는 데에는 열흘 이상의 시간이 걸릴 것이다. 맙소사, 이 나라가 어찌되려고 이런 일들이 계속해서 벌어진단 말인 가.

"알겠다. 상황에 대한 대처는 남작이 알아서 잘하겠지."

파발은 다시금 허리를 굽힌 후 회의실을 나갔다. 다흐란은 이번에 는 거의 목까지 올라온 한숨을 간신히 삼켰다. 귀족들의 앞에서 그가 지치고 피곤해하는 모습을 보이는 것은 좋지 않을 것이다.

하지만 그 역시 두려웠다. 도대체 이 나라가 어떻게 되려고 이런 사건이 계속해서 벌어지는 걸까? 왜? 상왕은 이 모든 것을 마치 루헤 인의 탓처럼 말씀하실 것이다. 하지만 이것이 어째서 루헤인의 탓이 란 말인가? 어쩌면 지금 이 나라에 마녀들이 횡행하기 때문에, 그리 고 드래곤이 횡행하기 때문에 이런 일이 벌어지고 있는 건지도 모른 다. 그들을 전부 다 이 나라에서 내쫓는 것이 옳은 일일지도 모르지.

내쫓을 수 없다면 최소한 통제를 해야 하는 건지도.

물론 그럴 수 있는 방법은 다흐란도 알지 못했다. 마녀를 통제한다고? 마녀의 마법에 순식간에 넘어가버리는 한낱 인간들이 어떻게 그런 일을 한단 말인가? 드래곤을 통제한다고? 말도 안 되는 소리다. 불가능한 일이다.

"우선 가장 급한 것은 근방의 화재 지역을 정리하는 것이오. 그리고 그대들도 내일 날이 밝는 대로 우선 각자의 영지로 돌아가서 영지 상황을 살펴보는 것이 좋겠소. 어떤 일이 벌어질지 모르니 세심하게 확인하고 문제가 있을 시에는 빨리 연락을 보내시오."

다흐란의 말에 모두들 불안감을 떨치지 못하는 얼굴로 서로를 힐끔거렸다. 다흐란이 단호하게 말했다.

"지금 같은 불안한 상황에서 서로의 영지에 대한 침공은 없을 것으로 여기겠소. 지금은 서로가 싸울 때가 아니라 힘을 합해 이 불안한 상황을 이겨낼 때요. 이런 상황이라면 올해의 작황이 엉망일 게 분명하고, 그렇게 되면 백성들이 다시 굶주리게 되지. 이런 일이 어떤 결과를 불러오는지는 그대들이 가장 잘 알 거라 믿소. 그러니 돌아가서 각자의 영지를 돌보시오. 이웃 영지를 탐하지 말고 자신의 영지를 번성시키는 데 열중하시오."

귀족들은 탐탁찮은 얼굴로 일어섰다. 내가 아니라 저놈이 먼저 침공했다고, 지난번에 빼앗긴 내 땅은 어떻게 하라고, 싸움을 권장한 건 국왕 전하가 아니셨던가, 그렇게 말하고 싶은 얼굴들이다.

다흐란은 그들이 모두 나간 다음에야 참고 있던 한숨을 내쉬었다.

불확실한 상황에 대한 불안감, 공포, 탐욕이 귀족들을 지배하고 있다. 루헤인이 이들을 어떻게 다스렸던 건지 이제는 도저히 알 수가 없었다. 그는 이들을 짓누르고 얽어맬 자신이 없었다.

형님, 제발 무사히 돌아와주십시오. 저에게는 무리입니다. 그는 양 손으로 얼굴을 문지르며 기도하듯 읊조렸다.

길은 좁고 길었다. 얼마나 걸었는지 생각도 나지 않았다. 불꽃은 때로는 위협적으로, 때로는 은밀하게 그녀의 앞을 가로막고 그녀의 피부를 쓸곤 했다. 어느 순간부터 사바에게 그 불꽃이 친구처럼 느껴지기 시작했다. 불꽃은 때때로 그녀에게 나직한 소리로 속삭였다. *그 책은 재미있었지, 기억나? 부코타 백작은 정말 돼지 같은 놈이었어, 그 놈이 널 잡고 위협하다가 마법을 보고는 겁먹고 물러나던 거 생각나지? 도서관의 그 현자, 그 작자도 깜짝 놀라게 해줄 수 있었다면 좋았을 텐데.*

기억. 불꽃은 수많은 기억들을 품고 있었다. 그녀가 거의 잊어버렸다고 생각하던 기억까지도 다시 일깨운다. 좋은 것, 나쁜 것, 기쁜 것, 슬픈 것, 전부 다. 대부분은 루헤인에 대한 것이었다. 그가 심각하게 아팠던 어느 날, 그가 웃음을 보여주었던 어느 날, 그가 싫증내고 짜증을 부리던 대부분의 날, 그가 던진 장신구에 맞아 상처가 나고 나중에 그가 그것을 쓰다듬어주었던 그런 날. 그녀의 삶에는 그의 기억이 마치 씨실과 날실처럼 꼬여 있어서 도저히 분리해낼 수가 없을 정도였다.

꼬인 길을 한참 걷고 있는데 어느 순간부터 불꽃이 바뀌었다. 색깔이나 모양이 달라진 것은 아니었다. 똑같은 불꽃인데, 속삭임이 달라졌다. 마치 바람에 흔들리는 나뭇잎 소리처럼, 그녀에게 이야기하는 것이 아니라 혼잣말을 하는 것처럼 소곤거린다. *죽었어, 죽었대, 미쳤어, 망가졌어, 나가고 싶어, 괴로워, 아파.*

아파, 괴로워, 여기서 나가고 싶어, 나가게 해줘, 여기가 지겨워, 왜 나만 항상 여기에 있어야 하는 거지? 왜 나만 아파야 하는 거지? 이젠 싫어, 지겨워, 싫어.

사바는 걸음을 멈추고 불꽃을 바라보았다. 속삭임은 빠르게 지나가지만 분명한 사실은 그것이 그녀의 기억이 아니라는 거였다. 이것은…….

루헤인의 기억이다.

그녀는 흔들리는 불꽃 한 가닥을 바라보았다. 불꽃 속으로 보인다. 아주 옛날, 어린 루헤인이 침대에 누워 멍하니 창문 쪽을 바라보고 있는 모습이 보인다. 그의 생각이 마치 말로 표현하는 것처럼 뚜렷하게 들렸다.

나가고 싶어. 언젠간 나갈 수 있을 거야. 나아지겠지, 시간이 지나면 나아질 거야. 나도 다흐란처럼 밖에서 검을 휘두를 수 있을 거야. 훈련도 받을 수 있을 거야. 언젠간 할 수 있을 거야.

처음에, 그녀가 처음 궁에 들어왔을 때 루헤인은 상냥했다. 가끔 투정을 부리거나 신경질을 내는 일이 없었던 건 아니지만 그래도 처음에는 그녀에게 잘해주려고 노력했었다. *나는 왕이 될 거니까 너 같*

은 *천한 자들에게도 친절해야 해.* 그렇게 말하곤 했었다. 하지만 그런 태도는 시간이 흐르며 점점 변해갔다. 그의 몸이 나아지지 않을 거라는 것, 이것이 나을 수 있는 병이 아니라 그저 그렇게 태어나 어쩔 수 없는 것이라는 걸 깨달으면서부터 달라졌다. 그리고 왕이 될 수 없을 거라는 걸 받아들이면서 더 악화되었고.

난 왕세자야! 내가 왕세자인데 왜 저 녀석이 세자 노릇을 하고 있는 거야? 내가 왕위를 물려받을 사람이라고. 내가 왕세자인데!

침대 위에서 그가 몸부림을 치는 것이 보인다. 심장이 조여드는 고통까지 그녀에게 선명하게 전달된다. 사바는 몸을 움츠리고 숨을 헐떡였다. 그는 항상 이런 고통에 시달렸던 걸까? 그렇다면 그가 그녀에게 성질을 부렸던 것도 어느 정도는 이해할 수 있었다. 심장이 조여들고 금방이라도 숨이 멎어버릴 것 같은 공포.

나의 불쌍한 왕.

서서히 기억은 바뀌었다. 그녀 자신의 모습이 스쳐가고, 카밀라 공주가 스쳐간다. 그리고 그가 침대에서 일어났다. 고급스러운 옷을 입고 성큼성큼 왕궁의 뜰을 거닌다. 그의 옆에 여자들이 나타난다. 고급 옷을 입은 귀족 여자들, 그루제펜의 카밀라 공주, 그리고 침대 위에서 알몸으로 뒤엉켜 있는 그와 여자들. 사바의 눈이 순간적으로 다른 곳으로 돌아갔다가 다시 그쪽으로 향했다. 그가 여자들을 안고 사랑을 나눈다. 거칠게, 격렬하게. 뜨거운 열기와 숨소리까지 그녀에게 고스란히 느껴졌다. 그리고 그 여자들을 내쫓듯이 방에서 내보낸 후 침대에 혼자 드러누운 그가 웃는 소리도 들렸다.

다 똑같아. 전부 다 똑같아. 내가 이런 게 아쉬워서 그동안 내내 그
렸던 건가? 다 똑같은 몸뚱이를 안고서 헐떡대자고?

사바는 물끄러미 그의 모습을 바라보았다. 때로는 그녀가 없어서
그가 괴로워하기를 바랐고, 때로는 그가 행복해하길 바랐다. 그가 항
상 자신의 손 바깥에 있는 것만 바라본다는 건 알고 있었지만, 그래도
조금이나마 건강해진 것에 대해 기뻐하고 행복해하길 바랐었다.

그는 항상 멀리 있는 것만 바라본다. 언제나. 항상.

지금도 마찬가지가 아닐까. 그녀가 자신의 손에서 벗어났다고 생
각하기 때문에 찾으러 온 게 아닐까. 다시 손에 넣고 나면 또 다른 무
언가를 바라보지 않을까. 그의 손에 들어오지 않은 다른 것, 다른 권
력, 다른 여자, 뭔가 다른 것을.

불꽃 속에서 점점 여자들이 사라져간다. 그의 침대에 들어오던 여
자들도 줄고, 사라진다. 그리고 마침내 단 한 명만이 남았다. 그루제
펜의 카밀라 공주. 다흐란의 약혼녀로서 토르카인에 온 그 순간부터
그가 원했던 여자. 그리고 망가져간다. 그의 손에 들어온 순간부터 그
는 관심을 잃었고, 카밀라 공주는 망가졌다. 그가 손대는 여자들은 전
부 다 망가진다. 하지만 지금은 그 이유를 알 만했다. 드래곤은 인간
과 맞지 않으니까. 인간은 드래곤의 힘을 견디지 못한다. 드래곤에게
홀리고, 그대로 미쳐버린다. 드래곤과 관계를 갖는다는 것은 인간으
로서는 자살행위였다. 같은 드래곤을 제외하면 유일하게 드래곤과의
관계를 견딜 수 있는 것이 마녀였다. 그렇기에 많은 드래곤이 마녀를
신부로 삼았던 것이다.

사라지는 여자들, 사라지는 왕위에 대한 흥미, 지루함, 그루제펜과의 전쟁. 그리고 거기에서 그녀 자신을 다시 만났을 때 루헤인이 느낀 감정. 마치 불꽃이 붉은 빛깔로 폭발하는 듯한 그 감각에 사바는 한참을 움직일 수가 없었다. 그녀를 본 순간 그가 느낀 그 소유욕, 기쁨, 분노, 무지개를 뒤섞어놓은 듯한 그 온갖 감정들. 그것이 어떤 감정이든 간에 그가 그녀에게 감정을 느낀다는 사실이 기뻤다. 그 불꽃 속에 그대로 잠기고 싶었다.

　하지만 전진해야 한다. 그를 찾아야 한다는 의무감이 그녀의 다리를 계속 움직이게 만들었다. 어느새 불길에 완전히 익숙해진 상태로 그녀는 걸음을 옮겼다. 왕궁, 다흐란과의 대화, 마을, 그리고…….

　오, 안 돼.

　다흐란의 여인이 피투성이가 된 채 절벽에서 뛰어내린다. 놀라고 당황하고 충격을 받은 루헤인의 마음이 고스란히 사바에게 전해졌다. *왜? 어째서? 나를 좋아하는 게 아니었나? 어째서 다흐란이지? 그리고 어째서 다흐란을 그렇게 사랑한다고 말하면서 나에게 몸을 내준 건데? 왜 내 옆에 있으면 이상해지는 거지? 왜 여자들이 전부 다 이상해지고, 죽는 거지? 뭐가 문젠데? 나의 어딘가가 이상한 건가? 내가 이상한 거야?*

　그도 몰랐고, 그의 마녀였던 그녀도 몰랐다. 그가 어째서 드래곤인 걸까? 토르카인 왕가에 드래곤의 피가 흐르나? 아니면 그의 어머니 쪽으로 드래곤의 피가 흘렀나? 그녀가 좀 더 경험 있는 마녀였다면 더 빨리 눈치 챘을까? 그리고 그에게 경고해줄 수 있었을까? 모르겠다. 그녀가 아는 거라고는 불길이 점점 짙어지고 있다는 거였다. 길이 점점 좁아지고 빛이 흐려졌다. 불길은 점점 더 어둡게 변해갔다. 그를 빨리 찾아야 한다는 기분이 들었다. 자칫하면 그녀마저 이 어둠 속에서 길을 잃게 될지도 모른다.

"전하, 어디 계세요?"

그녀가 나직하게 속삭였다. 어느새 주변의 불길은 조각나서 사방을 날아다닌다. 그의 기억이, 그의 감정들이 모자이크처럼 사방 여기저기를 장식한다. 그녀가 아는 기억, 모르는 기억, 갖가지 감정들이 그녀를 공격하듯 덮친다.

"전하, 어디 계세요? 말씀해주세요. 전하!"

그녀는 더 빨리 움직이기 시작했다. 그를 찾아야 한다. 그가 이대로 어둠 속에서 굳어버리게 놔둬서는 안 된다. 어딘가에 있을 것이다. 불꽃이 인도해줄 거라고 칠흑의 드래곤이 말했다. 불꽃을 따라서, 불꽃을 따라…….

길이 사라진다. 발밑이 꺼지고, 몸이 붕 뜬다. 아니, 떨어진다. 사바는 옷자락을 움켜쥔 채 아래를 내려다보았으나 아래도 위도 앞도 전부 다 똑같이 검기만 할 뿐이었다. 떨어지고 있는 건지 날아오르고 있는 건지 혹은 그 자리에 그대로 있는 건지 전혀 느껴지지 않았다. 다리를 움직여도 앞으로 나아가는 것 같지 않다. 불꽃조차 사라져버렸다.

"전하!"

사바가 목소리를 높였으나 어둠이 그녀의 목소리를 흡수하는 것만 같았다. 그녀는 숨을 들이켜고 다시 소리를 질렀다.

"전하!"

사바.

나직한 목소리가 들리는 것 같다. 그녀는 귀를 바싹 곤두세웠다. 그의 목소리일까? 환청일까? 어디서 들리는 거지?

사바, 어디 있어? 네가 필요해. 네가 필요해.

갑자기 몸이 어디론가 쭉 끌려가는 느낌이 든다. 멀리 조그만 빛이 보이는 것 같다. 사바는 어둠을 헤치고 그쪽으로 가기 위해서 다급하게 팔다리를 움직였다.

"이해할 수가 없어요. 루가 드래곤일 리가 없어요. 그 아이의 어미는 내 핏줄이고, 아버지는 토르카인의 로한 2세예요. 어떻게 드래곤이 될 수가 있죠?"

청록의 드래곤 레이율의 거실을 서성거리며 줄레나가 말했다. 검은 보랏빛의 드래곤은 거실 한쪽에 쓰러져 있고 사바 역시 그 품에 안긴 것처럼 누워 있었다. 사바의 얼굴은 창백했고 아흐메닷이 그녀의 몸 위로 담요를 덮어주었다. 줄레나는 잠시 그 모습을 보다가 머뭇머뭇 물었다.

"둘 다 괜찮은가요?"

"아직은 버티고 있어."

레이율이 인상을 찡그리고 1인용 소파에 늘어져 있다가 아흐메닷을 쳐다보았다.

"드래곤은 드래곤이거나 아니거나, 그뿐이야. 반만 드래곤 같은 건 없다고. 심지어 어느 날 갑자기 드래곤이 된다는 것도 없어. 그냥 처음부터 드래곤이었어야 해. 그런데 내가 저 녀석을 봤을 때만 해도 전혀 드래곤의 기색은 없었다고. 어떻게 갑자기 탈피할 수 있는 거지?"

아흐메닷은 라반을 쳐다보았으나 그는 소파에 앉아 몸을 앞으로 기울이고 혼자만의 생각에 잠겨 있었다. 아흐메닷은 결국 난들 아냐는 듯 어깨를 으쓱였다.

"드래곤의 출생에 대해서 이야기를 들은 적이 있어요."

제르가가 갑자기 말했다. 칠흑의 드래곤을 제외한 모두가 그녀를 쳐다보았다.

"드래곤과 드래곤이 자식을 낳으면 그 아이는 드래곤의 몸을 갖고 태어나죠. 때가 되어 탈피를 하고 나면 이 드래곤은 인간의 형태를 취할 수 있게 돼요. 이런 드래곤은 탈피 과정에서 생존 확률이 대단히 높죠. 드래곤의 몸은 강하니까요. 하지만 드래곤과 마녀 사이에서 아이가 태어나면 이 아이는 인간의 형태로 먼저 태어나서 탈피하면 드래곤의 형태를 갖게 되죠. 이 경우에 생존 확률은 전자보다 훨씬 떨어져요. 인간의 몸은 약하니까요. 드래곤과 인간 사이에서 자식이 태어나면? 이 아이는 살아남지 못해요. 말했듯이 인간의 몸은 약해서 드래곤의 심장을 품을 수가 없어요. 하지만 마녀의 아이는 마력을 갖고 있죠. 그 마력 덕택에 탈피를 하고 드래곤의 형태를 가질 때까지 몸을 보호할 수 있는 거예요. 이것이 마녀만이 드래곤의 신부가 될 수 있었던 이유죠."

레이율은 놀란 눈으로 제르가를 보다가 어떻게 그런 걸 아는 거야, 라고 중얼거렸다. 제르가는 찡그린 눈으로 그를 보다가 어깨를 으쓱였다.

"저는 오래 살았답니다, 레이율. 그리고 마녀는 드래곤보다 더 빨리 나이를 먹죠."

"하지만 루헤인에게는 드래곤 부모가 없어. 말했잖아."

줄레나가 답답하다는 듯이 제르가를 보고 말했다. 초록 머리의 마녀는 어깨를 으쓱였다.

"그러나 파벨 3세는 드래곤이 되었지. 그렇다면 부모 중 한 사람은 드래곤이라는 이야기야. 달리 이런 일은 불가능하니까."

"난 저 아이가 태어나는 걸 봤어. 롤라나가 저 아이를 낳는 걸 봤고, 그 이래로 계속해서 지켜봤어. 절대로⋯⋯."

갑자기 뭔가가 생각난 것처럼 줄레나가 입을 다물었다. 아흐메닷이 눈썹을 치켜 올렸다.

"어미의 신분이 분명하다면 답은 하나로군. 저 아이가 토르카인 왕가의 혈통이 아니라는 거지. 그렇다면 그 아비가 드래곤이라는 건데 어느 드래곤이⋯⋯."

"저 아이의 어미가 이 여자인가?"

갑자기 칠흑의 드래곤이 낮은 목소리로 말을 하며 한 손을 들어 올렸다. 그의 손 위로 여자의 얼굴이 떠오른다. 하얀 얼굴에 아름다운 이목구비, 새하얀 금발에 투명한 파란 눈을 가진 여자는 이 세상 사람이 아닌 것처럼 아름다웠다. 아흐메닷과 레이율조차 허 하는 감탄사를 뱉을 정도였다.

줄레나의 눈에 경계의 빛이 어렸다.

"그 아이를 어떻게 아십니까? 칠흑의 드래곤께서는 그간 저쪽 세계에 계셨던 걸로 알고 있었는데⋯⋯."

모두의 시선이 라반에게로 향했다. 라반은 특유의 무심한 표정을 유지한 채로 그녀를 바라보았다.

"아마도 내가 삼백 년 만에 나타난 드래곤의 아비인 것 같군."

잠시 동안 거실에 침묵이 흘렀다. 줄레나는 뭔가 말을 하고 싶은 것 같았지만 말이 나오지 않는 듯이 침만 몇 번이나 삼킬 뿐이었고, 제르가는 금빛 눈만 휘둥그렇게 뜨고 있을 뿐이었다. 레이율은 어이가 없는 표정이었고 아흐메닷은 눈을 굴렸다.

"갑자기 저쪽 세계로 가버린 데에 이유가 있었던 거로군."

"그렇지는 않아. 원래부터 저쪽 세상으로 넘어갈 예정이었다. 그저 어느 날 밤에 우연히 만났을 뿐이야. 그 여자의 이름도 몰랐고, 신분도 몰랐다. 죽고 싶어 하는 여자였을 뿐이었어."

라반이 나직하게 말했다. 줄레나가 당황한 표정으로 고개를 흔들었다.

"그 아이가 죽고 싶어 했을 리가 없어요. 그 아이는 토르카인의 왕비였어요!"

"신분이 행복을 보장해주던가, 마녀여?"

라반의 말에 줄레나는 입을 다물었다. 그는 소파에 기대 허공을 바라보았다.

"자신이 누군지 모르는 자가 행복해질 수 있을 리 없지. 그 여자는 그런 상태였어."

다시 침묵이 흘렀다. 아흐메닷이 헛기침을 하고 그를 쳐다보았다.

"그래서 죽고 싶어 해서 네가 안은 건가?"

"드래곤에게 안긴 인간은 얼마 못 가 죽게 마련이지. 그러고 싶으냐고 묻자 그런 죽음이라면 얼마든지 받아들이겠다고 했어. 그래서 안았고, 그 뒤에 나는 떠났지. 저쪽 세계로. 그 후로 다시는 그 여자에 대해서 들은 적도 없고 찾아본 적도 없었어. 당연히 죽었을 거라고 생각했다. 마녀는 아니었으니까."

"마녀는 아니었지만 마녀의 피는 흐르고 있었던 거지. 드래곤의 아이를 잉태하고, 살아서 낳을 수 있을 정도로."

아흐메닷이 중얼거렸고 제르가 갑자기 알겠다는 듯이 아 하는 소리를 냈다.

"인간의 몸은 드래곤의 심장을 감당할 수 없어요. 파벨 3세는 왕세자 시절 병석에서 거의 일어나지 못했죠. 그대로 죽었어야 했어요. 하지만 그때 마녀와 계약을 했던 거예요. 본인이 마력을 갖고서 몸을 보호하는 대신에 어린 마녀가 옆에 붙어서 대신 마력을 사용해서 그를 보호해줬죠. 그래서 파벨 3세는 살아남았고, 결국에 탈피에 들어갈 정도의 힘을 모을 수 있게 된 거예요."

"심장이 튼튼해지면서 더 많은 드래곤의 피가 몸에 돌게 되었을 거고, 그러면서 진정한 드래곤으로 눈을 뜨게 된 건가. 죽었어야 마땅했을 몸이 독특한 인연을 통해서 살아남았군……. 그리고 자신들도 모른 채 그 어린 나이에 혼인의 서약을 해버렸던 거고."

아흐메닷이 천천히 고개를 끄덕였다. 하지만 줄레나는 그저 이해할 수 없다는 듯이 고개를 흔들기만 했다.

"어째서, 어떻게 그런 일이……. 계속 그 아이를 지켜봤다고 생각했는데. 인간으로서, 왕비로서 행복을 누리고 있다고 생각했는데."

"자신이 원치도 않는 사내들이 자신을 둘러싸고 싸우고, 자신이 손가락 하나 까딱하지 않았는데 자신에게 홀려 끔찍한 짓을 저지른다고 하더군. 자신의 남편인 왕조차 자신에게 홀려서 비정상적으로 집착한다고 말했지. 한 번이라도, 단 한 번이라도 평범한 자신을 보아주는 사람을 원한다고."

제르가가 라반의 말을 듣고서 고개를 끄덕였다.

"마녀의 혈통을 가진 데다가 그 정도로 아름다웠다면 충분히 가능한 일이로군요. 마녀들은 자신의 마력을 제어하는 법을 익히지만……."

"자신이 평범한 인간이라 생각했으니 불가능했겠지. 얼마 안 되는 마력이라 해도 계속해서 흘러나가 인간 남자들을 꿀에 꼬이는 벌처럼 불러 모았을 거고."

레이율이 알겠다는 듯이 말을 이어받았다. 줄레나는 한 손으로 얼굴을 가린 채 의자에 몸을 기댔다.

"그리고 파벨 3세의 주위에서는 토르카인의 귀족 여인들이 미쳐갔죠. 어미의 전철을 밟는다고 토르카인 귀족들이 생각한 것도 당연한 일이었겠군요."

진홍의
마녀 ②

제르가가 쐐기를 박듯이 결론을 내렸다. 라반은 그저 허공만을 바라보고 있다가 조용히 말했다.

"아이가 태어난 줄을 알았다면 내가 일찍 데려갔을 것이다. 하지만 그 뒤로는 이쪽 세계로 넘어오지 않았기 때문에 몰랐어. 짐작조차 하지 못했다."

"넘어오면 그 여자를 다시 찾고 싶을까 봐 그랬던 건 아니고?"

아흐메닷의 말에 라반이 고개를 들고 검은 눈으로 그를 쳐다보았다. 아흐메닷은 미간을 살짝 찌푸린 채 말을 이었다.

"첫눈에 반했던 게 아닌가? 죽고 싶어 하는 여자를 동정심에서 안아줄 만큼 인간에게 애정이 넘치지는 않았을 텐데, 라반."

라반은 대답 대신 시선만 다시 돌렸다. 한쪽 구석의 드래곤과 사바는 여전히 움직이지 않고 있다. 보랏빛이 도는 검은 비늘을 가진 드래곤은 아름다웠으나 생명력이라고는 느껴지지 않는다. 이제는 불길을 뿜어내지도 않았다. 마치 조각상처럼 꼼짝 않고 굳어져 있을 뿐이다.

"난 탈피하는 데에 사흘이 걸렸어. 그동안 내내 불길 속에서 아버지가 나를 이끌어주셨지."

레이율이 중얼거리며 라반을 보았다.

"저 녀석들은 얼마나 걸릴 것 같아?"

"전례가 없는 경우이니 아무도 알 수 없겠지. 저대로 굳어질 가능성도 높고."

줄레나가 숨을 흑 하고 들이켜고 그를 보았다.

"안 돼요, 그럴 순 없어요. 저 아이들은 깨어나야 해요. 깨어날 거예요!"

"모든 건 신부에게 달렸어."

모두의 눈길이 드래곤과 사바에게로 향했다. 그들은 미동도 않고서 그들만의 세상 속에 빠져 있었다.

갑갑하다. 창문을 열면 좋을 텐데. 루헤인은 침대에 누운 채 닫혀 있는 창문을 짜증스럽게 쳐다보았다. 왜 주위에 아무도 없는 거지? 사바는 어디 간 거야? 항상 그의 옆에 있어야 하는데.

"사바!"

그가 고함을 질렀다. 잠시 후 문이 열리고서 익숙한 바람과 풀 냄새가 느껴졌다. 그는 잠시 눈을 감고 그 향기를 맡았다. 어쩐지 굉장히 오랜만에 맡는 향기 같다.

"전하?"

"전하라니, 누굴 부르는 거야?"

그는 인상을 찌푸리고 문가를 돌아보았다. 사바. 그의 사바가 거기서 있었다. 갈색 머리에 파란 눈, 평범하기 짝이 없는 옷차림.

"창문을 열어줘."

사바는 침대에 누워 있는 그를 마치 처음 보는 것처럼 바라보다가 천천히 다가왔다. 그는 사바를 바라보았다. 왠지 그녀를 굉장히 오랜만에 보는 것 같다. 곧장 투정의 말이 쏟아져 나왔다.

"어디 있었던 거야? 왜 내가 부르는데 빨리빨리 오지 않는 거지? 넌 여기서 자야 되잖아. 읽을 책이 있으면 여기서 보라고. 도서관으로 가지 말고."

"괜찮으신가요?"

그녀가 주저하는 어조로 물었다. 루헤인은 찌푸린 눈으로 그녀를 보았다.

"언제나와 같아. 좋지도 나쁘지도 않아. 창문이나 열어봐. 바람을 쐬고 싶어."

사바는 머뭇거리다가 창가로 다가가서 창문을 열었다. 활짝 열린 문으로 따뜻한 바람이 불어 들어온다. 바람이 얼굴에 닿는 느낌이 상쾌했다. 그는 만족스러운 한숨을 내쉬며 눈을 감았다. 사바가 그의 옆으로 다가오는 것이 느껴졌다. 그 풀 냄새, 바람 냄새, 상쾌한 향기. 그녀의 차가운 손이 이마에 닿았다. 그가 한 손을 올려 그녀의 손을 잡자 그녀가 조금 놀라는 기색이 느껴졌으나 그는 손을 놓지 않았다.

"꿈을 꿨어. 굉장히 오랫동안 꾼 것 같아."

사바는 아무 대답도 하지 않았다. 손끝이 그의 이마를 계속해서 부드럽게 쓰다듬는다. 그 느낌이 좋아서 그는 그대로 그녀의 손을 잡고 말을 이었다.

"내 몸이 나아져서 왕위에 앉아 많은 일을 했지. 전쟁도 하고, 그동안 내내 날 무시하던 귀족들을 뭉개버리기도 하고, 여자들도 만나고."

그녀의 손이 잠깐 멈췄다가 다시 그의 이마를 쓰다듬었다. 그녀의 목소리가 그의 귀에 부드러운 바람소리처럼 들렸다.

"좋으셨나요?"

그는 잠시 생각을 해보았다. 더 이상 침대에 누워 있지 않는 삶. 밖으로 나가 하고 싶은 것을 마음대로 하는 삶.

그 삶에서 그가 무엇을 했더라? 여자들을 안았고, 귀족들을 무시했고, 전쟁을 했다. 그러다 마침내 바깥으로 나가서 세상을 봤더니 그가 생각하던 그런 곳이 아니었다. 그 자신도 그가 생각하던 그런 사람이 아니었다.

"좋은 것도 있고 나쁜 것도 있었어. 후회되는 것도 있고……."

그가 눈을 뜨자 사바의 얼굴이 보였다. 부드러운 파란 눈이 그를 바라보고 있다. 이 파란 눈을 얼마 만에 보는 거더라? 참으로 긴 꿈이었던 모양이다.

"그리고 네가 없었어."

사바가 눈을 깜박였다. 그가 다른 손을 들어 그녀의 뺨을 쓰다듬었다. 따뜻하다. 부드럽다. 그녀는 지금 여기, 그의 옆에 있었다.

"네가 없었다. 그게 제일 싫었어."

그가 그녀의 얼굴을 손으로 감싸고 끌어당겼다. 사바는 머뭇거리다가 천천히 그에게로 고개를 숙였다. 그녀의 입술이 부드럽게 닿는다. 첫 키스를 하는 소녀처럼 겁을 내듯 주저하며 그에게 살짝 입술을 대기만 할 뿐이다.

상냥하고 사랑스러운 사바. 그의 마녀.

한때는 이 방에서 미친 듯이 나가고 싶었다. 그런데 꿈속의 모습을 보고 나니 모든 것이 허무해졌다. 여기서 나간들 무엇을 한단 말인가. 그가 바라는 게 뭔데? 이 여자 저 여자를 만나고 안는 것? 귀족들 앞에서 왕세자라고 떵떵거리는 것? 아니면…….

없다. 그가 바라고 꿈꾸는 것은 그저 그런 피상적인 것들뿐이었다. 그런 건 그냥 다흐란에게 맡겨두면 된다. 그는 여기서 그의 마녀와 함께 조용한 삶을 살다가 적당한 시점에 눈을 감는 걸로 충분했다.

달콤한 사바. 달콤한 입술, 달콤한 숨결, 달콤한 피부. 그를 위해 뭐든 다 하는 착한 마녀.

"이리 올라와."

그가 몸을 조금 일으키고 안쪽으로 자리를 바꾸었다. 사바는 붉어진 입술로 그를 보기만 했다. 루헤인은 인상을 반쯤 일그러뜨리며 웃었다.

"거칠게 하지 않을게. 화내지도 않을게. 정말로."

"그게 아니라……"

호수 같은 파란 눈이 넘칠 듯이 넘실거린다. 눈물. 루헤인은 놀라서 몸을 일으켰다.

"왜 그러는 거냐. 내 옆에 있는 게 그렇게 싫은 거야?"

사바는 고개를 흔들며 시선을 피하고서 손끝으로 눈가를 닦았다. 성치도 않은 심장이 쿵쿵거리는 느낌에 그는 숨을 간신히 들이켜고 물었다.

"그럼 왜 그러는 건데?"

"제가, 제가 옆에 있는 게 좋으세요? 정말로요? 저 같은 건 저하께 어울리지 않는다고, 저하께 어울리는 건 그루제펜의 공주나 하다못해 토르카인 대귀족 영애쯤은 되어야 한다고……"

루헤인은 미간을 찌푸렸다.

"내가 그런 소리를 했어?"

사바는 울음을 참는 듯이 입술을 깨문 채 고개를 끄덕였다. 그는 머리를 긁적였다. 어째 항상 덥수룩하던 머리가 오늘은 굉장히 짧게 느껴진다. 하지만 머리 길이에 신경을 쓰고 있을 때가 아니다. 눈앞에서 사바가 이렇게 괴로워하고 있는데.

그가 무슨 말을 하든 그녀는 상처받지 않는다고 생각했다. 그녀는 관심조차 갖지 않는다고 생각했다. 얼마나 바보 같은 생각이었던가. 그가 손을 내밀어 그녀의 뺨을 쓰다듬었다. 젖은 눈물자국이 촉촉하고 따스하다.

"내가 아무렇게나 나오는 대로 말한다는 거 알잖아. 내가 하는 말은 절반도 제대로 되어먹지 않은 소리라는 거. 난 내가 뭘 원하는지조차 똑바로 알지 못해. 나가서 왕이 되고 싶기도 하지만 실은 나를 무시했던 모든 자들 앞에서 잘난 척하고 싶은 것뿐인지도 모르겠어. 하지만 그러느니 그냥 여기서 너와 단둘이 있는 게 좋기도 해. 모르겠어. 하지만 딱 하나 확실한 게 있어."

그가 그녀를 끌어당기자 이번에는 그녀도 얌전히 침대 위로 올라왔다. 그는 고개를 기울여 그녀의 부드러운 입술에 다시 입을 맞추었다. 한 번, 두 번. 애무하듯이, 쓰다듬듯이, 아주 소중하게.

"네가 없으면 그 어떤 것도 의미가 없어. 여기에 있든, 저 바깥에 있든, 어디에 있든 네가 있어야 해. 항상, 언제나. 넌 나에게 마치 공기 같아. 옆에 있는 동안은 그 중요함을 모르지만, 없어지는 순간 네가 얼마나 중요했는지 알게 돼."

입가, 뺨, 턱선, 귓가까지 입술이 닿는 대로 계속해서 입을 맞추고 속삭인다. 그녀의 떨리는 손이 그의 어깨를 잡았다.

"넌 내 거다, 사바. 아무 데도 가지 마라. 날 두고 너 혼자 떠나버리면 안 돼. 계약이 끝난다 해도 내가 죽을 때까지 옆에 있어다오. 혼자서 훌쩍 떠나버려선 안 돼."

꿈속에서, 그녀가 떠나버렸다. 그가 별 의미도 없는 세 번째 소원을 비는 순간 그녀는 소원이 이루어졌다고 말하고 순식간에 사라졌다. 작별인사조차 하지 않고 그저 떠났다. 그 순간의 배반감, 고독, 외로움이 지금까지 가슴속에서 사무치는 것 같았다.

"날 두고 떠나지 마, 알겠느냐? 네가 없으면 안 돼. 다른 그 어떤 여자들보다도 네가 필요해."

사바의 손이 그의 어깨에서 목으로, 얼굴로 올라와 양 뺨을 감쌌다. 눈물이 고인 파란 눈이 그를 바라보았다.

"다른 여자를 보지 마세요. 다른 여자를 생각하지 마세요. 제가 다 해드릴 수 있어요. 제가 뭐든지 다 해드릴 수 있어요. 저만 봐주세요. 저를, 저를 봐주세요. 공주도 아니고 귀족도 아니지만……. 저하를 위해 제 목숨이라도 바칠 수 있어요."

그녀의 머리가 눈앞에서 빨간색이 되었다가 새카맣게 바뀌는 것 같았다. 그녀의 눈동자 역시 호수 같은 파란색이었다가 검게 가라앉았다. 그는 그녀를 끌어당겨 길게 입을 맞췄다.

"그래, 알아. 너는 항상 그랬지. 항상 그랬어."

그는 수많은 여자들을 안았고, 그녀는 드래곤의 마녀가 되었다. 잘난 척하는 붉은 머리의 사내의 품에 안겼다. 꿈속에서. 그 모습을 보았을 때 피가 거꾸로 치솟는 것 같았었다.

그녀가 그의 품에 있을 때 잡아야 한다. 놓쳐서는 안 된다. 절대로 놓치지 않으리라. 그녀는 그의 것이니까. 힘없는 왕세자, 탑의 왕자에게 있는 유일한 것이 바로 마녀 사바이니까.

"너는 내 거야."

그가 그녀를 침대 위로 눕히고 몸을 낮추었다. 사바는 그의 아래서 얌전하게 입술과 몸을 열었다. 촌스러운 드레스를 벗기고 드러나는 하얀 피부에 입을 맞추자 그녀의 몸이 분홍색으로 달아오른다. 부드럽게, 대단히 부드럽게 그녀를 어루만진다. 자칫하면 부서질까 걱정스러운 섬세한 장식품처럼 어깨를 쓰다듬고 팔을, 옆구리를 만진다. 그리고 소담한 가슴을 손끝으로 쓸어본다. 그녀가 몸을 떨자 분홍빛 유두가 함께 떨리며 도톰하게 솟아올랐다. 루헤인은 가만히 그쪽으로 고개를 숙여 혀로 맛을 보았다. 사바가 몸을 떨며 나직한 신음소리를 냈다.

항상 무심하고 조용하기만 한 사바가 그의 아래서 흐느끼는 듯 소리를 내는 것이 그를 흥분시켰다. 그녀의 젖가슴을 한 입 물고 좀 더 세게 빨아들이자 그녀가 몸을 휘며 움찔거린다. 손으로는 아기처럼 부드러운 그녀의 배를 쓰다듬고 허벅지까지 어루만진다. 사바는 당황한 듯 다리를 들어 올렸다가 내리며 몸을 웅크렸다.

유두를 혀로 한 번 더 쓸어준 다음 그가 그녀의 위로 올라왔다. 그녀의 얼굴 양옆으로 팔을 짚고 내려다보니 그녀의 몸이 굉장히 작게

진홍의
마녀 ❷

느껴졌다. 사바가 달아오른 얼굴로 그를 올려다보았다. 간헐적으로 몸을 떨며 밭은 숨을 내쉬는 모습이 대단히 자극적이라 루헤인의 몸까지 후끈 달아오르고 다리 사이에서 맥박이 뛰는 느낌이 들었다.

그녀의 이런 모습을 본 적이 있던가? 아니, 없었다. 아주 예전에, 그녀에게 처음 키스했을 때, 그때 그녀가 당황하며 얼굴을 붉히는 걸 봤었다. 하지만 그때는 그가 흥분을 견디지 못해서 쓰러졌었지. 어쩌면 지금도 그렇게 될지 모른다. 그때는 그녀를 탓했지만 지금은……. 그가 다시 고개를 숙여 그녀의 입술에 키스한 다음 속삭였다.

"내가 또 끝까지 가지 못하고 쓰러진다고 해도 비웃지 마."

"비웃지 않아요. 한 번도 그런 적은 없어요. 단 한 번도."

그녀가 자그마한 목소리로 말했다. 루헤인의 입가에 미소가 피어올랐다.

"그래, 넌 한 번도 그런 적이 없지. 넌 항상 그 자리에, 언제나 조용히 있었지. 가끔은 네가 뭐라고 말을 해줬으면 싶었는데 말이야."

그가 그녀의 이마에서 머리카락을 넘겨주었다. 그녀는 잠시 그의 손에 얼굴을 기댄 채 그를 올려다보았다.

"제가 말을 하면 저하께서 화를 내시니까……. 뭐라고 말해야 할지 몰랐어요. 저하의 기분을 맞춰드리고 싶었어요. 저하께 조금이라도 좋게 보이고 싶었어요."

"내가 지겹지 않아? 짜증나고 피곤하지 않아? 너에게 잘해준 적이라고는 한 번도 없는데."

두려움이 가슴을 찔렀다. 항상 그 점이 겁이 났다. 어쩌면 그 꿈속에서, 그녀가 사라진 것을 조금은 당연하게 여겼었는지도 모른다. 그가 잘해준 적이 한 번도 없으니까. 그녀가 기회 될 때 도망치는 편을 택하는 것도 당연하지. 그 자신이라 해도 도망쳤을 것이다. 이런 성질 더러운 왕세자의 시중을 드느니.

하지만 사바는 고개를 흔들었다.

"저하의 곁에 있고 싶었어요. 항상 그랬어요. 저하께서 저를 탐탁찮아 하시니까, 저를 보는 걸 지겨워하시니까, 그래서 떠난 거예요."

루헤인은 인상을 찌푸렸다. 떠났다고? 어째서 과거형으로 이야기하는 거지? 마치 그의 꿈에 들어갔다 나온 것처럼.

"아니, 넌 떠나지 않았어. 넌 여기 있잖아. 앞으로도 계속 여기 있는 거야, 알겠지? 내 곁에, 항상."

사바의 얼굴에 미소가 퍼졌다. 어쩌면 행복한 미소라고 할 수도 있을 것 같았다. 그녀가 그의 얼굴을 조심스럽게 쓰다듬으며 대답했다.

"네."

그가 다시 고개를 숙여 그녀의 입술을 차지했다. 그녀의 입안 깊숙이 혀를 밀어 넣으며 맛을 보고, 손으로는 그녀의 몸을 탐했다. 어루만지고, 주무르고, 온몸 구석구석을 탐험한다. 마른 팔, 탐스러운 가슴, 곡선을 그리는 옆구리와 허리, 그리고 마침내는 그녀의 다리 사이 은밀한 곳에 이르기까지.

그가 손가락을 살며시 밀어 넣자 그녀의 몸이 떨렸다. 목에서 뭔가 참는 것 같은 힘겨운 신음소리가 나온다. 그 신음을 알고 있었다. 자신의 흥분을 억누르려고 안간힘을 쓰는 거다. 하지만 그는 그녀가 참

진홍의
마녀 2

는 걸 바라지 않았다. 그녀가 흥분해서 몸을 비틀며 울음을 터뜨리고 그에게 달라붙기를 바랐다.

자신의 흥분을 절제한 채 계속해서 그녀의 안으로 손가락을 밀어넣고 움직였다. 그녀의 몸이 그의 손가락을 꼭 조이는 게 느껴졌다. 사바가 당황한 듯이 허리를 움찔거리다가 오히려 흥분이 더 강해지자 몸을 떨며 눈을 질끈 감았다. 그가 더 깊이 손가락을 넣었다 빼고 다시 밀어 넣으며 그녀의 귀에 대고 속삭였다.

"참지 마. 네가 솔직하게 느끼는 걸 보고 싶으니까. 어서."

"이상해요. 기분이, 아…….""

그의 움직임에 맞추어 그녀의 엉덩이가 위아래로 저절로 움직인다. 그것을 느끼고 루헤인은 미소를 띤 채 계속해서 손가락을 움직였다. 그의 빌어먹을 심장이 어쩐 일로 그녀가 흥분한 모습을 즐기는 것처럼 두근거리며 뛰고 있다. 그가 손가락을 더 빨리 움직이자 그녀가 숨을 헐떡이며 그의 팔을 잡은 채 몸을 휘었다.

"저, 저하, 아, 그만, 이상해요……. 아, 아, 제발…….""

"이상한 게 아니야. 원래 그런 거지. 좀 더 느껴봐. 더."

그녀의 젖어든 몸 안으로 손가락을 하나 더 밀어 넣자 그녀가 힉 하는 비명을 지르며 침대 위에서 몸을 활처럼 휘었다. 젖가슴이 앞으로 나와 더 유혹적으로 흔들리는 것을 보고 루헤인은 고개를 기울여 젖은 유두를 입으로 문 채 계속해서 손가락을 움직였다. 사바가 그의 손이 움직이지 못하게 하려는 듯이 허벅지를 붙인 채 힘을 주었지만 견딜 수가 없는 듯 다리를 비비적거리다가 결국 날카로운 비명을 지르며 고개를 젖혔다. 그녀의 몸 안쪽이 그의 손가락을 꽉 조이며 뜨거운 꿀물을 흘린다. 루헤인의 심장이 기쁜 것처럼 쿵쿵거리며 뛰었다. 머리로 피가 솟구치고, 다리 사이에서 그의 남성이 펄떡거리며 살아난다.

그녀는 마치 그림 같았다. 꿈속에서도, 어디서도 이렇게 아름다운 여자는 본 적이 없었다. 어째서 그녀가 이렇게 아름답다는 것을 모르고 있었을까? 피부 위에 맺힌 땀방울까지 전부 다 사랑스럽다. 그는 그녀의 유두를 놓아주고 가슴 위에 맺힌 땀을 핥았다. 짭짤하면서도 달콤하다. 흘러내린 땀방울을 따라 아래로 내려오다가 아랫배 위를 핥자 늘어져 있던 그녀가 다시 몸을 떨었다.

"저, 저하?"

떨리는 그녀의 목소리가 음악처럼 들린다. 햇빛을 본 적이 없어서 새하얀 그녀의 허벅지에 입을 맞춘 후 그가 젖은 다리 사이로 입술을 움직였다. 그녀가 당황한 듯 허벅지에 힘을 주었으나 이미 한 번 절정을 느낀 탓인지 제대로 힘이 들어가지 않는 모양이었다. 그가 손으로 다리를 양옆으로 벌리자 바들거리며 벌어진다.

"저, 저하, 그러지 마세요, 그러지……."

"널 맛보고 싶어. 내 심장이 버텨주는 한, 널 즐기고 싶어. 날 즐겁게 해줘."

사바의 파란 눈이 당황한 표정으로 그를 바라본다. 그게 마음에 들었다. 그녀가 당황하고, 부끄러워하고, 흥분에 들떠서 표정을 감추지 못하는 것.

그녀의 다리를 더 넓게 벌린 후 그는 뜨겁게 젖은 분홍빛 살결을 벌렸다. 발그스름하게 달아오른 여성의 은밀한 부분이 드러나자 그의 목에서 그르렁거리는 신음소리가 절로 흘러나왔다. 사바, 나의 사바. 조용하고 상냥하고 사랑스러운 나의 마녀. 그가 혀를 내밀어 그 부분을 핥자 그녀의 온몸이 바들바들 떨리고 그녀가 할딱거리며 신음했다.

"저, 저하……. 아…….."

내 귀여운 마녀. 그는 계속해서 젖은 부위를 핥고 이로 살짝 할퀴다가 여성의 안쪽으로 혀를 밀어 넣었다. 그녀가 그를 피하려는 것처럼 엉덩이를 들썩거렸지만 그는 더 깊이 밀어 넣으며 그녀의 안쪽까지 맛보았고 그녀는 울음을 터뜨릴 것처럼 신음하며 이불을 쥐어뜯었다. 그는 계속해서 그녀의 움찔거리는 몸 안쪽으로 혀를 밀어 넣었다 빼며 손으로 그녀의 허벅지 안쪽과 벌어진 살결을 쓰다듬다가 도톰한 여성의 핵심을 이로 살짝 물었다. 그녀가 날카로운 비명을 지르며 고개를 흔들었다.

"아, 앗! 아흑…….."

달래듯 예민한 부분에 입김을 불자 그녀가 몸을 부들부들 떨며 늘어졌다. 그녀의 몸에서 달콤한 꿀물이 흘러나와 허벅지 안쪽을 적셨다. 그는 그것을 그녀의 허벅지에 문질러 바르며 다시 위로 올라왔다. 그녀의 온몸이 발그스름하고 파란 눈은 초점이 흐릿하다. 머리카락은 고개를 흔들어댄 탓에 완전히 헝클어져 있었다.

그녀가 이렇게 사랑스럽고, 이렇게 흐트러져 있는 모습을 보는 건 처음이었다. 이대로 깨물어 먹고 싶을 정도로 맛있어 보였다. 그의 심장이 불규칙적으로 쿵쿵거리기 시작했다. 안 돼, 제발. 사바를 갖고 싶어. 가져야만 해. 완벽하게 내 걸로 만들고 싶다고. 조금만 더 버텨다오, 심장아! 꿈속에선 그렇게 멀쩡했었잖아!

"넌 내 거야. 영원히 내 거다, 사바."

그녀가 가쁘게 숨을 헐떡이며 그를 쳐다보고 고개를 끄덕였다. 붉은 입술에 다시 입을 맞추며 그는 자신의 바지 끈을 풀었다. 그의 남성은 이미 한껏 부풀어서 끈적한 액체를 흘리고 있었다. 사바가 고개를 내려 그의 몸을 보더니 얼굴을 빨갛게 붉혔다. 그가 낄낄 웃었다.

"넌 마녀잖아. 이런 거에 익숙해야 하는 거 아니야?"

"그, 그건……. 그렇지 않아요. 저는, 저한테 이런 건……. 저하뿐이에요."

그녀의 파란 눈이 애원하듯이 그를 올려다본다. 루헤인의 머릿속에서 뭔가 폭발하는 느낌이 들었다. 꿈속에서 본 붉은 머리의 남자, 그 남자가 사바의 허리를 안고 낚아채서 데려가던 것이 떠올랐다. 그의 사바, 그의 마녀를. 그의 것을.

"그래, 넌 내 거야. 나만 알면 돼. 나만 보면 돼. 내 옆에만 있으면 돼."

그가 허벅지로 그녀의 다리를 벌린 다음 양팔로 무릎 아래를 잡고 들어 올렸다. 몸이 뒤로 넘어가는 느낌에 그녀가 헉 하고 숨을 들이켰다가 그의 뜨거운 남성이 은밀한 부분에 닿자 눈을 커다랗게 떴다. 입술을 바르르 떠는 그녀를 보며 그가 자신의 몸을 천천히 안으로 밀어 넣었다. 그녀의 몸이 벌어지며 그를 감싼다. 젖은 살결이 마치 뜨겁고 촉촉한 장갑처럼 그의 남성을 받아들이고 조였다. 아랫배부터 가슴 안쪽까지 죄다 쿵쿵거리며 고동친다. 사바는 엉덩이를 들썩이며 밭게 숨을 내쉬었다. 다리가 후들후들 떨리는 게 그의 팔을 타고 느껴졌다.

"괜찮아. 괜찮을 거야."

누구에게 하는 말인지 모르게 중얼거리며 그가 좀 더 세게 몸을 밀어 넣었다. 단단한 남성을 타고 전해지는 그녀의 뜨거운 체온과 맥박에 머리가 어찔거리고 심장이 미친 듯이 뛰었다. 조금만 버텨줘, 조금만 더.

"사바, 사바!"

그가 다급하게 허리를 움직이며 그녀의 안으로 깊이, 더 깊이 파고들었다. 그가 몸을 움직일 때마다 사바가 아픈 듯이, 불편한 듯이 몸을 움찔거렸지만 어느 순간부터 그녀 역시 그에게 팔을 감은 채 엉덩이를 들어 올리며 그의 움직임에 리듬을 맞추고 있었다. 두 사람의 호흡이 뒤섞이고 방 안에 거친 숨소리가 가득 찼다. 살과 살이 부딪치는 소리가 색정적으로 들리고 침대가 삐거덕거렸다.

"아, 아응, 아……. 저, 저하, 아, 하윽!"

손을 내려 그녀의 엉덩이를 감싸고 더 깊게 몸을 파묻자 그녀가 고개를 젖히며 비명을 지른다. 그녀의 손톱이 그의 등을 파고들었으나 그는 신경 쓰지 않고 계속해서 몸을 움직였다. 조금만, 조금만 더, 조금만…….

"하악!"

그녀의 몸이 그의 몸을 꽉 조이며 굳어졌고 거의 동시에 그 역시 거친 숨을 내쉬며 그녀의 안에 자신의 씨를 뿌렸다. 뜨거운 액체가 쏟아지는 느낌에 그녀가 그에게 팔을 감고 바싹 달라붙었다. 그가 뿜어내는 씨 하나하나를 느끼기라도 하는 것처럼 그녀가 바들바들 떨자 그의 남성이 다시 부풀어 오를 것처럼 반응했으나 다행스럽게도 마지막까지 액체를 흘린 후 줄어들었다.

그녀를 안은 채 그가 옆으로 몸을 굴렸다. 사바는 그에게 달라붙은 채 호흡이 가라앉을 때까지 가만히 있었다. 그는 그녀의 땀에 젖은 목덜미와 등을 쓰다듬다가 엉덩이로 손을 내려 통통한 부분을 다독였다. 그의 손이 그 부분을 어루만지자 그녀의 몸이 움찔거리며 조여들었고, 여전히 그녀의 몸 안에 들어 있는 그의 남성 역시 움찔거리며 반응을 보인다. 그가 나직하게 웃었다.

"어차피 침대에 누워 죽어야 한다면, 너와 사랑을 나누다 죽는 편이 좋을 것 같기는 해."

사바가 고개를 들고 그를 쳐다보았다. 아직도 얼굴은 발그스름했지만 표정은 화가 난 것 같았다.

"저하께서는 죽지 않으실 거예요. 절대로요."

상관없다고, 죽는 건 전혀 무섭지 않다고 말하려고 했지만……. 무서웠다. 꿈속에서도 몇 번이나 느끼지 않았던가. 죽는 건 무섭고 두려웠다. 아픈 것도 싫었다. 그래, 싫다. 아니라고 말하는 건 멍청한 소리다. 살고 싶었다. 앞으로도 계속해서 이렇게 사바를 안고 즐기고 싶었다. 그녀와 더 많은 시간을 함께 보내고 싶었다.

"그래, 죽지 않을 거야. 안 죽어야지. 너와 함께 이렇게 시간을 보내야 하는데."

그녀는 그가 진심인지 확인하려는 것처럼 잠시 바라보다가 살짝 눈길을 돌렸다. 얼굴이 다시 발그스름하게 달아오르는 걸 보니 이제 와서 부끄러운 모양이다. 루헤인은 씩 웃으며 그녀의 턱을 잡고 얼굴을 똑바로 돌렸으나 그녀는 계속해서 눈길을 피했다.

"좋았어? 응?"

그녀의 귓가까지 새빨개진다. 그는 낄낄거리며 웃었다.

"난 좋았는데. 진짜로. 꿈속에서 한 모든 걸 다 합친 것보다 더 좋았어. 진작 너와 할 수 있었으면 좋았을 텐데. 천천히 하면 더 할 수 있을 것 같아. 어때? 한 번 더 해볼까?"

"아뇨, 안 돼요. 저, 저하, 안 돼요……."

그녀가 숨을 들이켜며 그를 밀어내려고 했지만 그 움직임에 자극된 루헤인의 몸은 이미 그녀의 안에서 부풀어 오르고 있었다. 놀라운 일이다. 이러고 있는데도 심장이 버텨주다니. 하지만 좋은 일에 트집을 잡고 고민하고 있는 건 바보 같은 짓이다. 그저 즐겨야지.

"다리 더 벌려봐. 더 넣을 수 있어. 어서."

머리 위로 아직 입고 있던 옷을 벗어 침대 옆으로 내던지며 그가 그녀의 몸을 눌렀다. 사바는 고양이 울음 같은 소리를 내며 몸을 휘고 다리를 벌렸다. 루헤인은 그녀의 안으로 더 깊이 들어가며 그 뜨거운 열기 속에 자신을 파묻었다.

26

줄레나는 걱정스러운 얼굴로 거실에서 움직이려 하지 않았다.

"벌써 일주일째 꼼짝도 안 하고 있어. 사바는 이미 심하게 상태가
안 좋아. 저 얼굴을 봐!"

아흐메닷은 찌푸린 눈으로 드래곤과 사바를 보았다. 사바의 얼굴
은 시체 같은 회색이고 피부조차 차가웠다. 드래곤 역시 겉으로 티가
나지는 않지만 손을 대보면 돌덩이처럼 굳어 있었다.

"이대로 둘 다 깨어나지 않으면 어떻게 되는 거야?"

"어떻게 되긴. 내 집에서 내던져야지. 내 집에 저런 커다란 쓰레기
를 놔둘 순 없다고."

레이율이 이기죽거렸다. 쓰레기라는 말에 줄레나의 눈이 번뜩였으
나 그녀가 움직이기 전에 아흐메닷이 재빨리 그녀를 붙들었고 제르가
는 레이율의 어깨를 찰싹 때렸다.

"입조심하세요. 칠흑의 드래곤의 자식이에요."

"그래서 뭐? 라반도 여기 없는데."

사흘 전 라반은 저쪽 세계로 넘어갔다. 그쪽에 있는 것이 영혼 속으로 들어간 두 사람과 접촉하기가 더 쉽다는 이유에서였다. 하지만 정말로 그가 뭘 하고 있는지는 아무도 알지 못했다. 레이욜은 저쪽 세계로 넘어가본 적이 없고, 아흐메닷은 그가 뭘 하는지 확인하러 가기를 거부했다. *그건 라반이 알아서 할 일이지, 내가 가서 감시하고 어쩌고 할 일이 아니야.* 그는 줄레나에게 그렇게 못 박았다.

"애초에 자기가 누군지도 모른 채 급작스럽게 탈피에 들어가서 성공할 수 있을 리가 없어. 탈피에 대비해서 얼마나 준비를 하는데. 나만 해도 그 이전에 몇 년에 걸쳐서 교육을 받았다고. 그런데도 불구하고 실제로 탈피할 때에는 당황스러웠어. 넌 어땠지, 아흐메닷?"

아흐메닷이 눈썹을 치켜 올렸다.

"누구하고는 달리 나는 탈피한 지가 너무 오래되어 기억도 안 나는데."

레이욜의 얼굴이 붉으락푸르락 하는 것을 보고 제르가 재빨리 말을 가로챘다.

"정말로 이대로 더 두면 저 아이가 먼저 죽을지도 몰라요. 드래곤의 몸은 강하지만 인간의 몸은 약하니까요. 게다가 저 아이는 두 개의 불을 갖고 있다가 그 직후에 드래곤의 영혼 속으로 들어간 거잖아요. 더 버티기가 힘들 거예요."

"우리가 어떻게 할 수 있는 방법은 없어. 탈피란 원래 그런 거야. 도와줄 수 있는 건 한 핏줄이거나 어떤 식으로든 이어져 있는 자 외엔 불가능해. 그래서 라반이 저쪽 세상으로 넘어간 거고."

아흐메닷이 더 이상 시끄럽게 굴지 말라는 듯이 단호하게 말했다. 줄레나는 그의 말을 그냥 받아들일 수가 없는 듯이 입술을 깨물고 노려보았지만 어떻게 할 수 없다는 건 그녀 자신도 잘 아는 사실인지라 결국 시선을 돌렸다.

아흐메닷이 소파로 가서 그녀의 옆에 풀썩 앉았다. 줄레나는 못마땅한 듯이 반대편으로 살짝 옮겨 앉았지만 그렇다고 아예 일어나거나 자리를 바꾸지는 않았다. 레이율은 투덜거리며 거실을 나갔고 제르가 역시 그의 뒤를 따라갔다.

거실에는 침묵이 흘렀다. 한참 만에 줄레나가 입을 열었다.

"내 아이들이 전부 다 행복했다고 생각하고 싶었어."

"네가 옆에 데리고 있었다면 행복했을지도 모르지."

"마녀들은 자식을 데리고 있을 수 없다는 거 알잖아."

아흐메닷이 눈썹을 치켜 올리고 그녀를 보았다.

"그래서 마녀들의 규칙 때문에 자식을 포기하고 멀리서 보는 걸로 만족한 건가? 한때 너는 그런 규칙에 절대로 얽매이지 않는 사람이었는데."

"그때는 나도 어렸으니까."

줄레나는 그를 바라보지 않은 채 조용히 대답했다. 아흐메닷은 어깨를 으쓱였다.

"원하는 건 뭐든 하는 그런 사람이었지."

"그래서 내가 어떻게 됐는지 봐. 모두 다 잃었어! 사랑한 사람도, 내 아이들도. 롤라나가 죽고 싶어 할 정도로 자신의 상황을 싫어하는 줄은 몰랐다고."

아흐메닷은 허공을 바라보며 턱을 문지르고 있다가 멍하니 말했다.

"라반은 인간에게 전혀 관심이 없었어. 그런 라반의 마음을 움직일 수 있을 정도였다면 너의 손녀는 대단한 매력을 갖고 있었던 게 분명해."

"그렇다고 마녀가 될 수 있을 정도는 아니었겠지. 마녀의 힘은 저절로 깨어나게 되어 있으니까."

"마녀가 아니면 너에게는 의미가 없는 건가?"

아흐메닷의 물음에 줄레나는 놀란 표정을 지었다.

"물론 그렇지 않아! 그 아이들은 전부 다 내 핏줄이야. 마녀가 되든 되지 않았든 나에겐 귀한 아이였어. 그저 그 아이가 행복하지 못했다는 게 괴로울 뿐이야."

"하지만 알았어도 넌 아무것도 해주지 않았겠지. 항상 그러니까."

"난 해줄 수가 없는 입장이야! 난 마녀라고. 우린 가족을 챙길 수 없어. 한 핏줄을 챙겨서는 안 돼!"

"그래, 항상 그 소리지. 마녀의 규칙이 어쩌고저쩌고."

"규칙을 따르지 않았기 때문에, 당신의 청혼을 받아들였기 때문에 내가 어떻게 됐는지 봐! 워디가 죽었어! 순전히 당신 때문이잖아!"

"그게 왜……."

허공에 갑자기 검은 연기 같은 것이 어리자 아흐메닷이 입을 다물고 그쪽을 보았다. 상기된 얼굴로 숨을 헐떡이던 줄레나 역시 그쪽을 보았다. 연기 사이에서 라반이 음울한 얼굴로 나오다가 두 사람을 보고 고개를 까딱였다.

"좋지 않은 타이밍이었나?"

"아니, 딱 적당했어."

아흐메닷이 퉁명스럽게 말하고 줄레나에게서 등을 돌리고 라반을 보았다. 라반은 거실 한가운데 내려선 다음 드래곤과 사바 쪽을 돌아보았다.

"여전히 아무런 반응도 없나?"

"저쪽 세계에 갔던 게 저 아이들과 접촉하기 위해서가 아니었어?"

아흐메닷이 비난조로 말하자 라반은 피곤한 듯이 목덜미를 문질렀다.

"신부가 반응을 보이지 않더군. 저 아이와 함께 영혼 깊은 곳에 들어가 있는 것 같아. 그대로 영혼 깊은 곳의 환상에 만족하게 된다면 다시는 깨어날 수 없을 거야."

줄레나가 헉 하고 숨을 들이켰다. 아흐메닷은 인상을 찌푸렸다.

"그럼 어떻게 해야 되지?"

"모르겠어. 계속해서 접촉을 시도해봐야지. 이쪽에서 하는 게 나을까 싶어서 다시 나온 거야. 옆에서 접촉을 시도해보려고."

아흐메닷은 라반을 쳐다보다가 조금 놀란 듯한 어조로 말했다.

"너 정말로 저 아이에게 신경을 쓰고 있군. 그렇지?"

라반은 잠깐 생각에 잠겨 있다가 어깨를 으쓱였다.

"뭐라고 해도 내 자식이야. 진작 내가 데려갈 수 있었다면 지금 저 아이를 탈피로 이끄는 건 나였겠지. 이 정도는 내가 어떻게든 해줘야

진홍의
마녀 ②

하는 일이 아니겠나."

아흐메닷은 허어 하는 소리만 낼 뿐 아무 말도 하지 않았다. 라반은 드래곤과 사바의 옆으로 다가가서 사바의 얼굴을 본 다음 줄레나를 돌아보았다.

"이 아이의 몸 상태를 호전시킬 만한 마법을 사용할 수 있나?"

"뭔가 한두 가지쯤은 있을 겁니다."

줄레나가 아흐메닷을 빙 둘러 피해서는 그쪽으로 재빨리 다가갔다. 라반은 고개를 끄덕였다.

"신부가 버텨주는 게 중요해. 만약에 신부가 먼저 죽기라도 하면 이 아이는 절대로 깨어나지 못할 거다."

줄레나는 사바의 양손을 잡은 다음 나직하게 주문을 외기 시작했다. 사바의 몸이 빛나며 천천히 핏기가 돈다. 라반은 그것을 보고 있다가 드래곤의 앞에 앉아 커다란 몸통에 손을 얹은 다음 아흐메닷을 돌아보았다.

"몇 시간 안에 내가 깨어나지 않으면, 날 깨워줘."

"그런 거라면 얼마든지 해주지."

아흐메닷이 삐딱하게 웃었다. 라반은 그저 고개만 끄덕이고 눈을 감았다.

창문으로 시원한 바람이 들어온다. 가을인가? 그럴 리가 없는데. 얼마 전까지 봄이 아니었던가? 정원에 꽃이 피는 걸 본 것 같았는데.

계절이 언제이건 무슨 상관인가. 이 침대에 루헤인과 함께 있으면 시간이 얼마나 흐르든 전혀 중요하지 않은데. 그녀는 그의 옆구리로 파고들어 얼굴을 문질렀다. 그가 간지럽다는 듯이 낄낄 웃었다.

"평소에는 손대는 것조차 안 하면서 침대에만 있으면 고양이처럼 엉겨 붙는구나."

그거야 평소에는 그가 싫어할까 봐 겁이 났으니까. 항상 두려웠다. 그가 짜증을 내고 밀어낼까 봐, 그녀에게 뭐 하는 짓이냐고 호통을 칠까 봐. 하지만 침대에서는 다르다. 그가 안아주고 부드럽게 사랑해준 다음에는 어쩐지 이 정도의 사치는 누려도 될 것 같았다.

다리 사이가 욱신거리고 당겼다. 몇 번을 했는지 기억도 나지 않았다. 방으로 시종들조차 들어오지 않는다. 부르면 들어오긴 하지만 대부분의 경우에 그들은 이 방으로 접근하지 않았다. 그편이 나았다. 여기는 그들만의 은신처였다. 행복하고 아늑한 보금자리였다. 바깥세상은 알아서 돌아가겠지. 그들은 여기서 단둘이 즐겁게……

그녀의 얼굴을 쓰다듬던 그의 손이 갑자기 멎었다. 밭은기침이 튀어나오고 그가 숨을 헐떡였다. 사바는 놀라서 벌떡 일어났다. 그가 한 손으로 자신의 가슴을 누른 채 몸을 웅크리고 기침을 해댄다. 그녀는 그의 몸을 뒤에서 안은 채로 그를 달래려고 노력했다. 가라앉을 거야, 진정할 거야. 약, 약을 지어야겠어.

"약을 가져올게요."

루헤인은 기침을 하느라 그녀의 말을 제대로 듣지도 못하는 것 같았다. 사바는 황급히 침대에서 내려와 드레스를 뒤집어쓴 다음 약장으로 다가갔다. 약장에는 적당한 약이 없었다. 약초를 캐 와야겠어.

진홍의
마녀 ②

전에는 항상 미리미리 뜯어다 말려뒀었는데, 그의 침대에서 시간을 보내느라 약초에 신경을 쓰지 않았더니 다 떨어진 모양이었다. 정신 차려. 네 임무는 다해야지! 그가 아프지 않게, 고통스럽지 않게 하는 것이 네 임무잖아.

"약초를 캐 와야겠어요. 금방 올게요."

그녀가 황급히 침대 쪽으로 말하고서 문으로 향했다. 루헤인이 그녀를 향해 손을 내밀고 뭔가 말을 하려는 것 같았지만 그녀는 걱정스러운 눈으로 그를 보고 다시 강하게 말했다.

"정말로 금방 올게요. 정원으로 제가 보일 거예요. 기침이 그치면 이불을 걸치고 보셔도 돼요. 금방 올 거예요."

그녀는 재빨리 문을 열고 복도로 나왔다. 복도는 텅 비어 있었다. 계단을 향해 바쁘게 걸어가며 그녀는 주위를 두리번거렸다. 이상하다. 왕궁이 이렇게 비어 있는 경우는 거의 없는데. 언제나 누군가는 지나가게 마련이다. 그리고 지나가는 사람들 대부분이 그녀를 힐끔거리고 찡그린 표정으로 쳐다보게 마련인데.

물론 없으면 편하긴 하다. 그들의 눈치를 살피고 슬금슬금 피해 다니는 것도 짜증날 때가 있었다. 아무도 없을 때 얼른 정원으로 가서 약초를 가져와야지. 그가 괴로워하는 것, 아파하는 것이 싫었다. 그의 심장을 낫게 해주고 싶었다.

그의 심장은 이미 나았어.

사바는 걸음을 멈추었다. 어디서 들리는 소리지? 누군가가 그녀의 귀에 대고 말을 한 것 같은 느낌인데.

아니, 그럴 리 없다. 지금 주위에 아무도 없잖아. 어서 가서 약초를 캐 오자. 그런데 마지막으로 약초를 심었던 게 언제더라? 약초들이 다 잘 자라고 있긴 한가?

가슴이 두근거리고 불안감이 치밀었다. 약초가 없으면 어떻게 하지?

약초 같은 건 필요하지 않아. 그의 심장은 이미 나았어. 네가 마법으로 낫게 해줬잖아. 기억나지 않아? 그는 건강해.

사바는 다시 걸음을 멈췄다. 분명히 소리가 들렸다. 그녀에게 속삭이는 목소리가.

"누구죠? 여기 다른 마녀가 있나요?"

아니, 마녀가 아니야. 기억해봐. 네가 왜 거기 있는지, 거기서 뭘 해야 하는지 기억을 떠올려봐. 넌 그를 데리고 나와야 해. 그를 인도해야 해.

무슨 말을 하는 거지? 그는 방에서 나올 수 없다. 가뜩이나 약해져 있는 몸을 움직였다가는 어떤 위험이 생길지 모른다. 혹시 누군가 다른 사람이 고용한 마녀인가? 왕세자의 목숨을 위태롭게 만들려고 귀족들이 계약한 마녀가 그녀에게 수작을 부리는 걸지도 모른다.

"저리 꺼져. 난 왕세자의 마녀야. 내가 있는 한 절대로 그분을 건드릴 수 없어."

사바가 눈을 부릅뜨고 소리쳤다. 하지만 목소리는 사라지지 않았다.

그래, 넌 그의 마녀이고 그의 신부지. 기억해내. 거긴 현실이 아니야.

이게 현실이 아니라고? 그럼 현실은 뭔데? 그가 그녀를 싫어하고 증오하는 거? 그게 현실인가?

"아니야. 이건 현실이야! 저하께서 드디어 나에게 애정을 느끼고 계신데, 이게 현실이 아니라고? 이건 현실이야!"

그의 감정은 달라지지 않을 거다. 그저 네가 있는 그곳, 네가 있는 배경만이 현실이 아닐 뿐이야. 밖으로 나와라. 진짜 현실로 돌아와. 너는 그의 신부야. 그에게 아무 감정도 없었다면 네가 그의 신부가 되었을 리 없어. 두려워하지 말고 돌아와라. 그를 데리고 돌아와.

어디로? 어디로 돌아오라는 거지? 그들이 있어야 할 곳은 여기, 왕궁이었다. 이해할 수가 없어서 사바는 고개를 흔들었다.

"저리 꺼져, 이 마녀! 세자 저하께 해를 끼칠 생각은 하지도 마!"

돌아오지 않으면 너희 둘 다 거기서 갇히게 될 거다. 깨어날 수 없게 돼. 그곳에 영원히 갇혀서 거짓된 삶을 살고 싶으냐? 아무 결론도 없는 그런 인생을?

무슨 상관이야. 지금 이렇게 행복한데. 그가 나를 사랑해주고 있는데. 그녀는 여기서 한 발도 나가고 싶지 않았다. 여기 있는 게 좋았다.

"사바?"

그녀는 고개를 돌려 계단 위쪽을 쳐다보았다. 루헤인이 이불을 몸에 감은 채 서 있다. 그녀는 놀라서 계단을 뛰어 올라갔다. 루헤인의 얼굴은 창백하고 몸은 부들부들 떨리고 있었다.

"저하, 왜 여기까지 나오셨어요? 기다리고 계시면 제가 금방 들어갈 텐데요!"

"네가 가는 게 싫어. 네가 보이지 않는 게 싫어. 약초 따위 없어도 돼. 내 옆에 그냥 있어."

그가 그녀의 손을 움켜잡았다. 그의 손은 식은땀이 배어 축축했다. 사바는 그의 손을 잡고 다른 손으로 이마를 만져보았다. 열이 있는 것 같다.

"들어가셔야겠어요. 어서요."

그를 부축하고 방으로 걸어가던 그녀가 갑자기 걸음을 멈추었다. 루헤인은 그녀에게 무겁게 기대고 있다. 그의 체온이 그녀의 몸을 타고 느껴졌다. 그리고…….

불꽃. 문가에서 검은 불꽃이 일렁거리고 있다.

"어……."

사바는 루헤인을 돌아보았지만 그는 반쯤 정신을 잃은 것처럼 눈을 감은 채 그녀에게 기대고 있을 뿐이었다. 사바는 다시 문을 쳐다보았다. 일렁이던 검은 불꽃이 소리 없이 사라진다.

검은 불꽃.

타오르는 붉은 불꽃. 진홍의 드래곤. 그녀의 몸 안을 태우던 두 개의 불길과 아흐메닷의 불을 꺼내준 루헤인.

그리고 그가 검은 불길 속에서 드래곤으로 변화했다.

영혼을 찾아서, 불꽃을 따라 돌아오는 거다. 알겠느냐?

사바는 다시 루헤인을 쳐다보았다. 그녀에게 기대고 있는 이 사람이 루헤인의 영혼인 건가? 그의 영혼을 찾은 건가? 그렇다면 이제 그를 데리고 불꽃을 따라서 밖으로 나가면 되는 건가? 그러면 이건 다

뭐지? 여기는 뭐야?

그곳은 너희들이 만들어낸 가공의 공간이야. 환상이지. 탈피하기 위해서는 너희들이 아늑하게 여기는 공간을 깨고 밖으로 나가야 한다. 그것이 탈피야.

문가에 칠흑의 드래곤이 서 있다. 그의 모습은 반투명했지만 알아볼 수는 있을 정도였다. 사바는 마른침을 삼키고 그를 보았다.

"환상이요?"

그래, 환상. 이 모든 건 너희들이 가장 안전하게 여기는 곳이지. 하지만 여기서 나오지 않으면 이대로 갇혀서 굳어질 거다. 다시는 깨어날 수 없게 돼. 밖에 있는 너의 몸은 이미 망가져가고 있다. 네 몸은 마법으로 간신히 유지되고 있을 뿐이야.

여기가 현실이 아니라고? 그가 그녀를 사랑해주는 것도, 이 조용하고 아늑한 둘만의 공간도 전부 환상이라고?

밖으로 나가면 어떻게 되는데? 그럼 이 모든 일이 사라지는 건가? 그와 사랑을 나눈 것도, 그가 그녀를 이렇게 소중하게 여기고 옆에서 떠나지 못하게 잡고 있었던 것도? 전부 다?

이 안에서 일어난 일을 잊을 수도 있지만, 그의 감정은 달라지지 않아. 그를 믿고 인도해줘야 해. 네가 그의 인도자니까.

사바는 고개를 흔들었다. 안 돼, 그럴 수 없어. 여기서는 그가 그녀를 사랑하는데, 이렇게 소중하게 여기는데. 바깥에 나가서 그가 다시 모든 걸 잊고 그녀를 홀대하면? 손에 들어왔다는 이유로 그녀를 내치고 또다시 다른 것만 바라면 어떻게 하지? 그는 드래곤이 되었어. 맘

소사, 그는 드래곤이라고. 어떤 마녀든 가질 수 있어. 다른 마녀에게 손을 뻗칠지도 모르지. 마녀는 많으니까. 모두가 아름답고 강하니까.

안 돼, 절대로 안 돼. 그녀는 고개를 흔들며 주춤 물러섰다. 칠흑의 드래곤의 모습이 흔들리며 검은 불꽃 속으로 사라진다. 그의 목소리가 흐릿하게 들리다가 멀어졌다.

시간이 없어……. 깨어날 수 없을지도…….

깨어나지 못한다면 여기서 영영 머무르면 그만이다. 안 될 게 뭐 있어? 이렇게 행복한데. 이렇게 좋은데.

"사바? 안 들어갈 거야?"

루헤인이 갈라지는 목소리로 말을 하는 바람에 그녀는 정신을 차리고 황급히 안으로 들어가 침대에 그를 눕혔다. 그는 창백한 얼굴로 그녀를 보고 웃음을 지었다.

"역시 나한테는 침대가 어울리는 모양이야. 밖으로 나가니 힘드네. 너도 이리 와서 누워."

사바는 그의 말에 따라 침대 위로 올라가서 그의 품에 누웠다. 루헤인은 그녀를 한 팔로 안고 자신의 옆으로 끌어당긴 다음 숨을 크게 들이켰다.

"너한테서는 항상 풀 냄새 같은 게 나. 네 향기를 맡고 있으면 마음이 편안해져."

바깥세상에서 루헤인은 그녀에게 이런 말을 해준 적이 한 번도 없었다. 사바는 눈을 감고 가만히 속삭였다.

"아마 제가 마녀이기 때문일 거예요. 마녀들은 자연과 이어져 있으

진홍의
마녀 ②

니까요. 그리고 전 계속 약초를 키우고 있고요."

"이유가 어쨌든 네 향기가 없으면 안 돼. 네가 옆에 없는 건 싫어."

"저도 저하의 곁에서 떠나지 않을 거예요."

그래, 이대로가 좋아. 이대로 영원히 깨어나지 않아도 괜찮아. 바깥세상은 힘들고 피곤하기만 한걸.

수많은 것들이 떠올랐다. 아흐메닷, 줄레나, 불길이 몸을 태우던 고통, 거대한 검은 드래곤으로 변한 루헤인의 모습. 아니, 싫어. 나가지 않을래. 왜 나가야 하는데? 그럴 이유가 없잖아.

없어. 전혀 없어. 지금 여기가 좋아. 이대로 단둘이 있는 게 가장 좋아.

귓가에 그의 심장박동 소리가 들렸다. 쿵쿵쿠덩, 쿵쿵쿠덩. 불규칙하게 심장이 뛴다. 사바는 문득 인상을 찌푸렸다. 어째서지? 심장은 나았어야 하는데. 그러면 여기에서도 심장이 나아야 하는 거 아닌가? 왜 그가 고통을 받는 걸까?

거긴 루헤인의 환상 속의 세계니까. 그 아이는 그 시절로 돌아간 거야. 그 시절로 돌아갔으니 자신이 아직도 아프다고 생각할 수밖에 없지. 그렇게 생각하다가 결국에는 그 환상 속에서도 죽을지 몰라.

라반의 목소리가 또다시 들린다. 사바는 눈을 감고 있는 창백한 그의 얼굴을 보았다. 검은 머리가 이마 위로 흐트러져 있다. 얼굴을 쓰다듬자 식은땀이 손에 묻어났다. 여전히 굉장히 고통스러워 보이는 얼굴이다.

십 년이나 고통 속에 사는 걸 봤는데. 그걸 견딜 수가 없어서 그의 소원을 들어줬던 건데. 그가 나아서 건강하게 살기를 바라서. 행복해지길 바라서.

단둘이 있어서 행복한 것과 건강해서 행복한 것, 어떤 게 중요할까? 그를 위해서 어느 쪽을 선택해야 하는 걸까?

"저하."

그가 눈을 뜨고 그녀를 보더니 미소를 지었다. 그 미소에 그녀의 가슴이 떨렸다.

"만약에 건강해지실 수 있다면 어떻게 하시겠어요?"

그가 인상을 찌푸렸다.

"나한테 마법을 쓰고 떠나버리려고? 그럴 생각인 거야, 사바?"

"아뇨, 건강해지시고 저도 곁에 두실 수 있다면요."

"그러면 좋지."

그가 피식 웃었다. 말은 그렇게 하지만 전혀 믿지 않는 표정이다. 사바는 긴장된 목으로 간신히 말했다.

"건강해지시고 제가 옆에 있기도 하겠지만, 지금 이 생활은 기억하실 수 없다면요? 예전처럼 그냥 제가 귀찮고 피곤한 존재이고, 제가 전혀, 전혀 소중하게 느껴지지 않으신다면요?"

루헤인은 웃음기가 사라진 얼굴로 그녀를 바라보다가 손을 내밀어 떨리는 그녀의 눈가를 쓰다듬었다. 사바는 입술을 깨물고 시선을 내렸지만 그가 그녀의 턱을 들어 올리고 눈을 맞추었다.

"말도 안 되는 소리 하지 마. 네가 소중하다는 걸 이제 겨우 깨달았는데 잊어버릴 리가 있어? 난 내가 뭘 원하는지도 모르는 멍청이였지만 한번 깨달은 교훈을 잊을 정도로 바보는 아니야. 널 귀찮고 피곤하게 여기거나 네 소중함을 잊는 그런 짓은 절대로 하지 않아. 넌 내 생명이나 다름없어. 네가 옆에 없으면 난 살아 있는 게 아니야. 그저 숨만 쉬고 존재할 뿐이지."

사바의 눈에서 눈물이 굴러 떨어졌다. 루헤인은 인상을 찌푸리고 손가락으로 그녀의 눈물을 닦아주었다.

"울리려고 한 소리가 아니야. 울지 마. 네가 우는 건 싫으니까."

"전하."

루헤인은 인상을 더욱 찡그렸다.

"전하라고 부르지 마. 그건 국왕을 부르는 호칭이야. 난 그 자리에 앉을 수 없을 거라고."

"아뇨, 전하께서는 이미 그 자리에 앉으셨어요. 그리고 더 이상 아프지도 않으세요. 기억해보세요. 제가 전하를 낫게 해드렸어요. 전하께선 왕위에 오르셨고, 많은 일을 하셨죠."

"무슨 소리야? 그렇지 않아. 그건 꿈이야."

루헤인이 강하게 주장했다. 사바는 미소를 지으려고 노력했지만 뺨과 입가가 떨렸다.

"꿈이 아니에요. 알고 계시잖아요. 아는데 인정하고 싶지 않으신 거잖아요……. 저희 둘 다 실수를 저질렀어요. 하지만 그 실수와 함께 살아가야 해요. 여기서 아무것도 모르는 척 계속 있을 수는 없어요. 전하께서 불필요한 고통을 받으시는 것도 싫어요. 일어나세요, 전하. 이제 돌아갈 시간이에요."

"아니, 그렇지 않아. 돌아가긴 어딜 돌아간다는 거야? 돌아갈 곳 따윈 없어."

루헤인의 얼굴이 창백해졌다. 무시무시한 것을 피하듯 그가 그녀의 얼굴에서 손을 떼고 뒤로 물러나려 했다. 사바가 손을 내밀었다.

"제가 옆에 있을게요. 계속 옆에 있을게요. 그래도 싫으세요? 그걸로는 안 되는 건가요?"

"그냥 여기 있어! 나와 있는 게 싫어? 다른 곳으로 가고 싶은 거야? 나 같은, 나 같은 죽을 날이 머지않은 놈에겐 만족이 안 돼?"

루헤인이 고함을 질렀다. 사바는 차분하게 말하려고 노력했다.

"그런 게 아니라는 거 아시잖아요."

"그런데 왜 자꾸 다른 곳으로 가자는 거야! 그냥 여기에 있으면 되잖아. 난 여기가 좋아! 너와 여기 있는 게 좋다고!"

"하지만 여기에 있으면 전하께서 아프시잖아요! 전하가 힘들어하시는 걸 보는 제 마음은 어떤지 아세요? 왜 제가 전하의 소원을 들어드리고 떠났다고 생각하시는 거예요? 전하께서 괴로워하는 거, 힘들어하는 걸 보고 싶지 않다구요! 전하께서 아픈 게 싫어요! 건강하고, 원하는 모든 걸 다 하실 수 있으면 좋겠어요. 전하께서 건강하고 행복하시면 좋겠다구요! 왜 행복하지 않으신 거예요?"

사바가 마침내 소리를 질렀다. 루헤인은 놀란 듯이 그녀를 멍하니 쳐다보았다. 그녀는 뺨을 적시는 눈물을 닦고서 그를 쳐다보았다. 말이 멋대로 뒤엉킨다. 그간 쌓여 있었던 모든 것이 밖으로 터져 나오고 싶은 것처럼 목구멍에 걸려 있다.

"왜 행복하지 않으셨던 거예요? 원하는 모든 걸 해드렸는데. 건강을 드리고, 원하는 모든 여자도 가지실 수 있었잖아요. 전 그저, 전 그저 전하께서 행복해지시길 바랐다구요."

"네가 없었잖아."

루헤인이 마치 너무나 당연한 사실을 지적하듯이 말했다. 사바는 고개를 저었다.

"절 원치 않으셨잖아요."

"말했잖아, 난 내가 뭘 원하는지도 모르는 머저리였다고. 나한테는 네가 필요해. 네가 없이는 행복해질 수 없어."

"옆에 있을게요. 제가 옆에 있을 테니까 이제 돌아가요. 전하께서 이렇게 고통스러워하시는 걸 더 이상은 볼 수가 없어요. 지금 돌아가지 않으면 영원히 돌아갈 수 없을지도 모른대요. 돌아가야 해요."

루헤인은 아쉬운 표정으로 방 안을 둘러보았다. 잘 정리된 방은 사실과 다르게 쾌적하고 아늑했다. 진짜 방은 이렇지 않았다. 그녀가 마법을 쓰지 않으면 방 안은 병의 냄새로 가득 찼고 눅눅하고 꿉꿉해졌다. 창문을 열면 항상 너무 춥거나 더웠다. 환기가 잘 되는 경우는 별로 없었다.

그래, 여기는 현실이 아니었다. 여기는 그들이 만들어낸 환상이었을 뿐이었다.

"여기가 좋았어. 너와 여기서 단둘이 있는 게 좋았어."

그가 중얼거렸다. 사바는 고개를 끄덕였다.

"저도 그랬어요."

그가 그녀를 쳐다보다가 손을 들어 올렸다. 그녀는 그의 손을 잡았다. 그가 그녀의 손등에 입술을 누르고 속삭였다.

"날 떠나지 마라, 사바. 견딜 수가 없었어."

"떠나지 않을게요."

맹세의 말이 방 안을 울린다. 문가에서부터 서서히 검은 불꽃이 번지기 시작했다. 양탄자가 타고, 약장이 탄다. 불길이 다가와 침대를 태우기 시작한다. 열기가 느껴지지만 그들의 피부를 태울 만큼 뜨거운 열기는 아니었다. 다른 모든 것들이 타는데 그들에게 느껴지는 열기는 그저 온화할 뿐이었다. 그들을 감싸고 어루만지는 것처럼.

루헤인은 그녀의 손을 잡고 기댄 채 속삭였다.

"넌 내 거야. 아무 데도 가서는 안 돼. 내 옆에 있어야 해."

"네, 그럴게요."

침대가 불에 타서 무너진다. 닫집이 떨어지고, 벽의 태피스트리가 불에 타서 조각조각 부서진다. 검은 불꽃이 그들을 둘러싸고, 세상이 전부 다 어두워진다. 루헤인은 눈을 감았고 사바는 가만히 앞쪽을 바라보았다. 불꽃 속에서 길이 보인다. 바깥으로, 현실 세계로 나가는 길이다. 이 아늑한 공간을 떠나서 차가운 현실로 돌아가는 길.

가야 한다. 지금 가지 않으면 영영 갈 수 없을 것이다. 그와 이렇게 머무르고 싶은 유혹에 져버릴 것이다.

루헤인의 손을 잡고 그녀는 일어섰다. 발밑에 무언가가 닿는다. 가만히 발걸음을 옮겨 불꽃 사이의 좁은 길로 걸어간다. 루헤인은 그녀의 손을 잡은 채 말없이 따라올 뿐이었다. 그녀 역시 아무 말도 하지

않고 걸음을 옮겼다. 한 발 한 발 현실과 점점 가까워진다. 길은 넓어
지고, 세상이 밝아진다. 눈이 부실 정도로 밝아진다. 더 이상 걸어가
는 것이 어려울 정도로 밝아지고, 눈을 찔러대는 빛이 갑자기 확 커지
면서 그와 맞잡은 손의 온기가 강렬해진다……. 뜨거워진다…….

사바는 눈을 떴다. 누군가가 손을 잡고 있다. 전하? 그녀는 손가락
을 움찔거렸고 곧장 손이 떨어져 나갔다. 안 돼. 전하, 전하! 소리를
내고 싶지만 말이 나오지 않는다. 그녀는 팔을 들어 올리려 했으나 이
상하게 손과 팔이 너무 무겁게 느껴졌다.

"사바, 내 말 들리니? 사바, 사바!"

여자의 목소리. 어디선가 들어본 적이 있는 목소리다……. 줄레나.
아흐메닷의 소중한 연인. 그녀를 자신의 오두막에 받아주었던 마녀.
그리고 루헤인의…… 핏줄. 불꽃 속에서 본 기억이 났다. 루헤인이 분
노하던 것도 생각났다.

사내아이. 줄레나가 낳은 것은 사내아이였고, 버려진 그 아이가 인
간 속에서 자라 혼인하여 딸을 낳았고, 그 딸이 루헤인의 어머니가 되
었다. 줄레나가 거울을 통해 왕궁에 종종 나타나곤 했던 것은 사바 자
신을 보기 위해서가 아니라 실은 루헤인을 보기 위해서였던 것이다.
아, 그래, 그랬던 거야.

하지만 줄레나에 대해 딱히 화가 나지는 않았다. 그녀 자신도 만약
에 자식이 있었으면 그랬을지도 모른다. 옆에서 돌봐줄 수는 없어도
계속 봤을지도 모르지. 어디에 있는지 안다면 그러지 않는 것이 더 힘

들 것이다. 그래, 이해할 수 있다. 그 모든 것들이 꼬여서 지금 같은 상황이 되었다는 걸 생각하니 그저 우스울 뿐이었다. 불쌍한 아흐메 닷, 불쌍한 줄레나, 그리고 불쌍한 나 자신.

사바는 눈을 떴다. 줄레나의 짙은 파란 눈이 곧장 눈에 들어왔다. 뭔가 말을 하려고 입을 열었지만 목에서 소리가 나오지 않았다.

"몸이 약해져 있어서 아직 아무것도 할 수 없을 거야. 마법으로 네 생명을 유지하긴 했지만, 그걸로는 몸까지 유지할 순 없었다. 조금 쉬어야 해."

줄레나가 그녀의 손을 놓아주었다. 손이 뜨거웠던 이유는 줄레나에게서 나온 마력 때문이었음을 사바는 뒤늦게 깨달았다. 줄레나는 쿠션을 가져와서 그녀의 머리를 받쳐주고 몸에 덮은 담요를 턱까지 당겨준 다음 입에 숟가락을 갖다 댔다.

"따뜻한 우유란다. 조금만 먹으렴."

사바가 간신히 입을 벌리자 미지근한 우유가 입안으로 흘러 들어왔다. 간신히 조금 먹은 다음 그녀가 고개를 젓자 줄레나는 숟가락을 내려놓은 후 그녀의 얼굴을 쓰다듬었다. 사바는 입술을 뻐끔거리며 물었다. *전하는요?*

"네 바로 옆에 있잖니."

고개를 돌리자 검은 보랏빛 비늘이 눈에 들어왔다. 사바는 눈을 깜박였다. 이건……. 문득 루헤인이 드래곤이 되었다는 사실이 새삼스럽게 머릿속을 가득 채웠다. 드래곤. 어째서? 왜 그가 드래곤이지? 드래곤이란 마법으로 변신할 수 있는 그런 게 아닌데.

"루의 아버지가 칠흑의 드래곤이었어. 루의 어미가 우연히 그를 만나 루를 갖게 되었다는구나. 자세한 이야기는 나중에 더 해주마. 우선은 쉬렴."

루헤인의 아버지가 칠흑의 드래곤이고, 그의 어머니가 우연히 드래곤을 만나 루헤인을 갖게 되었다고? 그 말은······.

그가 토르카인의 왕자가 아니라는 건가? 왕가의 혈통이 아니라고?

등을 타고 냉기가 흘러내렸다. 그러면 이제 어떻게 되는 거지? 그는 토르카인의 왕 파벨 3세인데, 그가 왕가의 혈통이 아니라면?

루헤인이 그걸 알게 되면 어떻게 반응할까? 그에게 그 자리는 대단히 중대한 의미를 갖고 있는데. 그는 왕인데.

어떤 상황이 될지 생각하고 싶은데 도저히 생각을 할 수가 없었다. 머릿속이 멍하고 이성적인 판단을 할 수가 없었다. 줄레나의 손이 그녀의 이마에 닿았다.

"쉬어라. 자고 일어나면 너도, 루도 좀 더 멀쩡해질 테니까. 그때 이야기를 하자꾸나."

안 돼, 안 되는데. 여기는 루헤인이 왕이 아닌 세계다. 그가 왕세자가 아닌 세상이야. 차라리 그를 데리고 나오지 말걸. 이런 현실로 자신을 데리고 나온 그녀를 그가 원망하면 어떻게 하지? 화를 내고 그녀를 보기 싫어하면 어떻게 해야 되지? 안 되는데. 그러면 안 되는데······.

하지만 더 이상의 생각은 어둠 속으로 사라지고, 사바는 이번에는 꿈조차 꾸지 않는 깊은 잠 속으로 빠져들었다.

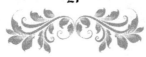

27

드래곤.

드래곤이라.

마녀의 핏줄인 걸로 모자라서 이제는 드래곤이라고?

루헤인은 기가 막혀서 주변에 모여 있는 작자들을 쳐다보았다. 세 드래곤, 세 마녀. 아니 네 드래곤이라고 해야 하나? 그 자신까지 합쳐서.

그냥 들었으면 웃고 넘겼을 것이다. 말이 되나? 그가 드래곤이라는 게. 하지만 팔을 들어 올리면 사람의 팔이 아니라 짐승의 앞발이 보였다. 검은 비늘로 덮이고 끝이 구부러져 무시무시한 발톱이 달려 있는 앞발이. 눈높이는 엄청나게 높아서 그들의 모습이 발치로 보였고, 발 역시 사람의 것이 아니라 넓적하고 발톱이 달린 짐승의 것이었다. 게다가 뒤에서 흔들거리는 기다란 꼬리까지.

마녀의 핏줄이라는 이야기를 들었을 때는 어딘지 모르게 역시 그랬나, 하는 생각을 했다. 하지만 지금은 그저 온몸의 비늘이 곤두설 정도의 두려움이 엄습했다. 비늘. 기가 막힐 노릇이다. 이런 꼴을 하고서 왕 노릇은 어떻게 하라고? 인간이 아닌데 왕이 될 수 있나?

아니, 그가 왕이긴 한가?

"이름은 중요한 거야. 함부로 지을 수 있는 게 아니야. 탈피 다음에 가장 중요한 단계가 이름을 짓는 거라고. 이름은 자신의 속성을 드러내는 거니까."

"난 탈피하자마자 이름을 받았는데."

"그거야 네 아비가 그 이전에 한참 고심하고 있었으니까. 그리고 때로는 이름이 금방 눈에 보이는 경우도 있거든. 하지만 이 녀석은 그런 게 아니니까."

진홍의 드래곤과 청록의 드래곤이 주거니 받거니 이야기를 나누고 있다. 묘하게 그들의 몸에서 붉고 푸른 빛 같은 것이 흘러나오는 느낌이 들었다. 마녀들에게서도 마찬가지였다. 줄레나에게서는 희미한 붉은 빛이, 제르가에게서는 금빛과 청록색이 섞인 듯한 빛이 흘러나왔다. 그리고 사바에게서는 짙은 보랏빛이 흘러나왔다. 향기까지 느껴지는 것 같다. 바람과 풀 냄새, 그리고 마치 달콤한 꿀 냄새 같은 향기가.

그녀의 머리와 눈은 검은색으로 돌아와 있었다. 꿈속에서는 갈색 머리에 파란 눈으로 되돌아가 있었는데. 망가진 검은 드레스 대신 새로 입은 초록색 드레스는 그녀에게 잘 어울렸다. 고급 드레스를 입었기 때문인지 아니면 그녀를 보는 그의 눈이 변했기 때문인지 모르지만, 그녀는 아름다웠다. 어쩌면 항상 아름다웠는데 그가 못 알아봤던 건지도 모른다.

"루, 괜찮니?"

줄레나가 마치 그와 오랫동안 알았다는 듯이, 정말로 그의 할머니라도 되는 것처럼 친밀하게 말을 건다. 순식간에 짜증이 치솟았다. 당신은 나에 대해서 아무것도 몰라. 루헤인이 인상을 찌푸리고 그녀를 보았다.

"아니, 괜찮지 않아. 전혀 괜찮지 않다고. 드래곤이라니, 내가 도대체 왜 드래곤인 거지? 어떻게 내가 드래곤일 수가 있냐고. 토르카인 왕가에 드래곤의 피가 흐를 리가 없잖아?"

"넌 토르카인 왕가의 자손이 아니니까."

칠흑의 드래곤이 냉정한 어조로 말했다. 루헤인은 침을 삼켰다. 아니, 드래곤에게도 침이 있나? 침을 삼킨다는 게 가능한가? 모르겠다. 빌어먹을.

그 꿈속에서 나오지 말았어야 했는데. 저 말이 나올까 봐 가장 두려웠단 말이다.

"그러면 난 누구라는 거지?"

"넌 나의 자식이고, 드래곤이지. 인간의 힘으로 재단할 수 없는, 지상에 몇 남지 않은 존재."

루헤인은 칠흑의 드래곤을 빤히 쳐다보았다. 줄레나가 황급히 롤라나와 칠흑의 드래곤에 관한 이야기를 해주었고 사바가 놀란 듯이 숨을 들이켜는 소리가 들렸다. 인간의 모습이었다면 그녀의 손이라도 잡아주었겠지만 지금은 손은커녕 건드릴 수도 없었다. 그의 커다란 발톱이 그녀에게 뭔가 해를 입힐까 봐 걱정이 되어서.

진홍의
마녀 ❷

아니 움직였다가는 이 성을 부술까 봐 겁이 나기도 했다. 아무것도 할 수가 없다. 아무것도.

그는 토르카인 왕가의 자손이 아니었다. 왕세자가 아니었다. 왕세자가 아니니 왕이 될 수도 없다. 그러면 파벨 3세는 어떻게 되는 거지? 그의 존재는 어떻게 되는 거란 말인가.

"저 녀석은 드래곤에 관해서 아무것도 아는 바가 없어. 차라리 저쪽 세계로 데려가서 교육을 시키는 게 나을지도 몰라."

아흐메닷이 칠흑의 드래곤에게 충고조로 말한다. 칠흑의 드래곤은 그것을 고려라도 하는 듯이 고개를 끄덕였고 줄레나가 곧장 반대했다.

"이 아이는 저쪽 세계에 대해서는 아무것도 몰라요. 갑작스럽게 데려가면 적응할 수 없을 거예요. 이쪽에서 차근차근 가르치는 편이 나을 거라고 봐요."

"가르칠 게 뭐가 있어? 그냥 둬도 되잖아. 알아서 깨우치게 되어 있다고."

"드래곤도 배워야 해요. 드래곤이야말로 많은 걸 배워야 한다구요. 엄청난 힘을 가진 만큼 책임도 크니까요. 그리고……."

루헤인이 입을 열어 고함을 질렀다.

"그만해!"

성이 흔들리는 듯한 힘에 소리를 지른 그 자신마저도 놀랐다. 모두가 입을 다물었고, 아흐메닷이 인상을 찌푸리고 한 손으로 귀를 툭툭 쳤다.

"조용히 말해도 알아듣는다고. 드래곤의 몸을 하고 그런 식으로 소리를 지르면 웬만한 인간은 기절해."

"좋아, 내가 드래곤이야. 알겠어. 그건 부인할 수 없겠지."

루헤인이 목소리를 낮추고 말했다.

"하지만 그렇다면 난 왜 아팠던 거지? 내 인생의 20년을 앓아누운 채 보냈어. 드래곤은 건강한 거 아니었나?"

"드래곤은 건강하지. 하지만 인간의 몸과는 맞지 않아."

칠흑의 드래곤이 아흐메닷에게 자신이 설명하겠다는 듯이 한 손을 흔들었고, 아흐메닷이 마음대로 하라는 듯 한 걸음 물러났다. 라반이 루헤인을 보고 양손을 벌렸다. 다음 순간 몸이 줄어들고 시야가 점점 낮아지는 듯한 느낌이 들었다. 루헤인은 눈을 깜박이다가 자신의 몸을 내려다보았다. 다섯 개의 손가락이 달린 인간의 손, 멀쩡한 두 다리.

인간의 몸으로 돌아왔다. 갑자기 안도의 한숨이 나왔다.

"드래곤과 인간의 몸을 오가는 데에는 연습이 필요해. 지금은 내가 강제로 변화시켰지만, 네가 익혀야 하는 기술이다."

익히고 싶지 않아. 그런 것 따위 알고 싶지 않다고. 난 인간이야. 인간이었어. 인간이어야만 해……. 난 토르카인의 왕이라고. 그 생각이 머릿속을 가득 채웠다. 그는 한 손으로 얼굴을 문지른 다음 사바를 쳐다보았다. 그녀는 몇 걸음 떨어진 곳에 불안한 얼굴로 서서 그를 쳐다보고 있었다. 그가 손을 내밀었다.

"이리 와. 왜 거기 있는 거야? 내 옆에 있어야 되잖아."

사바는 불안감이 가시지 않은 얼굴로 황급히 그의 옆으로 다가왔고 잠시 머뭇거리다가 그의 손을 잡았다. 그녀의 차가운 손이 닿자 심장이 쿵쿵거렸다. 그의 심장이 쿵쿵대는 건지 아니면 손을 타고 그녀의 심장박동이 느껴지는 건지 알 수가 없었다. 어쩌면 둘 다일지도 모른다.

　"넌 나와 마녀의 피를 받은 네 어미 사이에서 태어났어. 마녀가 낳은 드래곤의 자식은 드래곤의 심장에 인간의 몸을 갖게 되지. 하지만 드래곤의 심장과 인간의 몸은 맞지 않아서 몸이 자라고 드래곤의 형태를 취할 수 있을 때까지 마력으로 보호를 받아야 해. 그런데 네가 가진 마력은 너무 약했던 거다. 살아남을 수가 없는 상태였지. 그런데 너의 마녀와 계약을 맺게 되었고, 네 마녀가 너를 대신해서 마력으로 네 몸을 보호한 거지. 그러면서 너희들은 그저 평범한 인간과 마녀 사이의 계약이 아니라 드래곤과 마녀 사이의 계약, 그리고 어느새 불을 나눈 드래곤과 신부가 된 거야. 그러지 않고서는 완벽하게 너의 마녀가 너를 보호할 수 있는 방법이 없었기 때문일 수도 있고, 함께 있는 동안 너희들의 감정이 강해졌기 때문일 수도 있지. 그렇게 보호를 받아 너는 결국 탈피를 할 수 있을 만큼 강해질 때까지 살아남은 거고, 이제 탈피를 거쳤으니 완벽한 드래곤이 된 거다."

　루헤인은 그의 말을 잠시 생각하다가 물었다.

　"그럼 사바를 만나지 못했다면 나는 이미 죽었을 거라는 건가?"

　칠흑의 드래곤은 고개만 한 번 끄덕였다. 심장이 귓가에서 쿵쿵 뛰는 기분이 들었다. 그러니까 태어날 때부터 그는 죽었어야 하는 존재였던 것이다. 죽었어야 하는 그를 사바가 살려주고 있었던 것이다. 그의 마녀가.

"전하의 심장은 다른 사람들과 달랐어요. 그것이 드래곤의 심장이기 때문이었다면……. 제가 아니라 다른 경험 있는 마녀가 보았다면 알았을까요?"

사바가 조심스럽게 물었다. 라반은 고개를 흔들었다.

"나이 많은 마녀라 해도 드래곤에 대해서 잘 아는 자는 없어. 너는 네 자리에서 최선을 다했고, 네가 잘못한 것은 없다. 어린 신부여."

사바는 조금 안도하는 얼굴이었지만 루헤인을 힐끔거리는 눈에는 여전히 불안감이 가득했다. 제르가 살짝 끼어들었다.

"전하의 주변 여자들이 이상해져갔던 이유도 그것입니다. 드래곤의 강력한 힘은 누구든 유혹하게 되어 있고 그걸 견딜 수 있는 것이 마녀 정도입니다. 인간은 그 힘을 한번 맛보면 힘을 견디지 못해 거의 금방 죽고 맙니다. 전하께서 아직 드래곤의 힘이 강하지 않으셨기 때문에 여자들이 차츰 미쳐갔던 겁니다."

"그래서 그게 내 탓이라는 건가, 내 탓이 아니라는 건가?"

루헤인의 날카로운 눈길을 받고 제르가는 입을 다물었다. 마녀의 핏줄이라서, 혹은 드래곤이라서. 무엇이 되었든 간에 그의 존재 자체가 여자들을 미치게 했다는 것은 사실 아닌가.

맙소사, 그는 죽었어야 했던 것이다. 사바가 없었다면 그는 일찌감치 죽었을 것이고, 그랬다면 모든 일이 올바르게 흘러갔을 것이다. 토르카인의 혈통도 아닌 그가 왕위에 앉는 대신에 올바른 순서대로 다

진홍의
마녀 ②

흐란이 왕위에 앉았을 거고, 그러면 토르카인 귀족가의 수많은 여자들과 카밀라 공주도 죽지 않았겠지. 무엇보다도 레이라가 그렇게 비참하게 죽지 않았을 것이다.

사바가 그를 살렸지만 또한 망쳐놓았다. 그는 죽었어야 했는데.

루헤인은 문득 사바를 쳐다보았다. 차가운 손에서 느껴지는 불안감과 두려움의 정체를 알 것 같았다. 그녀 역시 그 생각을 했던 것이다. 마녀로서 그녀는 그 자신보다 드래곤에 대해 더 잘 알 거고, 그가 드래곤이라는 것을 알게 된 순간 이 모든 것을 깨달았겠지. 그리고⋯⋯.

그가 그녀를 원망할까 봐 두려워하는 것이다. 예전처럼 그녀를 타박하고, 그녀에게 모든 잘못을 돌리고, 소리를 지르고 화를 낼까 봐.

그는 지그시 눈을 감았다가 뜨고서 그녀에게 우울한 미소를 지어 보였다.

"널 원망하지 않아, 사바. 네 잘못이 아니야. 넌 그저 네가 해야 하는 일을 했을 뿐이니까."

그녀는 부코타 백작이 잡아온 일종의 제물이었다. 오랜 옛날, 전설 속에 나오는 드래곤에게 바치는 처녀 제물 같은 존재였던 거다. 그녀가 무슨 잘못이 있겠는가. 그의 존재 자체가 잘못인데.

왕비가 바람을 피워 낳은 자식이 진짜 혈통을 밀어내고 왕위를 차지했다. 평생 진짜 혈통을 원망하고 질투하다가 결국에는 마녀의 힘을 빌려 왕위를 강탈했다. 이 얼마나 우스꽝스러운 일이었단 말인가.

"전하의 존재는 결코 잘못이 아닙니다. 전하는⋯⋯ 그렇지 않아요.

전하께서도 모르셨던 거잖아요."

사바가 그에게만 들릴 정도로 나직하게 속삭였다. 루헤인은 자조적인 웃음을 띤 채 그녀를 쳐다보았다.

"그런가? 내가 다흐란에게 무슨 짓을 했는데. 내가……."

맙소사, 레이라. 아무 잘못 없는 다흐란을 질투하다가 그가 망가뜨린 죄 없는 여자. 진작 그 자신이 토르카인 왕가의 혈통이 아니라는 것을 알았더라면 그런 일도 없었을 텐데.

"나만 없었어도 모든 게 올바르게 흘러갔을 거야. 나만 없었어도."

그가 사바의 손을 놓고 양손으로 자신의 얼굴을 감싼 채 주저앉았다. 사바가 그의 옆에 따라 앉았다.

"전하께서 안 계셨으면 저도 없어요. 아시잖아요."

"내가 없었으면 넌 누군가 다른 사람과 계약을 맺었겠지. 그리고 지금 같은 고생은 하지 않았을걸. 그렇게 생각 안 해?"

"생각 안 해요. 전하께서 안 계시면 제 세상이 잘못되는 거예요. 제 세상이 없어져요. 전하께서 제 세상이고, 제 모든 것이에요."

루헤인은 손을 내리고 그녀를 쳐다보았다. 그녀의 표정은 단호했다. 그가 손을 들어 그녀의 뺨을 쓰다듬었다. 그의 마녀, 그의 것.

그가 무엇이든 간에 사바만큼은 그의 것이리라. 그것만큼은 변하지 않으리라. 그 사실은 조금은 마음에 위안이 되었다.

"올바른 것이 뭐지?"

라반의 목소리에 그는 고개를 들어 올렸다. 드래곤이 이름답게 칠흑 같은 검은 눈으로 그를 내려다보고 있다.

진홍의
마녀 ②

"토르카인 왕가의 정식 혈통이 왕위에 앉는 것. 불필요한 희생자가 나지 않는 것……. 뭐 그런 거겠지."

"그게 올바른가? 어째서? 운명의 흐름에 올바르고 그른 것은 없어. 그저 운명이 있을 뿐이다. 내가 그때 네 어미를 만났던 것이 운명이었던 것처럼 네가 너의 마녀를 만나 살아남게 된 것도 운명이야. 그로 인해 파생된 모든 결과는 어쩔 수 없는 것이지. 선택의 기로가 있었고 거기에서 우리가 한 선택, 그것이 모두 운명을 이루는 거고 이는 옳고 그름으로 판단할 수 있는 일이 아니야."

"그럼 나로 인해 미쳐 죽어간 여자들도 운명이라는 건가?"

"꽃에 벌이 꼬이는 것이 꽃의 잘못인가? 드래곤의 강한 힘에 끌리는 자들은 많아. 네 곁의 여자들이 처음부터 미치지는 않았을 것이다. 네 곁에 있기로 선택을 한 순간 그들의 운명이 결정된 것이지."

루헤인은 생각에 잠겼다. 그래, 그의 주변에 모여들었던 여자들은 왕세자비 자리를 노린 것이었다. 그래, 그도 그것이 자신의 목숨을 내놓아야 할 정도의 죄라고 생각하지는 않았다. 불길 속에 타면서 그렇게 결론짓지 않았던가.

하지만 그 여자들만이 아니다. 레이라, 그리고 불필요한 전쟁에 휩쓸려 시체조차 남지 않고 사라져버린 병사들. 애초에 그가 제르가와 계약을 맺고서 대가를 치르지 않기 위해 왕위에 오르는 수작을 부리지만 않았어도 그 전쟁은 일어나지 않았을지도 모른다. 그랬다면 그 수많은 병사들이 죽지도 않았겠지.

제르가나 청록의 드래곤을 탓할 수도 있다. 하지만 근본적인 원인을 제공한 건 그 자신이었다. 그것은 부인할 수 없다.

"자신의 실수가 사무치는가? 후회가 되나? 누구나 실수를 하고, 누구나 후회를 하지. 하지만 영영 후회만 하고 살아갈 것이냐?"

칠흑의 드래곤이 근엄한 목소리로 말했다. 루헤인은 고개를 들고 그를 쳐다보았다. 바로 옆에서 걱정스럽게 쳐다보는 사바의 눈길이 느껴진다.

실수가 사무치고, 후회가 된다. 그의 인생은 대부분 실수투성이였다. 하지만 후회만 하면서 살아갈 것인가? 언제까지나 실수를 곱씹으며 살아갈 것인가? 돌이킬 수 없는 일을 붙잡고 징징거릴 것인가?

실수를 저지르면 우선 그 실수부터 수습하라고 시종들에게 잘난 척 말했었다. 그런 주제에 그 자신은 실수를 수습하거나 고칠 생각은 하지 않고 실수했던 일들만 생각하며 살아갈 것인가?

수습해야 하는 것, 고쳐야 하는 것이 아주 많다. 그는 사바의 손을 잡고 일어섰다. 그녀의 걱정스러운 표정에 그가 손을 꼭 쥐어준 다음 라반을 보았다.

"고칠 수 없는 걸 붙잡고 있어봤자 의미가 없겠지. 하지만 고쳐야 하는 것들이 있어."

라반이 눈썹을 치켜 올렸다. 루헤인은 아흐메닷을 쳐다보았다.

"레이라를 살릴 수 있다고 했지."

"이 여자 말인가?"

아흐메닷이 손을 움직이자 바로 앞에 레이라의 시신이 나타났다. 여전히 고요하고 평화로운 얼굴을 하고 있는 시체다.

진홍의
마녀 ❷

"약속은 약속이니 살려주지."

아흐메닷이 손을 들어 올리는데 루혜인이 고개를 저었다.

"아니……. 당신이 살릴 수 있다면, 나도 살릴 수 있나?"

아흐메닷은 허락을 구하듯 라반을 보았고, 라반이 대신 대답했다.

"힘든 일이지만, 불가능하진 않지. 그러나 네 불을 거의 전부 포기해야 할 것이다. 앞으로 수백 년간 너는 인간이나 다름없는 허약한 상태로 살아야 해. 그래도 할 것이냐?"

루혜인은 피식 웃었다.

"나는 지금껏 인간이었어. 앞으로 몇백 년 더 인간이라고 해서 달라질 것도 없을 것 같은데."

"아니, 달라. 지금까지 너 자신은 알지 못했지만 네 안에는 불이 있었다. 그것을 포기하고 나면 그 빈 공간을 뚜렷하게 느끼게 될 거다. 저 시체를 살리는 도중에 포기하게 되면 너의 불은 보존할 수 있지만, 시체를 다시 살릴 순 없어."

루혜인은 잠시 시체를 바라보다가 사바를 쳐다보았다. 사바는 자신을 보는 것에 놀란 듯이 그를 마주 보았다. 여전히 낯설기만 한 검은 눈동자에 루혜인은 희미한 미소를 지었다.

"불이 없어진다는데."

사바는 이해할 수 없는 듯이 그를 바라보기만 했다. 그가 그녀의 뺨을 부드럽게 쓰다듬었다.

"불이 없어져도 너는 괜찮겠느냐는 말이야."

"하지만 그건 전하의 불인걸요."

그녀는 여전히 이해하지 못하는 얼굴이다. 루헤인은 고개를 숙여 그녀의 입술에 부드럽게 입을 맞추었다. 사바가 몸을 떨었다.

"드래곤은 세상에서 가장 강하다고 하지 않았던가? 다시 그런 강한 드래곤의 신부가 될 수도 있는 건데, 포기할 수 있어?"

"드래곤의 신부 같은 건 되고 싶지 않아요. 그냥 전하의 곁에 있을 수 있으면 돼요."

"사바, 내가 드래곤이야."

그녀는 여전히 이해하지 못한다. 루헤인은 낄낄 웃고 말았다. 무엇을 고민했을까. 무엇을 갖고 싶어 했을까. 그가 갖고 싶어 했던 것은 손만 뻗으면 가질 수 있는 것이었는데.

"네가 나의 신부야."

"하지만……. 하지만……. 전하는, 전하는 전하이시고 저는…….."

사바가 말을 더듬었다. 검은 눈동자, 파란 눈동자. 색깔에 관계없이 그녀의 눈에 눈물이 고이는 모습은 그의 가슴을 조여들게 만들었다.

"저는 아무것도 아니에요. 저는 지위도 없고 아무것도 없는 그저 어린 마녀일 뿐이에요."

"나의 마녀지. 넌 내 것이고, 이제 다시는 누가 너를 데려가는 꼴은 보고 싶지 않아. 넌 나의 마녀고 나의 신부야. 내가 인간이든 드래곤이든 무엇이든 간에 다시는 내 옆에서 떠나지 못할 거다."

떠나지 않겠다고 맹세라도 하는 것처럼 그녀가 고개를 흔들었다. 루헤인은 한쪽 옆구리에 그녀를 안은 채로 칠흑의 드래곤을 보았다.

"하겠어. 내가 저지른 죄고, 내가 대가를 치르는 게 맞겠지."

라반은 엄숙하게 고개를 끄덕였다. 루혜인은 가슴의 무거운 것 하나가 사라지는 것을 느끼며 사바에게로 몸을 기댔다.

"너를 희생시키려던 것은 아니었어."

청록의 드래곤의 성 앞에는 꽃이 가득한 너른 뜰이 펼쳐져 있었다. 청록의 드래곤은 초목의 드래곤이기도 하다고 줄레나는 살짝 설명했다. 영원히 지지 않는 꽃과 들판.

"그저 루를 보는 내내 네가 옆에 있었고, 내가 돕지 못하는 그 아이를 네가 도와준 게 고마웠다. 계약이 끝나면 너도 갈 곳이 없을 테니 내가 데리고 있으려 했던 것이야. 너를 이용해서 루를 돕겠다는 생각은 아니었어."

사바는 고개를 끄덕였다. 언제나 궁금했다. 어떻게 왕궁에 있는 자신을 그녀가 찾아냈는지, 왜 데리고 있었는지. 이제 그 이유를 알 수 있을 것 같았다.

"데리고 있어주신 거, 고맙게 생각하고 있어요."

"네가 나와 얽히지 않았다면 이 모든 일들이 다른 결과를 낳았겠지."

"아마 그렇겠지요. 하지만 라반이 말한 것처럼 이것이 우리가 선택한 길이고, 운명이지요. 오래전, 당신이 아흐메닷과 만난 그 순간부터 지금까지요."

줄레나는 아무 말도 하지 않고 뜰에 가득한 꽃들을 바라보았다. 바람이 불자 꽃잎이 소용돌이치듯 바람에 휩쓸려 하늘로 올라간다. 크레바스 아래쪽 깊숙한 데 자리한 청록의 드래곤의 성은 인간의 발길이 절대 닿을 수 없는 위치였다. 아마 지상의 인간들은 때로 바닥이 보이지 않는 깊은 틈새에서 올라오는 꽃잎들이 뭘까 궁금해하겠지.

모든 것이 비현실적으로 느껴졌다. 앞으로 어떻게 살아가게 될지조차.

"당신을 원망했던 건 아마 잠시나마 제 것이라고 생각했던 아흐메닷이 제 것이 아니라는 걸, 제 것은 아무것도 없다는 걸 알았기 때문이었을 거예요. 그저 이용당하기만 한다고 생각해서요. 하지만 지금 저에게는 전하가 있고……. 당신에게는 아무도 없죠."

사바는 줄레나를 보았다. 줄레나는 아픈 곳을 찔린 것처럼 움찔했지만 아무 말도 하지 않고 눈앞의 꽃송이를 가만히 쓰다듬었다.

"어떻게 사실 생각이신가요?"

사바가 조용히 물었다. 줄레나는 어깨를 으쓱였다.

"살던 대로 살아야지. 이제 다시 토르카인이 조용해질 테니까 숲에서 조용히 살며 사람들의 소원이나 들어주는 정도로. 시끄러운 일이 한바탕 지나갔으니 다른 마녀들도 조금 조용해질 거다. 마녀들이 너무 많이 움직이면 인간 세상이 시끄러워지지. 어쨌든 마녀에게 소원을 빌어 행복해지는 자는 없으니까."

"왜 마녀들은 인간을 행복하게 해줄 수 없는 걸까요?"

사바의 나직한 물음에 줄레나는 살짝 웃었다.

"너는 자신이 그토록 바라는 것을 남의 손을 빌어 이루려는 자가

진홍의
마녀 ②

행복해지길 바라느냐? 그것은 탐욕이고, 탐욕이 좋은 결과를 불러올 수는 없지. 마녀가 인간을 불행하게 만드는 것이 아니라 소원을 비는 인간 그 자신이 불행을 부르는 것이야. 마녀는 그 탐욕을 힘으로 삼을 뿐이고."

사바는 천천히 고개를 끄덕였다. 그래, 그럴지도 모른다. 마녀에게 소원을 빌어 바라는 것을 이룬들 그것이 만족스러울 리가 없다. 결국에는 더 많은 것을 바랄 수밖에 없게 되고, 행복은 점점 더 멀어진다.

"아흐메닷을 용서하지 않으실 건가요?"

사바는 문득 성을 바라보며 물었다. 성 위쪽의 창문에서 진홍의 드래곤이 그들을 바라보고 있는 것이 보인다. 줄레나는 아는지 모르는지 돌아보지 않고 그저 꽃송이만 어루만졌다.

"그를 용서하지 않을 거냐고? 내가 용서할 것이 무엇이 있겠니. 나는 그의 신부였으면서 다른 남자를 만났고, 그 사람이 죽은 것을 아흐메닷의 탓으로 돌렸어. 정말로 용서할 수 없는 것은 실은 나 자신이겠지. 그걸 인정하고 싶지 않았을 뿐이야."

"그는 아직도 당신을 사랑해요."

줄레나는 가만히 꽃을 바라보며 나직하게 말했다.

"워디는 성의 병사였지. 나는 알리샤 마을 근방을 종종 돌아다녔고, 그는 그 근방을 순찰하는 병사였어. 그는 용감했어. 모두가 나를 두려워했는데 혼자만이 나에게 말을 걸었지. 산꼭대기에 사는 드래곤의 마녀냐면서. 나는 그런 그가 재미있어서 상대를 해주었고, 아흐메닷과는 전혀 다른 그의 순진함에 끌렸다."

사바는 아무 말도 하지 않고 그녀를 바라보기만 했다. 줄레나는 꽃잎을 뜯어 바람에 날려 보냈다. 바람에 실린 꽃잎이 하늘하늘 날아올라 크레바스 위쪽으로 올라간다. 살아 있는 나비처럼.

"그는 나를 드래곤에게 사로잡힌 불쌍한 마녀라 생각했어. 나를 구해주겠다는 사명감에 불탔지. 아흐메닷은 처음에는 재미있어했지만 결국에는 분노했어. 나는 아마도⋯⋯. 그런 상황을 즐겼던 것 같아. 그러다 질려버렸지. 아흐메닷의 소유욕에 질렸고, 워디의 순진함에도 질렸어. 자유를 원했지. 그래서 워디에게 나를 맡겼던 거야. 그가 내게서 불을 끄집어내주면 드래곤의 신부라는 지위에서 해방될 수 있으니까."

"그를 사랑하지는 않았나요?"

줄레나는 우울한 미소를 띤 얼굴로 사바를 쳐다보았다.

"그를 사랑했다면 사랑하는 남자를 희생시킨 나는 바보가 될 것이고, 그를 사랑하지 않았다면 사랑하지 않는 남자를 이용한 나는 몹쓸 계집이 될 테지. 어느 쪽이 나을 것 같으냐?"

어느 쪽도 낫지 않다. 그저 불행한 이야기일 뿐이다. 사바는 아무 말도 하지 않고 그녀를 바라보았고 줄레나는 날아올라 사라지는 꽃잎들을 바라보았다.

"인간도, 마녀도, 심지어는 드래곤도 실수하고 바보 같은 짓을 저지른단다. 때로는 돌이킬 수 없는 일도 하지. 그걸 인정한다 해도 결과가 달라지지 않는다는 걸 알기 때문에 인정하지 못하는 거란다. 인정하지 않으면 책임을 피할 수 있을 것 같으니까. 달라질 거라는 자기

기만에 빠질 수 있으니까."

줄레나가 한숨을 내쉬었다.

"언젠가는 그에게 말할 수도 있겠지. 언젠가는 우리가 속을 터놓고 이야기를 할 수도 있겠지. 그리고 언젠가는 우리가…… 친구가 될 수도 있겠지. 마녀는 오래 살고, 드래곤은 그보다 더 오래 사니까. 하지만 아직은 아니야. 아직은 어렵구나."

사바는 그저 고개만 끄덕였다. 그녀는 줄레나에게 뭐라고 할 수 있는 입장이 아니었다. 줄레나는 그녀보다 훨씬 더 오래 살았고, 훨씬 많은 것을 알고 있었다. 언젠가는 그녀가 줄레나에게 무언가를 말할 수도 있으리라. 하지만 지금은 아니었다.

지금은 그저 들어주는 것밖에는 할 수 없었다.

줄레나가 문득 고개를 들고 성 쪽을 쳐다보았다. 아흐메닷의 모습은 사라지고 없었고. 청록의 드래곤이 손을 흔들며 뭐라고 말하고 있었다. 줄레나가 사바에게 고갯짓을 했다.

"루가 너를 부르는 모양이구나. 들어가보렴."

사바는 고개를 끄덕이고 성으로 들어갔다. 줄레나는 마치 눈송이처럼 흩날리는 꽃잎들의 한가운데 서서 한참이나 꼼짝도 하지 않았다.

"생명을 만든다는 것이 얼마나 어려운지 알게 되면 생명을 함부로 없애는 일은 하지 않게 되지. 나이를 먹을수록 우리들 드래곤은 모든 생명의 무게를 똑같이 놓게 되지. 그것이 인간이든 혹은 숲의 짐승이든, 날벌레든 결국에 생명이란 똑같은 것이다. 함부로 다뤄서는 안 되는 것이야. 무엇이 되었든 그 생명을 만들어내는 것은 대단히 어려운 일이니까."

몸에서 무언가가 빠져나가는 느낌이 든다. 루헤인은 숨을 들이켜고 가만히 있으려고 노력했지만 빠져나가는 느낌은 더욱 강해졌다. 옆에서 사바가 그의 손을 움켜쥐는 것이 느껴졌지만 몸이 떨리는 것을 멈출 수가 없었다. 눈앞에 놓인 레이라의 시체 주위로 검은 연기가 모여든다.

라반이 그들을 무심한 눈으로 바라보았다.

"한번 사라진 생명을 되살린다는 것은 지극히 어려운 일이지. 고통스러운 일이기도 하고."

빠져나간다. 그저 단순히 몸에서 기운이 빠지는 정도가 아니었다. 몸에서 모든 것이 다 빠져나가는 듯한 느낌이 들었다. 피가 빠져나가고, 심지어 뼈까지 전부 다 부서져서 빠져나가는 듯한 느낌이 든다. 손가락 끝부터 팔, 어깨, 가슴, 온몸의 뼈들이 들썩거리고 우드득 소리를 낸다. 가슴과 뱃속이 조여들어 숨을 쉴 수가 없었다.

고통스럽던 심장 발작이 떠올랐다. 숨을 쉴 수 없어 바닥에서 몸부림을 치고 있으면 사바가 그를 붙잡고 발작이 가라앉을 때까지 안고 달래주곤 했다. 그리고 약을 챙겨줬지. 그때는 고통이 빨리 끝나는 것 같았는데. 그녀의 손이 닿아 있으면…….

지금은 그녀의 손이 닿아 있는데도 고통이 끝나지 않는다. 그의 입에서 신음소리가 새어나왔다. 몸이 바닥에서 구르고 꿈틀거린다. 사

진홍의
마녀 ❷

바가 그의 몸을 잡고 돌려 눕히는 것이 느껴졌지만 머릿속까지 짓누르는 듯한 고통에 말 한 마디 꺼낼 수가 없었다.

불길이 솟구친다. 검은 불이 그의 온몸에서 솟구쳤다. 사바까지 그 불길에 휩싸인다. 불길이 타오른다.

"이것은 너를 포기하는 일이다. 너 자신을 내놓는 일이야. 고통은 오랫동안 계속될 거다."

불길이 그를 집어삼킬 것처럼 강하게 타올랐다. 사바에게서 진홍의 드래곤의 불을 끄집어낼 때보다 훨씬 더 강하게. 그의 온몸의 피부를 순식간에 태우고 생살을 씹어 먹는 것처럼 그를 할퀴어댄다. 그는 바닥에 웅크린 채 거의 발버둥을 치며 굴렀다. 맙소사, 고통이 사라지지 않는다. 조금도 누그러지지 않는다. 멈췄다 다시 아픈 것이 아니라 그저 계속해서 아프고, 점점 더 강하게 아파온다.

비명이 절로 터져 나왔다. 사바의 손길조차 이제는 느껴지지 않았다. 피부가 떨어져 나간다. 조각조각 손톱으로 할퀴어 떼어내는 것처럼 고통스럽다.

목소리. 머릿속을 채우는 목소리들.

그럴 가치가 없어. 그런 고통을 감수할 가치가 없어. 왜 그렇게까지 해야 되지? 그냥 편하게 가도 되잖아. 진홍의 드래곤에게 하라고 해. 아니, 그냥 그만둬버려. 어차피 중요치 않잖아. 넌 드래곤이고, 이제 더 이상 토르카인 왕실과 관계가 없어. 다흐란도 잊어버려. 그냥 모두 다 잊어버려. 그들이 너를 비난한다고? 그럼 전부 다 없애버려.

그는 더 이상 왕이 아니었다. 다흐란을 다시 만날 이유도 없다. 이대로 사라지면 그만이다. 설령 잠시 동안 그를 찾는다 해도 결국에는 찾아내지 못할 것이다. 드래곤만이 갈 수 있다는 세계로 가버리면 그만이다. 레이라는……. 죽은 채 그냥 두면 된다.

너에게 덤비는 것들은 다 없애버리면 돼. 넌 이제 드래곤이야. 왕일 때보다 훨씬 더 강한 존재지. 아무도 너에게 덤빌 수 없어. 기억해? 청록의 드래곤은 불길 한 번으로 수많은 병사들을 없앴지. 너도 그렇게 할 수 있어.

누가 속삭이는 걸까. 사바는 아니다. 사바는 이런 이야기를 하지 않는다.

생각해봐. 아무도 너를 인정해주지 않았어. 모두가 너를 구석진 방에 처박아두고 한 번 찾지도 않았지. 인간이란 그런 존재야. 애정을 가질 필요도 없고, 관심을 가져줄 필요도 없어. 그냥 잊어버려. 너의 마녀를 데리고 떠나. 시체 따위는 그냥 버려. 너의 불은 너의 생명이야. 네 생명을 겨우 인간 하나 때문에 포기하는 거야?

가슴을 조이는 고통. 심장이 멈추는 것 같은 고통. 너무나도 익숙한 감각에 시간이 되돌아간 듯한 느낌이 들었다. 그가 침대에서 고통으로 몸부림치고, 사바가 그의 옆에 붙어 돌봐주던 그 시절로. 영혼의 깊은 곳에서 꿈꾸었던 그때 그 시절로.

하지만 지금은 그때가 아니다. 지금 그가 겪고 있는 고통은 심장이 멈추는 고통은 아니다. 그는 이제 드래곤이니까. 결코 이런 걸로 죽진 않을 것이다. 그렇지? 드래곤은 세상에서 가장 튼튼한 존재라고 했잖아. 세상에서…….

그런데 왜 금방이라도 죽을 것처럼 이렇게 고통스러울까? 이렇게 괴로울까? 왜 전혀 숨을 쉴 수 없는 걸까?

포기해. 그만뒤. 여자 하나잖아. 너에게 잘해준 적도 없는 네 동생의 여자라고. 아니, 동생도 아닌 자의 여자야. 그럴 가치가 있나?

그럴 가치가 있나?

가치.

생명의 가치라는 것이 어디에 있는 것일까. 라반이 짐승이나 벌레, 인간의 생명이 모두 똑같은 무게를 갖고 있다고 말했을 때에는 말도 안 된다고 생각했다. 인간은 짐승이나 벌레보다 중요하지 않은가. 하지만 그렇게 생각하면 평민과 왕족의 목숨 역시 그 무게가 다르다고 봐야 할지 모른다.

그러면 그 자신의 목숨의 무게는? 레이라보다 더 무거운가? 드래곤의 목숨은 인간보다 무거운가?

왕비가 바람을 피워 낳은 자식인 그 자신은 과연 목숨을 부지할 가치가 있는 존재인가?

넌 드래곤이야. 한낱 인간 따위와는 달라.

마치 몸에서 영혼이 분리된 듯한 기분으로 그는 바닥을 뒹굴고 있는 자신을 내려다보았다. 사바가 그의 몸을 안고서 조금이라도 달래주려는 것처럼 쓰다듬고 있지만 그녀의 손길이 느껴지지 않았다. 그들의 몸 주위를 검은 불꽃이 휘감고 있다. 레이라의 몸은 여전히 미동도 하지 않는다.

목숨에 무게가 있다면 그 자신보다 레이라의 목숨이 더 무거울지도 모른다. 수없는 잘못을 저지르고 수많은 사람들을 괴롭게 만들었던 그 자신보다 레이라 쪽이 훨씬 더 이 세상에 가치 있는 사람일지도.

목이 졸리는 느낌. 순식간에 그의 영혼이 다시 몸으로 돌아가고, 고통이 새삼스럽게 온몸의 신경을 쥐어짠다. 그가 헉 하고 숨을 들이켜며 눈을 떴다. 사바가 걱정스럽게 그를 내려다보고 있다. 그녀의 손이 그의 이마를 덮고 다른 손은 그의 손을 아플 정도로 움켜쥐고 있다.

하지만 그만두라고 말하지는 않는다. 이토록 고통스러우면 그만두라고 말하지 않는다.

그녀는 그의 영혼을 보았고, 공유했다. 그에게 레이라가 어떤 의미인지 알고 있고, 이 일을 해야만 한다는 걸 알고 있는 것이다.

"저는 전하께 드래곤의 힘 같은 건 바라지 않아요. 그저 함께 있을 수만 있으면 돼요."

그녀가 속삭였다. 루헤인은 눈을 감았다. 고통은 다시 그의 내장을 온통 쥐어짜고 할퀴고 발끝부터 머리끝까지 올라간다. 그의 속에 아무것도 남지 않을 때까지 할퀴어대는 드래곤의 발톱처럼.

그가 망가뜨린 생명. 그로 인해 사라진 생명들. 실수. 잘못. 후회.

다시는 저질러서는 안 되는 행위들.

정말로 저런 여자를 위해서 네 힘을 다 내놓을 거야? 그건 네 잘못이 아니었어. 드래곤에게 접근한 저 여자들이 바보였던 거라고. 네 잘못이 아니야.

다른 여자들은 내 잘못이 아니었을지도 모르지. 하지만 레이라는…… 아니야. 이 실수를 돌이킬 수만 있다면 힘 같은 건 전부 다 내놓아도 좋아.

네 목숨도?

음산한 목소리가 속삭인다. 루헤인은 사바를 보았다. 그녀는 입술을 꼭 깨문 채 그의 손을 붙잡고 그를 바라보고 있었다. 그를 지탱해주는 유일한 존재. 그의 마녀, 그의 신부.

내 목숨은 안 돼. 내가 죽으면 사바도 죽어. 미안하지만 내 목숨은 줄 수 없어. 내 목숨은 이 여자 거니까.

누구의 목숨이든, 너 자신의 목숨을 포함하여 모두가 중요한 거지. 모두가 무거운 것이고.

문득 루헤인은 그 목소리를 알아들었다. 불꽃이다. 검은 불꽃이 그에게 말을 하고 있었다. 그의 머릿속에서, 가슴속에서 속삭인다. 검은 눈동자의 사바도 똑같이 입술을 움직이고 있다. 세상 전체가 똑같은 목소리로 울린다. 한 목소리, 한 몸으로.

명심해라, 어린 드래곤이여. 생명의 무게를, 하나의 생명을 일으키기 위한 대가를.

온몸의 뼈가 하나씩하나씩 으스러지기 시작한다. 손가락 끝, 발가락 끝부터 부서진다. 거인이 그를 지르밟는 것처럼 팔이, 다리가 으스러지고 피가 역류한다. 고통으로 눈앞이 하얗게 변한다. 견딜 수 없는 고통으로 비명조차 나오지 않는다. 세상이 번쩍인다.

그리고 모든 것이 사라진다.

　루첸 남작이 보낸 보고서를 내려놓고 다흐란은 의자에 머리를 기 댔다. 피곤하다. 영지로 돌아간 이래 루첸은 무너진 산과 알리샤 마을 복구를 위해 다시 왕도로 나오지 않고 있었다. 복구하는 데 꽤나 시간 이 걸릴 모양이었다. 생존자가 있을 거라는 기대도 전혀 하지 않는 모 양이었다. 묘사된 바에 따르면 마을 위로 토사가 거의 몇 미터가 쌓였 다고 하니 그 무게를 견딜 수 있는 사람이 누가 있겠는가.

　그나마 그 이래로 아무 일도 벌어지지 않아서 다행이었지만, 다흐 란에게는 이것이 마치 폭풍 전의 고요함처럼 느껴졌다. 무언가 큰일 이 터질 것만 같은 불안감에 밤잠을 자다가도 깜짝깜짝 깨어났다. 반 년이 넘도록 루헤인에게서 여전히 아무런 소식도 없다는 게 그의 불 안감을 가중시키는 이유이기도 했다. 이대로 형님이 돌아오지 않으신 다면 그가 왕위에 올라야 하나? 만약 그래야 한다면 언제쯤 즉위해야 하는 걸까? 즉위하지 않고 언제까지나 대리로서 그냥 통치하다가 물 러나면 안 될까?

각 지역의 영주들에게 혹시 파벨 3세와 비슷한 사람이 지나가거나 하면 알리라는 서신을 보냈지만 어느 곳에서도 그를 보았다는 답은 없었다. 그나마 체르노에 그와 비슷한 사람이 목격되었다는 이야기가 있었지만 그것이 루헤인이라는 확신은 전혀 없었다. 무엇보다 어느 날 갑자기 나타났다 사라졌다는 이야기라 어느 정도로 신빙성이 있는지가 분명치 않았다.

창문이 열려 있어서 산들바람이 들어왔다. 탁자 위에 놓여 있는 서류들이 바람에 살짝 흔들린다. 시종들을 다 내보낸 내실은 고요하고 적적했다. 왕궁에 있으면 벌레 울음소리 하나 들리지 않는다. 어째서일까. 마을에 있던 시절에는 밤에도 항상 뭔가 소리가 들리곤 했었다. 밤새의 지저귐, 벌레들의 울음소리. 하지만 왕궁에서 들리는 소리는 복도를 지나가는 시종들의 발소리 정도가 전부이다.

머릿속이 복잡해서 그는 일어나서 창가로 걸어갔다. 활짝 열린 창밖으로 어두컴컴한 정원이 눈에 들어왔다. 방 안의 촛불이 흔들릴 때마다 그림자가 흔들려 마치 방 안에 그 외에 다른 사람이 있는 듯한 느낌을 주었다. 차라리 누군가가 있다면 좋을 텐데. 누군가……. 그의 마음을 털어놓을 수 있을 만한 사람이.

레이라를 이곳으로 데려와 고생을 시키지 않기로 한 것은 잘한 일이라고 생각하면서도, 한편으로는 그녀가 그리웠다. 그녀라면 어쩌면 적응할 수 있지도 않았을까. 그저 그의 옆에서 밤마다 그의 이야기를 들어주고 다독여주는 정도로도 괜찮은데. 물론 왕궁 내의 복잡다단한 정치적 역학관계를 생각하면 그러지 않는 게 맞겠지만……. 다흐란은 한숨을 내쉬었다. 아쉬운 것은 아쉬운 거다.

뒤에서 뭔가 바스락거리는 소리가 들렸다. 바람에 양피지들이 들
썩이나 생각하며 무심히 돌아선 다흐란은 방 안에 서 있는 사람들을
보고 비명을 지를 뻔했다. 누구냐고 묻기도 전에 얼굴이 먼저 눈에 들
어왔다. 한쪽 눈을 안대로 가리고는 있지만…….

"형님?"

루헤인, 그를 부축하고 있는 사바, 그리고 그 발치에 누워 있는 여
자는…….

"레이라?"

뭐가 어떻게 된 건지 알 수가 없다. 그가 황급히 그쪽으로 걸어가
자 루헤인이 희미한 웃음을 지으며 한 손을 들어 올렸다.

"연락도 없이 이런 식으로 나타나서 미안하다. 하지만 몸이 다 나
을 때까지 기다리려면 너무 오랜 시간이 걸릴 것 같았다."

"무슨 일이 있으셨던 겁니까?"

다흐란은 황급히 의자를 당겼고 사바가 루헤인을 조심스럽게 자리
에 앉혔다. 다흐란은 바닥에 누워 있는 레이라의 몸을 보았다. 그녀의
몸에서 희미하게 빛이 나는 것 같다.

"여러 가지 일이 있었지. 그 이야기를 하러 온 거다."

"몸은 어쩌다 그리 되셨습니까?"

그는 형님을 위아래로 보았다. 걷는 것도 불편해 보이고 팔 역시
쓰는 것이 영 불편한 것 같았다. 얼굴은 떠날 때에 비하면 거의 반쪽
이 되었다고 해도 좋을 정도로 마른 데다가 한쪽 눈을 가리고 있는 안

대는 대체 뭔지 알 수가 없다. 물론 나라 안을 돌아다니다 보면 여러 가지 일이 많이 생기는 법이고, 심지어 드래곤과 얽힌 문제였으니 심하게 부상을 입을 수도 있는 거겠지만…….

최소한 사바는 그가 마지막으로 보았던 때보다 나아 보였다. 화상 자국도 남아 있지 않고 얼굴도 보기 좋다. 보랏빛 드레스가 검은 머리에 잘 어울렸다. 루헤인과 함께 있는 걸 보니 똑같은 검은 머리에 검은 눈이 기묘한 분위기를 자아냈다.

"내가 저지른 실수에 대한 대가지. 그래도 이 정도면 싸게 먹힌 거라고 생각하고 있어."

루헤인이 낮게 웃으며 말했다. 다흐란은 목덜미를 문질렀다. 그가 이렇게 온화하게 말하는 것을 처음 봐서인지 마치 꿈을 꾸는 듯한 기분이 들었다. 사바가 살짝 미소를 지으며 그를 보고 손짓을 했다.

"앉으세요, 왕제 저하."

다흐란은 곧장 형을 보았고 루헤인이 고개를 끄덕이자 자리에 앉았다. 루헤인이 다시금 웃음을 지었다.

"항상 예의에 어긋나는 일이라고는 없구나."

"그거야 당연하지 않습니까. 형님께서는 이 나라의 국왕이십니다."

루헤인이 묘한 미소를 지었다. 다시금 목덜미 털이 곤두서는 듯한 느낌에 다흐란은 목을 북북 문지르고 싶은 것을 꾹 참고 고개만 살짝 흔든 다음 그들을 보았다.

"어찌 된 일입니까? 게다가 레이라는 대체 어째서 여기에……."

"너에게 할 이야기가 많아. 너에게 용서를 구해야 할 일도 있고."

"용서라니, 무슨 말씀이십니까?"

루헤인은 잠깐 침묵을 지켰다. 다흐란은 사바가 그의 손을 살짝 잡고 있는 것을 보았다. 이전에는 루헤인이 병석에 있을 때조차 사바가 저렇게 쉽게 그의 몸을 만지는 것을 본 적이 없었다. 그것이 당연한 일이기도 했기에 지금 저렇게 쉽게 그의 손을 잡는 것이 놀랍게 보이기만 했다. 뭐라고 해도 루헤인은 이 나라의 국왕이고, 사바는 그저 마녀가 아닌가.

물론 그렇게 따지자면 그 자신은 왕제이고 레이라는 자유농에 불과했다. 신분이라는 것이 중요치 않은 세상이라면 얼마나 좋을 것인가.

"왕위의 정당한 계승자는 너다, 다흐란 드 레발론. 왕위는 너의 것이야."

"무슨 말씀을 하시는 건지 모르겠습니다. 형님께서 이미 왕위에 오르셨고, 그것이 정당한 순서가 아닙니까. 아무도 그것을 부인하지 않습니다."

"내가 부인한다. 나는 토르카인 왕가의 혈통이 아니야."

루헤인이 탁자 위로 한 손을 내밀었다. 마치 온통 부러졌다가 다시 붙은 것처럼 뒤틀려 있는 손이 다흐란의 눈앞에서 검게 변했다. 비늘이 돋아나고 손가락이 구부러지며 흉측한 발톱이 튀어나온다. 다흐란은 잠시 동안 자신이 꿈을 꾸는 게 아닌가 진지하게 생각했다.

"나는 드래곤이다, 다흐란."

루헤인이 그를 바라보며 희미한 미소를 지었다. 다흐란은 이것이 꿈이 분명하다고 결론 내렸다. 그러지 않고서야 이런 말도 안 되는 이야기를 듣고 있을 리가 없다. 하지만 눈앞에 앉아 있는 루헤인과 사바, 그리고 발치의 레이라는 너무나도 사실처럼 보였다.

"간단하게 말하자면 이런 거다."

루헤인이 멍한 표정의 다흐란을 보며 나직한 목소리로 이야기를 시작했다.

자신의 출생 이야기를 하는 것은 어렵지 않았다. 그거야 그가 한 일이 아니니까. 그에게는 어머니의 기억이 없었고, 롤라나 왕비라는 사람은 그저 남으로 느껴질 뿐이었다. 어려웠던 것은 왜 레이라가 여기 있는가 하는 것이었다.

사바는 괜찮다는 듯이 그의 손을 꼭 쥐어주었다. 아직까지 뼈가 낫고 있는 중이라 힘을 주는 것이 어려웠으나 루헤인 역시 그녀의 손을 마주 잡았다. 지난 몇 달간 그녀는 그의 몸의 일부가 되었다. 아니, 그의 전부가 되었다.

그녀는 항상 그의 전부였다. 그가 깨닫지 못했을 뿐이었다.

"너에게 미리 일러둬야 할 것 같았다. 레이라의 영혼은 내가 무슨 일을 했는지 알고 있고 나를 용서하지도 않았어. 하지만 실제로 그녀의 몸을 깨웠을 때 그녀가 자신이 한 일을 기억하고 있을지는 분명치 않아. 그녀가 앞으로 살아가는 데에도 그 기억이 도움이 될 것 같지 않고. 그러나 그녀의 기억을 지우고 지우지 않고는 내가 결정할 일이 아니라고 생각한다."

다흐란은 이야기를 다 듣고 한참이나 아무 말도 하지 않았다. 루헤인과 사바도 그에게 대답을 강요하지 않았다. 다흐란은 몇 번인가 레이라를 바라보다가 다시 루헤인을 보았다.

"저에게 이 이야기를 하셨어야 했습니까? 꼭 하셨어야만 했습니까?"

루헤인은 잠시 침묵을 지키다가 대답했다.

"하지 않을까 생각도 했다. 레이라를 그냥 마을로 돌려보내고 너는 너대로 이곳에서 살면 다시 만날 일이 없겠지, 그러면 서로 좋은 기억만을 갖고 지낼 수도 있지 않을까 생각했다. 하지만 사바가 이야기를 하라고 하더구나."

다흐란의 눈이 사바에게로 향했다. 그녀가 살짝 고개를 숙여 보인 후 말했다.

"인간의 삶은 짧습니다. 저하께서 그녀에게 애정을 갖고 계신다면 언젠가는 다시 만나고 싶어지실 겁니다. 그리고 다시 만났을 때 그녀의 상처를 달래주는 것이 저하의 임무가 되실 겁니다. 알아두지 않으시면 안 됩니다."

"레이라가 기억하지 못할 수도 있다면서. 그렇다면 의미가 없는 게 아닌가? 나도 모른 채 사는 것이 훨씬 나을 수도 있을 텐데."

다흐란이 주먹을 쥐었다 폈다 하며 말했다. 사바의 눈이 차분하게 그를 바라보았다.

"그럴 수도 있습니다. 모르면 두 사람 모두 행복할 수도 있겠지요. 하지만 그녀가 악몽을 꾸면요? 자신의 손에 피가 묻은 모습을 꿈꾸고 괴로워하면, 그때 저하께서는 어찌시겠습니까? 모르는 것이 항상 약이 되는 것은 아닙니다. 알고 견뎌야만 하는 것도 있습니다. 이 일의 죄가 루헤인 전하께 있다는 것은 잘 알고 있습니다만, 견뎌야 하는 것은 결국에 레이라와 왕제 저하이십니다. 저희를 탓하셔도 좋습니다만, 그보다는 그것을 견뎌내고 행복하게 사실 수 있었으면 합니다."

다흐란이 탁자를 쾅 소리가 나게 내리쳤다. 몸이 부들부들 떨린다. 루헤인은 동생이 이렇게 사나운 표정을 한 건 처음 본다고 생각하며 떠오르는 웃음을 지웠다. 만약 이전에 다흐란의 이런 모습을 보았다면 동생을 그렇게까지 질투하지는 않았을지도 모른다. 어쩌면.

"죄는 형님께서 지으신 건데 견뎌야 하는 것은 레이라와 나란 말이냐? 잘도 그런 소리를 하는구나."

"예, 그렇습니다."

사바가 단호하게 대답했다. 루헤인은 그녀와 맞잡은 손에 힘을 준 후 조용히 입을 열었다.

"레이라를 죽은 채 놓아둘 수도 있었다. 하지만 마지막 기억으로 괴로워한다 해도 그녀가 행복해질 수 있는 기회를 주는 것, 다시 살 수 있는 기회를 주는 것이 내가 해줄 수 있는 유일한 사죄였다."

"그녀가 모든 걸 기억하고 있으면, 자기 손으로 자기 아비를 죽인 것을 기억하고 괴로워하면 그것이 행복입니까? 그런 상태로 어떻게 행복해질 수가 있습니까?"

다흐란이 의자에서 벌떡 일어나 소리를 지르고 돌아섰다. 한 번도 루헤인에 대해 나쁜 감정을 품어본 적이 없건만, 지금은 형님을 늘씬하게 두들겨 패고 싶은 심정이었다. 아니, 패는 걸로도 성에 차지 않는다. 칼을 뽑아 루헤인의 목을 베고 싶었다.

아니, 그의 말에 따르면 형님도 아니다. 그들 사이에는 아무런 혈연관계가 없다고 했던가.

그 말은 그가 왕위에 올라야 한다는 뜻이다. 그러면 레이라는? 심각한 정신적 상처를 안고 있을지도 모르는 레이라는 어떻게 하고? 그녀를 왕비로 삼는다는 것은 모든 귀족들이 쌍수를 들고 반대할 것이다. 그러면 그녀를 귀비로 삼아야 하나? 아니면 그냥 이대로 마을로 돌려보내?

이런 괴로움을 겪은 그녀를 포기하라고? 그럴 수는 없다. 절대 그럴 수는 없었다.

그럼 어떻게 해야 하지?

저하께서는 힘없는 설움을 모르시는군요. 부디 그 상태로 계속 사실 수 있기를 바라겠습니다.

어쩐지 루첸 남작의 말이 떠올랐다. 지금 이 상황이 딱 그런 느낌이었다. 모든 것이 그가 생각지도 못한 방향으로 흘러가는데, 그에게는 방향을 바꿀 힘이 없었다. 왕위에 올라야 하고, 왕위에 오르면 레이라를 포기해야 한다.

그에게는 루헤인처럼 귀족들을 억누르고 자기 마음대로 모든 걸 할 만한 용기와 담대함이 없었다. 그 정도의 추진력이나 오만함도 없었다. 심지어 그에게는 레이라의 기억을 지우거나 그녀의 괴로움을 달래줄 만한 능력도 없었다.

이건 그의 깜냥으로 할 수 있는 일이 아니었다. 한낱 인간이 감당할 수 있는 일이 아니다.

그가 다시 의자를 끌어당겨 풀썩 앉았다. 루헤인과 사바는 여전히 꼼짝하지 않은 채 눈으로 그의 움직임만 따를 뿐이었다. 다흐란은 한 손으로 얼굴을 문지르고 그들을 보았다.

"형님의 그 몸은 어찌 된 것입니까? 나을 수 있는 겁니까?"

"생명을 살리는 데 따른 대가지. 생명 하나를 살리기 위해 얼마나 많은 것이 들어가는지를 몸소 체험했달까."

루헤인이 자조적인 웃음을 짓고 그를 보았다.

"온몸이 으스러졌지. 지금 이만큼 움직이게 된 건 많이 나은 거야. 드래곤이라 해도 눈은 쉽게 재생되지 않더구나."

루헤인이 안대를 살짝 들어 올리자 텅 빈 눈구멍이 보였다. 다흐란은 흠칫했다. 부상을 입은 병사들이야 흔히 볼 수 있지만 루헤인이 그렇게 된 걸 보니 묘했다.

"쉽게 재생되지 않는다면……. 언젠가는 다시 생기는 겁니까?"

"그렇다고는 하지만, 수십 년은 걸릴 것 같다. 나는 아무 힘도 없는 아주 어린 드래곤에 불과하니까."

"몸은요?"

"몸은 몇 달 안에 완치가 될 거다. 하지만 그렇게 오랫동안 너에게 연락을 하지 않으면 안 될 것 같아서."

"상왕께는 말씀을 드리셨습니까?"

루헤인은 한쪽 눈썹을 치켜 올리고 사바를 보았다. 사바가 어깻짓을 하자 그는 다시 다흐란을 보았다.

　"아니, 말씀드리지 않았다. 상왕께서 이런 걸 아셔야 할 필요는 없으니까. 그저 내가 조용히 사라지고 네가 왕위를 잇기만 하면 만족하지 않으시겠냐. 지금에 와서 이전에 롤라나 왕비가 무엇을 했는지 끄집어내 상왕의 심기를 불편하게 만들 필요가 있겠느냐?"

　다흐란은 고개를 끄덕거렸다. 상왕은 아니라고 하지만 그가 보기엔 여전히 롤라나 왕비를 생각하고 있었다. 지금에 와서 롤라나 왕비가 죽고 싶어 했었다거나 설령 드래곤이라 해도 다른 사내에게 안겼다는 이야기를 하게 되면 큰 충격을 받으실 게 분명했다.

　어떻게 해야 하지? 이 모든 걸 어떻게 해야 하지?

　"너에게 무거운 책임을 맡기게 되어 미안하다, 다흐란. 너에게 한 번도 좋은 형이 되어주지 못해 미안하고. 나는 내 것이 아닌 것을 탐냈고, 내 것이 아닌 것을 차지하고 망가뜨렸다. 많은 실수를 저질렀지."

　"하지만 이 나라는 형님께서 왕위에 계셨던 그 짧은 시간 사이에 많이 변했습니다."

　다흐란은 반쯤 멍한 상태로 대꾸했다.

　"나는 귀족들의 말에 귀를 기울이지 않으니까. 너는 그들의 말에 너무 많이 귀를 기울이고. 네가 하는 일이 그들 모두를 만족시킬 수는 없다. 때로는 네가 옳다고 생각하는 일을 그냥 하면 되는 거야. 그렇게만 하면 아무 문제도 없을 거다."

"귀족들 중 일부는 형님께서 돌아오시길 기다리고 있습니다. 그들은 저를 신뢰하지 않습니다."

"시간이 지나면 해결될 거다. 무엇보다……. 누가 내가 돌아오길 기다린다는 거야?"

루헤인이 말도 안 된다는 듯 피식 웃었다. 다흐란은 그를 힐끗 보았다.

"루첸 남작 같은 신흥 귀족들은 형님만을 믿고 있습니다. 형님께서 그들에게 자유와 권력을 주신 거니까요."

"무력과 피를 통해서였지."

"무엇이 되었든 그들이 지배하는 영지의 백성들도 옛날의 통치보다 지금의 통치에 만족하고 있습니다. 가난으로 고생을 해본 귀족들은 백성들의 가난 역시 이해하기 때문입니다."

다흐란은 다시 얼굴을 문지르고 고개를 숙인 채 말을 이었다.

"생각해볼 시간이 필요합니다. 레이라와 잠시 둘만 있게 해주십시오."

"그녀를 깨워드릴까요?"

사바가 나직하게 물었다. 다흐란은 고개를 흔들었고 두 사람이 일어나는 소리가 들렸다.

"우리가 필요하거든 이름을 불러라."

방 안에 차가운 바람이 이는 것 같더니 고요해졌다. 다흐란은 고개를 들어 방금 전까지 두 사람이 있던 자리를 보았다. 마치 꿈이라도 꾼 것처럼 두 개의 의자는 텅 비어 있다. 바닥에 있는 레이라가 아니었다면 정말로 백일몽을 꾸었다고 생각했을 것이다.

그는 바닥으로 내려가서 레이라의 뺨을 만져보았다. 그녀의 뺨은 부드럽고 따뜻했다. 시체처럼 차갑지 않다는 사실에 안도감이 들었다. 눈을 뜨고 그녀가 그를 보고 환하게 웃어주는 모습이 떠올랐지만 곧 루헤인이 말했던 끔찍한 사건에 얼룩지고 말았다. 그녀가 모든 걸 기억하고 괴로워한다면? 어떤 여자가 자기 손으로 아비를 죽인 것을 극복하고 무사히 살아갈 수 있을까?

물론 사바라면 그녀의 기억을 지워줄 수 있을 것이다. 그의 기억을 지우고 평범한 평민으로 살아가게 해주었던 것처럼 레이라의 기억 역시 지울 수 있겠지. 그러면 그녀의 과거를 아는 것은 그 자신뿐이 될 것이다. 그녀를 데리고 어딘가 조용한 곳에서 단둘이 살면 그래도 괜찮을지 모른다. 하지만 이 왕궁에서, 왕이 되어 살아야 한다면?

불가능하다. 레이라와 함께 있을 수 없을 것이다.

왕위와 레이라, 둘 중 하나만 선택할 수 있다. 하지만 그가 왕위를 포기한다면 왕위에는 누가 앉지? 그때부터 귀족들 간에 또다시 피투성이 싸움이 시작될 것이다.

언제나 옳은 일을 하고자 노력했다. 가장 올바른 것이 무엇인지 생각하고 그 길을 따랐다. 하지만 무엇이 옳은 것일까? 꼭 법률을 따르는 것만이 옳은 건가? 가장 많은 사람이 행복해질 수 있는 것이 옳은 것은 아닌가?

혹은 가장 좋은 결과가 나올 수 있는 방법이 옳은 걸지도 모르지.

아니면……. 그 자신이 행복해질 수 있는 방법이 옳은 걸지도 모른

진홍의
마녀 ②

다.

그는 권력을 원치 않았다. 힘도 원치 않았다. 그는 그저 조용히, 편안하게 살고 싶었고 자신의 주변에 있는 사람들이 행복하게 사는 정도면 만족했다. 그의 눈이 닿고 그의 능력이 닿는 범위 내의 사람들이 행복해지면 그걸로 충분하지 않은가.

"나의 행복을 찾는 것은 이기적인 일일까? 온 백성의 행복을 생각해주지 않는 나의 태도는 잘못된 것일까?"

다흐란은 레이라를 내려다보며 나직하게 물었다. 레이라는 아무 대답도 하지 않고 그저 고르게 숨만 쉬고 있을 뿐이었다. 그녀의 평화로운 얼굴을 보고 있는 것만으로도 가슴이 따뜻해졌다. 왕궁으로 돌아온 이래 처음 느끼는 온기에 다흐란은 눈을 감았다. 그래, 그는 많은 것을 바라지 않았다. 오히려 전부 다 그저 포기하고, 내놓고 싶었다.

창문으로 짙은 어둠이 깔렸다가 서서히 하늘이 붉게 물들 무렵, 그는 결론을 내렸다. 레이라를 침대 위로 옮긴 후 탁자 앞에 앉아 그는 나직하게 루헤인의 이름을 불렀다. 그 자리에 앉아 모습만 감추고 있기라도 했던 것처럼 두 사람이 맞은편 의자에 나타났다.

"저는 왕위를 원치 않습니다."

다흐란의 단호한 말에 루헤인은 찌푸린 얼굴로 고개를 끄덕였다.

"그렇다면 그다음 후계자를 찾아야겠구나."

"아뇨, 찾을 필요 없습니다. 형님께서 돌아오시면 됩니다. 형님께서 현재의 왕이시니까요."

루헤인은 입을 딱 벌리고 그를 쳐다보다가 양팔을 벌리고 소리쳤다.

"난 왕가의 혈통조차 아니야! 난 토르카인 왕실과 아무 관계도 없다고!"

"무슨 상관입니까? 그것은 지금 저밖에 모르는 일이 아닙니까?"

다흐란이 냉정한 어조로 지적했다. 루헤인은 이해가 가지 않는 얼굴로 그를 쳐다보았다.

"나는 누구보다도 네가 그런 일에 엄격할 거라고 생각했다."

"아뇨, 이런 것에 눈을 부릅뜨는 것은 귀족들이나 상왕이십니다. 저는 이 나라가 잘되는 길, 이 나라 백성들이 만족하는 길을 찾을 뿐입니다. 항상 그랬습니다."

루헤인은 잠시 그의 말을 생각하다가 고개를 끄덕였다. 그러다 다시 정신을 차린 것처럼 머리를 흔들었다.

"그렇다 한들 이건 아니잖느냐. 내가 무슨 일을 했는데!"

"무슨 일을 하셨습니까? 형님께서는 오랫동안 보수적이고 발전이 없던 귀족 사회를 뒤흔들어 능력 있는 자들을 끌어올리셨고, 그루제펜과의 전쟁으로 나라의 영토를 늘리셨습니다. 이제 남은 것은 영지를 번성시키고 백성들이 배부르게 살 수 있도록 내정을 정비하는 것뿐입니다."

"하지만 그 와중에 고통 받은 사람들은? 전쟁에서 죽어간 병사들은?"

"이미 죽은 자들입니다. 지금 형님께서 왕위에서 물러나신다고 해서 그들이 살아 돌아올 수 있는 것은 아니지 않습니까? 레이라 하나

진홍의
마녀 ❷

를 살리기 위해서 몸이 그렇게 망가지셨다고 하지 않으셨습니까."

"살릴 수는 없다 해도 그 책임은 져야 하지 않겠느냐."

"왕위에 올라 지십시오. 남은 그들의 가족들을 배부르고 따스하게
살게 해주는 것으로 책임을 지십시오. 저에게 미안하십니까? 레이라
에게 미안하십니까? 그러면 저희들이 편안하게 살 수 있게 해주는 걸
로 책임을 져주십시오."

루헤인은 허어 하는 얼굴로 한참이나 다흐란을 쳐다보았다. 다흐
란은 눈썹 하나 까딱하지 않고 그를 정면으로 마주 보았다.

다시 말하는 루헤인의 목소리는 아까 전보다 훨씬 낮고 기운이 빠
져 있었다.

"난 사바와 함께 있고 싶다. 사바가 없이는 아무것도 할 수 없어."

"사바를 왕비로 삼으시면 되지 않겠습니까? 형님께서는 왕이십니
다. 뭐든 좋으실 대로 하시면 됩니다. 지금에 와서 왕비가 마녀라 해
서 저항할 사람이 있을 것 같지도 않습니다만. 다들 그루제펜과의 싸
움을 보았고, 마녀가 어떤 존재인지 아니까요. 오히려 나라의 위신이
강해진다고 기뻐할 사람도 있겠지요."

이번에는 사바조차 기가 막힌 표정을 지었다. 루헤인은 계속해서
왕위에 오를 수 없는 이유를 찾는 것처럼 말했다.

"난 드래곤이야. 늙지 않을 거다."

"늙어 보이게 하면 되지 않습니까? 사바를 옆에 두고 무엇을 걱정
하십니까?"

다흐란이 탁자 위에 양손을 올리고 몸을 앞으로 기울여 그를 똑바

로 보았다.

"형님께 앞으로 백 년, 이백 년 왕위를 유지해달라고 부탁드리는 것이 아닙니다. 그저 평범한 인간과 똑같이 삼십 년, 사십 년 정도면 충분합니다. 이 나라가 안정되고 모두가 잘 먹고 잘 살 수 있을 때까지, 그때까지만 해주시면 됩니다. 저는 평화로운 나라에서 레이라와 함께 조용히 살고 싶습니다. 형님께서 그렇게 만들어주십시오."

루헤인은 안대 주변을 손으로 문지르고서 한숨을 내쉬었다.

"상왕께는 뭐라고 할 것이냐?"

"뭐라고 하겠습니까. 그저 형님께서 돌아오셨고, 저는 물러나겠다고 말씀을 드려야지요."

"기뻐하지 않으실 텐데."

"그럼 상왕께서도 만족하실 만한 정치를 하십시오. 올바른 간언을 하는 자들에게는 가끔 귀를 좀 기울이시고, 이제는 내정을 안정시키는 데 치중해주십시오."

루헤인은 의자에 기대서 물끄러미 동생을 바라보았다. 그의 입가에 예전 같은 비뚜름한 미소가 떠올랐다.

"그래, 나에게 힘든 일을 다 맡기고 너는 네 여자를 데리고 물러나겠다는 말이지? 어디로?"

"영지를 내주십시오. 왕제이니 저에게도 영지를 받을 권리가 있지 않습니까?"

"왕제라……. 그렇지. 왕제이고, 보수 귀족들이 가장 신뢰하는 왕가의 사람이지."

루헤인이 일어섰다. 사바가 그를 부축하려는 듯이 일어났으나 그가 한 손을 들어 올린 다음 자세를 똑바로 하고 다흐란을 내려다보았다.

"나는 내 마음대로 나라를 다스릴 것이고, 내가 내키는 대로 이끌 것이다. 귀족들의 말 따위 귀를 기울일 가치도 없어. 백성들이 얼마나 잘 먹고 잘 살고 있는지 이 화려한 왕궁 안에 들어앉아서는 이해할 도리도 없고. 내가 유일하게 귀를 기울이는 사람은 네가 될 것이다, 다흐란. 그러니 멀리 물러나서 혼자 조용히 살 생각은 버리는 것이 좋아."

다흐란은 루헤인을 올려다보다가 나직하게 웃음을 터뜨리며 고개를 흔들었다. 루헤인 역시 뻐딱한 웃음이 어린 얼굴로 몸을 돌리고 순식간에 사라져버렸다.

사바는 조용한 웃음을 띤 채 그 자리에 머물러 있었다. 다흐란은 고개를 흔들며 한숨을 내쉬고서 그녀를 쳐다보았다.

"전하께서 몸이 낫기까지는 아직 서너 달이 더 걸릴 것입니다. 그때까지만 왕제 저하께서 자리를 맡아주십시오."

"알았다. 아니, 이제는 너에게도 존대를 해야겠구나."

다흐란이 기운 빠진 웃음을 지었다. 사바는 잠시 그를 바라보다가 말했다.

"저하께서 원하신다면 저는 그 아이도 귀족의 딸로 만들 수 있습니다. 그리하면 그 아이도, 저하께서도 어려움 없이 혼인하실 수 있으실 것입니다."

다흐란은 잠시 생각에 잠겼다. 그러고는 고개를 흔들었다.

"아니, 나는 지금 이대로의 레이라를 사랑해. 농민의 딸이고, 자기 손을 더럽혀 성실히 일하는 그녀를 사랑한다. 지금 모습 그대로 받아들일 것이고, 이를 비난하는 자가 있다면 마음대로 하라지. 최소한 내 영지에서는 아무도 그런 문제를 갖고서 왈가왈부하지 못할 테니까."

사바는 가만히 그를 바라보다가 살며시 미소를 지었다.

"저하께서는 행복해지실 겁니다. 마녀의 손을 빌리지 않고 자신의 행복을 찾는 자는 항상 행복해지게 되어 있습니다."

"그랬으면 좋겠구나."

다흐란이 한숨 섞인 웃음을 지었다. 사바는 몸을 돌리다가 문득 생각난 듯이 말했다.

"루헤인 전하께서는 모르시지만, 그 아이의 아비는 죽지 않았습니다. 부상만 입었을 뿐 원래의 마을에 살아 있습니다. 딸 걱정이 지대하니 왕도로 불러오심이 좋을지도 모르겠습니다."

다흐란이 무슨 말이냐고 묻기도 전에 그녀가 사라졌다. 그리고 침대 쪽에서 나직한 신음소리가 들렸다. 돌아보니 레이라가 느릿하게 눈을 뜨고 몸을 일으키고 있다. 그는 의자에서 일어나다 말고 엉거주춤한 자세로 그녀를 바라보았다. 두려움에 심장이 쿵쿵거렸다.

"테호? 여긴 어디죠? 내가 왜 여기 있어요? 당신은…… 어떻게 된 거예요? 전쟁에 나간 이래 소식이 끊겼잖아요. 다들 당신이 죽었다고 했지만 난 안 믿었어요. 그럴 리가 없으니까요. 그런데 여긴 어디에요? 내가 왜 여기 있죠?"

"아무것도 생각나지 않아?"

진홍의
마녀 ②

다흐란이 천천히 침대로 다가가 그녀의 옆에 앉았다. 레이라는 고개를 저었다.

"모르겠어요. 전쟁이 끝났다는 이야기를 들었고, 아버지는 또 장사를 다니시고……. 다들 농사일을 또다시 내던져서 나라도 성실하게 하려고 했는데……. 내가 어떻게 여기에 와 있는 거예요? 당신은, 당신은 귀족인 건가요? 그렇지 않을까 생각은 했지만, 그치만……."

그가 그녀의 턱에 손을 올리고서 눈을 맞추었다. 그녀는 당황한 기색이 역력한 표정으로 그를 보았다. 뺨이 발그스름하게 달아오른다. 뭔가 끔찍한 기억을 품고 있는 기색은 전혀 없어 보인다. 가슴 속에서 그 자신도 몰랐던 무거운 돌이 치워진 듯한 기분이 들었다.

"그래, 난 귀족이야. 꽤…… 높은 귀족이지. 하지만 그런 건 중요하지 않아. 당신과 함께 있고 싶어. 내가 내 옆에 있어달라고 하면 있어주겠어? 신분 따위에 연연하지 않고 내 옆에 있어주겠어?"

레이라는 가만히 그를 바라보았다. 그녀의 눈동자 속에 뭔가 많은 것이 지나가는 것 같다. 그게 뭔지 다흐란은 짐작조차 할 수 없었다. 그저 그가 모르는 수많은 것들이 그녀의 눈 속에서 뒤엉키다가 환한 빛으로 바뀔 뿐이었다.

"당신만 원하면 얼마든지 옆에 있겠어요. 신분도, 다른 사람들의 눈도 중요하지 않아요. 당신 옆에 있을 수 있다면 그런 것에는 전혀 신경 쓰지 않을 거예요. 농사일을 하는 여자란 강하다구요."

그녀의 얼굴에 웃음이 피어올랐다. 다흐란 역시 그녀를 바라보고 환하게 웃으며 꼭 끌어안았다.

앞으로 뭐가 어떻게 되든, 지금 그녀와 함께 있을 수 있다는 것만으로도 만족스러우니까.

라반은 루헤인의 이야기를 듣고 고개를 옆으로 기울인 채 어깨를 으쓱였다.

"좋을 대로 해라. 어차피 인간의 수십 년 정도는 드래곤에게 아무것도 아니니까. 그사이에 최소한 네 눈은 낫겠구나."

루헤인은 안대 주변의 눈가를 어색하게 문질렀다. 한쪽 눈이 보이지 않는다는 건 여전히 꽤 불편한 일이었지만 그래도 조금씩 익숙해져가는 중이었다. 때로 눈 안쪽이 근질거리는 것은 안에서 안구가 새로 생기고 있기 때문이라고 라반이 설명했다.

"드래곤이 인간들의 왕이 된다니, 거 참 볼 만하겠군."

아흐메닷이 소파에 늘어진 채 중얼거렸다. 레이율은 인상을 찌푸리고 있다가 제르가를 힐끗 보았다.

"인간의 왕보다야 드래곤이 낫지. 안 그래? 그렇잖아."

제르가는 대답 대신 그저 눈썹만 치켜 올릴 뿐이었다. 레이율은 뭔가 더 말하고 싶은 것처럼 입술을 오물거리다가 결국 부루퉁하게 내밀고 시선을 돌렸다.

"그렇다면 나는 저쪽 세계로 넘어가 있겠다. 네가 인간으로서의 생활을 마치고 나면 그때 돌아오도록 하지. 드래곤으로서의 삶은 그때부터 시작해도 될 테니."

라반이 일어섰다. 사바가 그를 따라 일어섰다.

"여기에 계시지 않으시고요?"

"나에게 이쪽 세계엔 남아 있는 것이 없어. 이쪽 세계는 너무 많은 감정을 불러일으키지. 나는 이런 자극을 더 이상은 원하지 않아. 저쪽 세계에 있는 것이 훨씬 마음 편하다."

라반이 조용하게 말했다. 사바는 고개를 끄덕였고 루혜인은 아무 말도 하지 않았다. 그에게 이 남자는 여전히 아버지로 느껴지지 않았다. 그저 그에게 여러 가지를 가르쳐주는 드래곤일 뿐이었다. 뭐, 그게 가장 맞는 걸지도 모르지.

"넌 가지 않을 건가?"

라반이 아흐메닷을 쳐다보았다. 아흐메닷은 한 손을 흔들었다.

"난 안 가. 난 이쪽 세계가 좋아. 네가 말하는 그 자극이라는 것이 아직도 좋다고. 게다가 내 마을을 수습하러 가야지. 인간들의 힘으로는 몇 달이 지나도 제대로 마을을 복구하지 못할 테니까."

토사에 파묻히기 전 그와 줄레나는 마법으로 마을 전체에 보호막을 덮어놨다고 말했다. 물론 그 안에서도 몇이나 살아남았을지 분명하지 않지만, 마을 전체가 완전히 사라지지는 않았을 거라고 그는 말했다.

"난 그 산이 왠지 모르게 마음에 들거든. 성도 새로 만들어야겠지. 지난번보다 더 화려하게 만들어볼까 싶어. 여긴 영 내 취향이 아니라서."

"빌어먹을. 그럼 당장 나가서 네놈 집이나 지어."

레이율이 퉁명스럽게 쏘아붙였다. 아흐메닷은 이를 드러내고 웃었다.

"내 집을 다시 짓는 데에는 시간이 걸리니까 말이지. 남의 집에 머무르는 것도 나쁘지 않은 것 같은데."

"꺼져버려."

아흐메닷은 레이율의 말에 전혀 신경 쓰지 않는 듯이 소파에 길게 드러누울 뿐이었다. 며칠 전 줄레나가 먼저 떠난 이래로 그는 별다른 일을 하지 않고 그저 소파에 드러누워 시간을 보낼 뿐이었다.

"네놈들도 꺼지지 그래? 이제 좀 조용히 살게."

레이율이 사바와 루헤인을 보고서 툴툴거렸다. 사바가 고개를 살짝 끄덕였다.

"저희도 토르카인으로 돌아갈 거예요. 외곽의 숲에 작은 집을 하나 만들어 거기서 지낼까 합니다. 전하의 몸이 나아지면 그다음에 왕궁으로 들어갈 예정이라서요."

"여기 방 많아. 그냥 여기 있지 그래?"

아흐메닷은 마치 자기 집인 듯이 양팔을 벌리고서 말했다. 레이율이 다시 투덜거렸지만 사바와 루헤인에게 대놓고 나가라고 말하지는 않는다. 사바는 살짝 미소를 지었다.

"토르카인이 마음 편하니까요. 그간 지내게 해주신 것은 정말로 감사하지만요."

"넌 드래곤으로서는 아무것도 모르는 새끼니까 물어보고 싶은 게 있으면 와. 저놈은 늙어빠져서 전혀 도움이 안 될걸."

레이율이 아흐메닷 쪽으로 턱짓을 하며 이죽거렸다. 루헤인은 눈썹을 치켜 올리며 둘을 바라보았다. 아흐메닷은 그저 낄낄거리고 웃기만 할 뿐이었다.

라반이 고개를 끄덕였다.

"그러면 너희들이 인간으로서의 생활을 마칠 준비가 되었을 때 다시 오마."

긴 인사 없이 그는 순식간에 그 자리에서 모습을 감추었다. 그가 사라진 자리에서 검은 불꽃이 잠시 치솟다가 허공으로 흩어졌다. 아흐메닷은 잠시 그가 사라진 쪽을 보다가 소파에서 몸을 일으켰다.

"뭐 나도 환영받지 못하는 손님이 되었을 때 떠날 줄은 알지."

사바가 그를 향해 몸을 돌렸다. 아흐메닷이 씩 웃으며 그녀의 허리에 팔을 감았다. 루헤인이 인상을 찌푸리고 움찔하는 것을 보고 그가 그녀를 더 세게 끌어안고서 말했다.

"나와 함께 가려고, 신부님? 마음이 변하는 건 여자의 특권이니까 말이지."

사바는 발뒤꿈치를 들어 올리고 그의 귀에 나직하게 속삭였다.

"드래곤은 오래 살고. 마녀도 오래 살죠. 세월이 흐르면 지금은 마주할 수 없던 것도 바뀔지 몰라요. 또다시 성급하게 실수하지 말아요."

그녀가 고개를 기울여 그의 뺨에 키스하고 물러섰다. 아흐메닷은 조금 놀란 표정으로 그녀를 바라보다가 피식 웃었지만 아무 말도 하지 않고 커다란 드래곤의 모습으로 변해 거실 테라스를 통해 밖으로 날아갔다. 바람에 거실 안의 물건들이 흐트러지자 레이욜이 다시금 욕설을 내뱉었다.

"고마운 줄 모르는 자식 같으니."

루헤인은 마음에 안 드는 듯한 눈으로 멀어지는 진홍의 드래곤을 바라보다가 사바의 허리에 팔을 두르고 자신의 옆으로 끌어당겼다. 사바는 그를 올려다보고 미소를 지은 다음 제르가를 보았다.

"당신은 여기에 남을 건가요?"

"너도 가고 싶으면 가든지."

레이율이 제르가를 쳐다보고 툴툴거린다. 제르가는 우아하게 소파에서 일어나 사바와 루헤인의 앞으로 다가왔다.

"한동안은 재미있는 일도 없을 것 같고, 이 넓은 성을 놀리는 것도 아쉬운 일이니까. 그리고 난 꽃을 좋아하거든."

그녀가 붉은 입술에 미소를 지었다. 뒤에서 레이율이 뭐라고 투덜거렸지만 제르가 쪽을 쳐다보지는 않는다. 제르가가 사바를 쳐다보고 말했다.

"너는 마녀 중에서도 가장 독특한 길을 밟는 아이다. 마녀들의 사회도 변하고 있지. 이미 수많은 마녀들이 자기들끼리 파벌을 만들었고, 이렇게 백 년, 이백 년이 지나면 또다시 마녀들의 세계에서도 분란이 일어나게 될 거야. 너는 어쩌면 그 분란을 조장한 장본인이 될 수도 있겠지. 그때 네가 무엇이 되어 어떤 식으로 그 문제를 처리할지 보고 싶구나."

마녀들의 사회에 분파가 생기고.있다는 이야기는 이미 줄레나에게서도 들었다. 줄레나는 어차피 수십 년 내에는 큰 문제가 생기지 않을 테니 걱정하지 말고 토르카인의 통치에나 집중하라고 말했지만, 백 년, 이백 년이 지난 다음이라면 이야기가 달랐다. 그때는 세상이 달라지리라. 인간의 사회도, 마녀의 사회도.

"하지만 마녀들이 일을 벌이는 데에는 중요한 전제조건이 있지요. 인간 사회가 마찬가지로 분란에 휩싸여 있어야 한다는 거요. 인간이 고통과 괴로움을 느끼지 않으면 마녀가 할 수 있는 일에는 한계가 있어요."

"마녀들이 끼어들 여지가 없을 정도로 인간을 행복하게 만들겠다고? 그게 과연 가능할까?"

제르가는 재미있다는 듯이 그녀를 보았다. 사바는 어깨를 으쓱이고 루헤인을 올려다보았다. 루헤인은 삐딱한 표정으로 말했다.

"모두를 행복하게 만들기는 어렵겠지. 하지만 배가 부르면 인간은 관대해지니까. 어떻게든 해봐야지."

"기대하겠습니다, 드래곤 왕이시여."

제르가가 키득거리며 웃었다. 레이율은 뒤에서 뚱한 표정으로 그들을 쳐다보고 있을 뿐이었다. 루헤인은 눈을 감고 잠시 정신을 집중해서 드래곤의 형태로 몸을 바꾸었다. 몸이 길어지고 늘어나는 느낌은 여전히 익숙해지기 힘든 것이었다. 그나마 드래곤과 인간의 형태 사이를 오가는 방법을 익힌 것만으로도 다행이었다.

사바가 그의 등 위로 올라타자 그는 청록의 드래곤과 제르가를 향해 고개를 끄덕인 다음 날개를 펼쳤다. 강인한 날개가 바람을 일으키고 커다란 몸이 떠오른다. 성 밖으로 나오자 바람이 그의 몸을 좀 더 날기 쉽게 떠받쳐준다. 기류를 타고서 그는 점차 위로 올라가서 크레

바스 바깥으로 나왔다. 위로, 더 위로, 구름이 떠다니는 곳까지.

사바가 그의 등에 매달려 웃는 것이 느껴졌다. 루헤인 역시 상쾌한 바람 속에서 웃음을 지었다. 지상의 모든 것들이 작고 사소하게만 보인다.

"이대로 왕위 같은 건 잊고 계속 날아서 먼 곳까지 가볼까? 네가 보고 싶어 했던 걸 전부 다 보고 오는 거야."

루헤인의 말에 사바가 쿡쿡 웃었다.

"그것도 좋겠죠."

"왕위 따위 다흐란이 가지라지. 그런 건 골치 아파. 나한테 다 떠넘기려고 하다니, 망할 녀석."

하지만 루헤인의 말에도 딱히 악의는 없었다. 사바는 그의 등에 달라붙은 채 쾌활한 어조로 물었다.

"이 나라를 번성시킬 자신이 없으신 거예요?"

"제기랄, 내가 상왕보다야 잘할 수 있다고. 다들 배부르게 먹고살게 만드는 거? 그거 간단하잖아. 배부르게 먹고살 수 있도록 농사를 짓게 하고 수확물을 잘 나누게 하면 되는 거 아냐. 못할 것 같아?"

"그럴 리가요."

"젠장, 진짜로 잘할 수 있다고."

"그럼요, 알아요."

장난스럽게 대꾸하며 사바는 다시 웃었다. 루헤인은 남아 있는 한쪽 눈만 굴리고서 날갯짓을 해서 토르카인이 위치한 동쪽을 향해 날아가기 시작했다.

진홍의
마녀 ②

    토르카인에서는 파벨 3세의 시대를 마법의 시대라고 불렀다. 가뭄이나 홍수는 단 한 번도 나지 않았고, 그 이전 수십 년간 가물었던 대지에서는 무엇을 심어도 풍요로운 작물을 내주었다. 숲은 푸르고 울창했고, 짐승들도 가득해 무엇을 해도 굶는 사람이 나오지 않았다.

    통치 초반의 전쟁과 귀족들 사이의 싸움도 가라앉았다. 각 귀족들의 영토는 다시 공고해졌으나 파벨 3세는 상황이 인정되는 극히 드문 몇 가지 이유를 제외하면 게으르거나 영지 관리에 문제가 있는 귀족들을 가차 없이 파면시켰다. 영지민들이 굶주리거나 제대로 된 대우를 받지 못하고 있을 때에도 역시나 귀족들에 대한 처분은 냉정했다. 귀족들이 아무리 감추려 해도 파벨 3세는 모든 것을 알아냈기 때문에 몇몇 귀족들은 그가 마법을 쓴다고도 이야기했다. 그의 어머니 롤라나 왕비가 마녀였고 그 역시 마법을 쓸 수 있다는 것이었다. 그가 왕세자 시절 내내 병석에 있다가 어느 날 갑자기 건강해진 것 역시 마법 때문이라고들 했다.

유서 깊은 귀족들은 파벨 3세를 좋아하지 않았다. 영지가 풍요롭고 영지민들이 배부르고 만족한다는 결과야 어쨌든 간에 파벨 3세는 귀족들에게 냉정했고 조금의 편의도 봐주지 않았다. 영지에서 처형이 있을 시에는 어째서 그런 일이 있었는지 국왕에게 설명할 수 있어야 했다. 설명할 수 없는 처형에 관해서는 아무리 작위가 높은 귀족이라 해도 벌을 받았다. 구 귀족이든 신흥 귀족이든 이런 방식을 그다지 환영하지는 않았지만 파벨 3세는 단호했다. 생명의 무게는 그들이 잡아먹고 있는 짐승의 것조차 동일하게 무겁다는 것이 그의 말이었다. 귀족들이 인간과 짐승이 어떻게 같은 위치에 있을 수 있냐고 항변하자 파벨 3세는 간단히 그들을 눌러버렸다.

"힘이라는 건 상대적인 거지. 네가 토끼를 잡을 수 있다 해서 토끼보다 생명의 무게가 무겁다면, 너를 잡을 수 있는 멧돼지는 너의 생명보다 가치 있나?"

신흥 귀족들은 파벨 3세의 몇 가지 방식에는 불만이 있다 해도 전반적으로 그의 통치를 환영했다. 애초에 구 귀족들에게 무시당하며 살아오던 그들이 권력을 잡을 수 있었던 것이 파벨 3세 덕택이었고, 신흥 귀족 세력들은 영지민과 영지를 풍요롭게 만드는 데 치중하는 파벨 3세의 통치 방식에 만족했다. 넓은 영지를 처음 얻어 관리에 어려움을 겪던 그들에게 있어서 풍요로운 수확과 이에 따른 영지민들의 안정은 대단히 중요한 요소였고 국왕에 대한 이들의 신뢰는 상당히 강했다.

파벨 3세는 관대하다거나 온화하다는 말은 절대로 사용할 수 없는 왕이었다. 하지만 왕제인 젤렌 공 다흐란은 달랐다. 유일하게 왕을 설득시킬 수 있는 인물인 젤렌 공은 대부분의 경우에는 자신의 영지에서 조용하고 화목하게 살았고, 가끔 왕궁에 들러 왕과 긴 이야기를 나누고 돌아가곤 했다. 파벨 3세가 구 귀족들을 참아준 것도 순전히 왕제의 설득 덕택이라는 이야기도 있었다. 그는 병석에 누워 있던 왕세자 시절 귀족들이 자신을 무시한 것을 절대로 잊지 않았고 종종 그 이야기를 꺼내 구 귀족들을 입 다물게 만들곤 했다. 실제로 그가 그 시절의 대우에 대해 원한을 품고 있었는지 아니면 그저 구 귀족들을 협박하기 위한 도구로 쓴 건지 정확히 아는 사람은 없었다.

파벨 3세는 비를 하나밖에 두지 않았고, 왕비는 조용한 사람으로 정사에는 거의 관여하지 않았다. 때로 왕궁의 행사에 등장할 때면 보랏빛이 도는 검은 머리에 검은 눈이 굉장히 아름답긴 했지만 크게 사내들의 눈을 끄는 일도 없었다. 부부 사이는 지극히 금슬이 좋았으나 두 사람 사이에는 자식이 생기지 않았다. 신흥 귀족들까지 파벨 3세의 후계를 걱정하기 시작할 무렵, 젤렌 공 부부 사이에 아들이 태어났고 파벨 3세는 즉각 조카를 후계자로 삼아 이 문제를 해결했다. 왕세자 실란트는 대부분의 시간을 부모의 영지에서 보내며 교육을 받았고, 나이가 차자 일 년에 한두 달 정도 왕궁으로 나와 파벨 3세의 곁에서 통치를 익히기 시작했다. 실란트는 부모의 온화함과 명민함, 그리고 파벨 3세의 단호하고 냉정한 면까지 이어받아 일찌감치 훌륭한 왕위계승자로서의 면모를 보여주었다.

실란트가 스무 살이 되던 해에 파벨 3세는 일찌감치 왕위를 물려주고 은퇴하겠다고 선언했으나 구 귀족을 포함한 모든 귀족들이 반대를 하는 바람에 5년간 더 왕위를 유지했다. 왕세자가 스물다섯 살이 되자 파벨 3세는 귀족들의 반대를 무시하고 왕위 계승을 거행했다. 반대하고 나섰던 귀족들도 왕의 의지가 강하다는 것을 깨닫고 결국에는 받아들였다.

마법의 시대가 끝나는 것에 대해서 백성들 역시 큰 아쉬움을 드러냈고, 계승식에는 왕도를 비롯하여 전국에서 백성들이 몰려들었다. 왕세자 실란트는 로한 3세로서 왕위에 올랐고, 계승식은 화려했다. 참석했던 백성들에게는 금화가 아낌없이 뿌려졌고, 음식이 왕도 전역에 넘쳐났다. 귀족들도, 평민들도 모두가 춤을 추고 노래하고 술을 마셨다.

로한 3세가 왕위에 앉은 후 상왕이 된 파벨 3세와 대비는 귀족들과 모인 사람들 앞에서 중대한 발표를 했다.

"상왕이 궁에 함께 머무르는 것은 젊은 왕에게 부담스러운 일일 터, 우리는 여행을 떠나기로 했다. 어디로 가는지는 이 자리에서 밝히지 않을 것이다. 그저 우리가 어딘가를 다니고 있을 것이며 좋은 것도, 좋지 않은 것도 모두 새 왕에게 알리는 밀사 노릇을 할 거라는 사실만 알면 된다. 항상 누군가가 보고 있을지 모른다는 것을 잊지 말아라."

귀족들은 즉각 당황했다. 이제는 명실공히 신흥 귀족 세력의 구심점이라 할 수 있는 루첸은 나이도 있는 데다가 젊은 시절 한쪽 눈도 잃은 파벨 3세가 자신을 보호해줄 사람 하나 없이 여행을 떠난다는 사실에 즉각 반대하고 나섰다. 상인들조차 자신들을 보호해줄 경호원을 데리고 다니는데 상왕이 홀몸으로 다닌다는 것은 말이 되지 않는다며 그는 기사단까지는 아니더라도 최소한 기사를 열 명 정도는 데리고 가야 한다고 주장했다. 상왕은 그를 보고 웃음을 지었다.

"내가 여기 있는 귀족 중에서 가장 아낀다고 말할 수 있는 사람이 있다면 아마도 자네일 것이야, 루첸 경. 하지만 내가 하는 일에 그렇게 일일이 딴죽을 걸면 그 애정도 사라질지 몰라. 내 한 몸 정도는 내가 보호할 수 있어."

"전하께서 약하다 하여 드리는 말씀이 아닙니다. 그저 어떤 상황이 일어날지 모르는 바 대비를 하심이 좋지 않겠습니까? 전하께서 여행을 하시는 것에 반대하지는 않습니다. 전하께서 다니며 본다 생각하면 누구도 영지 관리를 함부로 하지 못할 것입니다. 하지만 위험이라는 것은 항상 상주하는 바입니다."

파벨 3세는 아내에게 몸을 기대고 다시금 웃었다.

"내 조만간 자네의 영지에 들르지. 그때 조용히 좀 더 이야기를 나눠보자고. 지나간 여러 가지 이야기 말이야."

마흔 살에 백작 작위를 받은 루첸은 파벨 3세가 이런 식으로 나올 때면 어떻게 말해도 통하지 않는다는 걸 익히 아는 터라 결국 포기하고 말았다.

상왕 부처가 여행을 떠나는 모습을 본 사람은 아무도 없었다. 어느 날 아침 그들의 방은 비어 있었고, 로한 3세는 그 이야기를 듣고 알 듯 말 듯한 웃음을 띤 채 고개를 끄덕였다.

"워낙에 뜻대로 하시는 걸 좋아하는 분들이 아니신가. 걱정할 것 없어. 갑갑한 왕궁 생활에서 벗어나 얼마나 기쁘시겠나."

몇몇 귀족들은 로한 3세가 귀찮은 상왕의 간섭을 받지 않게 되어 기뻐하는 거라고 숙덕거렸으나 대부분은 기묘한 상왕 부처의 실종을 신비하게 여겼고, 언젠가는 자신들의 영지에 나타나지 않을까 생각했다.

토르카인 마법의 시대는 이렇게 끝이 났으나 이후로도 나라는 번성을 누렸다. 로한 3세, 그리고 카세란 5세로 이어지는 토르카인의 황금기는 백여 년 후 마녀들의 시대가 올 때까지 계속되었다.

왕도 바깥, 한때 절반 정도나 불에 타서 보기 흉했던 왕의 숲은 수십 년이 지난 지금은 무성하게 우거져 있었다. 때가 되면 나무마다 과일이 열려 근처 마을 사람들이 따러 왔고, 들짐승들이 여기저기서 모습을 드러냈다.

인적 없는 깊은 곳에서 루헤인은 걸음을 멈추고 사바를 보았다. 주름진 얼굴의 사바가 그를 보고 미소를 지으며 하얗게 바랜 머리카락을 쓸어 넘겨주었다.

"근사하네요, 국왕 전하."

"너는 항상 아름답고."

그가 고개를 기울여 그녀의 입술에 입을 맞추었다. 사바는 쿡쿡 웃으며 눈을 다시 뜨고 그를 보았다.

"이렇게 늙었는데요?"

"다른 놈들이 눈길을 두지 않으니 이게 좋은 것 같지만, 네가 움직이기 불편하지?"

"마녀에게 외모를 바꾸는 것은 숨 쉬는 것만큼 쉬운 일이랍니다."

눈앞에서 그녀의 모습이 달라진다. 회색으로 바랜 머리가 검게 변하고, 얼굴의 주름이 사라졌다. 건강하고 팽팽한 피부, 젊은 얼굴, 반짝이는 눈동자. 루헤인이 씩 웃었다.

"누가 보면 딸이라고 생각하겠는데."

"그럴 리가요."

그녀의 손이 그의 뺨을 쓰다듬었다. 얼굴이 당기는 것을 깨닫고 그는 뺨을 만지려고 손을 들어 올리다가 자신의 손 역시 달라졌음을 깨달았다. 혈관이 튀어나오고 주름져 있던 손이 젊은이의 손으로 바뀌어 있다.

사바의 손이 그의 왼쪽 눈을 가리고 있던 안대를 머리 위로 벗겼다. 루헤인은 눈을 깜박거린 다음 손으로 눈가를 살살 문질렀다. 사바가 그의 눈을 조심스럽게 살피고는 고개를 끄덕였다.

"겉으로 보기엔 완벽해요."

"오랜만에 두 눈으로 세상을 보니까 굉장히 이상해. 적응이 안 돼."

루헤인이 왼쪽 눈을 문지르려고 하자 사바가 재빨리 그의 손을 붙잡았다.

"아직 예민할 거예요. 만지지 않으시는 게 좋아요."

"눈이 다시 생기는 데 근 삼십 년이라니, 정말 길었다고."

그가 한숨을 푹 내쉬었다. 사바가 쿡쿡 웃었다.

"그래도 새로 생겼으니 다행이죠. 없는 채로 앞으로 수백 년을 살아야 한다면 얼마나 불편했겠어요."

"꽤 익숙해진 상태였다고. 다시 두 눈에 적응하려면 그건 그것대로 힘들겠어."

사바가 발뒤꿈치를 들어 올리고 그의 새로 생긴 눈가에 입을 맞추었다.

"옛날의 전하로 되돌아온 것 같아요."

루헤인은 피식 웃으며 그녀의 몸에 양팔을 두르고 끌어안았다.

"그게 좋아? 젊은 시절의 나는 네 마음을 계속 아프게 했던 머저리에 불과했는데?"

"그 모든 것들이 지금 여기까지 이어진 거죠. 지금 우리가 서 있는 여기까지요."

루헤인은 웃음 띤 얼굴로 그녀를 껴안고 그녀의 머리에 턱을 기댔다. 숲에서는 새들이 지저귀고 들짐승들이 인간이 무섭지도 않은 듯이 지나간다. 아니, 그들이 인간이 아니기 때문일지도 모르겠다. 드래곤과 마녀니까.

인간으로서의 삶은 이제 끝났다. 이제는 드래곤과 마녀, 아니 드래곤과 드래곤의 신부로서 살게 될 것이다. 목숨이 붙어 있는 한 끝까지.

"어디로 갈까?"

그가 그녀를 조금 떼어내고 얼굴을 내려다보며 물었다. 그녀에게서는 지금도 여전히 바람과 풀 냄새가 났다. 바람과 풀, 그리고 드래

진홍의
마녀 ❷

곤의 연기 냄새. 그 자신의 불이 뿜어내는 흐릿한 냄새가.

"어디든 좋아요. 시간은 많은걸요."

사바가 웃음을 지었다. 루혜인은 고개를 끄덕이고 그녀에게서 조금 물러나 눈을 감고 집중했다. 드래곤으로 변하는 게 너무 오랜만이라서 온몸의 뼈와 근육이 우두둑거리며 늘어나고 비틀리는 느낌이 들었다. 날개를 펼치자 굳은 근육이 뻐근하게 느껴진다. 몇 번 시험 삼아 날개를 펄럭여본 다음 그는 그녀에게 고갯짓을 했다. 사바는 곧장 그의 등으로 올라탔다.

"간다."

그가 날개를 거세게 움직이자 주변의 나무들이 흔들렸다. 짐승들이 겁을 먹은 듯 구석으로 숨고, 나뭇가지의 과일들이 우수수 떨어졌다. 검은 몸이 순식간에 하늘 높이 떠올라 구름을 가로지르며 날아가기 시작했다.

그날, 근처의 마을 사람들 몇 명은 자신들이 검은 드래곤을 봤다고 단호하게 주장했다.

"정말로 봤다니까. 진짜 커다랗고, 굉장했어."

"드래곤은 그루제펜에만 있는 거 아니었어? 검은 드래곤이라니, 들어본 적도 없다고."

"진짜 봤다니까. 기억 안 나? 상왕께서 왕위에 오르시고 얼마 되지 않아 드래곤들이 출몰했었다는 이야기가 있었어. 수십 마리가 하늘을 날아다녔던 적도 있다잖아. 그 드래곤들이 다 어디 갔겠어? 다 숨어 있었던 거야. 그러다가 왕이 바뀌니까 나타난 거라고."

"말도 안 되는 소리 하지 마. 드래곤 수십 마리가 도대체 어디에 다 숨어 있었겠어?"

"그야 모르지. 상왕께서는 마법을 쓰셨다잖아. 마법으로 뭔가 어떻게 해뒀던 걸지도 몰라. 진짜 봤다니까."

술집이 떠나가라 떠들고 있는데 바에 앉아 있던 낯선 남자가 그들을 보고 말을 걸었다.

"검은 드래곤이 날아갔다고?"

마을 사람들은 이방인을 쳐다보고 고개를 끄덕였다. 이방인은 술잔을 든 채 그들을 보고 비뚜름하니 웃었다.

"아니 나도 드래곤이 꽤 궁금해서. 소문은 들어봤는데 말이지."

"내가 진짜로 봤다니까. 덩치가 엄청나게 크고, 새처럼 하늘을 날더라고."

"허어, 신기한데. 어디로 날아가던가?"

"서쪽으로……. 그런데 댁은 누구신가? 어디를 가는 길이우?"

이방인은 술잔을 내려놓고 바 위에 동전을 던진 후 일어섰다.

"전처를 만나러 가는 길이야. 다시 한 번 같이 살자고 말을 해볼까 싶어서."

"한 번 헤어진 여자를 뭐하러 다시 만나려고 하는 거야? 여자는 널렸는데."

마을 남자들 몇 명이 그 말에 고개를 끄덕거린다. 이방인은 씩 웃었다.

"이런 여자는 흔치 않거든. 고집 세고 성격 나쁘고 어린애 같은 구석이 있어. 그런데 굉장히 예쁘지."

"예쁜 여자라면 좋긴 하지만, 그런 성격의 여자는 감당하기가 어렵다고."

"뭐, 나도 성격이 좋지는 않았으니까. 이번에는 잘 좀 해보자고 설득해볼까 싶어."

"힘내시우. 여자를 상대하려면 힘이 있어야지. 내가 한 잔 살 테니까 한 잔 더 마시고 가지? 어이, 주인장, 저 친구 술 한 잔 찰찰 따라 주라고. 여자랑 담판을 지으러 간다네."

술집 주인이 이방인의 빈 잔에 술을 가득 따라준다. 이방인은 술잔을 단번에 비우고서 술을 산 남자에게 손을 들어 올렸다.

"고맙구만. 당신도 힘내라고."

붉은 머리의 이방인이 돌아서서 술집을 나갔다. 마을 남자들은 여자의 복잡함에 대한 심도 깊은 논의에 다시 빠져들었다.

- fin.

이런 인물이 로맨스의 남자주인공이 되어도 되는 걸까, 이런 인물을 사랑하는 여자가 제정신일까, 막판에 역시 배드엔딩으로 끝내야 하는 게 아닐까, 굉장히 많은 고민을 했었다. 현실에서 여자를 이런 취급하는 남자가 있다면 그런 놈과는 상종도 말라고 하겠지만, 결국에 이것은 이야기이고 또한 '내가 나를 모르는데 넌들 나를 알겠느냐.' 같은 정상참작 가능한 면이 있었다고 결론을 내렸다.

사실, 이 녀석이 정신을 차리지 않으면 사바가 너무 불쌍해서…….

이 이야기의 원제는 사실 '왕자와 마녀'였다. 어떻게 보면 이게 이야기에 가장 잘 어울리는 제목이겠지만, 이렇게 가자니 너무 심심해서 어떻게 바꿀까 편집자님과 머리를 맞대고 고민한 끝에 '진홍의 마녀'로 결정했다. 이야기와 완전히 맞아 들어가는 제목이 아닌데다가 사실 다른 내용으로 이 제목을 써먹으려고 했던 터라 조금 아쉽기는 하다. 언젠가 그 원래의 이야기가 나올 수 있었으면 좋겠지만, 가능할지는 잘 모르겠다.

현대 배경의 로맨스보다 아무래도 개인적으로 판타지가 섞인 로맨스를 좋아하다 보니 이 이야기도 나는 굉장히 마음에 들어 하는 이야기이지만 독자 여러분께는 호불호가 갈릴 것 같다. 부디 재미있게 읽어주시면 좋겠다. 그리고 백여 년 후, 마녀들의 시대를 배경으로 해서 또 다른 이야기가 나오게 된다면(확정은 없고 그냥 그랬으면 좋겠다는 생각이다. 아직은.) 그것도 재미있게 읽어주실 수 있으면 참 좋을 텐데……. 우선은 이야기를 써야 뭔가 말씀을 드릴 수 있는데! 이런 공약(空約)을 내걸어봐야 아무 소용도 없겠지! 흑흑.(하드의 골짜기에는 언제나 쓰다 버려진 수많은 파일들이 구원의 거미줄을 기다리는 죄인들처럼 손을 흔들고 있을 뿐이다.)

작년에 일신상의 변화가 생기며 생활이 생각했던 것보다 훨씬 많이 바빠졌다. 하지만 남는 것 없이 바쁘기만 해서 글의 출간도 꽤 늘어졌다. 심지어 글도 몇 달간 제대로 못 썼다. 이제 슬슬 생활도 자리가 잡히고 했으니 어서 새로운 글을 써서 독자 분들과 좀 더 여러 가지 경로로 만날 수 있었으면 하는 마음이다.

이 후기를 쓰고 있는 시점은 막 설 명절이 끝나는 날이다. 빼도 박도 못하게 2014년이 확실하게 시작되어 버렸고, 양력으로 따지자면 1월 한 달이 순식간에 사라져버렸다. 나이를 먹을수록 세월이라는 것은 페라리 급 엔진이라도 단 것처럼 부앙, 하고 쏜살같이 사라져버리는 것 같다. 그런 만큼 지금 여기, 우리가 발을 딛고 서 있는 현재에서 이룰 수 있는 일에 전념할 수 있었으면 좋겠다. 남의 것을 부러워하고 질투하느라 시간을 낭비하는 것이 아니라 나 자신을 위해 성취의 돌을 하나하나 쌓을 수 있기를, 그래서 나중에 돌아봤을 때 어떤 파도라도 막을 수 있는 단단한 방파제가 되어 있기를 바란다. 나에게, 그리고 독자 여러분들께.

꿈을 향해 좀 더 나아갈 수 있는 2014년이 되기를 진심으로 기원하며.

2014년 2월,

정지원.